KB152367

帝王燕

제왕연 8

ⓒ지에모 2020

초판1쇄 인쇄	2020년 12월 28일
초판1쇄 발행	2021년 1월 12일

지은이	지에모芥沫
옮긴이	이소정

펴낸이	박대일
편집	이문영 · 박지해 · 임유리 · 신지연 · 이지영
마케팅	임유미 · 손태석
일러스트	흑요석
디자인	박현주
교정	김미영

펴낸곳	파란미디어
출판등록	2004년 9월 14일 제313-2004-00214호

주소	03992 서울시 마포구 동교로23길 14 국제빌딩 6층
전화	02.3141.5589 영업부 070.4616.2012 편집부
팩스	02.6499.5589
전자우편	paranbook@gmail.com
카페	http://cafe.naver.com/paranmedia
인스타그램	@paranmedia

ISBN	978-89-6371-857-6(04820)
	978-89-6371-821-7(전21권)

제
왕
연

8

帝王燕

지에모芥沫 지음一이소정 옮김

파란

차례

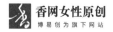

우연한 만남, 공손한 태도를 취하다

당정이 진지하게 계속 물었다.

"연아, 그럼 너는 얼마 동안 아팠어? 지금도 아프니?"

비연은 저도 모르게, 멀쩡하기만 한 제 허리께를 쓰다듬으며 계속 우물쭈물 대답했다.

"괘, 괜찮아요."

그러면서 속으로 생각했다. 그, 그게 그렇게 아프단 말인가? 풍류를 즐기는 호색한 남자들이 그렇게 많은데……. 설마 여자만 아픈 걸까?

당정 역시 속으로 생각했다. 비연의 상황도 나와 큰 차이가 없는 것 같은데…….

그래서 그녀는 비연을 한옆으로 끌고 가서 소곤거렸다.

"연아, 정왕……께서 너를…… 얼마나 총애하셨어?"

비연은 차마 당정의 얼굴을 쳐다보지도 못하고 얼굴을 붉히며 중얼거렸다.

"아, 아주 오래."

당정이 다시 물었다.

"아주 오래가 얼마나 오래야?"

비연이 고민하다가 대답했다.

"거의 하룻밤……."

당정이 경악했다. 정역비와 자신이 설마 하룻밤 내내……
그랬다고?

그녀가 재빨리 다시 물었다.

"연아, 전하께서……."

비연이 마침내 견딜 수 없어 숨마저 헐떡이며 속삭였다.

"언니, 아직 시집도 안 간 처녀가 뭘 이런 걸 묻고 그래요?
부끄럽지도 않아요?"

당정은 억울한 기분이 들었지만 일부러 마치 다 안다는 듯
말하기 시작했다.

"이게 다 언니가 너에게 관심이 있어서 그러는 거지! 정왕 전
하께서 혈기 넘치는 나이시니, 조금 참으시라고 해. 너에게 상
처 입히지 말고!"

비연은 정말 무슨 말을 해야 할지 알 수 없었다. 당정은 켕기
기도 하고, 비연이 자신을 의심할까 봐 걱정되기도 해서 재빨
리 덧붙였다.

"어제 오후에야 겨우 입궁해 문안을 올렸다며. 밖에 떠도는
소문은 다 너를…… 그런 소문들이야. 오늘 정왕 전하께서 안
계시니 망정이지, 뵈었으면 내가 꼭 한마디 제대로 하고 가려
했어! 앞날이 창창한데 왜 그리 급하시담!"

말을 마치자마자 당정은 스스로도 민망해 비연을 놓아주고
는 재빨리 앞으로 걷기 시작했다.

비연은 그야말로 복잡한 표정이었다. 그녀로서는 상황을 이
야기할 수 없으니 그저 군구신을 대신해 묵인하는 수밖에 없었

다. 그녀는 재빨리 당정을 따라 걷기 시작했다.

하소만이 그들의 대화를 전부 듣고 그 자리에 한참 동안 서 있었다. 그는 당정의 뒷모습을 노려보았다. 보면 볼수록 불만스러웠다. 제 주인을 생각하니 억울하기도 했다. 하소만은 주인이 부에 돌아오면 당정에 대해 제대로 말씀을 올려야겠다고 생각했다! 저런 수치도 모르는 여자라니, 다른 사람의 사생활을 캐묻지 않나……. 저대로 두면 우리 왕비마마께서도 조만간 물들지도 모르니까!

당정과 비연은 산책을 끝낸 후 방으로 돌아와 잠시 쉬고 작별을 고했다. 비연은 당정과 헤어지는 것이 아쉬워, 원래 정왕부 대문까지만 배웅하려던 생각을 버리고 성문 밖까지 따라 나갔다.

두 사람이 서로 안타까워하며 헤어지고 있는데, 정역비가 성을 나오는 게 보였다. 정역비도 그녀들을 보고 무척 놀라는 것 같았다. 그는 시간을 끌지 않고 재빨리 말에서 내렸다.

예전과는 달리 비연을 바라보는 정역비의 눈빛에는 더 이상 웃음기가 없었고, 태도는 진지하고 공손했다. 심지어 걸음걸이조차 규칙적이었다. 한 걸음 한 걸음 다가오는 그의 모습은 무척 씩씩하고 늠름해 보였다.

비연에게서 세 걸음 떨어진 곳에서 발걸음을 멈춘 그가 공손하게 손을 모아 읍했다.

"장군 정역비, 왕비마마를 뵙사옵니다!"

비연은 정역비가 정왕에게 충성을 맹세했다는 걸 알고 있었고, 또 혼례 날 정왕의 말을 끌었다는 것도 알고 있었다. 그 사실을 알게 되었을 때 그녀는 감동했지만, 지금만큼은 아니었다.

이런 정역비의 모습을 보니 비연은 아주 낯설기도 하고, 좋은 친우를 잃은 기분이 들기도 했다. 동시에 기쁘기도 했다. 이것이 바로 정씨 가문 전체를 위해서도 가장 좋은 선택일 테니까. 그러나 비연은 마음속 감정을 표현하지 않고 그저 담담하게 대답했다.

"정 대장군, 예를 거두시지요."

정역비가 몸을 일으키더니, 당정을 바라보며 그저 고개만 살짝 숙였다. 마치 그들 사이에 아무 일도 없었던 것처럼, 그렇게 한 마디도 하지 않았다.

당정은 그의 마음 씀을 알고 있었지만, 막상 이런 모습을 보자 마음속에 무어라 표현하기 어려운 낯선 감정이 피어올랐다. 그녀는 이렇게 엄숙한 정역비의 모습이 싫었다. 그녀가 좋아하는 것은 그가 무례하게 웃던 모습이었다. 그녀는…… 그와 몇 마디씩 날 선 말을 주고받는 것이 참 좋았다.

정역비가 말을 하지 않으니 당정도 말을 많이 하지 않았다. 비연은 아무것도 눈치채지 못했다. 그저 당정이 상황을 파악할 줄 아는 사람이라, 이제 더 이상 정역비를 조롱해서 모두를 어색하게 만들지 않는 것이라고만 여겼다.

그녀가 물었다.

"정 대장군도 성을 나가시나요?"

정역비가 고개를 숙이더니 여전히 공손한 어조로 말했다.

"예, 군영으로 돌아갑니다."

비연이 무척 기뻐하며 말했다.

"잘됐네요. 당정 언니를, 가는 길까지 호위해 주세요."

정역비는 그제야 당정을 바라보며 물었다.

"당 소저께서는 돌아가십니까?"

당정은 원래 그에게 작별할 필요가 없다고 생각했으나, 그의 시선을 받으니 저도 모르게 민망한 기분이 들었다.

"예, 일이 생겨서 돌아갑니다."

정역비가 고개를 끄덕이며 말했다.

"당 소저께서 꺼리지 않으신다면, 저에게는 지극한 영광이겠습니다."

당정이 거절하려 했으나 비연이 말했다.

"지금 가요. 내일 아침 군영에 도착하면 좀 쉴 수 있을 테니까. 따뜻한 음식을 먹고 다시 가면 되죠. 정역비, 당신은……."

비연은 부주의하게 그의 이름을 부르다가 잠시 멈췄다. 그러나 일부러 고쳐 말하지는 않고 빠르게 계속 말했다.

"본 왕비 대신 당정 언니를 잘 살펴봐 주세요!"

정역비는 다시 두 손을 모으며 읍하고, 공손하게 대답했다.

"명을 받들겠습니다!"

당정은 직접 거절하지 못하게 되자 일부러 무시하는 듯한 표정으로 비연에게 말했다.

"나는 누구의 도움도 필요하지 않아. 그러니 됐다. 네가 여기까지 데려다주었으면 된 거야. 너도 어서 돌아가!"

비연이 여전히 아쉬워하며 말했다.

"언니가 가는 걸 보고 들어갈 거예요. 다음에 또 언제 만날지 모르겠네요."

"아이고, 마음이 여려 가지고는! 됐다, 내가 그냥 가면 되지. 건강해야 해!"

당정은 그녀를 흘겨보고는 말 위에 올라 채찍을 휘둘렀다. 말은 시위를 떠난 화살처럼 빠르게 달려 나갔다. 남자 옷을 입고 긴 머리를 바람에 나부끼며 능숙하게 말을 달리는 그녀의 모습은 몹시도 씩씩하고 시원스러웠다.

정역비가 작별하려 하자 비연이 먼저 입을 열었다.

"정역비, 당신도 가요."

정역비는 저도 모르게 그녀와 두 눈이 마주치고 말았다. 그의 시선이 잠시 멈추는가 싶더니 곧 다른 곳을 향했다.

"예!"

그도 말 위로 뛰어올라 당정을 쫓기 시작했다.

비연은 그들의 모습이 사라진 다음에야 몸을 돌려 그 자리를 떠났다.

당정은 정역비를 피하고 싶은 마음에 계속 말을 채찍질해 아주 빠르게 달렸다. 정역비는 그런 그녀를 놓치지 않고 쫓고 있었다. 당정은 그가 쫓아오는 것을 느끼자 더욱더 빠르게 달렸다!

정역비가 눈썹을 치켜세우더니, 갑자기 말 위에서 몸을 날렸다. 잠시 후 그는 당정의 등 뒤에 앉은 채 한 손으로 그녀를 끌어안고 다른 손으로 말고삐를 빼앗았다. 당정이 몸부림치기 시작했다.

"놓아줘!"

말이 놀라 불안하게 요동치기 시작했다. 정역비가 말고삐를 꽉 잡은 채 힘주어 당정을 끌어안으며 소리쳤다.

"얌전히 좀 있어!"

당정은 깜짝 놀랐다. 이 무뢰한이 화를 내기 시작하면 이렇게 무서울 줄이야. 그녀는 미동조차 할 수 없었다.

정역비가 말을 안정시킨 다음 바로 당정을 안은 채 말에서 내렸다. 당정은 조금 당황스럽기도 하고 초조하기도 해서 불쾌한 표정으로 말했다.

"날 바래다줄 필요 없어."

정역비가 담담하게 말했다.

"나도 압니다. 나도 바래다줄 생각은 없습니다."

이 말을 들은 당정은 속이 꽉 막혀 오는 기분이었다.

"그런데 무엇 때문에 쫓아온 거야? 왜 그런 거냐고?"

"그렇게 빨리 달리면 아주 위험합니다."

당정은 대체 어찌 된 것인지 갈피를 잡을 수 없었다. 다만……왜인지 모르게 그와 말씨름을 하고 싶었다. 그녀가 차가운 목소리로 물었다.

"그게 댁이랑 무슨 상관인데?"

"왕비마마께서 제게 호위를 맡기셨으니, 당 소저께 무슨 일이라도 생기면 제 책임입니다."

"너!"

당정은 대꾸할 말이 없었다. 그녀가 말 위에 올라타려 했을 때, 정역비가 갑자기 그녀에게 손을 뻗더니 담담하게 말했다.

"데려다 드리겠습니다. 군영에 도착하면 마차로 바꿔 드리죠. 그…… 며칠 동안은 일단 말을 타지 마시고, 허리를 잘 돌보셔야……."

당정은 처음에는 정역비가 왜 그러는지 이해하지 못했으나, 마지막 말을 듣자 그 뜻을 알아차렸다. 그녀의 얼굴이 곧바로 새빨갛게 달아올랐다.

진정한 책임

"무뢰한!"

당정이 얼굴을 붉히며 사납게 따귀를 올려붙였다. 그러나 안타깝게도 정역비를 치지 못하고 말안장을 치고 말았다. 그녀는 부끄러운 나머지 말싸움을 벌일 마음조차 없어져 바로 몸을 돌렸다.

정역비는 그녀를 놀리는 것이 아니었다. 그는 당정을 보며 한숨을 쉬고, 재빨리 따라가 그녀를 안아 말 위에 올리되 옆으로 앉혔다.

당정이 힘차게 그를 때렸다. 한 번, 또 한 번 인정사정없이 가슴을 쳐 댔다.

"어서 놓지 못해? 정역비, 본 소저가 말해 두겠는데……."

"괜찮습니까?"

정역비가 갑자기 그녀의 말을 끊었다. 나지막한 목소리는 어딘가 다정하게 들렸다. 당정은 저도 모르게 그를 때리던 걸 멈추고 고개를 들어 그와 눈을 맞췄다. 저 두 눈…… 무례하게 웃기 시작하면 무척 보기 좋은 눈. 하지만 고요히 있을 때는 더 보기 좋은 눈. 거기에 다정함을 조금 더한다면 더욱 보기 좋지 않을까?

당정은 잠시 넋이 나가 그가 무슨 말을 하는지도 제대로 알아듣지 못했다.

정역비의 말투가 좀 더 진지해졌다.

"몸이 아직도 불편합니까?"

그날 돌아와 목욕을 하고 나니 그날 밤의 한 번 또 한 번……. 그 미친 것만 같던 상황이 모두 떠올랐다. 그날 밤 그는 정말로 취했었고, 또 미쳤었음에 틀림없었다.

당정은 그제야 그가 묻는 것이 무엇인지 깨달았다. 본래 발그레하게 달아올라 있던 얼굴이 순식간에 붉어졌다. 그녀는 다시 그를 때리며 욕하기 시작했다.

정역비는 그녀가 때리고 욕하도록 내버려 둔 채 나지막하게 말했다.

"당 소저, 이번만 모셔다드리겠습니다. 정말로 저를 보고 싶지 않으시다면 아마 앞으로는 볼 일이 없을 겁니다. 며칠 후면 저는 진양성을 떠날 테니까요."

당정이 깜짝 놀라 때리던 것을 멈추고 물었다.

"어디로 가는데?"

정왕은 남몰래 병사들을 징발하여 파견할 예정이었고, 정역비의 행방은 당연히 비밀이었다. 정역비는 대답하지 않고 그저 이렇게만 말했다.

"우리의 일은…… 제 모친께서 모두 알고 계십니다. 만약 결정을 번복하고 싶으시다면 제 모친을 찾으십시오. 모친께서 안배해 주실 겁니다."

당정이 잠시 침묵하다가 갑자기 초조한 기분이 들어 화를 내기 시작했다.

"대체 사내가 되어 가지고 이렇게 말이 많으니, 성가시게. 그날 내가 이미 똑똑히 말했으니, 무슨 결정을 번복하고 싶으니 마니 하는 소리는 안 할 수 없어? 말해 두겠는데, 본 소저가 평생 결정을 번복하는 일은 없을 거야!"

정역비는 대답 없이 한 손으로 그녀를 안고, 한 손으로 고삐를 잡은 채 앞을 향해 달렸다.

당정은 여전히 발버둥 치고 때리고 욕을 했다. 그러나 정역비는 그녀의 허리를 꽉 끌어안는 것 외에는 미동도 하지 않고 그저 앞만 보고 있었다. 아주 고요하게.

당정은 어쩔 줄 몰랐다. 그러나 졌다고 인정하고 싶지도 않았다. 그녀는 마음을 모질게 먹고, 차라리 정역비의 품에 다정히 기대기로 했다.

정역비도 놀랐는지 몸이 굳는 것이 느껴졌다. 당정은 더욱 놀랐다. 그가 아무렇지 않아 할 거라고 생각했던 것이다.

당정의 마음속 어딘가가 꽉 막힌 것 같았다. 그러나 그녀는 그런 느낌을 무시하고 말했다.

"책임? 그래서 네가 오늘 어느 정도나 책임을 질지 본 소저가 봐야겠는데?"

그녀는 그의 품에 기댄 채 천천히 두 눈을 가늘게 떴다. 그러더니 갑자기 손을 뻗어 정역비의 목을 감싸 안고 그대로 그의 품 안으로 파고들었다!

정역비는 마침내 참지 못하고 소리쳤다.

"뭐 하시는 겁니까?"

당정이 큰 소리로 웃기 시작했다.

"왜, 네가 안는 건 되고 내가 안는 건 안 되는 건가? 책임을 지고 싶다며? 그래서 본 소저가 지금 알려 주는 거잖아. 지금부터 너는 본 소저의 사람이다. 본 소저가 뭘 하건 그냥 하게 내버려 두면 되는 거야!"

정역비가 미간을 찌푸리며 계속 아무 말도 하지 않았다. 당정은 살짝 입술을 핥고, 두 눈을 일직선이 될 정도로 가늘게 뜬 채 그의 대답을 기다렸다.

그녀의 몸은 확실히 아직 불편했다. 그녀는 대답을 기다리는 동안, 옆으로 앉아 있는 게 자신이 말을 몰 때보다 상당히 편하다는 걸 깨달았다. 정역비의 품에 다정하게 기대니 더욱더 편한 것도 같았다.

그러나 그녀는 이 편안함에 미련을 두지 않고, 갑자기 손을 뻗어 정역비의 뒤통수를 꽉 눌러 고개를 숙이게 만들었다. 그리고 자신의 고개를 살짝 들어 그에게 입을 맞췄다!

정역비는 전혀 망설이는 빛 없이 바로 그녀를 밀쳐 내며 소리쳤다.

"당 소저! 자중하시지요!"

당정은 그가 이런 반응을 보일 거라 예상하고는 있었지만, 그래도 역시 조금 넋이 나갈 수밖에 없었다. 그녀는 정역비를 한참 바라보다가 갑자기 큰 소리로 웃기 시작했다.

"정역비, 이게 네가 말한 책임인가? 하하! 묻겠는데, 내가 만약 너에게 시집간다면 너는 여전히 이렇게 나를 밀쳐 낼 건가? 아니면 무리해서라도 나랑 이런 연극을 계속할 건가? 응? 이런 게 재미있나?"

정역비는 그녀에게 따끔하게 한마디 하려 했으나, 그 말을 듣자 그녀가 왜 이런 행동을 했는지 깨달았다. 그는 그녀를 바라보며 한참 동안 대답할 말을 찾지 못했다.

그는 그녀를 좋아하지 않는다. 그가 좋아하는 사람은 이미 더 이상 좋아할 수 없게 되었고 그의 마음은 닫혀 버렸다. 지금 그의 세계에는 단 두 가지만이 존재했다. 바로 옳은 것과 그른 것.

옳은 일이라면 해야 한다. 그른 일이라면 해서는 안 된다. 당정을 책임지고, 그녀의 몸 상태에 관심을 갖는 것은 해야 하는 일이었다. 그 외에는…… 다른 마음은 없었다.

그러나 당정의 말이 그의 마음을 사납게 발길질했다. 하마터면 닫혀 있던 마음의 문이 열릴 뻔했다.

당정이 다시 물었다.

"정역비, 말해 봐, 재미있어?"

정역비는 여전히 멍한 표정이었다. 당정이 사나운 눈빛으로 다시 한번 그의 목을 끌어안고 귓가에 속삭였다.

"그날 밤, 나를 연아라 생각했지?"

정역비는 그 순간 그대로 굳었다가, 곧이어 사납게 당정을 밀쳐 내며 소리쳤다.

"그런 적 없습니다!"

당정이 균형을 잡지 못하고 뒤로 넘어가 그대로 말에서 떨어지고 말았다. 정역비도 그제야 겨우 정신을 차리고, 다급하게 말에서 뛰어내려 당정을 부축했다. 그러나 당정이 사납게 그의 손을 밀어냈다.

"넌 그랬어, 그랬다고! 그날 연아의 이름을 불렀다고!"

"그런 적 없습니다!"

정역비는 거의 포효하고 있었다.

당정은 사실 그날 밤의 일은 아무것도 기억하지 못했다. 그런데도 이런 말을 하는 이유는 정역비가 그녀를 책임지려는 마음을 철저히 죽여 버리기 위한 것이었다!

그녀가 말했다.

"그랬어! 네가 그랬다고! 계속 약녀를 불렀다고! 계속 연아를 생각하고 있었어!"

정역비는 당황한 표정으로 뒤로 물러났다. 한 걸음 한 걸음, 그는 당정에게서 멀어지고 싶은 듯했다. 아니, 무서운 진실에서 멀어지고 싶은 듯한 표정이었다!

그의 기억 속에는 그런 일이 없었다. 그러나 이렇게 분노한 당정을 보니 그는 자신을 의심하지 않을 수 없었다. 어떻게 그럴 수 있었을까?

당정은 말에서 떨어질 때 허리를 부딪쳐 아파서 견딜 수 없을 지경이었지만, 그래도 의연하게 몸을 일으킨 뒤 냉랭하게 말했다.

"정역비, 너는 본 소저가 본 중에 가장 책임감 없는 남자야! 마음속에 다른 사람을 숨겨 놓고, 나를 아내로 맞이하겠다고 말할 자격이 있어? 한 번 힘들게 했으면 됐지, 내 평생을 망치려고 해?"

당정은 고통을 참으며 결연한 태도로 말에 올랐다. 그리고 혈흔이 남은 흰 천을 꺼내 정역비의 얼굴로 던지고 차갑게 말했다.

"그런 자잘한 일은 결코 본 소저의 평생에 영향을 줄 수 없어! 본 소저가 말해 두겠는데, 본 소저가 시집을 간다면 반드시 진심으로 본 소저를 아내로 맞이하기를 바라는 사람에게 갈 거야! 그런 사람을 만나지 못한다면 본 소저는 평생 자유롭게 살거고, 분명 너보다 행복하게 살겠지!"

그녀는 마음속에 남아 있는 희미한 괴로움을 무시하고 속으로 중얼거렸다.

'연아, 미안해. 정역비, 나는 너를 좋아하지 않아.'

그녀는 패기 넘치게 채찍을 휘둘러 작별 인사도 없이 질주해 갔다. 곧 저 멀리 뒷모습만이 보이게 되었다.

정역비는 한참을 서 있다가 겨우 흰 천을 주워 들고 한 걸음 한 걸음 앞을 향해 걷기 시작했다. 사람 전체가 더욱 과묵해진 것 같았다.

얼마 지나지 않아 그의 등 뒤에서 마차 한 대가 천천히 달려와 그의 곁을 지나갔다. 그러나 그는 전혀 동요하지 않았다.

그 마차 안에 앉아 있는 사람은 바로 백리명천이었다.

본 황자가 반드시 이길 것이다

달려가는 마차 안에서 백리명천은 정역비를 알아보았다.

고개를 돌려 투각한 창 너머로 정역비를 바라보았다. 마차가 멀어질수록 정역비의 그림자도 점점 더 모호해졌다. 그래도 백리명천은 계속 그를 보고 있었다.

백리명천의 입가에는 시종 조소가 어려 있었다. 그러나 정역비를 조소하는 것인지, 아니면 자기 자신을 조소하는 것인지는 모를 일이었다.

정역비가 보이지 않게 되자 백리명천이 고개를 앞으로 돌리고 손안의 호두 한 쌍을 굴리기 시작했다. 이것들은 같은 나무에서 나온 사자 머리 모양의 호두로, 무늬가 또렷하고 발그스름하니 아름다웠다.

그는 좋아하는 물건이 아주 많았지만, 사람이나 물건이나 항상 가지고 놀다 질리면 버리곤 했다. 그러나 이 호두 한 쌍만은 어린 시절부터 지금까지 몸에서 떼어 놓지 않았다.

마차에는 중년 남자 한 사람도 타고 있었다. 이름은 오육으로, 백리명천이 3개월 전 진양성에 파견한 감시원이었다. 그는 지금 백리명천을 배웅하러 나온 참이었다.

마차는 갈림길에서 우측으로 틀어 편벽한 숲속으로 들어갔다. 백리명천은 마차에서 내려 말로 갈아탔다. 그는 앞으로 한 달 동안 잠수할 수 없어, 이렇게 1분 1초를 다투며 길을 가야 하는 상황이 되었다.

앞으로 한 달 동안은 두 나라의 교전에 있어 가장 중요한 시기가 될 예정이었다. 백리명천의 추측이 틀리지 않는다면, 기씨 가문과 소씨 가문이 암암리에 내통하고 있고, 기욱이 한 달 후 병사들을 이끌고 만진국 북쪽 최대의 요새인 고문관에 도착할 터였다.

일단 고문관을 잃으면 이 전쟁의 판세가 분명 크게 뒤집히게 된다! 그때가 바로 그가 진정으로 손을 써야 하는 시기였다. 그리고 그것이 바로 기가군이 고문관에 도착하기 전에 그가 돌아가야 하는 이유였다.

백리명천이 말에 오르자 오육이 참지 못하고 입을 열었다.

"삼전하, 정왕의 이 혼사, 어딘가 이상하지 않으십니까?"

오육은 이틀 내내 정왕의 혼사에 대해 이야기했으나, 백리명천은 그때마다 '꺼져'라고 답했다. 그러나 지금 백리명천이 떠나려는 참이니 다시 한번 말하지 않을 수 없었다.

오육을 내려다보는 백리명천은 이번에도 대답할 생각이 없어 보였다. 그러나 잠시 후, 백리명천이 나른하게 미소 짓더니 말했다.

"이상하면 또 어떠하고, 아내로 맞이한들 또 어떠하다고? 천무제와 군구신은 이미 예전에 기가군이 반란을 일으킬 걸 알고 있었다. 기다려라. 이 바둑이 혼사보다 훨씬 재미있을 테니까! 그리고…… 본 황자가 반드시 이길 것이다!"

말을 마친 그는 말을 달려 그 자리를 떠났다. 남아 있던 오육은 마음에 담아 둔 질문 하나 하지 못한 채 울적한 표정을 지었다.

오육은 사실 이해할 수 없었다. 제 주인이 미친 것처럼 진양성으로 달려온 것은 분명 신부를 빼앗기 위해서였을 것이다. 복수하기 위해서가 아니라! 그러나 그는 이틀 동안 계속 잠복하고 있기만 할 뿐 아무 행동도 하지 않고, 또 아무 말도 하지 않았다.

그의 주인은 좋아하는 물건이든 사람이든, 주인이 있건 없건 반드시 손에 넣어야 하는 사람이었다. 그다음에도 곁에 남겨 둘지는 다른 문제겠지만. 그러나 그런 주인이 비연만은 쉽게 포기한다?

오육은 점점 더 이상하다 싶었지만 더 이상 시간을 그르칠 수 없었다. 그는 재빨리 마차에 올라 성으로 돌아갔다.

그리고 바로 이때, 누군가가 같은 길을 달리고 있었다. 바로 방금 성에서 나온 한우아였다.

그녀는 비연에게 핍박받고 나니 아무 생각도 들지 않고, 오로지 한가보에 돌아가 공기봉리를 조사하고 싶을 뿐이었다. 그러나 의모의 회신을 받지 않은 상태에서 함부로 진양성을 떠날 수는 없었다.

반 시진 전에 마침내 의모의 회신을 받았다. 회신 속에는 단지 '속히 돌아오라'라는 말만이 적혀 있었다.

한우아는 자신이 의모의 어떤 일을 망쳤는지조차 의식하지

24

못한 채 남몰래 안도의 한숨을 내쉬었다. 의모가 돌아오는 것을 허락하지 않았다면 그녀는 공기봉리의 내력을 찾을 방도가 없었기 때문이다.

중추절이 다가오고 있었다. 일몰이 깔리고 나면 금세 밤이 찾아왔다. 비연은 당정을 배웅한 후 대자사로 가지 않고, 정왕부로 돌아와 군구신을 기다렸다.

이때, 군구신은 막 천불동을 떠나고 있었다. 그는 밖을 향해 걸어가며, 주지와 계속 나지막한 목소리로 대화를 주고받았다. 그런데 대문에 도착하자 택 태자가 문 앞에 서 있는 게 보였다. 군구신은 주지를 물러가게 하고, 성큼성큼 다가가 물었다.

"여기서 뭘 하고 있지?"

택이 천천히 고개를 들었다. 군구신은 무릎을 꿇고 다정한 목소리로 말했다.

"말을 들어라. 두 달 정도만 있으면 황형이 너를 자유롭게 해 주마."

택이 군구신의 목을 안고 속삭였다.

"황형, 부황은 어떻게 된 거야? 그…… 부황을 너무 힘들게 하지 않았으면 좋겠어."

군구신이 살짝 멈칫했다가, 한참 후에야 손을 내밀어 택의 등을 쓸어 주었다.

"부황께서는 정말로 병이 나셨단다. 황형이 뭘 어떻게 한 게 아니야. 부황께서는 아마 내년 봄까지 버티지 못하실 것 같구나. 마음을 다잡아 두어야 한다. 네가 등극할 때 황형이 곁에서 보좌해 주마."

비연이 택의 비밀을 알려 주었지만 군구신은 여전히 모르는 척했다. 택이 부황의 상황을 묻지 않았다면 그도 이렇게 빨리 말하지 않았을 것이다.

택이 다급하게 말했다.

"나는 황제가 되고 싶지 않아!"

군구신이 물었다.

"무엇 때문이지?"

택은 다급하게, 입에서 나오는 대로 말했다.

"사람을 죽이고 싶지 않으니까!"

그는 말을 마친 후 깜짝 놀랐다. 택은 황형에게 무엇인가 들키지 않을까 두려운 눈초리로 재빨리 변명했다.

"나, 나는…… 내 말뜻은……."

군구신은 추궁하지 않고 그를 꼭 끌어안은 다음 다정하게 말했다.

"택아, 대전에 가서 부처를 보려무나. 부처도 황제란다. 부처는 사람을 죽이지 않고 사람을 구한단다."

말을 마친 그는 동생을 놓아주고 몸을 돌렸다. 택은 그 자리에 그대로 선 채 황형이 멀어져 가는 모습을 지켜보았다. 그리고 다시 고개를 돌려 아득한 눈길로 대전을 바라보았다. 그는 황형의 말을 이해할 수 없었다.

황형의 마차가 멀어져 보이지 않게 되자 단숨에 대전 안으로 달려 들어갔다. 마침 염진이 대전 안에 앉아 있었다.

갈색 승복을 입은 염진은 목에는 긴 염주를 건 채 가부좌를 틀고 앉아 있었다. 졸고 있는 게 분명한데도 손으로는 계속 염주를 굴리고 있었다. 택은 조심스럽게 그 곁에 무릎을 꿇고 앉은 뒤 장엄하고 엄숙한 부처를 바라보았다. 보면 볼수록 도무지 이해할 수 없을 것 같았지만 왠지 모르게 그렇게 무섭지만은 않은 것 같았다. 그가 저도 모르게 중얼거렸다.

"부처도 황제라고? 황제도 성불할 수 있는 건가?"

염진이 갑자기 입을 열었다.

"있지!"

택이 고개를 돌려 보니 염진은 여전히 졸고 있었다. 아무래도 잠꼬대를 한 모양이었다. 택은 가볍게 중얼거렸다.

"너도 이해하지 못하는구나."

그러나 염진이 다시 말하기 시작했다.

"부처는 곧 황제고, 황제는 곧 부처니라. 부처는 중생을 제도하고, 황제는 천하를 마음으로 묶으니, 모두 대자대비니라."

택이 이 말을 듣고 무엇인가 깨달은 듯 염진을 흔들며 물었다.

"너는 어떻게 그렇게 많이 아는 거야? 누가 가르쳐 줬어?"

염진이 반쯤 몽롱한 상태로 중얼거렸다.

"뭐야?"

택이 진지하게 물었다.

"방금 말한 거, 그거 누가 가르쳐 줬냐고."

염진은 너무 졸린 나머지 눈도 뜨지 못하고 중얼거렸다.

"우리 아버지가."

너무 작은 목소리여서 스스로도 제대로 듣지 못할 정도였다. 택이라고 들을 수 있을 리 없었다. 염진은 말을 마치자마자 그대로 천천히 쓰러져 완전히 곯아떨어졌다.

"주지 스님이 가르쳐 주신 건가?"

택이 중얼거리다가 재빨리 몸을 일으켜 주지를 찾아갔다.

군구신이 정왕부로 돌아왔을 때는 이미 밤이 깊어 있었다. 그가 막 문안으로 들어서자 시위가 달려와 비연이 계속 그를 기다리고 있다고 보고했다. 군구신은 빠르게 침궁으로 달려갔다.

비연은 성휘당 돌계단 앞에 앉아 기다리고 있었다. 침궁 밖에서 사람의 기척이 들리자 바로 몸을 일으켜 빠른 걸음으로 걸어 나왔다.

두 사람 중 한 사람은 조급하게 안으로 들어가고, 한 사람은 밖으로 나가다가 결국 서재 앞에서 마주치고 말았다. 군구신이 저도 모르게 발걸음을 멈췄다. 비연이 그의 앞으로 달려오며 기쁜 얼굴로 외쳤다.

"망할 얼음, 돌아왔네!"

군구신은 그녀가 무엇 때문에 자신을 기다리는지 알고 싶어 조급했다. 그러나 이 순간 눈앞의 그녀를 보며, 아무 일도 없기를, 그녀가 그저 순수하게 자신이 돌아오기를 기다리고 있었기를 바라게 되었다.

대담한 추측

군구신은 기뻐하는 비연을 한참 바라보다가 입을 열었다.

"무슨 일인데 이리 기뻐하는 거지?"

비연이 재빨리 자신이 놀란 일이며, 한우아를 핍박한 일을 모두 이야기했다. 당연히 말하기 힘든 일은 단 한마디도 하지 않았다.

"내 생각에, 공기봉리는 신농곡의 그 육단상륙처럼 빙해의 남쪽 운공대륙에서 온 것 같아. 그러니까 3년 동안 그렇게 찾았는데도 찾을 수 없었던 거지!"

비연은 반나절 내내 흥분해 있었다. 그런데 지금 군구신에게 이야기하기 시작하니 또 신이 났다.

"당신도 빙해의 남쪽 운공대륙에서 공기봉리를 봤을 가능성이 있어."

군구신은 깜짝 놀라 잠시 말도 나오지 않았다. 그가 빙해의 남쪽에 대해 주시하기 시작한 것은 비연의 신분을 의심하기 시작했을 때부터였다. 그 전에는 그쪽에 대해서는 전혀 생각하지 않았다. 현공대륙 사람들 대부분은 빙해의 남쪽에 관심을 거의 보이지 않았다. 빙해의 이변이 있기 전에도 두 대륙 간에는 왕래가 거의 없었다.

비연은 당정을 보낸 후 계속 이 일을 생각하고 있었다.

"빙해의 이변은 당신이 열 살 때 일어난 일이잖아. 열 살 전에 당신은 운공대륙에 살았을 수도 있어. 누가 당신을 데려갔던 걸까? 운공대륙에 얼마나 있었을까? 당신이 현공대륙으로 돌아온 것도 열 살 전의 이야기겠지! 누가 당신을 데려온 걸까? 열한 살이 되던 해에 빙해는 이미 독에 감염된 상태였는데, 당신은 빙해 북안에서 무얼 하고 있었던 걸까?"

비연이 문제를 하나하나 늘어놓았다. 군구신은 놀라는 와중에도 열심히 들으며 생각에 잠겼다.

이러한 문제들은 모두 공기봉리가 운공대륙에서 왔다는 가설에서 나온 것이었다. 게다가 모든 문제의 답은 다른 문제의 답에까지 영향을 주기 마련이다. 그 안에서 단서를 찾아내는 것은 말할 것도 없고, 다시 추측한다는 것도 어려운 일이다. 그러나 군구신은 곧 요점을 잡아냈다.

"그때 나를 납치했던 사람은 나를 죽이지 않은 것만으로도 충분히 인자한 거였고, 나를 현공대륙에 남겨 둘 수 없는 사정이 있었던 모양이군."

비연이 동의하며 속삭였다.

"그렇다면, 당신을 맡아 키운 사람은 운공대륙 사람이잖아! 하지만 당신은 어째서 현공대륙으로 온 걸까? 계속 두 대륙 사이를 왕래했던 걸까, 아니면 무슨 일이 있어서 왔던 걸까?"

비연이 고민하다가 또 한마디 덧붙였다.

"당신이 열 살이 되기 전이라면, 혼자 빙해를 건너 현공대륙에 일을 보러 오지는 않았겠지?"

두 사람이 서로를 바라보았다. 그래, 바로 이것이었다!

만약 공기봉리가 운공대륙에서 온 거라는 가설이 맞다면, 가능성은 두 가지만 남아 있었다. 10년 전 군구신을 키워 준 사람이 빙해를 자주 건너다니며 운공대륙과 현공대륙 사이를 왕래했거나. 혹은 10년 전 군구신을 키워 준 사람이 군구신을 데리고 현공대륙에서 일을 보다가 빙해의 이변으로 인해 돌아갈 수 없는 상황이 되었거나.

어쩌면 그들은 빙해의 이변에 연루되어 있을지도 모른다!

"한가보."

"승 회장!"

비연과 군구신이 거의 동시에 외쳤다. 현재 그들이 아는 한 운공대륙과 연원이 있는 곳은 한가보뿐이었고, 운공대륙에서 온 듯한 사람도 승 회장뿐이었다.

비연이 한참 고민하다가, 차라리 더욱 대담하게 추측해 보기로 했다.

"망할 얼음, 소 부인의 그 공기봉리가 정말 운공대륙에서 온 거라면, 당신을 데려다 키운 사람이 그들과 서로 알 가능성은 없을까?"

공기봉리가 운공대륙에서도 희귀한 물건이라면…… 이 가설이 성립할 가능성은 더욱 커진다!

군구신의 눈빛이 복잡해졌다. 마음속에 짚이는 것이 있었지만 여전히 망설일 수밖에 없었다. 그러나 비연은 다시 한번 대담하게 추측을 이어 나갔다.

"망할 얼음, 그들은 빙해의 이변과 관계가 있을까? 그들은…… 나의 부황과 적일까, 친우일까?"

군구신이 망설였던 이유도 바로 이것이었다. 하지만 비연이 계속 이야기하려는 것을 보고 먼저 선수를 쳐서 물었다.

"우리는…… 적일까, 친우일까?"

두 사람의 눈이 부딪쳤다. 비연이 재빨리, 군구신의 그 무서울 정도로 냉정한 눈동자를 피해 시선을 돌렸다. 순간 군구신의 눈빛이 점점 암담해졌다. 그러나 그는 여전히 그녀를 보고 있었다.

사방이 고요했다. 마침내 군구신이 먼저 입을 열었다.

"그저 추측일 뿐이잖아. 공기봉리가 운공대륙에서 왔다는 법도 없고, 두 대륙을 오갔던 이들도 그들만은 아닐 거야. 일단 한우아의 소식을 기다리지. 화월산장주 쪽에도 사람을 좀 더 파견하라고 할 테니까……. 순조롭게 일이 풀려, 동쪽 변경이 안정된 후 택아가 제위에 오르고 나면…… 우리 함께 북쪽 변경에 가자. 대황숙을 만나러."

군구신의 안배는 이것만이 아니었다. 그러나 이 세 가지가 가장 중요한 것이었다.

원래 이 안배에는 각각의 목적이 있었다. 어떤 것은 그 자신의 기억을 찾기 위한 것이었고, 어떤 것은 그녀의 신분을 명확히 밝히고 빙해의 수수께끼를 알아내기 위한 것이었다. 그러나 지금, 공기봉리 한 뿌리 때문에 그와 그녀 각자의 일이 하나로 합쳐진 것 같았다. 그와 그녀 모두 기억을 잃었는데, 그 기억이 동일할 가능성이 극히 높았다!

군구신이 비연을 바라보며 속으로 중얼거렸다.

'비연, 네 그 영 오라버니가…… 본 왕도 아는 사람이 아닐까?'

비연도 고개를 숙인 채 속으로 중얼거렸다.

'군구신, 우리가 만약 원래 알던 사이라면…… 그런데 여기서 다시 만난 거라면 얼마나 좋을까!'

군구신은 잠시 기다리다가 비연이 아무 말도 하지 않는 것을 보고 담담하게 말했다.

"가서 쉬도록 해."

비연은 그제야 정신이 들어 서둘러 물었다.

"기세명의 상황은 어때?"

"모든 것이 순조로워. 오늘 정보를 하나 얻었는데, 생각했던 대로야. 기욱은 만진의 고문관을 마음에 들어 하는 것 같더군. 고문관을 얻기만 하면 만진국 중부의 드넓은 평지며 4대 성곽이 모두 쉽게 손에 들어올 테니까."

군구신의 말에 비연이 차가운 숨을 들이마셨다. 그녀는 소씨와 기씨 가문이 만진국과 천염국의 변경을 점거하고, 동서 양쪽으로 천염국과 만진국을 견제하려 한다고만 생각하고 있었다. 그런데 두 가문의 야심이 그렇게 크다니!

"그들은 분명 천염국을 배경으로 삼아 만진국의 절반을 집어삼킬 작정이야!"

군구신이 담담하게 말했다.

"기욱이 곧 군량을 요구해 오겠지."

전투를 하려면 사람이 필요하고, 그보다는 돈이 더 필요했다! 전쟁 자금 일부분은 국고에서 보조하고, 일부분은 근처에서 징발하게 되어 있었다. 동쪽 변경은 전쟁을 벌인 지 오래되어 기욱은 천무제에게 이미 군량을 세 번이나 요구했다. 그리고 근처의 관아와 백성들에게서도 직접 물자를 징발했다. 그러니 군수 물품은 충분할 테지만, 기욱이 제 주머니를 채울 기회를 놓칠 리 없었다. 비연은 바로 그 사실을 알아채고 냉랭하게 말했다.

"주면 안 돼! 절대로!"

그녀는 자신의 이런 패기 넘치는 모습이 정왕부의 여주인뿐 아니라 천염국의 여주인에게 어울리는 모습이기도 하다는 사실을 모르고 있었다. 군구신은 기분이 상당히 무거웠지만 이런 모습의 그녀를 보자 저도 모르게 입 끝을 살짝 들어 올렸다.

"좋아, 네 말대로 하지."

비연은 그제야 자신이 너무 많이 참견했다는 생각이 들어 다시 한번 그의 시선을 피했다.

"그, 그럼 당신도 어서 가서 쉬도록 해."

그러고는 서재 후문을 통해 나갔다. 군구신은 그녀가 나가는 모습을 지켜본 다음에야 몸을 돌렸다. 온몸에 먼지가 가득해 일단 온천욕을 할 생각이었다.

그가 문을 나서자마자 하소만이 달려왔다.

"전하, 마침내 돌아오셨군요."

하소만은 유달리 공손하게 말했다.

"저는…… 대체 이 일을 보고드려야 할지, 말아야 할지 모르겠습니다!"

시간이 너무 늦어 피곤한 나머지 군구신은 냉랭하게 말했다.

"보고할지 말지 혼자 가서 고민하도록."

그러자 하소만이 다급하게 외쳤다.

"전하, 제가 열심히 고민을 해 보았습니다. 보고를 올려야 합니다!"

군구신은 하소만에 대해 잘 알고 있었다. 지금 하소만을 보아하니 그가 보고한다는 이야기는 기껏해야 부 내의 사정이고 큰일은 아닐 듯했다. 군구신은 밖을 향해 걷기 시작했다. 하소만이 그 뒤를 따라가며 재빨리 말했다.

"전하, 오늘 신농곡의 당 소저께서 오셔서 왕비마마께 화촉을 밝힌 밤에 아프지 않으셨는지 물었습니다!"

군구신이 갑자기 발걸음을 멈췄다. 언제나 냉정하던 그 잘생긴 얼굴이 그대로 굳어 버렸다. 그리고 매우 공교롭게도, 다시 군구신을 찾으러 돌아왔던 비연도 방 안에서 하소만의 이 말을 듣게 되었다.

비연 역시 발걸음을 멈췄다.

단 세 걸음만 양보한다

비연이 하소만의 말을 듣고 발걸음을 멈췄다. 그녀가 정신을 차리기도 전에 군구신의 목소리가 들려왔다.

"비연이 어떻게 대답했지?"

비연은 당연히 자신이 어떻게 대답했는지 기억하고 있었다. 그녀는 깜짝 놀라, 재빨리 달려 나가 하소만을 제지하려 했다. 그러나 하소만의 입이 너무나 재빨랐다!

"왕비마마께서는 당 소저께 아팠다고 말씀하셨습니다!"

비연의 얼굴이 부끄러움으로 붉게 달아올랐다. 이제 하소만을 제지하러 나가기는커녕 얼굴을 드러낼 엄두도 나지 않았다. 정말이지 창피해 죽을 지경이었다!

그 순간 군구신은 뜻밖에도 하소만의 시선을 피하고 있었다. 부끄러움 때문인지 아니면 다른 감정 때문인지는 알 수 없었지만. 그는 고개를 돌려 다른 곳을 바라보았는데, 분명 입가에 웃음기가 배어 있었다.

그가 아무 말도 하지 않자 하소만이 더 적극적으로 설명하기 시작했다. 정말이지 하소만의 기억력은 아주 좋다고 말하지 않을 수 없었다. 그는 비연과 당정의 대화를 전부 다 그대로 읊었다. '얼마 동안 아팠어?'라는 질문이나, '침상에서 내려올 수 있었는가'의 문제, 그리고 '얼마 동안 총애하였는가', 혹은 '앞날이 창창한데 뭘 그리 조급한지' 같은 말까지, 하소만은 한 글자도 빠짐없이 보고했다!

방 안에 있던 비연의 얼굴이 새빨갛게 달아올랐다! 이제 얼굴을 내밀기는커녕 방 안에 숨어 있는 것조차 버거울 지경이었다. 혹시 발견되기라도 하면……! 그녀는 속으로 하소만을 원망하며 천천히 몸을 돌리고, 조심스럽게 한 걸음 한 걸음 후문을 향해 걷기 시작했다.

군구신은 벽에 몸을 기대고 있었는데, 아주 흥미로워하는 것이 분명했다. 그리고…… 더 많이 듣고 싶은 모양이었다. 그는 입술은 다물고 있었지만 눈에는 웃음기가 가득했다. 웃는 듯 마는 듯, 즐거운 듯 부끄러운 듯 하지만 너무나 재미있는 듯!

하소만이 말을 이었다.

"전하, 제가 보기에 당 소저는…… 예의범절을 지키지 않는 여자입니다! 왕비마마께서 계속 그분과 교류하면 분명 나쁜 물이 드실 것입니다. 제 생각엔…… 전하께서 왕비마마께 일깨워주시면 어떨까 하여……."

하소만은 말을 멈추지 않았고 군구신은 대답 없이 웃기만 했다. 아주 분명하게, 그는 하소만이 앞에 이야기한 내용에만 흥미를 느끼는 모양이었다.

방 안에서 비연이 다시 한번 발걸음을 멈췄다.

이런 자질구레한 일을……. 하소만, 저 녀석이 저렇게 큰일처럼 떠벌릴 줄이야!

그녀는 망설이다가 의연하게 몸을 일으켜 밖으로 나가려 했다. 그러나! 하소만은 화제를 바꿔 이번에는 비연이 한우아에게 했던 말을 토씨 하나 흘리지 않고 전부 말했다. '전하께서는 너무나 사람을 잘 괴롭힌다'라거나 '허리가 부러질 뻔했다'거나 '말로 설명할 수 있는 내용이 아니다'라거나……. 하소만은 이번에는 비연을 고발하고 있었던 것이다!

"전하, 비록 지금 밖에서 떠도는 소문이 우리에게 유리하긴 하지만, 그렇다고 왕비마마께서 그렇게 직접 소문을 사실로 만드셔도 되겠습니까? 이대로 가면 마마께서 스스로를 낮추시다 못해 마마의 명예도 실추시키게 되고, 역시 전하의 명성에도 누가 될 것입니다! 후에 이 상황을 정리하려 해도 너무나 어려워질 테고요!"

군구신이 제 코를 쓰다듬었다. 그의 입꼬리가 점점 더 올라갔다. 그는 역시 하소만이 뒤에 한 말은 신경 쓰지 않고, 비연이 그런 말을 내뱉는 모습을 상상하며 즐거워하고 있었다!

방 안에 있던 비연의 심정은 어떻게 말로 설명할 수 없었다. 정말이지 밖으로 달려 나가, 하소만에게 독을 써서라도 저 입을 다물게 하고 싶었다! 하지만…… 그녀는 주먹을 쥔 채 참을 수밖에 없었다.

"못된 놈, 본 왕비가 너를 손봐 주지 않으면 이름을 갈겠다! 기다려!"

이를 악물고 사납게 몸을 돌리다가, 탁자 모서리에 배를 부딪쳤다. 너무 아픈 나머지 저도 모르게 소리쳤다.

"악!"

군구신과 하소만이 그녀의 비명을 듣고 바로 다가왔다. 방 안, 비연은 배를 감싼 채 탁자에 엎드려 고통스러워하고 있었다. 당황한 군구신이 빠르게 다가와 물었다.

"무슨 일이야?"

비연은 스스로도 어디에 부딪쳤는지 모를 정도로 정신이 없었다. 그저 너무 아팠고, 그 아픔보다도 부끄러움이 더 컸다. 그녀는 통증을 참으며 겨우 몸을 일으켰다.

"벼, 별일 아니고 그냥 부딪쳤는데, 나, 나는……."

비연의 말이 끝나기도 전에 군구신이 말없이 그녀를 안아 올렸다. 그리고 방 안 따뜻한 침상 위에 눕히며 하소만에게 명령했다.

"문을 닫아라!"

하소만은 문가에서 오래도록 움직이지 않았다. 그는 창백한 얼굴로 눈을 휘둥그렇게 뜨고 있었는데, 머릿속에는 그저 '끝났다'라는 말만 떠오를 뿐이었다.

군구신이 차가운 목소리로 외쳤다.

"안 들리느냐! 문을 닫으라니까!"

하소만이 겨우 정신을 차리고 허둥지둥 문을 닫았다. 비연은 아직도 배를 감싸 쥐고 있었다. 군구신은 그녀보다도 더 미간을 찌푸린 채 가볍게 그녀의 손을 눌렀다.

"여기를 부딪쳤나?"

"아무 일도 아니라니까!"

비연이 그의 손을 뿌리치고 몸을 일으키려 했다. 그러나 군구신은 그녀를 일어나게 할 생각이 없었다. 높은 베개를 가져와 그녀를 기대게 해 주며 말했다.

"말 들어. 일단 누워 있어."

비연이 여전히 일어나려 하자 그가 화를 내며 차갑게 말했다.

"누우라니까! 움직이지 말고!"

비연은 깜짝 놀랐지만 군구신은 그저 목소리만 사나웠을 뿐이었다. 그는 살며시 그녀의 옷자락을 들어 올렸다. 그 동작이 어찌나 조심스러운지, 또 어찌나 다정한지 비연은 남녀가 유별하다는 것도 잊을 지경이었다.

비연의 오른쪽 복부에 주먹 크기의 멍이 생겨 있었다. 보랏빛이 감도는 어두운 멍이 눈처럼 새하얀 피부와 선명한 대조를 이루어 더 아파 보였다. 군구신은 더더욱 미간을 찌푸렸다. 마음이 아프기도 하고 화도 났다. 아니, 그 화도 사실 마음이 아파서 나는 것이었다. 그가 다급하게 말했다.

"착하게 누워 있어. 약을 가져올 테니까."

비연이 어혈을 풀어 주는 연고를 꺼내며 조심스럽게 말했다.

"가지러 갈 필요 없는데…… 여기 있어."

군구신은 그제야 자신이 급한 나머지 정신이 없어 그녀가 약사라는 것도 잊고 있었음을 깨달았다. 그가 손을 뻗어 약을 받으려 하자 비연이 급하게 피하면서 자신의 배를 가렸다.

"망할 얼음, 일단 나가 있어."

군구신의 손이 허공에서 굳어 버렸다. 그는 자신이 정신이 없었을 뿐 아니라 분수를 지키지 못했음을 깨달았다. 비연을 잠시 마주 보다가 손을 내렸다. 그러고는 몸을 돌리고 차갑게 말했다.

"다 되면 부르도록!"

그는 단지 세 걸음 그녀에게서 떨어졌을 뿐 밖으로 나갈 생각은 없었다. 비연을 등진 채 서 있는 그의 뒷모습이 외롭고도 고집스러워 보였다.

비연이 재촉했다.

"나 정말 괜찮다니까. 어서 나가!"

군구신은 움직이지도 대답하지도 않았다. 그녀에게라면 무엇이건 양보할 생각이었다. 그러나 어떤 일은…… 기껏해야 세 걸음만 양보할 수 있을 뿐이었다.

비연은 재촉한들 소용없음을 깨닫고 투덜거렸다. 그녀는 군구신을 등진 채 조심스럽게 오른쪽 옷자락을 들어 올렸다. 그리고 입술을 깨문 채 상처에 약을 바르기 시작했다.

이 연고는 효과가 아주 좋지만 재질이 무르지 않아 바르기 힘들었다. 일단 상처에 연고를 펴 바른 다음, 천천히 굴려 가며 녹여서 흡수시켜야 했다. 비연은 아픔을 참으며 가볍게 연고를 문질렀다.

군구신은 한참 기다리다가 걱정스러운 마음에 물었다.

"다 되었나?"

비연이 다급하게 대답했다.

"아직!"

군구신은 계속 기다릴 수밖에 없었다. 바닥을 한참 동안 노려보다가 마침내 참지 못하고 고개를 돌려 보았다. 비연이 그를 등진 채 앉아 있는 것이 보였다. 살짝 올라간 옷깃 아래로 배와 등이 드러나 있었다.

방금까지는 그녀의 상처밖에 눈에 들어오지 않았다. 그러나 지금 상처가 보이지 않으니 마침내 그녀의 눈처럼 새하얀 피부가 눈에 들어왔다. 매끄럽고 흠집 없고……

멍하니 바라보다가, 전에는 느껴 본 적 없는 충동이 슬며시 올라오는 것을 느꼈다.

군구신은 저도 모르게 두 주먹을 꽉 쥐었다. 도저히 참지 못하게 만드는 사람을 만나야 비로소 정말로 참는다는 게 무엇인지 알게 되는 법이다.

비연이 약을 다 바르고 몸을 돌렸을 때 군구신은 이미 고개를 다시 돌린 상태였다.

"다 됐어!"

그러나 군구신은 고개조차 돌리지 않고 발걸음을 옮겼다.

"기다려. 전 어멈을 불러올 테니까."

지금 이 순간 군구신의 자제력이 이미 한계에 도달했다는 것을 알 리 없는 비연이 그를 붙잡기 위해 재빨리 말했다.

"이 약은 효과가 빠른 편이고, 나 이제 정말 괜찮아. 나, 그…… 중요한 일이 생각나서 이야기하려고 돌아온 거였는데."

그녀에게는 확실히 중요한 일이 있었다. 그리고 이 기회를 빌려, 자신이 일부러 숨어서 엿들었던 게 아니라고 변명해야만 했다.

괴롭히고 싶어, 아주아주

군구신이 잠시 망설이다가 발걸음을 멈췄다. 그는 여전히 비연을 등진 채 고개조차 돌리지 않고 물었다.

"무슨 일인데?"

비연이 그의 뒷모습을 바라보며 속으로 중얼거렸다. 아니, 나가라고 할 때는 안 나가더니. 이야기 좀 하자니까 이제 고개도 안 돌리고. 대체 저건 무슨 뜻이야?

하지만 그가 고개를 돌리지 않으니 덜 부끄러워 좋은 것 같기도 했다. 하소만의 고발로 인해 그녀는 군구신의 얼굴을 볼 낯이 없었다.

비연이 하고 싶은 이야기는 바로 밀정 전다다였다.

"당정 언니에게 정상급 밀정을 하나 찾아 달라고 부탁했었어. 젊은 아가씨인데, 이름이 전다다라고 해……. 들어 본 적 있어?"

군구신은 무척 놀랐다.

"전다다는 전형, 전매만큼 유명한 밀정이야. 아직 젊은 나이지만 연줄이 상당히 많고. 혼자서도 전형, 전매 두 사람 몫을 해낼걸. 당정이 전다다에게 연줄이 닿다니, 능력이 상당한데?"

"당정 언니 말로는 경매장에서 알게 되었다고 하던데. 전다다에게 도움을 준 적 있어서 그 후로 알고 지냈다고."

비연은 어쩐지 신이 났다.

"보아하니, 정말 능력 있는 밀정인가 봐!"

"확실히 능력이 있지. 직접 만나 살펴봐도 괜찮을 거야. 그 외에 또 다른 일은?"

군구신은 계속 비연을 등지고 있었다. 비연은 그를 향해 흰 눈을 뜨다가 마침내 인상을 썼다.

"없어."

"그, 그럼 어서 쉬도록 해!"

군구신은 말을 마친 다음 성큼 걸어 밖으로 나갔다. 비연은 속으로 안도의 한숨을 내쉬었다. 군구신이…… 하소만의 고발을 너무 심각하게 받아들이지는 않겠지? 그녀가 뭐라 말했건, 그가 신혼 첫날밤에 바닥에서 잤다는 사실을 이야기한 것보다는 그래도 용서받을 만하지 않나?

비연은 군구신이 정말 간 것을 확인하고 침상에서 내려왔다. 그녀는 전 어멈을 기다리지 않고, 배를 감싼 채 침실로 돌아갔다.

하소만은 이미 어디로 가서 울고 있는지 보이지 않았다. 군구신은 다른 하인을 불러 온천욕 준비를 시켰다. 그리고 한참 동안 온천에 몸을 담그고 있다가 성휘당으로 돌아왔다.

밤이 깊었다. 기름 등잔이 꺼지자 별빛이 성휘당을 가득 채우며 은하수처럼 빛나기 시작했다. 군구신은 무척 피로했지만, 눈을 감기만 하면 비연이 옷을 살짝 들어 올리고 새하얀 피부를 드러내고 있는 모습이 떠올랐다.

결국 침상에서 내려온 그는 후문으로 갔다. 문을 열려다가 손을 멈췄다. 그렇게 잠시 서 있다가 몸을 돌려 문에 몸을 기댔다. 적막한 어둠 속에서 그의 입가가 살며시 곡선을 그리고 있었다. 어쩔 수 없다는 듯, 동시에 자조하는 듯.

어떤 여자 때문에도 이렇게 자제력을 잃은 적이 없었다. 그녀가 처음이었고, 아마도 마지막일 터였다. 그녀가 말한 대로 그녀를 괴롭히고 싶었다. 아주, 아주…….

그리고 이 순간, 비연도 잠들지 못하고 있었다. 그녀는 하소만을 일주일 동안 말 못 하는 상태로 만들기로 결심하고 독약을 제조 중이었다. 하소만, 네가 어디 앞으로도 입을 놀리나 보자. 감히 나랑 당정 언니에 대해 그렇게 말해?

밤이 이렇게 편안하고 무사하게 지나갔다.

다음 날, 비연은 또 늦잠을 잤다. 군구신이 함께 아침을 들기 위해 기다리고 있다는 소식을 전해 들은 그녀는 재빨리 몸단장을 하고 선당으로 향했다.

군구신은 이미 선당에 앉아 있었다. 곁에서는 전 어멈과 하소만이 시중을 들고 있었다. 전 어멈은 커다란 접시를 들고 있었고, 하소만은 작은 그릇에 담긴 반찬들을 하나하나 탁자에 늘어놓는 중이었다. 그는 그릇 부딪치는 소리 한번 내는 법 없이 질서 있게 그릇들을 배치했다.

비연은 문 안으로 들어서자마자 하소만을 보고 천천히 두 눈을 가늘게 떴다. 하소만이 그녀를 흘깃 보더니 재빨리 시선을 돌리고는 고개를 숙인 채 계속 그릇을 내려놓았다. 비연은 그제야 군구신 앞에서 더 이상 어젯밤 일을 언급해서는 안 된다는 것을 깨달았다. 군구신은 어젯밤 추궁하지 않았으니 아마 지금도 추궁하려 하지는 않을 것이다.

그녀는 아무 일도 없었다는 듯 담담한 태도로 군구신 건너편에 앉았다. 그러나 이게 웬일인가, 그녀가 입을 열기도 전에 군구신이 먼저 물었다.

"아직 아픈가?"

아프냐고?

비연은 대체 무슨 의미인지 이해할 수 없었다. 오히려 하소만이 긴장하여 손을 떨기 시작하더니 채소 요리가 담긴 그릇을 식탁 위에 뒤엎고 말았다.

원래 그쪽으로는 생각지 않던 비연도 그 모습을 보자 바로 그 '아픔'이 무슨 의미인지 깨닫고 말았다. 그녀의 얼굴이 순식간에 새빨갛게 달아올랐다. 그러나 사실 군구신은 그런 의미가 아니라, 그저 어제의 상처에 대해 물은 것뿐이었다.

군구신은 하소만을 보고, 또 비연을 본 다음 그들이 오해하고 있음을 깨달았다. 그는 조금 당황스러웠지만, 어찌할 도리도 없어 다시 진지하게 물었다.

"아직 아픈지…… 약은 발랐나?"

비연이 고개를 숙인 채 대답했다.

"꽤 나았습니다. 저…… 관심을 보여 주셔서 감사드립니다."

'고맙다'는 말에 군구신의 목소리가 조금 차가워졌다.

"본 왕에게 어떻게 감사할 생각이지?"

비연은 그저 입에서 나오는 대로 말했을 뿐이라 도무지 어떻게 답해야 할지 알 수 없었다. 다행히도 전 어멈이 다가오더니, 하소만이 뒤엎은 그릇을 정리하며 분위기를 가라앉혔다.

"전하, 왕비마마, 곧 중추절이잖아요. 어떤 소를 넣은 월병을 좋아하시나요? 제가 준비하도록 하겠습니다."

물러날 길을 찾지 못하고 고민하던 비연이 이 말을 듣고 바로 대답했다.

"단것! 전하께서는 단것을 좋아하셔!"

비연은 아침을 먹으면서 전 어멈과 월병의 소에 대해 이야기하기 시작했다. 군구신은 더 이상 캐묻지 않고 조용히 아침을 들었고, 하소만은 이미 한참 전에 소리 없이 내뺀 뒤였다.

전 어멈은 분별 있는 사람인지라 잠시 이야기를 나누다 곧 물러갔다. 이제 선당에는 비연과 군구신만 남았다.

조용한 가운데 군구신이 갑자기 입을 열었다.

"앞으로는, 그러지 마."

비연은 그가 자신의 상처 이야기를 한다는 걸 깨닫고 얌전히 고개를 끄덕였다.

군구신이 다시 말했다.

"잠시 후에 나갈 예정인데, 아마 군사들을 며칠 살펴보고 와야 할 것 같다. 무슨 일이 있으면 망중을 찾으면 돼."

그가 이렇게 자신의 행방을 직접 이야기하니 비연은 또다시 고개를 끄덕일 수밖에 없었다. 군구신이 몸을 일으켜 나가려는데 비연이 참지 못하고 물었다.

"며칠이 대체 며칠인데? 중추절에는 돌아올 수 있어?"

군구신의 엄숙하던 얼굴에 마침내 다정한 빛이 감돌기 시작했다.

"날 기다려 줄 건가? 기다린다면 돌아오지."

비연은 대체 어떻게 대답해야 할지 알 수 없었다.

"돌아온다면…… 전 어멈에게 월병을 준비하도록 시킬 거야. 돌아오지 않는다면…… 군대로 보내 줄게."

군구신은 대답하지 않고 깊은 눈초리로 그녀를 바라보다가 몸을 돌려 나갔다.

비연은 그의 모습이 사라질 때까지 계속 바라보다가 겨우 중얼거렸다.

"돌아오든가, 말든가!"

비연은 식사를 계속했다. 천천히 오래 씹어 음식을 삼키다가 문득 배가 부르다는 걸 깨닫고 기분이 상당히 좋아졌다. 그녀는 선당을 나왔다. 그리고 소매를 걷어붙이고 목을 가다듬은 다음 큰 소리로 외쳤다.

"여봐라, 하소만을 끌고 와라!"

곧 전 어멈이 달려와 보고했다.

"왕비마마, 만 공공은 외출 중입니다. 궁에 들어가 볼일이 있어 며칠 동안 돌아오지 못한다고 합니다."

비연은 하소만이 감히 도망갔으리라고는 생각지 못하던 차였다. 그녀는 순진한 표정으로 웃으며 말했다.

"그래? 마침 본 왕비도 궁에 볼일이 있던 참인데! 마차를 준비해 줘!"

비연은 정말로 궁에서 볼일이 있었고, 그것도 꽤 많았다. 어약방 대약사 임무를 내려놓고 새로운 대약사를 뽑아야 했다. 그리고 소 태의를 통해 천무제의 병세며 치료 현황을 이해하고 단약을 연마해 두고 싶었다.

물론 가장 중요한 일은 매 공공을 만나는 것이었다. 천무제는 결국 군구신의 생부니 군구신은 결코 손을 심하게 쓸 수 없을 것이다. 매 공공이 만약 예전의 일을 탐문해 낼 수 있다면 비연과 군구신은 걱정을 덜게 된다.

비연은 사흘 동안 이 일들을 모두 끝냈다. 매 공공 쪽은 별 진전이 없어 계속 기다리는 수밖에 없었다.

그리고 이 사흘 동안 하소만은 계속 숨어 있었다. 비연은 조급해하지 않고 그저 한마디만 남겼다.

"능력이 되면 돌아오지 말든가!"

비연은 궁 안의 일을 마친 다음 화월산장으로 갔다. 그리고 그곳에서 며칠 지내며 술과 관련한 일을 처리했다. 상관 부인이 그녀에게 얼마나 친근함을 느끼던, 또 승 회장이 어떤 내력을 가지고 있건 그녀는 승 회장과의 거래를 일단 완수해야 했다.

계속 바쁘게 지내다 보니 중추절이 되었다.

비연은 중추절 점심 무렵 정왕부에 도착했다. 마침 밀정 전다다도 같은 시간에 정왕부에 도착했다.

높은 가격, 자극하는 것은 아닌데

비연이 정왕부로 돌아오자, 당정의 소개로 온 손님이 기다리고 있었다. 비연은 전다다가 왔다는 것을 알고 무척 기뻐하며 객당으로 향했다.

전다다가 열예닐곱 살 정도라는 걸 알고 있긴 했지만 그래도 정상급 밀정이라면 분명 당정보다 더 노련하고 영리한 모습일 거라 생각하고 있었다. 그러나 객당에 도착한 비연은 그만 아연해지고 말았다.

방 안에 앉아 있는 여자는 열예닐곱 살은커녕 열너덧 살 정도로밖에 보이지 않았다. 양갈래로 머리를 빗어 내린 그녀는 아주 소박한 노란 옷을 입고 있었는데, 여기저기 기운 자국도 보였다. 그녀가 금으로 만든 커다란 주판을 등에 지고 있지 않았다면 비연은 그냥 길을 잘못 든, 세상 물정 모르는 어린 소녀라고 생각했을 것이다.

비연도 키가 작고 왜소해서 사람들에게 아무것도 모르는 어린애 취급을 받곤 했다. 그런 비연도 전다다에 비하면 상당히…… 언니 같아 보였다!

이 소녀가 혼자서도 전형 전매 같은 정상급 밀정 두 사람 몫을 해내 고용주에게 두 사람분의 돈을 받는다니! 게다가 돈이라면 분명 차고 넘칠 텐데, 어째서 저렇게 궁색해 보일까? 저렇게 기운 옷을 입고 이야기를 나누러 왔다고……?

의심스러웠던 비연은, 그러나 가까이 다가가 그녀를 본 다음에는 바로 자신의 판단이 틀렸음을 알게 되었다.

전다는 깔끔한 기질에 얼굴도 예쁘장했다. 그리고 하얗고 보드라운 얼굴에는 아이 같은 느낌이 남아 있었다. 커다란 두 눈이 초롱초롱한 게 아주 영리해 보였고, 눈을 깜박이면 꼭 말을 거는 것처럼 보였다. 이 기질만은 아무리 낡은 옷을 입는다 해도 사라지지 않고 오히려 사람들에게 친근감을 느끼게 했다.

비연은 이 소녀도 가난한 게 아니라 하소만처럼 인색하다 못해 자기 자신에게까지 인색한 건 아닌가 의심하기 시작했다.

비연이 들어오는 것을 보고 전다다가 몸을 일으켰다. 그리고 미소를 지었는데, 입가에 조그만 보조개가 피어나는 것이 아주 귀여웠다. 아무리 봐도 정상급 밀정이라기보다는 이웃집에서 놀러 온 여자아이처럼 보였다.

그녀가 말했다.

"언니, 언니가 정왕비인가요?"

비연은 더욱 놀랐다. 이 아이가 자신을 언니라고 부르리라고는 생각지 못했기 때문이었다. 군구신에게서 들었던 이야기가 아니라면 그녀는 당정이 사람을 잘못 보냈다고 생각했을 것이다.

비연이 속으로 생각했다. 이 순진하고 무해해 보이는, 그리고 사교성 좋은 여자아이가 만약 검은 마음을 먹는다고 해도 쉽게 알아차리기 어려울 것이다. 아무래도 함정에 빠지는 일이 없도록 조심해야 할 것 같았다.

그래서 비연은 더더욱 순진하고 무해해 보이게 웃으며, 언니라는 말에 맞춰 전다다를 동생처럼 대하기로 마음먹었다.

　"그래, 바로 나야. 네가 바로 전다다지? 어서 앉으렴."

　전다다는 비연의 반응에 놀란 듯 살짝 멍한 표정을 지었다. 그러나 곧 정신을 차리고 살며시 웃으며 속삭였다.

　"언니, 어떤 정보가 필요해요?"

　"그렇게 급할 거 뭐 있니. 일단 언니가 너에게 어떻게 비용을 치러야 하는지 말해 줄래?"

　비연의 말에 전다다가 대답했다.

　"지금 내가 가진 정보라면 돈과 정보를 바로 맞교환하면 되고요, 조사가 필요하다면 일단 반을 내고, 약속한 기간 내에 내가 조사를 끝낸 다음 다시 반을 주면 돼요. 내가 정보를 얻어 오지 못하면 받은 돈은 돌려 드려요."

　비연이 고개를 끄덕이며 물었다.

　"빙해에 대한 정보라면, 얼마쯤 할까?"

　전다다가 고개를 갸우뚱하며 비연을 보더니 아주 기쁜 표정으로 말했다.

　"언니, 그건 아주 큰 거래가 될 수밖에 없어요!"

　그녀는 등에 지고 있던 주판을 탁자 위에 내려놓더니, 작은 손을 주판알 위에 올리고 환하게 미소 지었다.

　"언니, 어서 말해 봐요."

　비연의 눈가에 살며시 교활한 빛이 스쳐 갔다. 그녀가 전다다 가까이 다가앉으며 탐색하듯 물었다.

"10년 전 빙해의 이변이 대체 어찌 된 일인지 알아 와 줘!"

전다다가 눈을 들더니 멍한 표정을 지었다.

비연이 다시 입을 열려고 했을 때였다. 전다다가 갑자기 그녀를 흘겨보더니 주판을 챙겨 일어났다.

"언니, 내가 빙해에 이변이 일어난 원인을 조사할 수 있으면 이렇게 여기저기 떠돌아다니겠어요? 언니가 직접 알아보러 가세요!"

"그냥 농담 좀 해 본 거야."

비연은 재빨리 전다다를 붙들어 앉히고 진지하게 말했다.

"내가 알고 싶은 건, 현공상회 승 회장, 상관보 외에, 현공대륙에서 운공대륙과 인연이 있거나 연루된 이들이 또 누가 있느냐 하는 거야."

"기일은 얼마나 주시나요?"

"따로 예약금을 내지 않고, 기일도 정하지 않을까 하는데 어때? 한 가지를 알아 올 때마다 10만 금을 줄게."

전다다는 바로 대답하지 않고 일단 자리에 앉아서 진지하게 주판을 튕기기 시작했다. 귀엽게 생긴 얼굴로 계산에 푹 빠져 있는 모습이 마치 회계의 전문가 같은 인상을 주었다. 잠시 후, 전다다가 가격을 불렀다.

"처음에는 100만 금, 두 번째는 200만 금, 계속 이런 식으로 계산하면 돼요."

헉! 놀란 비연이 안색까지 변해 물었다.

"애야, 아예 강도질을 하지 그러니?"

그녀는 전다다가 음험하게 굴 것을 경계하고 있었지만 이렇게 거액을 부르리라고는 생각하지 못했다! 이건 속으로 검은 마음을 먹는 것보다 더 심하잖아!

10만 금과 100만 금, 무려 열 배였다! 그 뒤의 200만 금 어쩌고는 들을 필요도 없고!

전다다는 비연을 바라보며 다시 주판을 튕겼다. 비연은 그녀가 어떻게 가격을 내릴지 계산하고 있다고 생각했다. 그러나 이게 웬일인가. 전다다가 주판을 한 번 더 튕기더니 말했다.

"처음에는 200만 금, 두 번째는 400만 금, 계속 이런 식으로 계산하면 돼요."

비연이 눈을 가늘게 뜨고 문가를 가리켰다.

"꺼져."

이게 정말 거래를 하려는 태도란 말인가? 아무래도 당정의 얼굴을 보아 여기까지 오긴 했지만 제대로 거래할 생각은 없어 비연을 대충 상대하고 있는 것 같았다. 그러나 전다다는 여전히 진지하게 말했다.

"언니, 언니가 지금 나를 고용하지 않는다 해도 난 상관없어요. 언제건 나를 고용하고 싶으면 다시 연락하세요. 당정 언니의 체면을 생각해서 1년 동안은 가격을 올리지 않겠어요. 물론 1년 후에는 재협상이 필요하고요."

비연은 여전히 전다다를 노려보고 있었다. 비록 화가 나긴 했지만 비연은 아주 이성적인 상태였다. 혹시 전다다는 지금 일부러 그녀를 자극하고 있는 건 아닐까?

200만 금은 물론이고 그 배라도 비연은 충분히 치를 수 있었다. 아니, 그녀가 치를 수 없다 해도 군구신이 치를 수 있을 것이다. 그러나 비연은 돈을 허투루 낭비하고 싶지 않았다.

비연이 전다다를 상대하지 않고 소리쳤다.

"여봐라, 손님을 배웅해 드러라!"

진묵이 곧 나타나 전다다에게 말없이, 밖으로 모시겠다는 자세를 취했다.

"오늘은 중추절이에요, 언니. 기억해 두세요."

전다다가 말을 마친 후 바로 그 자리를 떠나 대문 밖으로 나갔다.

전다다의 이 행동은 비연을 자극하기 위한 게 아니었다. 비연의 의뢰를 맡고 싶지 않았을 뿐.

전다다는 당정과 마찬가지로 운한각주의 심복 중 한 명이었다. 이름도 성도 바꾼 채 밀정의 신분으로 살면서, 운한각의 임무를 수행하는 동시에 각종 정보를 수집하고 있었다.

그녀는 비연이 운공대륙과 관련 있는 인물을 조사해 달라고 부탁할 거라고는 생각지 못했다. 운한각은 운공대륙에서 왔으며, 운한각의 적들 역시 운공대륙 출신으로, 어둠 속에 잠복해 있었다. 그녀는 이런 정보를 결코 밖에 흘릴 수 없었다!

비연이 어째서 이런 걸 알고 싶어 하는 걸까? 대체 뭘 발견한 거지? 아니면 정왕이 뭔가를 알아챈 걸까?

당정이 비연의 몸에서 모반을 발견하지 못했으니 비연은 운한각이 찾는 사람이 아닐 것이다. 그러나 승 회장이 '성격이 비숫하다'고 한마디 하자 운한각 주인이 지엄한 명령을 내렸다. 비연의 신상과 관련한 의문뿐 아니라 고씨 가문의 내력까지 철저하게 조사하라고!

비연의 성격이 무엇 때문에 크게 변했는지, 약술은 어디서 배운 건지, 또 비연이 물에 빠졌을 때 고씨 저택에 무엇 때문에 봉황이 나타났는지 등등도 전다다가 알아내야 할 정보에 포함되어 있었다. 아무래도 운한각은 비연을 주시하고 있을 뿐 아니라 비연과 정왕을 경계하고 있는 모양이었다.

비연과 정왕 역시 승 회장이 운공대륙에서 왔다고 의심하고 있을 뿐 아니라 한가보도 운공대륙과 관련돼 있다는 사실까지 알아냈다!

결코 쉽지 않은 일이었다.

전다다는 주판을 만지작거리며 생각에 빠진 채 점차 멀어져 갔다.

전다다가 떠난 지 얼마 되지 않아 군구신이 돌아왔다.

뜻밖에 거래 성립

비연이 전다다의 말을 되새기고 있을 때 군구신이 들어왔다. 비연이 깜짝 놀라 물었다.

"망할 얼음, 어떻게 이렇게 일찍 돌아온 거야?"

그녀의 반응에 군구신은 비연이 자신을 기다리고 있지 않았음을 눈치챘다. 그는 차갑게 '그래'라고만 말하고 방 안으로 들어갔다. 비연은 재빨리 그를 따라가며 전다다와 관련한 이야기를 털어놓았다. 군구신은 처음에는 듣는 둥 마는 둥 했지만, 이야기가 진행되자 결국은 발걸음을 멈췄다.

밀정과 처음 거래해 본 비연은 이상한 점을 눈치채지 못했다. 그러나 경험이 풍부한 군구신은 비연의 이야기를 듣자마자 바로 이상한 점을 알아차렸다.

비연이 부른 10만 금은 확실히 낮은 금액이었고 가격을 올릴 여지가 충분했다. 그리고 전다다가 처음에 부른 100만 금은 확실히 거액이니 가격을 내릴 여지가 충분했다. 그러니 두 사람은 10만 금과 100만 금 사이에서 밀고 당기며 흥정을 했어야 옳았다. 그러나 전다다는 가격을 내리기는커녕 오히려 가격을 올렸다. 아무리 봐도 이치에 어긋나는 상황이었다.

그는 전형 전매에게 비연에 대해 조사시키면서 200만 금을 불렀다. 그건 그가 스스로 부른 가격이었고, 그 정도 가격은 돼야 전형 전매가 다른 고객들을 포기하고, 약속한 기간 내에 전심 전력으로 그의 요구를 만족시키려 할 거라 생각했기 때문이다. 그런데 전다다가 대체 무슨 배짱으로 그런 가격을 부른 걸까?

비연이 말했다.

"내가 보기엔…… 그 계집애가 돈에 눈이 멀었어. 그래서 일부러 나를 자극해서 그 가격에 거래하려 한 것 같아!"

그러자 군구신이 반박했다.

"아니야. 단지 자극하려고 했다면 일반적인 시세에서 그렇게 많이 벗어나지는 않았을 거야. 전다다는 당신과 거래할 마음이 아예 없었던 것 같군."

사실 비연도 그 점에 주목하고 있었다.

"그래서 나를 대충 상대하고, 당정 언니에게 도움받은 걸 갚은 셈 치려 한 걸까?"

군구신은 좀 더 진지한 표정이 되었다.

"밖에서는 네가 정왕부를 장악했다는 소문이 떠돌고 있고, 또 네가 직접 전다다를 정왕부로 불러 거래를 제안했는데…… 대충 상대하고 만다고? 이건 정왕비를 상대로 너무 깜찍한 짓이 아닌가."

비연이 당정에게 밀정을 찾아 달라고 부탁했을 때의 신분은 일개 약사였다. 그러나 지금은 정왕비니 전다다도 비연을 무시할 수는 없을 터였다. 그렇다면 전다다는 왜 이 거래를 받아들이지 않으려 한 걸까?

군구신이 생각에 잠긴 비연을 말없이 응시하고 있는데, 그녀가 뭔가 떠오른 듯 깜짝 놀라며 말했다.

"설마, 누가 우리보다 먼저 전다다에게 같은 걸 조사해 달라고 한 건 아닐까?"

군구신의 의문점도 바로 그것이었다.

현공대륙에서 운공대륙은 계속 존재하지 않는 것처럼 취급당했다. 보통 사람들은 빙해의 남쪽에 대륙이 있다는 것조차 모를 정도였다.

빙해의 이변은 현공대륙에서 진기를 수행하던 무술인들에게 영향을 끼쳤다. 그렇기 때문에 빙해에 대해 알고 싶어 하는 이들은 빙해 자체와 현공대륙에 초점을 맞추고 있었고, 그 역시 그러했다. 비연의 신분에 의문을 느끼지 않았다면 그 역시도 빙해의 남쪽에 대해서는 신경 쓰지 않았을 것이다.

정말로 누군가가 그들보다 먼저 전다다를 고용했다면 그 사람의 정체는 뭘까?

그 사람은 어떻게 빙해의 남쪽에 대해 의심하게 되었을까?

그러나 이 모든 것은 추측에 불과했다. 군구신은 확실한 답이 필요했다! 그가 입을 열려 했을 때 비연이 먼저 외쳤다.

"진묵, 어서 가서 전다다를 다시 데려와! 아직 얼마 되지 않았으니 분명 멀리는 못 갔을 거야!"

진묵이 즉시 명을 받들어 밖으로 나갔다. 그는 한참 후에야 성문 앞에서 전다다를 찾아냈다.

"전 소저, 우리 주인님께서 만나고 싶어 한다."

진묵은 아주 잘생긴 데다 목소리도 듣기 좋았다. 전다다는 한눈에 그가 비연의 사람임을 알아보았다. 전다다는 살짝 놀랐지만 일부러 어리석은 척, 헤실거리며 물었다.

"오라버니, 오라버니의 주인이 누구인데요?"

진묵은 전다다가 일부러 어리석은 척한다는 사실을 알고 있었다. 아까 전다다를 배웅할 때 자신을 슬쩍 한 번 더 본 걸 알고 있었기 때문이다. 그러한 까닭에 진묵은 여전히 무표정한 얼굴로, 무척이나 말을 아끼며 대답했다.

"정왕비."

전다다는 속으로 생각했다. 비연이 설마 포기하지 않고 흥정을 하려는 걸까?

전다다는 비연의 의심을 사고 싶지 않았기에 온순하게 돌아가 끝까지 연극을 해 보기로 마음먹었다.

그녀가 진양성에 오기 전에 당정이 특별히 당부했던 말이 있었다. 비연은 영리하고, 정왕은 더욱 영리하니 반드시 조심스럽게 응대해야 한다고. 어떤 일이 있더라도 절대 가볍게 그들을 탐색하려 들어서는 안 되고, 말을 많이 해서도 안 된다고 했다. 한마디로 밀정답게 굴어야 했다!

"좋아요. 오라버니가 잘생겼으니까 같이 가 줄게요."

전다다가 여전히 헤실거렸다. 마치 영원히 이렇게 즐거울 것처럼. 그러나 정왕부 객당에 도착해 비연과 군구신이 함께 앉아 있는 것을 보자 결국은 그 웃는 얼굴도 굳어 버리고 말았다.

'심상치 않아!'

전다다는 불안함을 느끼면서도 그들에게 다가갔다. 그녀는 일부러 군구신을 못 본 체하며 물었다.

"왕비마마께서 생각을 바꾸셨나요?"

비연은 아무 말도 하지 않았고, 대신 군구신이 말했다.

"전 소저, 앉으시지."

전다다는 한마디 더 물으려다가 생각을 바꿔 그대로 자리에 앉았다.

군구신이 망중에게 눈짓하자, 망중이 바로 100만 금에 달하는 금표를 꺼내 전다다의 앞에 놓았다.

"원래 하던 방식대로 일단 반을 내기로 하지. 첫 번째 정보에 200만 금, 두 번째 정보에 400만 금, 그런 식으로 계속하고. 본 왕의 금표는 이미 준비되어 있으니 전 소저가 본 왕을 너무 오래 기다리게 하지 않았으면 좋겠군. 물론 강호의 규칙에 따라, 2년 안에 임무를 완성하지 못하면 지금 지불한 금액은 그대로 돌려받는 것으로."

전다다가 멍한 표정을 지었다. 주변에 씀씀이가 큰 사람들이 상당히 많지만 군구신의 씀씀이에는 놀라지 않을 수 없었다. 정보 하나에 200만 금인 것만 해도 상상을 초월하는 거액인데, 그는 뜻밖에 정보를 계속 받겠다고 했다!

어떻게 하면 좋을까? 정왕은 승 회장과 한가보를 의심하고 있고, 이것은 아주 중대한 일이다. 그녀 혼자 결정할 수 있는 일이 아니었다.

만약 이 의뢰를 승낙한다면 전다다는 정보의 일부분을 누설해야 한다. 하지만 그 대신 호감과 신뢰를 얻을 수 있을 것이다. 승낙하지 않는다면, 정왕과 비연이 그녀에게 다른 정보를 찾아오라고 할 가능성은 없어 보였다. 운한각의 주인이라면 어떤 선택을 할까?

전다다는 고개를 들었다. 순간 군구신의 차갑고 예리한 눈빛과 마주쳤다. 전다다는 일단 일을 벌이고 나중에 보고할 수밖에 없는 상황임을 깨달았다!

어떻게 하지? 고민에 빠진 전다다의 눈길이 수북이 쌓인 금표 쪽으로 향했다. 전다다는 항상 하던 방법대로 하기로 마음먹었다! 그녀는 금원보를 원했다. 만약 정왕이 금원보를 내준다면 그녀는 이 의뢰를 받을 것이다. 내주지 않는다면 의뢰를 받지 않을 것이다!

전다다의 입가에 작은 보조개가 다시 떠올랐다. 살짝 가늘게 뜬 그녀의 눈이 눈부시게 반짝이는가 싶더니 그녀가 입을 열었다.

"정왕 전하, 전 오늘은 금표 대신 금원보만 받을 작정이에요! 차 한 잔 마실 시간을 드리겠어요. 100만 금 상당의 금원보를 가져오신다면 이 거래는 그대로 성립하는 거예요!"

군구신과 비연 모두 놀랐다. 그들이 전다다를 다시 부른 건 그저 그들의 추측이 맞는지 알아보기 위해서였다. 전다다가 거절하리라 생각하고 있었는데 뜻밖에 이런 요구를 하다니! 그들의 추측이 틀린 걸까, 아니면 전다다가 그들을 너무 얕잡아보고 있는 걸까?

군구신이 말없이 망중을 바라보았다. 망중은 바로 그 뜻을 알아채고 전다다에게 말했다.

"전 소저, 잠시 기다리십시오."

전다다도 조금 놀랐다. 그녀는 저도 모르게 긴장하기 시작했다.

차 한 잔 마실 시간도 지나지 않아 망중이 하인들을 시켜, 금원보로 가득 찬 상자들을 운반해 와서 전다다 앞에 내려놓았다.

"전 소저, 100만 금입니다. 세어 보시지요."

금원보 상자를 본 전다다의 눈빛이 순식간에 반짝반짝 빛났다. 그녀는 그야말로 금원보에서 손을 떼지 못하고 있었다. 그녀는 한눈에 금원보에 함유된 금의 양이 아주 충분하다는 것을 알아보았다!

근 10년 동안, 현공대륙에서는 금표로 유통되는 액수가 황금으로 직접 유통되는 액수보다 훨씬 많았다. 즉, 금표로 발행되는 총액이 늘어나면서 실제 황금의 양을 넘어서기 시작했던 것이다. 그렇기 때문에 가장 가치 있는 것은 영원히 금원보일 수밖에 없었다!

전다다는 오늘 밤 금원보 안에 파묻혀 자고 싶을 지경이었다.

"정왕 전하, 거래 성립입니다!"

전다다는 일단 운한각에 다녀와야겠다고 생각했다. 주인에게 얼마만큼의 비밀을 정왕에게 누설해도 되는지 알려 달라고 하고, 겸사겸사 그녀의 포상금 문제도 떠볼 생각이었다.

그녀는 이렇게 제 주머니로 들어올 돈을 벌 기회를 놓칠 생각이 없었다!

실종, 뜻밖에도 이렇게

전다다가 마차를 빌려, 금원보 상자를 전부 싣고 떠났다.

군구신과 비연은 멀어져 가는 그녀를 보며 의아해하고 있었다. 그들의 추측이 정말로 틀렸다니!

비연은 그 금원보만 생각하면 마음이 아팠다. 아무리 생각해 봐도 자신과 군구신이 바가지를 쓴 것 같았다. 이렇게 탐색하지 않았다면 가격을 깎을 수 있었을지도 모르는데.

그러나 군구신은 그렇게 생각하지 않았다. 그는 전다다가 다른 사람에게 고용되지 않은 것만으로도 기뻐할 가치가 있다고 생각했다. 게다가 전다다가 업계에 들어온 후 지금까지 임무를 실패한 적이 없다는 점을 고려하면, 그녀가 거액을 요구한 이상 절대로 군구신을 실망시키지 않을 터였다.

그는 비연과 함께 안으로 걸어가며 군대의 상황을 설명해 주었다.

정역비는 군구신의 안배에 따라, 비밀리에 진양성을 떠나 동쪽 변경으로 향하고 있었다. 그리고 앞으로 열흘 동안 병사를 징발하고, 장수를 주둔지로 파견하는 명령이 몇 번 나갈 예정이었다. 모든 것이 차질 없이 진행되고 있었다.

군구신은 원래 엽십삼이 실종된 소식을 여기저기 퍼뜨려 백초국을 위협할 생각이었다. 그러나 백초국 황실이 먼저 엽십삼이 실종되었음을 발견하고, 며칠 전 그를 찾기 위해 현상금을 내걸었다. 덕분에 당분간은 군구신이 신경 쓰지 않아도 될 것 같았다.

비연은 그의 이야기에 귀를 기울이며, 궁 안의 상황이며 화월산장에서 최근 진행한 거래 내용에 대해서도 언급했다. 감정과 관련한 것만 제외하면 그들은 아주 좋은 동료 관계였다!

두 사람은 이야기를 나누며 어느새 정원까지 걸어갔다. 전 어멈이 하인들을 이끌고 만찬을 준비해 두고 있었다. 작년까지는, 중추절이 되면 군구신은 궁의 연회에 참석해 천무제와 함께 지냈다. 그러나 올해는 비연과 함께 보낼 생각이었다.

비연은 전 어멈이 원탁을 준비해 둔 것을 발견하고 재빨리 말했다.

"곁에 탁자를 더 준비해 줘. 저녁에 진묵이랑…… 다들 오라고 부를 거야. 같이 시끌벅적하게 보내야지."

전 어멈은 분명 비연의 사람이었지만, 이 말을 듣자 군구신에게 묻는 듯한 시선을 던졌다. 그리고 군구신이 반대하지 않는 것을 보고서야 비연의 명에 따랐다.

비연은 자리를 뜨려다가 갑자기 무슨 생각이 떠오른 듯 전 어멈에게 물었다.

"만 공공은?"

"아직 궁에 있다고 합니다."

비연은 속으로 생각했다. 그 조그만 녀석이 꽤 잘 피하는데!

물론 비연은 군구신 앞에서 너무 많은 이야기를 할 생각은 없었다. 그래서 군구신이 그 자리를 떠난 후에야 망중을 불러 들였다.

"가서 하소만에게 전해 줘. 오늘은 중추절이니, 본 왕비가 괴롭히지 않을 거라고. 그러니 어서 돌아와 중추절을 함께 보내자고 말이야. 내일부터 다시 도망쳐도 좋고…… 얼마나 오래 숨을 생각인지는 모르지만, 하고 싶은 대로 해도 좋고……."

망중은 하소만이 왕비마마를 피해 궁 안에서 며칠 보내고 있다는 것만 알 뿐, 대체 무엇 때문에 그러는지는 알지 못했다.

그가 조심스럽게 물었다.

"왕비마마, 소만이 대체 무슨 잘못을 저질러 마음이 상하셨는지요?"

비연이 큰 소리로 웃고는 대답 없이 몸을 돌렸다.

망중은 사람을 보내 말을 전하려다가, 생각을 바꿔 직접 궁 안으로 들어갔다. 호기심을 견딜 수 없어 하소만에게 직접 묻고 싶었던 것이다. 그러나 예상과는 달리, 황궁 전체를 두루 둘러보아도 하소만을 찾을 수 없었다. 황궁 안 사람 말로는 하소만은 어젯밤 궁을 나갔다고 했다.

망중은 하소만을 잘 알고 있었다. 하소만은 궁이 아니라면 정왕부밖에는 갈 곳이 없었고, 이렇게 아무 이유도 없이 실종될 리도 없었다. 분명 무슨 문제가 생긴 것이다!

망중이 초조하게 정왕부로 돌아왔다. 날은 이미 어두웠고 둥근 달이 하늘에 걸려 있었다. 정왕부의 정원에는 등불이 휘황찬란하고, 여기저기 비단 띠가 걸려 있었다. 전 어멈이 좋은 술이며 맛있는 요리는 물론이고 각종 과일이며 월병까지 모두 준비해 둔 참이었다.

비연이 제일 먼저 도착해, 자리에 앉아 멍하니 밝은 달을 보고 있었다. 오늘 밤의 달은 유달리 크고 휘영청 밝은 것이 무척이나 아름다웠다. 중추절은 온 식구들이 함께 모이는 날인데…… 제 집이 어떠했는지조차 잊었다 해도 집과 가족에 대한 그리움은 끊어 낼 수 없는 것이다.

우리 가족은 아직 살아 있을까? 지금 어디에 있을까……? 나를 그리워하고 있지는 않을까?

그립고 또 그리웠다. 비연의 머릿속은 꿈에서 본 빙해의 풍경으로 가득 찼다. 부황의 그 잘생긴 얼굴, 그리고 그 얼굴에 가득하던 핏자국…….

비연이 사납게 머리를 감싸 안았다. 더 이상 생각하고 싶지 않았다!

그때 군구신이 다가오더니, 한눈에 비연의 마음이 편치 않다는 것을 눈치채고 물었다.

"왜 그래?"

그러나 비연이 대답하기도 전에 망중이 달려와 다급하게 말했다.

"전하, 큰일 났습니다! 소만이 실종되었습니다!"

군구신도 깜짝 놀랐다.

"뭐라고?"

비연도 고개를 들었다.

"어찌 된 일이지?"

망중은 궁에서 돌아오는 즉시 정왕부 조사도 끝냈다. 하소만은 어젯밤 출궁 후 깊은 밤에 정왕부로 돌아왔던 모양이다. 문을 지키던 시위 두 사람이 그를 보았다고 증언했다. 그러나 오늘 하루 종일 하소만을 보았다는 사람은 아무도 없었다.

망중이 말했다.

"제가 방금 저택 안을 전부 뒤졌지만 찾지 못했습니다!"

비연이 초조해하며 물었다.

"시위들 중에 하소만이 나가는 걸 본 사람은 없고?"

망중이 진지하게 대답했다.

"없습니다!"

비연과 군구신은 서로의 얼굴을 바라보았다. 하소만이 아직 저택 안에 있는데 발견되지 않았거나…… 혹은 누군가가 시위들의 눈을 피해 하소만을 끌고 갔거나…… 그중 어느 상황이라도 하소만의 처지가 좋지만은 않을 듯했다!

군구신이 바로 결정을 내렸다.

"다시 한번 찾도록. 구석구석, 세심하게 찾아보도록 해라!"

망중이 명을 받들러 간 후 군구신이 바로 몸을 일으켰다. 직접 찾으러 가려는 모양이었다. 비연도 가만히 있을 수 없어, 진묵과 전 어멈에게 길을 나누어 찾아보라고 한 후 자신도 명월거 쪽으로 향했다.

한 시진 동안 찾았으나 하소만은 그림자도 보이지 않았다. 군구신이 정왕부 밖으로 수색 범위를 넓히려 했을 때 망중이 총총히 달려왔다.

"전하, 왕비마마, 찾았습니다! 진묵이 정원 연화지에서 찾았습니다!"

비연이 불안한 표정으로 물었다.

"정원의 연화지? 연못 말이야? 어찌 된 일이지?"

망중이 말했다.

"저도 잘 모르겠습니다. 하소만은 저에게는 한마디도 하지 않고, 뭍으로 올라오려 하지도 않습니다! 진묵이 기척을 느끼고 찾아냈는데…… 한 발만 늦었어도 아마 다시 물속으로 숨어버렸을 겁니다!"

비연은 남몰래 안도의 한숨을 내쉬었다. 진묵이 시체를 찾았을까 봐 두려워하고 있었던 것이다!

군구신이 더 묻지 않고 빠르게 정원으로 달려갔다. 비연도 그 뒤를 따라갔다.

하소만은 연못가에 엎드린 채 고개를 숙이고 있었다. 몸의 반은 여전히 물속에 잠겨 있었다. 진묵이 물가에 앉아 하소만의 손을 꽉 잡고 그가 물속으로 숨지 못하게 하고 있었다. 이게 대체 어찌 된 일일까?

군구신이 냉랭하게 명령했다.

"안 올라오고 무엇 하느냐?"

하소만은 고개를 숙인 채 대답하지 않았다. 망중은 무척 놀랐다. 하소만이 정왕 전하에게 대답하지 않은 것은 처음이었던 것이다. 이 녀석, 어디서 이런 배짱이 생겼담? 머리에 문제가 생긴 건 아니겠지?

군구신은 쓸데없는 말은 그만두고, 성큼성큼 걸어가 하소만의 다른 손을 잡았다. 바로 그 순간, 하소만이 고개를 들고 울먹였다.

"전하, 구해 주세요⋯⋯."

그의 눈에서 흘러내린 눈물이 진주로 변하더니, 작은 파문을 일으키며 물속으로 떨어졌다.

이건⋯⋯.

군구신도 자신이 잘못 본 건 아닌지 의심했다. 그러나 하소만이 다시 흐른 눈물은 곧 진주로 변해 물속으로 떨어졌다. 군구신은 겨우 자신이 본 것을 믿을 수 있었다. 그가 중얼거렸다.

"눈물이 진주가 되다니⋯⋯. 너, 네가⋯⋯ 상고 인어족의 후예구나!"

하소만은 주인이 무슨 말을 하는지도 모르는 것 같았다. 그저 제 주인의 손을 잡고 울고 있을 뿐이었다. 평소의 어른스러운 모습이라고는 전혀 찾아볼 수 없고, 완전히 무력해진 어린아이 같은 모습이었다.

하소만이 눈물을 흘림에 따라 진주가 계속 물 위로 똑, 똑, 소리를 내며 떨어져 내렸다.

군구신 뒤에 있던 모두의 표정이 변하고 말았다.

혈통, 인어족의 후예

인어족은 현공대륙에서도 매우 오래된 종족이지만, 천 년도 전에 소리 없이 종적을 감춘 상태였다. 그래서 지금 대다수의 사람들은 인어족이 전설에 지나지 않는다고 여기고 있었다. 인어의 눈물인 '교주' 역시 특수한 진주로, 그저 이름만 그렇다고 생각했다.

군구신은 과거 현공대륙에 존재했던 가문들을 조사한 바 있어, 인어족에 대해서도 알게 되었다.

그는 천 년 전 인어족이 무슨 이유로 갑자기 사라졌는지는 알지 못했다. 그러나 인어족이 확실히 존재했다는 사실은 알고 있었다. 또한 만진국 백리 황족의 신물을 포함하여 적지 않은 소장가들이 가지고 있는 교주는 정말로 인어족의 눈물이 변한 진주라는 사실도 알고 있었다.

인어는 어린 시절에는 보통 사람과 별 차이가 없다. 그러나 열서너 살이 되면 변이를 겪게 되는데, 그때 인어족의 특징과 능력이 드러난다. 그중에서도 눈물이 진주로 변하는 것은 가장 뚜렷한 특징이었다!

그러나 그것은 평생 계속되는 일은 아니었다. 인어족은 변이 때와 죽음에 이르렀을 때에만 눈물을 진주로 변화시킬 수 있었다.

변이가 일어날 때 흘리는 눈물은 모두 진주로 변하지만, 이 때의 교주는 보통 진주와 큰 차이가 없었다. 진정한 교주는 바로 인어족이 죽기 직전에 흘리는 최후의 눈물이 변한 것이었다.

인어족의 혈통에는 금인어와 은인어, 옥인어와 흑인어가 있었는데, 금인어의 혈통이 가장 귀했고 흑인어의 혈통이 가장 낮았다. 그들이 남기는 교주 역시 달랐는데, 백리명천의 신물인 자옥교주는 옥인어가 남긴 것이었다.

지금은 은인어가 남긴 교주가 아주 드물게 경매장에 나올 뿐, 금인어가 남긴 교주는 천 년 동안 아무도 본 적이 없었다.

의심할 바 없이 하소만은 인어족의 후예로, 변이 중이었다.

군구신이 물속으로 들어갔다. 그러나 물빛이 검게 변해 있어 아무것도 보이지 않았다. 군구신의 추측이 틀리지 않는다면 지금 하소만은 격렬한 고통에 시달리고 있을 것이다. 그의 두 다리에 비늘이 돋아나며, 물고기 꼬리처럼 변하는 중이었던 것이다.

애벌레는 고치를 부숴야만 나비가 될 수 있다. 변이의 고통을 참아 내지 못하면 고치 속에서 죽을 수밖에 없다. 인어족도 마찬가지였다. 변이의 고통을 감당하지 못한다면 죽기 전 마지막 눈물을 흘려 교주를 남기게 될 것이다.

하소만은 군구신의 손을 잡은 채 계속 눈물을 흘렸다. 몸이 떨리고 있었지만 우는 소리를 내지는 않았다.

하소만은 어젯밤 궁에서 돌아온 지 얼마 지나지 않아 몸이 불편해졌다. 처음에는 목이 마르다는 생각이 들었는데 어느 순간 온몸이 다 바싹 마르는 것 같은 기분이 들었다. 물속에 들어가지 않으면 불편할 것 같은 기분에 욕조 안으로 들어갔지만 그래도 편해지지 않았다. 그는 자신을 제어하지 못하고, 후원으로 달려가 연못 속으로 뛰어들었다.

날이 밝아 올 무렵 그의 변이가 시작됐다. 두 다리가 서로 달라붙더니 더 이상 벌어지지 않았고, 다리 위로 비늘이 생겨났으며, 칼에 베이듯이 아팠다. 그는 고통에 울먹이다가 자신의 눈물이 진주로 변하고 있음을 발견했다.

하소만은 인어에 대해 들어 본 적 없어 경악하며, 자신이 괴물이 되었다고 생각했다. 그는 계속 숨은 채 참기만 했다. 감히 밖으로 나갈 엄두를 내지 못하고, 그렇게 하루 내내 숨죽여 울고만 있었다.

군구신이 고개를 돌리지도 않고 차갑게 말했다.

"모두 물러가라!"

모두 물러났지만 비연은 그 자리를 지켰다. 그녀는 하소만이 아주 고통스러워하는 것을 알아보고는 재빨리 달려가 물었다.

"하소만이 인어족의 후예라면……. 이건 어찌 된 거지?"

하소만이 고통을 참으며 고개를 들었다.

"전하, 인어족이 뭐예요? 나, 나…… 저는 이거 어떻게 된 건가요?"

군구신이 다른 손으로 하소만을 끌어당기며 붉어진 그의 눈을 진지하게 바라보았다.

"인어족이 무엇인지는 일단 생각할 필요 없다. 잘 들어라,

소만. 아무리 아파도 견뎌야 한다. 견뎌 내지 못하면 죽을 수도 있어!"

하소만은 순간적으로 멍한 표정을 지었고 비연 역시 경악했다. 이런 상황일 거라고는 생각지 못했던 것이다.

비연은 하소만에게 빚을 갚아야 한다는 생각 같은 건 이미 깨끗하게 잊고 그의 손을 꽉 잡아 주었다. 하소만의 몸이 딱딱하게 굳어 있는 걸 느낄 수 있었다. 그는 계속 인내하고 있었던 것이다.

이 꼬마 녀석이 어디서 이렇게 참는 법을 배웠담. 아무리 어른스럽다 해도 결국은 열서너 살 먹은 아이일 뿐인데…….

비연의 마음이 아파 왔다.

"소만, 견디기 힘들면 울어도 괜찮아. 크게 울수록 고통이 덜할 거야. 나를 믿어, 내가 해 봤으니까. 정말로 효과가 있다니까."

하소만은 비연을 보고 다시 군구신을 쳐다보았다. 그는 입술을 깨문 채 더욱더 많은 눈물을 흘리기 시작했다. 그러나 여전히 우는 소리는 내지 않았다.

어린 시절, 그는 늙은 태감에게 발견돼 궁으로 들어갔고 하마터면 거세를 당할 뻔했다가 정왕 전하에게 구원받았다. 그는 아직 기억하고 있었다. 정왕 전하에게 구출돼 방을 나온 다음에도 그는 계속, 계속 울었다. 그리고 정왕 전하는 그를 야단치며, 다시 울면 버리겠다고 경고했다. 그날 이후 지금까지 3년여, 그는 정왕 전하 곁에 머물며 눈물을 단 한 방울도 흘리지 않았다.

이번에도 정말로 고통을 견딜 수 없었던 것이 아니라면 울지 않았을 것이다!

사실 그때 군구신은 입에서 나오는 대로 말했던 거라 그 일을 기억하지 못하고 있었다. 그는 하소만이 참고 있는 것을 보고 말했다.

"울고 싶으면 울어라. 참아서 무엇 하느냐?"

이 말에 하소만이 큰 소리로 울기 시작했다. 울고 또 우니 정말로 그렇게까지 아프지는 않은 것 같았다. 그의 몸도 더 이상 그렇게까지 굳어 있지 않았다. 그러나 하소만의 몸에서 점차 힘이 빠지더니, 갑자기 다리 쪽에서 격렬한 통증이 시작되어 순식간에 온몸으로 퍼졌다.

그 고통을 참지 못한 하소만이 군구신과 비연의 손을 사납게 밀어내더니 몸을 돌려 물속으로 들어갔다. 비연이 당황하며 물었다.

"어떻게 된 거지?"

군구신도 정확한 상황을 알 수 없었다.

얼마 지나지 않아, 하소만이 마치 고통 때문에 몸부림치듯 물속 여기저기를 돌아다니는 게 보였다. 그는 계속 몸을 움직이다가 갑자기 연못 벽에 머리를 박았다.

"하소만!"

"안 돼!"

군구신과 비연이 거의 동시에 소리쳤다. 군구신은 더 생각할 겨를도 없이 바로 물속으로 뛰어들었다!

하소만의 머리에서 흐른 피가 얼굴까지 더럽히고 있었다. 그는 계속 벽에 머리를 박으려 했지만 다행히도 군구신이 제때 그를 안았다. 그러나 하소만은 이미 제어를 잃은 듯, 미친 것처럼 몸부림치고 있었다. 마치 제 안의 모든 힘을 밖으로 풀어내고 나면 아프지 않을 듯이!

"놓아주세요! 놓아줘! 전하, 제발, 제발 놓아주세요! 견딜 수 없어요! 전하, 놓아주……."

그는 비명을 지르다 울다가 했다. 군구신은 계속 손을 놓지 않고 차가운 목소리로 말했다.

"버텨라. 본 왕이 너를 구한 것을 후회하게 하지 마라!"

하소만이 살짝 멈칫하는 듯했지만 곧 다시 발버둥 치기 시작했다. 그도 정왕 전하를 실망시키고 싶지 않았다. 그러나 견딜 수가 없었다!

하소만은 몸부림치고 또 몸부림치다 갑자기 군구신의 팔을 죽어라 물어뜯었다. 그와 동시에 그의 몸부림도 줄어들었다.

그가 군구신을 얼마나 사납게 물고 있는지는 하늘만이 알 것이다. 곧 군구신의 팔에서 선혈이 흘러내리기 시작했다. 그러나 군구신은 살짝 미간만 찌푸렸을 뿐 하소만을 밀어내지는 않았다.

비연은 물가에서 발을 동동 구르고 있었다. 군구신 팔에서 흐르는 피가 유난히도 눈을 찔러 왔다. 계속 서성거리다가 저도 모르게 약왕정을 만진 그녀는 바로 발걸음을 멈추고 사납게 제 이마를 때렸다.

"진통제! 진통제가 효과가 있을지도 몰라!"

곧바로 약왕정을 가동시켜, 효과가 가장 뛰어난 진통제를 제조하라고 명령했다. 약왕정은 곧 단약 한 알을 만들어 냈다.

비연이 그것을 들고 직접 물속으로 뛰어들었다.

"망할 얼음, 어서 이 약을 먹여 봐."

백리명천을 의심하다

군구신은 하소만을 떼어 내느라 꽤 공을 들여야 했다. 이미 이성을 잃은 하소만이 군구신의 팔에서 입을 떼자마자 다시 발버둥 치기 시작했다.

군구신은 하소만의 턱을 잡고 간신히 입을 벌렸다. 비연이 재빨리 그 안으로 단약을 밀어 넣었다. 하소만은 여전히 몸부림치고 있었지만 군구신이 계속 그를 끌어안고 있어 상처가 생기는 것을 막을 수 있었다.

비연은 멀리 가지 않고, 말없이 수를 세며 약효가 나타나기를 기다리고 있었다.

"놓아줘! 놓으라고!"

하소만이 계속 고함을 쳤다. 두 팔은 군구신에게 단단히 잡혀 있었지만, 두 다리로 있는 힘을 다해 발버둥을 치고 있어 물보라가 계속 생겨났다.

비연은 보면 볼수록 초조해졌다. 하소만의 모습을 보니 진통제의 효과가 없어 보였다. 한 알 더 먹여 보면 어떨까? 하지만 이렇게 강한 진통제를 연속으로 두 알 먹으면 위험할 수도 있었다!

비연이 머뭇거리는데 하소만이 갑자기 고함을 질렀다. 그러더니 거의 동시에 물 아래에서 무엇인가가 거대한 물보라를 일으켜 그들 모두를 덮쳤다. 비연은 그저 군구신의 고함만 들을 수 있었다.

"조심해!"

곧 물보라가 가라앉았다. 마치 아무 일도 없었던 것 같았다. 비연과 군구신은 온몸이 흠뻑 젖었다. 하소만은 조용히 군구신의 어깨에 기대고 있었다. 미동도 없는 것이, 혼수상태에 빠진 것 같았다.

군구신과 비연이 서로를 바라보았다. 두 사람 모두 무척이나 불안했다. 군구신이 하소만의 숨을 살펴보는 동안, 비연은 긴장한 나머지 심장이 마치 공중에 매달린 것만 같은 기분이었다.

군구신이 곧 기쁨에 차 외쳤다.

"됐어, 살았어!"

비연도 안도의 한숨을 내쉬고는 저도 모르게 울기 시작했다.

"아무 일 없으면 됐어, 된 거야!"

군구신이 재빨리 하소만을 뭍에 내려놓았다. 하소만의 몸은 이미 정상을 회복한 상태였다. 고요해진 그는 보통 소년과 별 차이가 없어 보였다. 모르는 사람이 본다면 그가 방금 무슨 일을 겪었는지 짐작하지 못할 것이다.

"전 어멈을 불러 줄게. 감기 걸리지 않도록 조심하고!"

군구신은 이 말을 남긴 채 하소만을 안고 총총히 떠났다. 비연은 물에 젖어 속이 훤히 드러나는 제 옷을 내려다보고는, 얼굴만 남기고 물속으로 몸을 숨겼다. 중추절의 밤은 아주 서늘했다.

비연이 옷을 갈아입은 후 하소만의 방으로 달려갔다. 저 멀리 망중과 시위들이 문밖을 지키고 있는 게 보였다. 방문을 열어 보니 하소만은 침상에서 조용히 자고 있었고, 군구신이 직접 곁을 지키고 있었다. 군구신은 달처럼 새하얀 옷으로 갈아입고 먹처럼 검은 머리를 반쯤 묶어 올린 상태였다. 흰 옷을 입은 그는 평소보다 좀 더 맑고 우아해 보였다.

이 장면은 본 비연은 왠지 모르게 집에 돌아온 듯한 느낌을 받았다. 어쩌면 이곳에 있는 많은 이들에게 있어 정왕부는 정말 집인 것이 아닐까? 한 사람에게 문제가 생기면 모두 함께 근심하고……. 하늘이 무너져 내린다 해도 그들의 주인이 그들 대신 받쳐 줄 거라 믿으며.

비연이 방으로 들어가려 했을 때 군구신이 나오며 망중에게 말했다.

"별다른 일은 없을 거다. 지켜보다가, 깨어나면 바로 보고하도록."

망중이 안도하며 외쳤다.

"예!"

비연은 그제야 군구신의 팔에 난 상처를 아직 치료하지 않았다는 걸 깨달았다. 그녀가 바삐 치료해 주려 했지만 그는 오히려 서두르지 않고 말했다.

"가자, 할 이야기가 있어."

그러나 비연은 그 자리에 멈춰 선 채 그의 손을 잡아끌었다.

"안 돼. 일단 약을 발라야 해!"

단호한 그녀의 태도에 군구신도 어쩔 수 없어 그대로 앉을 수밖에 없었다. 그가 소매를 들어 올리자 물린 자국이 나타났다. 상처는 크지 않았지만 아주 깊었고, 피도 흥건했다.

비연은 미간을 찌푸렸다. 누가 보아도 마음 아파하는 표정이었다. 그녀는 약왕정으로 약을 배합하며, 손수건으로 그의 상처 주변의 핏자국을 닦아 주었다.

"아파?"

군구신에게 이 정도의 고통은 사실 별것 아니었다. 그러나 비연의 찌푸린 이마를 보고 잠시 머뭇거리다가 겨우 입을 열었다.

"조금 아프군."

비연은 더욱 마음이 좋지 않았다.

"약을 바를 때 좀 더 아플 거야. 참아야 해."

그녀는 아주 부드럽게, 아주 조심스럽게 약을 바르고 상처를 싸매 주었다. 비연은 계속 고개를 숙이고 있었는데, 그 작고 하얀 얼굴에는 걱정이 한가득이었다. 그러나 그녀는 정작 그 사실을 알아채지 못했다. 뿐만 아니라 군구신이 계속 다정한 눈빛으로 자신을 보고 있다는 사실도 알지 못했다.

비연은 상처를 싸맨 후 군구신에게 약을 한 병 건넸다.

"내일이면 상처가 아물겠지만 이 약은 사흘 연속 발라야 해. 그래야 흉터가 남지 않을 거야."

비연이 고개를 들었다. 군구신의 물처럼 따뜻한 눈동자와 마주친 그녀는 황홀한 기분이 들었지만 곧 그의 시선을 피했다. 그녀가 몸을 일으키려 하자 군구신이 그녀의 손을 잡았다.

비연은 어쩐지 화가 났다. 자신에게 화가 난 걸까, 아니면 그에게 화가 난 걸까. 그것조차 알 수 없었다.

그녀가 고개를 돌려 그를 노려보았다. 그러나 한마디 하기 전에 군구신이 먼저 말했다.

"착한 일을 하려면 끝까지 해야지. 소매도 내려 줘."

비연이 다시 그를 노려보며 대답하지 않았다. 군구신은 그녀의 시선을 그대로 받으며 손을 놓아주지 않았다. 결국 비연이 지고 말았다. 그녀가 불쾌하다는 듯 물었다.

"손을 놔주지 않는데 어떻게 소매를 내려 주지?"

군구신이 그녀의 손을 놔주자, 이게 웬일일까. 비연은 바로 '꿈도 꾸지 마!'라는 말을 남기고 몸을 돌려 달려갔다. 주변에 있던 시위들 모두 이 장면을 보았고, 누군가가 피식 웃고 말았다. 제 주인이 여자에게 희롱당하는 장면을 보는 건 처음이었던 것이다!

군구신이 천천히 고개를 돌리자 시위들은 재빨리 몸을 돌려 벽을 바라보았다. 군구신은 그제야 몸을 일으켜 그 자리를 떠났다. 그의 입가에도 참을 수 없는 듯한 웃음기가 배어 있었다.

그가 곧 비연을 따라잡았다. 그녀는 계속 도망가려 했지만 군구신이 차가운 목소리로 말했다.

"그만. 할 이야기가 있다니까!"

비연이 발걸음을 멈췄다. 사실 그녀도 인어족에 관해 묻고 싶었던 참이었다. 그녀가 온순하게 고개를 돌려 보니 그의 소매는 아직도 올라간 채였다. 그녀는 일부러 못 본 척했다.

군구신은 그녀를 더 이상 힘들게 하지 않고, 인어족에 대해 자신이 아는 모든 것을 이야기해 주었다. 이야기를 다 들은 비연이 중요한 점을 바로 알아챘다.

"상고 시대의 인어족은 사실 사라진 게 아니라 신분을 숨기고 대대로 이어져 내려왔다는 이야기인 거야? 그렇다면 그 귀한 교주도 반드시 상고 시대부터 전해져 온 게 아닐 수도 있겠네?"

비연은 말하면 말할수록 의아한 기분이 들었다.

"그들은 무엇 때문에 흔적을 감췄던 거지? 일부러 신분을 숨긴 이유는 뭘까?"

군구신은 그렇게 많은 것을 생각할 여유가 없었다. 지금 그가 관심을 두고 있는 것은 바로 만진국의 백리 가문이었다. 하소만의 눈물이 진주가 되는 걸 보았을 때 그가 가장 먼저 떠올린 사람이 바로 백리명천이었던 것이다.

그가 진지하게 물었다.

"도요곡을 기억해?"

비연이 고개를 갸웃했다.

"도요곡?"

군구신이 대답했다.

"너를 구출한 후 정역비가 동굴 입구며 그 강의 양쪽 물가에 병사들을 매복시켰지. 그리고 본 왕과 정역비가 함께 도요곡에 들어가 찾아보았지만 백리명천을 발견하지 못했다."

비연은 그제야 도요곡과 관련한 일을 떠올리고 경악했다!

도요곡은 험준한 산으로 사방이 완벽하게 봉쇄된 골짜기였다. 드나들 수 있는 출입구는 단 하나, 바로 물 아래에 있었다.

그때 그녀는 백리명천에게 독을 썼었다. 아주 특수한 독을! 백리명천이 운우지정을 나누는 방식으로 해독했다 해도 그렇게 빨리 회복되지는 않았을 것이다! 그러니 이치대로라면, 그는 정역비가 짜놓은 포위망에서 벗어날 수 없었다. 무엇보다, 그렇게 깊은 못 아래에 잠수하여 장시간 숨을 힘이 있을 리 없었다. 그러나 만약 백리명천이 인어라면 이 모든 것이 가능해진다!

비연이 중얼거렸다.

"당신, 백리명천이 인어라고 생각하는 거야?"

군구신이 다시 말했다.

"장파의 고묘, 기억하고 있지?"

그곳 미궁 한가운데에 있던 연못에서 백리명천은 갑자기 날듯이 뛰어올랐다. 당시 그녀는 매우 의아해하면서도 깊이 생각하지는 않았다.

비연은 의혹이 가득한 눈으로 바라보자 군구신이 계속 말했다.

"백리 가문의 신물은 교주고, 만진에는 수군이 있고…… 보아하니, 대비하지 않으면 안 되겠어!"

군구신의 결정

비연은 빙해의 일에 신경 쓰느라 동쪽 변경에 대해 거의 생각하지 않고 있었다. 그러나 군구신의 말을 들은 그녀는 바로 음모의 냄새를 맡았다!

비연이 중얼거렸다.

"이상해! 백리명천은 택아가 죽지 않은 것은 물론 엽십삼이 소씨 가문에 매수된 것도 알고 있어. 그런데 기욱이 동쪽 변경에서 어떻게 그렇게 순조로울 수 있는 거지?"

군구신은 웃음을 참을 수 없었다. 그가 그녀처럼 이렇게 늦게 그 문제에 주목했다면 이 전쟁은 아예 할 필요도 없었다! 이 전쟁에서 그가 가장 관심을 두고 있는 것은 바로 백리명천의 동태였다.

전투 시작부터 지금까지, 소씨 가문의 안배하에 기욱은 승승장구하고 있었다. 이미 만진국의 방어선을 넘어 만진국의 영토에 들어선 지 오래였다. 어제도 기욱이 성을 하나 더 함락시켰다는 승전보가 날아왔다.

적군이 파죽지세로 쳐들어오게 내버려 두는 위험을 무릅쓰려 하는 군주는 없을 것이다. 명백했다. 백리명천은 엽십삼이 택 태자를 암살한 사건의 진상을 만진국 황제에게 이야기하지 않은 것이다. 심지어 소씨와 기씨 가문이 결탁한 비밀도 숨기고 있는 게 분명했다.

황자의 신분으로 그렇게 큰일을 숨기고 있다면 목적은 단 하나였다. 백리명천은 이 기회를 틈타 모반을 일으킬 생각인 것이다. 아마 외부의 힘으로 제 부황을 끌어내릴 생각이겠지!

군구신이 웃는 것을 보고 비연이 재빨리 말했다.

"사마귀가 매미를 잡고 좋아하고 있을 때, 참새가 그 뒤에서 기다리고 있기 마련이라지. 백리명천도 우리처럼 다른 이들의 계책을 역이용하기로 한 걸까? 우리가 기씨 가문 뒤에서 기다리는 참새가 되기로 한 것처럼, 백리명천도 소씨 가문 뒤의 참새가 되기로 한 게 틀림없어!"

비연은 놀라면서도 재미있다는 생각이 들었다.

"이 전쟁, 정말 재미있는 볼거리는 뒤에 있겠네! 백리명천이 우리가 손을 쓰기를 기다려 줄지는 모르겠지만!"

군구신이 고개를 끄덕였다. 그는 계속 백리명천의 행방을 조사했지만 지금까지 별 진전이 없었다. 그는 백리명천이 쉽게 포기할 사람이 아니라는 걸 알고 있었으나, 그가 대체 어떤 방식으로 복수하려 들지는 짐작하지 못하고 있었다.

지금에야 그는 알 것 같았다. 백리 일족이 만약 인어족의 후예라면 그들의 가장 큰 패는 바로 수군이다. 즉 고문관은 그들 최후의 방어선이 아닌 것이다. 수로가 있는 한!

백리명천이 감히 제 부황까지 속이고 있는 걸 보면, 분명 백리 가문의 이 패를 백리명천이 장악하고 있는 게 틀림없었다.

군구신이 진지하게 말했다.

"백리명천이 어디에 매복하고 있는지 알 것 같아!"

비연은 만진의 병력과 지형에 대해서는 전혀 아는 바가 없었다. 그녀가 물으려 했을 때 군구신이 성큼성큼 앞으로 걸어 나가더니 서재의 문을 열었다.

"들어와."

군구신은 현공대륙의 지도를 꺼내 탁자 위에 펼쳤다. 비연이 재빨리 다가갔다. 현공대륙 전체의 지도를 보는 건 처음이었다. 그러나 그녀가 상세하게 살펴보기 전에 군구신이 지도에서 만진국 제일의 요새를 가리켰다. 바로 고문관이었다.

고문관 서쪽은 바로 만진국 서부였다. 지금 기욱이 만진의 대군과 교전을 벌이고 있는 곳도 바로 이곳이었다. 고문관 동쪽은 만진국의 중부로, 거칠 것 없이 드넓은 평원이었다. 이 평원에는 북에서 남으로 흐르는 거대한 강이 있는데 이름은 창안강이라고 했다. 그곳을 지나면 바로 만진국의 황도인 광안성이었다.

군구신의 손가락이 고문관에서 동쪽으로 이동해 창안강 위에 멈췄다. 그리고 그가 진지한 목소리로 설명하기 시작했다.

"한 달 후, 기욱이 고문관을 얻게 될 거야. 그다음엔 파죽지세로 들어가 창안강 서안에 닿을 거고. 창안강을 건널 수만 있다면 만진국의 황도는 손에 들어오는 거나 마찬가지지. 백리명천이 인어족 병사들로 진을 친다면 분명 창안강에 매복하고 있겠지. 서쪽으로는 적군을 방어하고, 동쪽으로는 황도를 장악하면서."

비연은 마침내 모든 것을 이해할 수 있었다! 기씨와 소씨 가문의 눈에는 고문관이 가장 중요한 고비였다. 그러나 진정으로 중요한 지점은 바로 창안강이었다. 기욱이 만진국의 수군을 무시하고 강을 건너려 한다면…… 그가 어떻게 죽게 될지는 그 자신도 모를 것이다!

군구신의 손가락이 다시 서쪽으로 돌아와 고문관과 창안강 사이의 평원에 멈췄다.

"이 평원에는 수맥이 많고, 지하로 통해 있어. 바로 인어족 병사들이 재능을 발휘할 수 있는 곳이지."

여기까지 들은 비연이 경악했다.

"위험해!"

만약 그들이 경계하지 않고 저 드넓은 평원에 도달하면…… 그것은 호랑이 입으로 걸어 들어가는 것이나 마찬가지였다.

이 모든 것이 추측일 뿐이었지만 실현될 가능성은 매우 높았다. 군구신은 길고 보기 좋은 손가락으로 가볍게 지도를 두드리다가 결정을 내렸다.

"병사들을 고문관에서 멈춰야 해. 백리명천이 이간계를 쓰려 했었으니…… 반드시 그 배로 돌려줘야겠지."

비연 역시 백리명천이 그녀를 이용하여 기씨와 정씨, 두 가문을 이간질하려 했던 걸 잊지 않았다. 그녀도 바로 군구신의 뜻을 알아차렸다!

그녀는 원래 빙해에만 신경을 쏟고 있어 이 전쟁에는 큰 흥미를 느끼지 못했다. 사실 모든 상황을 이미 장악하고 있다고 생각했던 것이다. 그러나 지금 새로운 사실을 알게 된 이상, 흥미가 배가될 수밖에 없었다!

빙해의 일은 급하지 않다. 여러 통로로 들어올 소식을 기다리면서, 군구신이 천염국을 안정시키고 난 후에 함께 북상하여 대황숙을 만나면 된다. 그러니 당분간은 동쪽 변경의 형세에 관심을 두고 군구신과 함께 계책을 짜내는 게 나을 것이다!

그녀는 지켜볼 작정이었다. 이번에 백리명천이 그들에게서 빚을 받아 낼까, 아니면 그들이 백리명천에게서 빚을 받아 낼 수 있을까!

이런 생각을 하던 비연이 갑자기 후다닥 놀라며 물었다.

"설마, 하소만이 백리 가문 출신은 아니겠지?"

군구신이 담담하게 말했다.

"하소만은 하씨 성을 가진 부부가 주워다 키운 아이였어. 일곱 살 때 양부모가 전란 통에 죽고, 난민들을 따라 북상해 진양성에 도착했지. 난민들 사이에 섞여 다니다가 궁 안 태감의 눈에 들어 궁에 들어오게 되었고, 우연하게도 나와 마주쳤지."

놀란 비연이 다급하게 물었다.

"그럼 하소만은……."

군구신이 고개를 끄덕였다.

"하소만은 환관이 아니야."

비연은 기쁜 나머지 무어라 말해야 할지 알 수 없어 그저 바보같이 웃기만 했다. 그러자 군구신이 미간을 찌푸리며 그녀를 바라보았다. 그의 눈빛은 그녀가 하소만 때문에 이리 기뻐하는 게 달갑지 않다는 듯 살짝 멍했다.

비연은 그런 그가 무섭지 않았지만 그래도 웃음기를 감추고 마음속으로 중얼거렸다.

'자기도 하소만에게 잘해 주면서, 왜 나는 잘해 주지 못하게 하는 거야? 대체 이게 다 뭐야!'

군구신이 말했다.

"인어족의 후손이 있다면 분명 백리 일족이겠지. 하소만이 어릴 때의 일은 나도 제대로 알아본 적이 없어. 하소만이 깨어나면 다시 이야기하지."

비연이 고개를 끄덕였다. 그리고 군구신이 지도를 넣으려 하자 재빨리 가로막았다.

"잠시만! 자세히 좀 보게!"

그녀는 지도를 열심히 들여다보았지만 많은 것을 알아낼 수는 없었다. 군구신이 그녀에게 자세히 설명하기 시작했다.

현공대륙의 북쪽, 동쪽, 서쪽은 모두 바다였고, 남쪽은 빙해였다. 빙해는 동서로 길게 뻗어 있었는데 끝이 없었고, 일부분만이 현공대륙의 남쪽과 접해 있을 뿐이었다.

현공대륙 북쪽에는 천염국이, 서쪽에는 백초국이, 동쪽에는 만진국이 있었고 남쪽에는 통일된 국가가 없었다. 대신 상관보, 한가보, 현공상회, 이 세 세력이 남쪽을 장악하고 있었는데 통칭하여 남경이라 불렸다.

현공대륙 최북단은 바로 북강이었다. 신비한 설원이며 빙천이 있는 곳으로, 군구신 모후의 고향이기도 했다. 그곳은 '몽족설역'이라고도 불렸는데, 몽족과 설족, 두 부족이 모여 사는 곳이었다. 몽족은 인어족과 마찬가지로 상고 시대부터 내려오는 부족이었으나, 천 년 전에 흔적 없이 사라지고 말았다. 설족은 지금까지 이어져 내려오고 있었다.

만진국과 백초국의 북부는 설원이나 빙천과 접해 있지 않았으나 두 나라의 남부는 남경과 일부분 맞닿아 있었다. 백초국과 남경이 만나는 곳에는 상고 시대부터 내려오는 숲이 있었는데, 흑삼림이라고 불렸다.

군구신이 진지하게 말했다.

"빙해, 몽족설역, 그리고 흑삼림. 이 세 곳이 바로 현공대륙 3대 비경이지. 빙해가 가장 신비롭고, 그다음이 몽족설역, 마지막이 흑삼림이야."

비연은 속으로 생각했다. 10년 전 빙해에 이변이 있었을 때 적지 않은 은거 가문이 모습을 드러냈다. 그러나 여전히 적지 않은 은거인들이 있지 않을까? 이들도 빙해를 주목하고 있는 건 아닐까?

군구신과 비연은 밝은 곳에 있다. 어두운 곳에 얼마나 많은 이들이 있을까? 오늘 이후로 그들은 더욱 조심하고 신중해야 할 것이다!

비연과 군구신은 서재를 나오다가 밝은 달이 서쪽으로 지고 있는 것을 발견했다. 중추절의 밤이 지나가고 있었다.

중추절, 침상은 달라도 같은 꿈

비연과 군구신은 서재 문 앞에 서서 약속이나 한 듯 달을 바라보았다.

두 사람은 한참 동안 침묵했다. 마치 떠나고 싶지 않은 것처럼. 그러나 곁에 있는 이를 떠나고 싶지 않은 건지, 아니면 하늘의 달을 떠나고 싶지 않은 건지는 모를 일이었다.

결국은 비연이 먼저 입을 열었다.

"어서…… 어서 가서 쉬어."

말을 마친 그녀가 앞으로 걸어가려다가 자신의 침실이 서재 뒤쪽임을 상기해 냈다. 그녀는 재빨리 서재 옆 회랑으로 걸어갔다.

군구신의 침실도 서재 뒤쪽에 있었다. 그는 말없이 비연의 뒤를 따라 걸었다. 비연은 그가 자신의 뒤에서 걸어오는 소리를 듣고 발걸음을 빨리했다.

두 사람은 곧 성휘당 문 앞에 도착했다. 비연은 계속 앞으로 걸어갔지만 군구신은 발걸음을 멈춰야 했다. 그는 그녀의 그림자가 사라질 때까지 기다린 다음 방 안으로 들어갔다.

두 침실의 등불은 모두 꺼져 있었고, 거대한 정원은 무척이나 고요했다. 부드러운 달빛 아래 모든 것이 잠든 것만 같았다.

비연이 침상에 누웠다. 그제야 오늘 월병을 먹지 않은 게 생각났다. 몹시 유감스러웠지만 내년 중추절에 먹으면 될 일이라고 마음을 다잡았다.

내년 중추절에…… 만약 가족들과 함께 있을 수 있다면 얼마나 좋을까! 가족들과 함께할 수 있다면……. 그리고…… 그때도 군구신과 함께할 수 있을까?

비연은 이런저런 생각을 하다가 저도 모르는 새에 잠들었다.

꿈속, 둥근 달이 여전히 하늘에 밝았고 그녀는 정원에 있었다. 오늘 밤의 정왕부처럼 정원에는 등불이 휘황찬란하고, 여기저기 띠를 걸어 두었다.

탁자 위에는 좋은 술이며 맛있는 요리, 과일에 월병까지 잔뜩 차려져 있었다. 비연이 주위를 둘러보았지만 아무도 보이지 않았다.

"모두 어디 간 거야? 부황, 모후! 오라버니! 어서 나와요! 태부, 영 오라버니! 어디 숨은 거야? 소칠 의부, 왔어요?"

그녀는 몇 번이고 소리쳐 불렀지만, 돌아오는 것은 메아리뿐이었다.

"계속 안 나오면 나도 예를 차리지 않을 거야!"

그녀는 자리에 앉아 한 손에 월병 하나씩을 들고 맛있게 먹기 시작했다. 순식간에 접시 가득하던 월병을 하나만 남기고 모두 먹어 치우고 말았다.

그때였다. 지붕 위에서 남자아이가 한 명 나타났다. 그는 비연과 등진 채 용마루에 앉아 있었다. 비연이 물었다.

"넌 누구야? 어째서 내가 널 본 적이 없지?"

남자아이는 고개를 돌리지도, 대답도 하지 않았다. 비연은 한참 생각하다가 웃으며 말했다.

"태부의 아들, 맞지? 아명은 영, 본명은 고남신! 응? 앞으로 내가 영 오라버니라 부를게. 어때?"

그제야 남자아이는 천천히 몸을 돌렸다. 비연이 즐겁게 웃으며 말했다.

"와, 정말 잘생겼다. 내가 본 사람 중 가장 잘생겼어! 하하, 내려와. 이 월병 줄 테니까!"

남자아이는 정말로 뛰어내려 그녀에게 한 걸음 한 걸음 다가왔다. 비연은 기쁜 나머지 소리 내어 웃었다. 그러나 웃으며…… 웃으며 그대로 굳어 버리고 말았다.

눈앞의 남자아이가 한순간에 키 큰 남자로 변했다. 남자는 비연을 향해 물과 같이 다정하게 웃었다.

"군구신!"

비연이 소리치며 그 자리에서 튕기듯 일어났다. 그녀는 그제야 방금의 모든 것이 꿈이라는 걸 알았다. 그녀는 또 꿈을 꾸고 있었다!

"영 오라버니…… 군구신……."

아무리 해도 꿈속 남자아이의 얼굴은 생각나지 않았다. 그러나 다정하게 웃던 군구신의 얼굴만은 또렷했다. 어째서 이런 걸까?

지난번 꿈에서 그녀는 영 오라버니가 영술을 하는 걸 보았다. 그리고 이번에는 영 오라버니가 군구신으로 변했다! 어째서! 군구신이 언제부터 그녀의 꿈에 난입한 걸까! 어째서 꿈에서 그를 본 걸까. 어떻게 꿈속의 그와 영 오라버니가 뒤섞여 버린 걸까.

그녀가 정말로 원하는 사람은 대체 누구일까? 혹은, 그녀가 정말로 포기하고 싶은 사람은 대체 누구인 걸까?

밤은 너무나 짙고 꿈은 너무나 깊다. 이성이 가장 약해지는 시간이었다.

비연이 베개 아래로 파고들었다. 차마 더 이상 생각을 이을 수 없었다!

그녀는 용감하지 않은 게 아니었다. 그저 용감해질 기회가 없었을 뿐이었다. 설령 선택을 해야 한다 해도 최소한…… 최소한 자신이 무엇을 포기하는지는 알아야 했다!

이 순간, 군구신 역시 꿈에 빠져 있었다. 그의 꿈속에서도 하늘에 달이 휘영청 떠 있고, 정원은 텅텅 비어 아무도 보이지 않았다.

그는 모든 것을 열심히 살펴보았다. 익숙한 동시에 낯선 기분이 들었다.

"여기가 어디지? 아무도 없나?"

그는 정원 중심을 향해 걸어갔다. 탁자 위에 과일과 월병, 그리고 생일에 먹는 장수면이 놓여 있었다.

"중추절인데, 누가 생일을 맞은 건가?"

그가 중얼거리고 있는데 등 뒤에서 갑자기 맑고 달콤한 목소리가 들렸다.

"영 오라버니! 영 오라버니?"

그가 재빨리 고개를 돌려 보니, 등 뒤의 사람은 다른 이가 아니라 바로 비연이었다. 그녀가 그를 바라보며 두 눈이 가늘어지도록 활짝 웃었다.

그녀가…… 그를 영 오라버니라 불렀다?

군구신의 입가에 일말의 자조가 스쳐 갔다. 그는 자신의 이 생각을 비웃고 있었다.

그가 다시 뒤를 돌아보았다. 등 뒤에는 아무도 보이지 않았다.

비연이 갑자기 빠르게 다가오더니 그를 끌어안았다.

"영 오라버니! 마침내 왔구나, 내가 얼마나 보고 싶었는데! 정말 보고 싶었어……."

그녀는 고개를 들어 그를 쳐다보며 웃고 또 웃었다. 그녀의 눈가가 점차 붉어지더니 눈물이 흐르기 시작했다. 그녀는 멈추지 않고 속삭였다.

"영 오라버니…… 계속 기다렸어. 계속, 계속 기다렸단 말이야……."

군구신은 마음이 너무나 아파 왔다. 그러나 그녀 때문에 아픈 건지, 아니면 그녀의 이 말 때문에 아픈 건지는 그 자신도 분별할 수 없었다.

그는 미간을 찌푸린 채 주먹을 꽉 쥐었다. 그녀를 밀어내고 싶었지만, 손을 뻗는 순간 자신도 모르게 그녀의 눈물을 닦아 주고 있었다.

"바보, 나는…… 그가 아닌데! 울지 마라. 그가 올 테니까……

울지 마."

말을 마친 그는 사납게 그녀를 밀어냈다! 그리고 그 찰나의 순간, 군구신은 갑자기 눈을 떴다!

그는 자리에서 일어나 한참 동안을 멍하니 앉아 있었다.

어째서 이런 꿈을 꾼 걸까?

어떻게 '영 오라버니'라는 말이 그의 꿈에 들어오도록······ 한 걸까!

어떻게 그녀로 하여금 사람을 잘못 보도록 한 걸까!

그는 그녀에게 단 세 걸음만 양보하겠다고 생각했었다. 한 걸음도 더는 안 된다! 그는 자신을 누군가의 대신으로 만들 수는 없었다!

군구신은 잠시 앉아 있다가 침상에서 내려왔다. 침실 밖으로 나왔을 때, 그의 잘생긴 얼굴은 평소와 같이 냉정하고 고상해 보였다. 마치 아무것도 꿈꾸지 않은 것처럼.

그는 서재로 가서 현공대륙의 지도를 펼치고 깊은 생각에 잠겼다.

날이 밝아 올 무렵, 중추절이 끝나 가고 있었다. 그러나 아직 많은 이들이 함께 모이기를 기대하고 있었다.

백리명천은 돌아가는 마차 안에서 잠들었다.

꿈속에서 그는 어린 시절로 돌아가, 그 괴로운 변이를 시작했다. 그의 변이는 부족의 어느 아이보다도 일찍 시작되었고, 부황과 모후가 계속 그와 함께 있어 주었다. 그때의 부황은 정말로, 정말로 그를 사랑했었다.

정역비는 전장으로 향하는 길이었다. 그는 잠을 이루지 못한 채 부친을 생각하고 있었다. 갑옷을 입고, 장창을 들고, 칼을 휘두르며 말을 달리던 그 용감무쌍하던 모습을. 부친은 그의 마음속 영원한 영웅이었다.

당정은 이미 신농곡 근처였다. 그녀는 한참 전에 마차로 바꿔 타고, 입가에 미소를 머금은 채 잠들어 있었다.

대자사 안, 택은 이미 잠들어 있었고 염진은 창가에 엎드려 하늘을 바라보며 중얼거렸다.

"아버지, 생신 축하드려요. 아버지께서 백 살까지 장수하시기를 바라요."

날이 밝았다.

군구신과 비연은 함께 아침을 먹었다.

서로를 보는 순간, 두 사람은 약속이나 한 듯 어젯밤의 꿈을 떠올렸다. 두 사람은 식사하는 내내 유달리 조용했다. 그러나 식사 후에는 함께 하소만을 보러 갔다.

하소만은 한낮에 깨어났다. 그는 군구신을 보고 다시 비연을 바라보았다. 하지만 그는 여전히 공포에 질려 있었다.

"전하, 저, 저는……."

비연이 자리에 앉아 인어족에 대한 모든 것을 사실대로 말해 주었다. 하소만의 안색이 점점 더 창백해지고 있었다.

비연이 진지하게 물었다.

"잘 생각을 해 보렴. 네 양부모가 아무 이야기도 해 주지 않았어?"

하소만이 한참을 생각하다가 마침내 한 가지를 떠올렸다. 그는 재빨리 자신이 어린 시절부터 하고 있던 목걸이를 풀었다.

"이거, 어머니께서 저를 주우셨을 때 제가 손에 이걸 꼭 쥐고 있었다고 하셨어요!"

전쟁, 예측 불가

하소만이 목걸이를 꺼냈다.

비연과 군구신은 깜짝 놀랐다. 그들은 하소만의 친부모가 그에게 남긴 것이라면 분명 교주일 거라 생각했다. 그러나 이 목걸이는 교주로 만든 게 아니라 바다처럼 푸른 빛깔의 보석으로 만든 것이었다. 커다란 눈물처럼 생긴 보석은 전체적으로 투명한 것이, 남정석과 비슷해 보였다.

하소만은 이것이 무엇인지도 모르면서 계속 몸에 지니고 다녔고, 아무에게도 이야기한 적이 없었다. 일단은 친부모가 남겨 준 유일한 물건이기도 했고, 또한 보기에도 가치가 꽤 나가 보이니 문제가 생길 소지가 컸기 때문이었다.

군구신은 처음에는 남정석이라 생각했으나, 손 위에 올려놓고 살펴보니 남정석이 아니라는 확신이 들었다. 그는 그것을 열심히 살펴본 후 비연에게 건넸다.

비연은 보석 안에 무엇인가가 숨겨져 있는 걸 발견하고는 햇빛이 밝은 곳에 가서 살펴보았지만, 안타깝게도 아무것도 드러나지 않았다. 그녀는 보석을 하소만에게 돌려주었다.

"우리도 이게 무슨 물건인지는 모르겠다. 일단 잘 간직해 두렴. 나중에라도 쓸모가 있을지 모르니까."

하소만이 잠시 머뭇거리더니 보석을 받기는커녕 오히려 비연의 손을 밀어냈다. 그리고 재빨리 침상 아래로 내려오더니 군구신 앞에 무릎을 꿇었다.

"전하, 이제 제가 필요 없으신가요?"

군구신이 미간을 찌푸렸다. 그러자 하소만이 더욱 두려워하며 말했다.

"전하, 맹세합니다. 저는 결코 백리 가문의 세작이 아닙니다! 제가 거짓을 말하고 있다면, 하늘에서 벼락을 맞아 죽게 될 것입니다!"

이 말에 비연이 참지 못하고 웃어 버렸다. 군구신도 얼굴을 굳히며 말했다.

"일어나거라."

하소만은 입술을 깨물었다. 무섭기도 하고 억울하기도 했다. 또 울고 싶었지만 감히 울 수도 없었다. 하소만의 이런 가련한 모습은 이제 열서넛 먹은 소년도 아니고 완전히 어린아이처럼 보였다!

비연이 재빨리 그를 일으켜 주었다.

"됐다. 전하께서는 너를 의심하지 않으셔."

비연의 말이라면 하소만도 믿을 수 있었다. 그는 겨우 몸을 일으켰지만 이어지는 비연의 말에 하마터면 다시 무릎을 꿇을 뻔했다.

"하지만 네가 백리 일족이라는 사실을 완전히 배제할 수는 없어."

"싫어요! 인정하지 않겠어요! 그들이 저를 버렸으니 저도 결코 그들을 인정하지 않겠어요! 저는…… 전하와 왕비마마만을 인정할 거예요!"

하소만은 무척 흥분한 상태였다. 그는 불시에 비연의 손에서 목걸이를 빼앗더니 사납게 던져 버렸다. 군구신이 적시에 손을 뻗어 허공에서 그것을 낚아채고는 냉랭한 목소리로 말했다.

"따라오너라."

군구신이 문밖으로 나가자, 하소만은 이유를 모르면서 재빨리 따라나섰다. 그들은 곧 후원의 연화지에 도착했다.

하소만은 막 자리에서 일어난 상태였지만 군구신은 그를 물속으로 밀어 넣었다.

"인어족은 만 리를 잠수할 수 있다던데, 시험해 보거라."

하소만은 머뭇거리다가 머리까지 물속에 넣었다. 물론 연화지는 만 리가 되지 않고 밖으로도 통하지 않았다. 그러나 물에 들어가는 순간 느낌이 예전과 다른 걸 알 수 있었다.

그가 뭍에 올라왔을 때 그의 옷은 모두 말라 있었다! 하소만은 제 능력이 이리 큰 줄은 몰랐기에 제 손발을 바라보며 무척 기뻐했다. 상금을 받았을 때보다 더 기뻤다.

군구신이 목걸이를 그에게 건넸다.

"받아 두어라. 비밀을 잘 지키도록 하고. 아마 본 왕이 너를 쓸 날이 올 것이다."

이 말은 '너를 믿는다'라는 말보다 하소만을 더 안심시켰다. 그는 비록 어떤 일이건 유능하게 해냈지만 마음속으로는 계속 자신이 가짜 태감 노릇을 할 것이 아니라 망중처럼 전하에게 충성을 보일 수 있으면 좋겠다고 생각하고 있었다.

하소만은 무척 기뻐하며, 바로 무릎을 꿇고 머리를 조아렸다.

"예, 노비가 명을 받들겠습니다!"

군구신은 그를 흘깃 보고는 몸을 돌려 그대로 가 버렸다. 고개를 든 하소만이 다시 제 손발을 보고는 바보처럼 웃기 시작했다.

비연은 도무지 이해가 가지 않았다. 군구신처럼 냉랭한 사람이 어젯밤에는 노비에게 그렇게 물리면서도 안색 한번 변하지 않았다. 그녀가 더욱 알 수 없었던 건, 자신이 전하를 물었다는 걸 알게 되면 하소만이 놀라서 혼절하지나 않을까 하는 것이었다.

멀어져 가는 군구신의 뒷모습을 보면서 그녀는 처음으로 알게 되었다. 그는 냉정하고 사나워 보이지만 실제로는 주변 사람들에게 아주 다정한 성격이었다.

그가 진양성에 돌아온 후 3년, 하소만과 망중 등이 계속 곁에 있었다. 어쩌면 군구신도 예전처럼 그렇게 외롭지 않은지도 모른다. 지금은…… 그녀도 있으니까.

여기까지 생각한 비연은 문득 깜짝 놀랐다. 자신이 아주 무서운 생각을 하고 있음을 의식했던 것이다.

그녀는…… 그의 곁에 있고 싶었다!

대체 어떻게 이런 생각을 하게 된 걸까?

비연은 저도 모르게 전날 밤의 기괴한 꿈을 떠올리고는 재빨리 고개를 돌렸다.

이제 군구신의 뒷모습을 볼 엄두도 나지 않았다.

곁에 있던 하소만도 그녀가 이상하다는 걸 눈치채고는 물었다.

"왕비마마, 괜찮으세요?"

비연이 그제야 정신을 차리고 다급하게 말했다.

"괜찮아!"

하소만이 계속 관심을 보였다.

"정말 괜찮으신 거죠?"

비연은 마음이 켕겨 오히려 차가운 눈으로 그를 바라보며 물었다.

"또 궁으로 도망칠 생각이야?"

그제야 그녀를 고발했던 일을 기억해 낸 하소만은 입가에 경련을 일으키며 한 걸음 한 걸음 뒤로 물러났다. 비연이 한 걸음 한 걸음 다가가며 차갑게 경고했다.

"네가 말을 못 하게 만들어 줄 약이 이미 준비되어 있다. 이번에는 너를 용서해 주겠지만, 다음에도 같은 행동을 한다면 평생 말을 못 하게 만들어 줄 테다!"

하소만은 놀라서 입을 가렸다. 비연은 그를 한번 노려본 후 몸을 돌려 그 자리를 떠났지만, 사실은 도망치는 거나 마찬가지였다.

군구신이 궁으로 간 후 비연은 서재로 달려가 현공대륙의 지도를 연구하기 시작했다. 앞으로 한 달은 아주 중요한 시기이니, 그들 모두 바쁠 수밖에 없었다.

비연은 한우아의 동태를 주시하는 동시에 밀정들의 정보를 기다리고, 군구신이 천무제를 감시하는 일이며 대황숙과 밀서를 주고받는 일을 도왔다. 물론 아무리 바쁘다 해도 매일 약왕정을 수련하는 것은 잊지 않았다. 군구신의 병세가 심해진다 해도 약왕정의 신화가 따라갈 수 있게 해 두어야 했다.

군구신은 군사 문제에 주로 힘을 쏟고 있었다. 그의 모든 명령은 천무제의 이름으로 반포되었는데, 모두 합당한 이유가 있는 명령이라 누구의 의심도 사지 않았다.

한 달 동안 그의 지시하에 정역비는 정가군을 셋으로 나누어, 하나는 계속 서쪽 변경을 지키게 하고, 하나는 천염국 중부에 들여보내 대황숙이 장악한 천웅군을 암암리에 포위하는 형태를 취하게 했다. 군구신이 장악한 무졸군은 동쪽으로 이동해 기가군 뒤에 주둔하고 있었다.

기욱은 전쟁의 신처럼 용맹하여 가는 곳마다 대적할 자가 없었다. 만진국 서부를 얻은 그는 마침내 고문관에 이르렀다. 그러자 만진국의 군대는 고문관 안으로 들어가, 그곳을 지키던 대장 해 장군과 함께 수성에 들어갔다.

군구신은 기욱이 고문관을 공략할 준비를 하고 있다는 소식을 듣고 무척 기뻐하며 말했다.

"만진국 황제가 분명 수군을 파견하겠지. 백리명천의 꼬리가 드러날 때가 머지않았다!"

과연, 모든 상황이 군구신의 생각대로였다.

기욱이 그토록 용맹하니 만진국 군대는 그대로 무너져 버렸다. 일이 이렇게 되니, 만진국 황제가 아무리 멍청하다 해도 서부에 주둔 중인 몇몇 대장에게 의심을 품을 수밖에 없었다. 그는 심지어 고문관에 주둔 중인 대장에게도 의심을 품었다. 그러나 이렇게 급박한 시기에 의심을 품은들 사실을 알아낼 방법이 없었다. 태연한 얼굴로 내버려 둘 수밖에.

황제는 대신 수군을 파견했다. 기욱의 군대가 고문관을 넘어온다면 독 안에 든 쥐 신세가 될 것이다.

백리명천은 계속 이 명령을 기다리고 있었다. 그러나 그가 세상이 시끄러워질 일을 준비하고 있을 때, 군구신이 한 걸음 앞서 움직였다.

군구신은 만진국 황제에게 한 통의 밀서를 보냈다.

천 리 밖에서 승부를

기욱의 군대가 고문관에 도달하고, 만진국 황제는 독 안으로 들어오는 쥐를 잡으려고 준비 중이었으며, 백리명천의 모반이 다가왔다. 바로 이 중요한 시기에 군구신이 만진국 황제에게 익명의 밀서를 보냈다.

이 서신에는 소씨와 기씨 가문의 비밀은 적혀 있지 않았다. 서신의 내용은 단 한 줄, 몇 글자 되지도 않았으나 만진국 황제는 화가 나서 피를 토할 뻔했다.

서신의 내용은 바로 '삼전하가 인어군을 이끌고 모반을 꾀하고 있다'였다.

"나쁜 놈! 더러운 놈!"

만진국 황제는 분노가 치민 나머지, 차 한 잔 마실 시간을 보낸 다음에야 겨우 정신을 차렸다. 그는 분노로 욕설을 내뱉으며 탁자 위 지도를 쓸어 버리고 닥치는 대로 책상을 뒤엎기 시작했다.

만진국 황제는 밀서의 내용을 믿고 있었다! 아무 증거도 없는데 어찌 이리 믿는 걸까?

'인어군'이라는 단어 때문이었다. 백리 가문이 상고 시대 인어족의 후예라는 건 가문의 비밀이었다. 그가 수군에 비밀리에 인어군을 편성해 둔 일은 가문의 사람이 아니라면 아무도 알지 못했다.

그가 지금 형세에 몰려 어쩔 수 없이 인어군을 전투에 내보내다 해도, 결코 많은 것을 드러낼 생각은 없었다. 전술과 진법으로 인어군의 능력을 감출 생각이었던 것이다!

서신을 보낸 사람이 '인어군'이라는 단어를 썼다는 건 진상을 아는 사람이라는 의미였고, 분명 가문에 속한 이였다! 이 일은 결코 거짓일 수 없었다!

"이 무도한 자식! 짐이 너무 얕보았구나! 그때 짐이 마음을 무르게 먹지 말고 죽였어야 했는데!"

만진국 황제는 망설임 없이 바로 명령을 거둬들였다. 창안강 상류에 파견하려던 수군에게 중지 명령을 내려 원래의 장소에서 움직이지 않도록 한 후, 명을 따르지 않는 자는 목을 베어도 무방하다고 했다. 동시에 그가 직접 장악하고 있는 인어족 병사들에게 명을 내려 창안강 중류를 장악하도록 하고, 두 부대의 병력을 파견하여 한 부대는 백리명천을, 또 한 부대는 고문관이 공략당할 때를 대비하도록 했다.

백리명천에게 이 소식이 들어간 것은 그가 막 창안강에서 실컷 헤엄을 치고 뭍으로 올라왔을 때였다.

한 달 동안 물속에 들어가지 않았던 차였기에, 신나게 헤엄을 치고 나니 몸과 마음이 모두 편해졌다. 재빨리 물 위로 튀어오르는 그의 모습은 마치 곧 날아갈 것처럼 아름다워 보였다.

갑판 위에 착지한 그는 나른한 태도로 화려한 옷을 입었다. 그리고 갑판 위 보좌에 앉은 후 싱긋 웃으며 손을 내밀어 정보를 받았다. 그러나 정보의 내용을 읽은 백리명천은 그대로 굳어 버렸다.

수병의 우두머리인 해 장군이 초조해하며 물었다.

"삼전하, 너무 급작스럽습니다! 수희는 그 밀서가 익명으로 왔다고 했습니다. 설마 우리 안에 적이 있는 건 아니겠지요? 황상은 이미 명을 내렸는데, 우리가 움직여야 하는 것은 아닐까요?"

백리명천도 내부의 적을 생각하고 있었다. 설마 군구신이 백리 일족이 인어족의 후예라는 사실을 눈치채고 부황에게 서신을 보냈을 거라고는 상상조차 하지 못한 채 그가 고문관에 도착하면 호된 맛을 보여 주리라 벼르고 있었다.

백리명천이 천천히 해 장군을 바라보았다. 그 신비롭고도 사악한 매력이 흘러넘치는 눈에는 더 이상 웃음기가 보이지 않았다. 대신 무어라 형용할 수 없이 음험하게 빛나고 있었다.

"움직여야지! 움직여야 하고말고. 본 황자가 부황에게 알게 해 줄 것이다. 그의 강산을 어지럽히는 것은 부차적인 일일 뿐! 본 황자가 정말로 상대하려는 자는 군구신이다!"

하루가 지났다. 군구신과 비연은 만진국 황제가 수군 파견을 멈췄다는 정보를 받았다.

군구신은 비록 십중팔구 확신하고 있었으나, 결국 그 밀서는 상황을 타진해 보는 것에 지나지 않았다. 군구신은 도박을 했고, 의심할 바 없이 그의 승리였다! 만진국 황제의 반응을 보면 백리 가문은 인어족의 후예임이 틀림없었다! 만진국 수군에는 확실히 인어족 병사들이 존재하고 있었다.

당연히 그는 이 일이 진정한 이간계라 생각하지는 않았다. 그가 펼치고자 하는 진정한 이간계는 기씨와 소씨, 두 가문을 위한 것이었다.

그날 군구신은 직접 천불동으로 가서, 기세명을 핍박해 기욱에게 친필 서신을 쓰게 했다. 기세명은 기욱에게 소씨 가문과의 연합을 그만두라 명하는 동시에, 자신이 진양성을 떠나 군으로 갈 준비를 마쳤다는 내용을 적었다.

기욱은 원래 고문관을 한 달 동안 세 번에 걸쳐 공략하기로 소씨 가문과 약속했었다. 두 번은 패하고, 최후의 일전에서 다시 고문관을 함락시키는 것으로 이야기가 돼 있었다. 그 한 달 동안 기욱은 조정에 더 많은 군자금과 양식, 정예병 등을 요구할 예정이었고 소씨 가문은 만진국 황제의 의심을 사지 않으면서 모반할 준비를 충분히 할 수 있었다.

그러나 군구신은 기씨 가문에게 즉시 고문관을 공략할 것을 명했다. 상대가 손을 쓸 틈도 없을 때 전멸시켜라!

기욱은 밀서를 받고 크게 의심을 품지 않았다. 그도 부친이 소씨 가문과 진정으로 협력하고 있는 게 아니라 그저 이용할 생각임을 알고 있었기 때문이다. 때문에 소씨 가문 앞에서 안색을 바꾸는 것도 조만간의 일이라 생각하던 차였다. 그러나 지금이 과연 그때인지는 의심스러웠기에 조금은 망설일 수밖에 없었다. 그는 곧 부장 몇을 불러들여 상의했다.

"소장군, 대장군께서 그리 결정하셨다면 분명 그럴 만한 이유가 있었을 겁니다."

"소장군, 우리가 먼저 손을 쓰지 않고 있다가 만약 소씨 가문에서 먼저 손을 쓴다면…… 그 결과는 상상조차 어려울 것입니다. 아시겠지만 그들은 계속 우리에게 양보해 왔습니다! 기습하지 않으면 우리에게는 승산이 없습니다!"

"소장군, 정왕 전하의 무졸군이 이미 변경에 도착했습니다. 우리가 속전속결로 끝내지 않는다면…… 만약 정왕 전하가 무졸군을 파견해 증원하려 한다면, 그때는 소장군이 원하시는 대로 하기 어려울 겁니다! 아마 대장군께서도 분명 이 점을 고려하셨을 겁니다."

기욱은 사실 병사들을 이끌 만한 인재가 아니었다. 계책을 세울 만한 능력도 없는 그는 부친의 꼭두각시에 불과했다.

그는 본래 부친의 뜻을 어기고 싶지 않았던 데다, 몇몇 부장의 의견까지 듣고 나니 더 이상 고민할 필요를 느끼지 못했다. 그는 전면전을 벌여 고문관을 공파할 준비를 하라는 명령을 내렸다.

이렇게 군구신은 진양성에서 단 한 걸음도 나가지 않고 밀서 몇 통만으로 소씨와 기씨 가문의 협력 관계를 깨트리고, 만진국 황제의 진세를 어지럽혔으며, 백리명천의 계획을 무너뜨렸다. 동쪽 변경과 만진국의 판세는 겉으로 보기에는 엉망진창인 것처럼 보였지만, 실제로는 모두 군구신의 손바닥 위에 있었던 것이다. 그야말로 아주 적은 힘으로 큰일을 해냈다고 할 수 있고, 장막 안에서 계책을 짜내는 것만으로도 천 리 밖에서 승부를 겨뤘다고 할 수도 있었다.

어느 날, 기욱이 전군을 동원해 고문관을 공격했다. 고문관을 지키던 해 대장군은 소씨 가문에게 매수된 상태였기에, 기욱이 천염국 황족에게 보여 주기 위해 허장성세를 부린다 생각했다. 그래서 진지하게 방어선을 구축하지 않았을뿐더러 진짜로 응전할 생각도 하지 않았다.

그러나 기욱은 진심이었다. 고문관은 어쩔 줄 몰라 허둥지둥하는 사이에 낙화유수처럼 참패하고 말았다. 단 사흘 만에 고문관이 함락된 것이다!

소씨 가문 역시 기씨 가문과 진심으로 협력하는 것이 아니라 이용하고 있을 뿐이었다. 그러다 기씨 가문에게 먼저 당한 셈이니, 소씨 가문의 가주 역시 부끄러움이 분노로 변했다. 그는 기욱을 만진국 내에서 죽이고야 말겠다며 악랄한 말을 내뱉었다!

그와 동시에 백리명천이 장악한 수군은 황명을 거역하고 천무제와 창안강을 두고 다투는 한편, 비밀리에 만진국 중부 지역의 수맥으로 침투하고 있었다. 소씨와 기씨 가문이 전투 끝에 모두 상처 입기를, 그리고 군구신의 무졸군이 만진국 내로 들어오기를 잠복한 채 기다릴 생각이었다.

무졸군은 국경선을 지나 기씨 가문이 남긴 후방의 병력을 거둬들이고 고문관을 점거했으나 더 이상 동쪽으로 진출할 생각은 없었다. 그들이 차지한 고문관은 이제 천염국의 요새로 변해 버렸다.

그 누구도 상황이 이렇게 되리라고는 생각지 못했다. 그러나 군구신은 더욱 절묘한 수를 준비하고 있었다!

무졸군이 고문관을 점령한 후에 군구신은 천무제 명의로 가짜 성지를 내렸다. 바로 천무제가 병으로 인해 제위에서 물러나며, 택 태자가 등극할 거라는 성지였다!

이 소식이 전해지자 만진국은 말할 것도 없고 현공대륙 전체가 경악에 빠졌다. 군구신은 그제야 기씨와 소씨 가문이 결탁하여 택 태자를 암살하려 한 진상을 세상에 알렸다.

기욱도 마침내 자신이 속았음을 깨달았으나 이미 진퇴양난이었다. 계속 전투를 벌일 수밖에 없었다.

소씨 가문의 가주도 군대 뒤에 숨어 있을 수만은 없었다. 상인인 척하던 가면도 이미 벗겨진 참이었다.

만진국 황제는 노여움을 억제할 수 없었다. 그는 백리명천을 상대하는 동시에 소씨 가문에게 창끝을 조준해야 했다.

백리명천은 소씨와 기씨 가문이 전투를 벌이도록 내버려 두고, 병력을 집중해 만진국 황제로부터 창안강을 빼앗을 생각이었다.

만진국 전체는 혼전의 양상을 띠기 시작했고, 천염국에게 더 이상 위협이 될 수 없었다.

택 태자가 궁에 돌아온 지 나흘째 되던 날 밤, 즉 그가 황제의 자리에 등극한 지 나흘째 되던 날 밤이었다. 군구신은 이미 택 태자와 사흘 밤낮을 함께 있으면서 여러 가지를 가르쳤다. 이 날 밤 그는 더 이상 택 태자와 함께 있지 않아도 되겠다는 결정을 내렸다…….

그해, 백의의 소년

삼경, 밤이 고요했다.

거대한 용상 위 택 태자는 유난히 작아 보였다. 그는 조용히 누워 있었고 군구신은 그 곁에 앉아 있었다.

군구신은 이미 이야기할 것을 모두 이야기한 다음이었다. 그는 잠시 택을 바라보다가 자리를 뜨려 했다. 택이 바로 일어나 앉았다.

"황형!"

군구신이 발걸음을 멈췄다.

"자야지?"

그러자 택이 진지하게 말했다.

"황형, 걱정하지 마. 좋은 황제가 되기 위해 노력할 테니까. 대신 한 가지 바라는 것이 있어."

군구신은 그제야 고개를 돌렸다.

"무엇이냐?"

택은 더더욱 진지해 보였다.

"황형, 좋은 가주가 되어야 해. 응?"

그는 예전에도 황형이 대단하다고 생각했으나 지금은 황형에게는 대적할 자가 없다고 생각하게 되었다. 황형은 곧 북강으로 가서 대황숙을 만날 생각이다. 황형은 부황의 황위를 빼앗았고, 이제 대황숙에게서 가주의 자리를 빼앗을 것이다.

좋은 가주란 대체 무엇일까? 군구신은 살짝 멈칫했으나 곧 대답했다.

"알겠다."

택은 이를 드러내며 기쁜 듯 웃었다. 그는 손가락을 꼼지락 거리다가 약간 부끄러운 듯 말했다.

"황형, 또 하나 있어. 마지막이야!"

군구신은 인내심 있게 대답했다.

"말하거라."

택이 재빨리 말했다.

"황형, 염진을 궁에 들여서 나와 함께 있게 해 주면 안 돼?"

군구신은 조금 의외였으나 곧 대답했다.

"좋다. 황형이 그리하게 해 주마."

택이 무척 기뻐하며, 군구신이 더 이상 재촉할 필요도 없이 바로 온순하게 자리에 누워 이불을 덮었다. 살포시 눈을 감는 모습이 무척 만족스러워 보였다.

군구신은 일부러 다가가 그의 이불을 잘 덮어 주었다. 그리고 방을 나오자마자 하인에게, 대자사에 가서 염진을 데려오라고 명령했다. 그런 뒤 천무제가 머물고 있는 궁전으로 향했다.

이때, 비연은 문 앞에서 매 공공과 속삭이고 있었다. 한 달이 넘었다. 매 공공이 천무제에게 누차 권했으나 별 진전이 없었다. 매 공공은 의심을 살까 봐 더 이상 권하지 못하고 있었다.

군구신이 오는 것을 보고 비연이 바로 몸을 일으켰다.

"택아는 잠들었어?"

그들은 내일 북강으로 출발할 예정이었다. 비연은 군구신이 택아에게 작별을 고하고 왔음을 알고 있었다.

군구신이 고개를 끄덕이고는 직접 전문을 열었다. 지난번 천무제를 유폐시킨 이후로 처음이었다. 비연은 그가 다시는 천무제를 보러 가지 않을 거라 생각했다.

군구신이 문을 닫지 않은 걸 보고 비연이 잠시 망설이다가, 따라 들어가 자신이 문을 닫았다. 천무제가 침상에 기대앉아 있는 게 보였다.

소 태의가 방금 그에게 약을 먹인 참이었다. 약의 양을 제어하고 있는 데다 병세가 심화되고 있었기에 천무제는 매우 허약해진 상태였다. 기껏해야 대여섯 걸음을 걸을 수 있을까. 하루의 대부분을 침상에 누운 채 보내야 했다.

천무제는 안색이 누렇게 뜨고 두 눈은 축 늘어진 것이 생기라고는 전혀 없어 곧 죽을 사람처럼 보였다. 그는 발걸음 소리를 듣고도 누가 들어왔는지 전혀 관심을 보이지 않았다. 그러나 군구신이 눈앞에 나타나자 맹렬하게 고개를 들고 외쳤다.

"너로구나!"

군구신이 침상 옆 걸상에 앉았다. 천무제를 보지 않고 시선을 바닥에 떨어뜨리고 있었는데, 유달리 고요하고 외로워 보였다.

천무제가 흥분하여 말했다.

"너, 대체 무엇 하러 왔느냐? 짐에게서 한 마디라도 들을 거라고는 생각 마라. 알겠느냐!"

116

비연은 천무제의 눈을 바라보았다. 한눈에 그가 분노 뒤에 숨기고 있는 기쁨을 알아챌 수 있었다.

천무제가 가장 분노하는 지점은 군구신이 자신에게 오는 것이 아니라, 군구신이 오지 않는 것이었다. 군구신이 그를 찾아온다는 건 여전히 그에게 바라는 것이 있다는 의미였다. 그러나 군구신이 오지 않는다면 그는 철저히 버려진다는 것을 뜻했다.

비연도 군구신의 방문 목적이 무엇인지 알지 못했다. 그녀는 그저 천무제의 얼굴을 혐오스럽게 바라보다가 재빨리 시선을 군구신에게로 옮겼다.

"꺼져! 짐 앞에서 꺼지란 말이다! 능력이 있으면 평생 오지 말아 보든가! 그래, 능력이 있으면 짐을 죽여 보려무나!"

천무제는 여전히 소리치고 있었다. 그러나 군구신은 단 한마디로 그의 입을 막아 버렸다.

"택아가 등극했습니다."

천무제가 눈을 휘둥그렇게 떴다. 이 한 달 동안 무슨 일이 있었는지 그는 전혀 알지 못하고 있었다.

마침내 그가 조용해졌고, 군구신은 그동안 있었던 일을 전부 말해 주었다. 천무제는 경악한 나머지 굳어 버렸고, 한참 후에야 겨우 정신을 차렸다. 그는 어째서 이 아들에게서 이만한 제왕의 재능을 발견하지 못했던 걸까? 손을 위로 뒤집으면 구름이 되고, 손을 아래로 뒤집으면 비가 되는 것처럼, 군구신은 제 손바닥 위에 만진국을 올려놓고 놀고 있었다.

그는 후회할 뿐 아니라 심지어 등줄기가 쭈뼛해 왔다. 공포

스러웠다! 과거 군구신을 두고 곤혹스러워했던 그 문제가······
다시 한번 머릿속에 떠올랐다. 이 아들은 대체 누구에 의해 키워진 걸까?

눈앞에서 침묵하고 있는 군구신을 보니 천무제는 9년 전으로 돌아간 것 같았다. 그래, 그때······ 열한 살 정도였던 소년은 깨끗한 흰 옷을 입고 있어 옥처럼 온화해 보였다. 평화롭고 조용해 보이는 성격이었지만 실제로는 강인함의 극치에 다다라 있었으며 냉정하고 지혜로웠다.

그때, 천무제와 대황형은 소년을 굴복시키려 했다. 그들은 소년의 입을 열기 위해 장장 3년의 시간을 보냈으나 결국은 소년의 의지를 꺾을 수 없었다. 그때, 그와 대황형은 공포를 느꼈다. 그들은 대체 이 아이가 어떤 인물에 의해 키워지고 교육받았기에 이런 모습이 되었는지 도무지 상상할 수 없었다!

그들은 결국 포기할 수밖에 없었다. 대신 그들은 가장 모진 방법을 사용하여 그의 기억을 제거했다. 열한 살 이전의 기억뿐 아니라, 이후 3년 동안의 기억도 모두 지웠던 것이다. 군구신의 과거에 대해서는 사실 그와 대황형도 추측만 할 뿐이었다.

이 순간, 천무제의 공포심은 그때를 훌쩍 뛰어넘고 있었다! 마침내 그는 깨달았다. 그와 대황형이 군구신의 기억을 지우는 일을 강행했으나 뼛속 깊은 곳의 무엇인가는 지우지 못했다는 것을.

그때 그 백의의 소년은 결코 그들에게 굴복하지 않은 것이다. 그는 여전히 굳게 버텨 내며 지혜롭고 냉정하게 대처하고 있었다. 그리고 지금 그는 성인이 되었고, 모진 마음까지 배웠다. 그는…… 그렇게 더욱 강해졌다.

이 세상에 군구신을 굴복시킬 수 있는 무언가가 과연 존재할까?

군구신이 가장 사랑하고 관심을 쏟는 것은 택이다. 택이라면 가능할까?

천무제는 한참 후에야 정신을 차렸다. 그리고 갑자기 큰 소리로 웃기 시작했다.

"일부러 그런 이야기를 하러 왔느냐? 정말이지 좋은 형이로구나! 동생에게 제위를 찬탈했다는 오명을 평생 지고 가게 만들었으니! 기다려 보려무나, 택아가 자라고 나면 분명 너를 미워할 것이다!"

군구신이 마침내 눈을 들었다. 그의 눈빛은 평온하다기보다는 무정하다는 편이 어울리는 것 같았다. 그가 담담하게 말했다.

"소자는 부황께서 하셨던 말씀을 기억합니다. 소자가 혼례를 치르면 연아를 데리고 북강에 다녀오라 하셨지요. 대황숙께 연아를 보여 드리라고 말입니다. 연아는 소자가 마음에 품은 사람입니다. 소자는 이번 기회에 모비의 가문에도 연아를 소개하고 싶습니다. 소자와 연아는 내일 출발할 예정이라, 오늘 밤 일부러 인사를 올리러 왔습니다. 연내로 돌아올 수 있을지는 모르겠습니다. 그러니 부황께서는 부디 보중하고 계십시오."

말을 마친 군구신은 몸을 일으킨 뒤 비연의 손을 잡고 걷기 시작했다.

천무제는 멍한 표정이었다. 이게 대체 무슨 말이지? 군구신이 천염국에서 병사들을 파견하고 만진국을 휘저어 놓으면서, 어찌 대황형을 속일 수 있단 말인가? 그가 북강으로 대황형을 만나러 간다는 것은…… 좋은 마음으로 가는 건 아니겠지? 그가 비연을 데리고 설족을 만나겠다는 것은 또 무슨 계산에서일까? 그리고…… 진심으로 비연을 좋아한다고?

천무제는 생각하고 또 생각하다가 갑자기 선혈을 토해 내며, 인사불성의 상태로 침상에 쓰러지고 말았다.

전 어멈의 관심

군구신은 비연을 데리고, 고개 한번 돌리지 않고 궁 밖까지 걸어간 다음에야 겨우 발걸음을 멈췄다.

'부황께서는 부디 보중하고 계십시오'라고 말한 것은 연민에서 나온 말이 아니라, 그가 돌아올 때까지 부황이 살아 있기를 바라는 마음에서 한 말이었다. 그는 택이 부황의 시신을 수습하는 일이 없기를 바라고 있었다.

걸음을 멈춘 채 생각에 잠겨 있는 그는 유난히도 조용해 보였다. 그는 여전히 비연의 손을 놓지 않고 있었는데, 무심결에 하는 행동인지, 아니면 놓고 싶지 않아 그러는 것인지는 알 수 없었다.

비연의 주의력은 온통 그의 기분에 쏠려 있었다. 그가 방금 자신을 연아라 부른 것이나, 자신이 그의 손을 잡고 걸어 나온 일은 아예 신경 쓰지 못하고 있었다. 그러나 한참 동안 서 있다 보니 그녀의 시선도 천천히 아래로 떨어졌다. 바로 서로를 잡고 있는 손 쪽으로.

그녀는 머뭇거리다가 마침내 손을 빼면서 말했다.

"망할 얼음, 생각은 그만하고 이만 가자."

군구신은 그제야 정신을 차렸다. 그녀를 바라보다가 무의식적으로 그녀의 손을 꽉 잡고 빠른 걸음으로 걷기 시작했다. 자못 담담해 보이는 것이, 이제 습관이 든 모양이었다.

비연과 군구신이 정왕부로 돌아왔을 때, 망중도 막 돌아온 참이었다. 문을 여는 순간 망중이 진지하게 보고했다.

"전하, 물건은 모두 내보냈습니다."

이 사흘 동안 군구신은 다른 일을 하나 더 했다. 엽십삼의 신물을 빼앗아 백초국 황제에게 보내며, 엽십삼이 바로 소씨와 기씨 가문이 고용한 살수임을 밝힌 것이다.

예전이었다면 만진국과 교전을 벌이는 동안 천염국은 백초국의 동정에도 신경을 써야 했을 것이다. 백초국이 천염국을 포위하여 동맹국인 만진국을 구하려 할 가능성도 무시할 수 없었기 때문이다.

그러나 지금은 만진국에 내란이 벌어졌으니 천염국은 그저 고문관만 지키면 되는 상황이었다. 많은 병력을 쓸 필요가 없었다. 백초국이 이 기회에 난을 일으킬 마음이 있다 해도 그렇게 큰 승산은 없을 테니까.

바로 이런 상황에서 군구신이 백초국 황제에게 진상을 밝힌 것은, 말할 것도 없이 일종의 위협이었다. 이 일이 일단 밖으로 새어 나가면 백초국의 명예는 분명 땅에 떨어질 것이기 때문이었다.

본래 승산이 없던 전투에, 명예 문제까지 겹친 셈이니⋯⋯. 게다가 백리 일족에게 원한까지 살 수 있었다. 이루기도 쉽지 않은데 힘만 들어갈 일이니, 군구신은 백초국 황제가 아무 일도 벌이지 않을 거라 확신했다.

남부의 3대 세력, 즉 현공상회와 상관보는 비연과 사이가 좋
으니 일단 안정적이었다. 한가보는 화월산장의 밀정이 주시하
고 있었는데, 당분간은 큰일이 벌어질 것 같지 않다는 견해가
지배적이었다.

이대로라면 천염국은 한동안 큰 문제가 생길 리 없었다. 게
다가 정역비가 군사를 담당하고 있고, 조정에는 충성하는 신하
들이 있으니 군구신은 안심할 수 있었다.

망중이 보고를 끝내자 하소만이 등에 커다란 짐을 두 개 지
고 달려왔다. 그는 망중에게 보따리 하나를 건네며 말했다.

"형 거야. 내가 형 물건 다 싸 놨어."

그들은 군구신, 비연을 따라 북강으로 가려는 게 아니라 입
궁을 준비하고 있었다. 새로 등극한 어린 황제의 시중을 들고,
지켜 줘야 했던 것이다.

"전하, 왕비마마! 건강 조심하시고, 얼른 돌아오세요."

하소만이 유난히도 아쉬워하자 아무렇지 않던 망중도 점차
아쉬워지기 시작했다.

"전하, 왕비마마, 빠른 시일 내에 돌아오십시오!"

군구신은 그저 그래라고만 말하고 자리를 떠났다.

비연이 망중을 보고 또 하소만을 본 다음, 마지막으로 제 곁
의 진묵에게로 시선을 옮기고는 즐겁게 외쳤다.

"진묵, 어서 가서 준비해야지!"

망중이 수행하지 않으니 진묵이 자연스럽게 그 자리를 메우
게 되었다.

진묵이 여전히 무표정한 얼굴로 고개를 끄덕였다.

"응!"

비연과 진묵이 가 버리고 나자 화가 난 하소만이 콧방귀를 뀌었다.

"본 왕비, 본 왕비, 어쩜 그리 입에서 잘도 나오지? 정말 능력이 있으면 제발 전하 시중을 좀 잘 들어 보라고! 항상 전하를 힘들게만 하지 말고!"

망중이 재빨리 그의 입을 막고 소리쳤다.

"쉿, 상처가 나았다고 바로 아픈 걸 잊은 게냐!"

하소만은 그제야 비연이 지난번에 경고했던 걸 떠올리고 더이상은 말을 잇지 못했다. 그러나 비연의 모습이 사라지자 망종의 손을 떼어 내고는 말했다.

"기다리고 있어 봐. 전하의 짐을 다시 살펴봐야겠어. 북강은 너무 추운데…… 옷을 많이 가져가지 않으면 안 돼."

사실 하소만은 이미 정왕 전하의 짐을 세 번이나 살펴본 후였다. 그는 몰래 전 어멈에게 달려갔고, 비연의 짐에 옷을 더넣어 주라고 몇 번이나 말했다.

전 어멈은 감격하여 말했다.

"아이고, 이 꼬마 녀석, 환관이 아니라면 얼마나 좋았을까! 나중에 어떤 아가씨가 너를 데려가건 아주 극진한 시중을 받겠구나!"

전 어멈은 하소만이 인어족의 후예라는 사실은 알고 있었지만 가짜 태감이라는 사실은 알지 못했다.

하소만이 설명하려다가 그만두고는 차갑게 코웃음을 쳤다.

"흥, 나는 절대로 여인의 시중은 들지 않는다. 전하의 체면이 아니었다면 나는 어떤 왕비마마라도 인정하지 않았을 거다!"

물론 이 말을 하면서 좀 켕기긴 했다.

말을 마친 하소만이 자리를 떠나려 했을 때, 전 어멈이 그를 막아서더니 물었다.

"기다려! 전하와 왕비마마께서 북강에 가신다고? 보아하니 꽤 오래 머무르실 것 같은데, 대체 거기는 왜 가신다는 거야?"

하소만도 정확한 내용은 알지 못하는 상태였다.

"모르면 모른 채로 있으면 그만이지. 우리는 하인이잖아. 일을 많이 하고, 질문은 적게 하는 것이 본분에 맞지! 알겠어?"

전 어멈이 연신 고개를 끄덕였어.

"알겠어, 이 늙은이가 만 공공의 가르침을 꼭 기억하지!"

하소만은 뒷짐을 진 채 늙은이처럼 차분하게 외쳤다.

"그만하면 됐어!"

하소만과 망중이 정왕부를 떠난 지 얼마 되지 않아 비연과 군구신도 출발 준비를 끝냈다. 그들은 후문으로 나갈 예정이었다.

짐을 마차에 실은 전 어멈이 비연의 손을 잡아끌며 물었다.

"왕비마마, 이번 행차가 아주 중요하신 거지요? 얼마나 오래 다녀오실 거예요? 이 늙은이도 데려가시면 안 되겠습니까? 북강은 추위로 얼어붙은 곳이라는데…… 늙은이가 안심이 되지 않습니다!"

사실 비연도 북강으로 가는 정확한 일정을 알지 못하는 상태였다. 최근 군구신이 너무 바빠 그와 자세한 이야기를 나눌 기회가 없었던 것이다. 그녀가 아는 거라고는 단지 그들이 대황숙을 보러 간다는 사실뿐이었다.

비연은 이런 일을 자세히 말하지 않고 그저 전 어멈을 다정하게 위로한 후, 군구신의 재촉을 들으며 마차에 올랐다. 마부가 마차를 몰기 시작했다. 시위 여럿이 좌우 양쪽에서 몰래 따르고 있었다.

진묵이 시위들의 우두머리가 되어 있었다. 그는 마부 옆에 팔짱을 끼고 앉아 있었는데, 등 뒤에는 고씨 선조의 초상화를 지고 있었다. 초상화를 표구해 족자로 만들어, 둘둘 말아 검은 비단 주머니에 넣은 것이었다. 그러나 얼핏 보기에는 그림을 지고 있는 게 아니라 검을 하나 지고 있는 것처럼 보였다.

진묵은 본래 무표정했기에 조용히 있으면 살수처럼 보였다. 모르는 사람이 본다면 그가 그림의 고수고, 화장술에 통달한 기인이라는 걸 알아채지 못할 것이다.

마차는 천천히 정왕부를 떠났다. 군구신은 창밖을 흘깃 보고는 휘장을 내렸다. 그리고 가볍게 뒤로 기댄 채 눈을 감았다.

비연은 그에게 말을 걸려다가, 그 모습을 보고 방해하지 말아야겠다고 생각했다. 이 한 달 동안 그는 너무도 바빴고, 그녀는 그 누구보다도 그 사실을 잘 알고 있었다. 비연은 군구신을 보다가, 생각에 빠졌다가, 또…… 어쩐지 그에게서 시선을 뗄 수 없게 되어 버렸다.

그가 눈을 감은 모습을 보는 걸 극히 드문 일이었다. 눈을 감은 그는 무척 고요해 보였고, 평소 냉담하게 침묵을 지킬 때와는 참 달라 보였다. 뭐랄까……. 그의 원래 성격과는 달리 옥처럼 온화하고…… 고요한 밤의 달빛 같았다. 보면 볼수록 빠져드는 기분이었다.

비연이 황홀하게 바라보는데 갑자기 군구신이 눈을 떴다. 시선이 마주치자 그녀는 당황하여 황망히 시선을 피했다.

군구신은 비연이 자신을 보고 있었으리라고는 생각지 못해, 그녀를 계속 응시하며 오래도록 아무 말도 하지 않았다.

비연은 그가 자신을 바라보고 있다는 사실을 깨닫고 더욱 어색한 기분이 들었다. 그러나 뻔뻔하게 나가는 수밖에 없었다. 그녀는 의연하게 고개를 돌리고는 아무 일도 없었던 것처럼 진지하게 말했다.

"이번 북강행에…… 특별히 안배한 것이 있어? 나, 나에게 말해 봐."

군구신은 원래 그냥 넘어갈 생각이었으나, 왜인지 모르게 진지해지고 말았다.

그가 입을 열었다.

"방금 나를 보고 있었던 건가?"

놀라운 실마리

비연은 군구신이 이렇게 직접 물어 오리라고는 생각지 못해, 당황하여 한참 동안 대답하지 못하고 있었다.

군구신이 몸을 굽혀 다가오더니 다시 물었다.

"왜 보고 있었던 거야?"

비연의 얼굴은 이미 붉게 달아오른 상태였다. 현장에서 들킨 셈이니 변명할 말이 없었다. 그녀는 한참 우물쭈물하다가 말했다.

"당신은 잘생겼으니까. 당정 언니가 말했거든. 보기 좋은 것을 많이 보면 마음이 유쾌해진다고!"

군구신 역시 그녀가 이렇게 답할 줄은 상상도 하지 못하던 차였다. 그는 갑자기 하소만의 말이 옳다는 생각이 들었다. 확실히 비연이 당정과 함께 있는 것은 좋지 않았다. 그는 비연이 이런 눈으로 다른 남자를 보는 걸 원하지 않았다!

"그럼 충분히 감상하게 해 주지."

말을 마친 군구신은 다시 등을 기대며 눈을 감았다. 그 의미는 그녀에게 다른 사람을 보지 말라는 것이었다.

그러나 비연은 그 뜻을 알아듣지 못했다. 그녀는 군구신이 정말로 눈을 감았는지 아닌지도 알 수 없었고, 계속 감상할 용기역시 당연히 없었다. 그래서 일부러 진지한 척 그를 재촉했다.

"어서 말해 줘. 북강에 무슨 볼일이라도 있어? 대황숙은 북강에 숨어서 대체 뭘 하고 있는 거야?"

군구신이 여전히 눈을 감은 채 대답했다.

"그는 우리와 같은 것을 기다리고 있지."

비연은 몹시 답답했다.

"그게 뭔데?"

"봉황허영."

비연이 경악했다.

"뭐라고!"

그러나 군구신은 평온하게 대답했다.

"나도 그와 부황의 서신 왕래에서 겨우 알게 된 사실이야. 이 1년 동안, 몽족설역의 중심에 위치한 백새빙천에 봉황허영이 한 번만 나타난 게 아니라는군."

비연은 놀랍기도 하고 기쁘기도 한 동시에 조금 의아한 기분이 들었다. 빙해에 이변이 일어났을 때, 빙해의 해면에 봉황허영이 나타났다. 고씨 대소저가 물에 빠지는 순간 저택 상공에도 봉황허영이 나타났다. 비연은 빙해의 이변과 이 봉황허영이 큰 연관이 있다고 생각했다. 또한 이 모든 것이 고씨 가문과도 관련이 있을 거라고, 어쩌면 자기 자신도 무슨 관계가 있을지도 모른다고.

이 실마리는 참으로 좇기 어려운 것이었는데, 이렇게 빨리 진전이 있다니!

빙해는 탐구 불가능한 곳이고, 고씨 가문도 현재로써는 이유를 알 수 없었다. 그렇다면 몽족설역은 어떨까? 대황숙이 천무제의 병세가 악화되는 것도 신경 쓰지 않고 계속 그곳에 머물면서, 내년에야 돌아오겠다고 하는 것은…… 분명 무언가를 발견했고, 그에 따른 계획이 있기 때문일 것이다!

비연이 다급하게 물었다.

"대황숙이 또 무엇을 발견했을까?"

"그는 봉황허영이 빙천으로 떨어지는 걸 직접 보았어. 다만, 지금도 그 원인을 찾지 못하고 있지. 그의 분석에 따르면, 봉황허영은 어떤 힘이 환영화되어 나타난 것일 가능성이 높아. 그리고 그 힘은 빙천 속에 숨어 있고 말이야. 그는 빙천에서 한 달째 지내고 있고, 앞으로도 계속 자리를 지킬 생각인 것 같더군."

비연이 속으로 생각했다. 그렇게 중요한 실마리를 찾았으니, 대황숙이 천염국의 변동에 어떤 의심도 품지 않은 게지. 그녀가 대황숙이었다 해도, 분명 다른 일에는 전혀 신경 쓰지 않고 계속 기다렸을 테니까!

그녀가 잠시 생각하다가 더욱 경악하여 외쳤다.

"망할 얼음! 대황숙의 추측이 옳다면 빙해의 그…… 이변은 어떤 힘이 만들어 낸 거란 말이야? 백새빙천에 예전에도 봉황허영이 나타난 적이 있었어? 이 1년 동안 봉황허영이 나타났다면 설마…… 백새빙천에도 이변이 발생하지는 않겠지?"

"확신할 수는 없지."

군구신도 이미 같은 것을 생각했다. 다만 그가 현재 얻을 수 있는 정보는 한계가 있었고, 결국 모든 것은 추측에 불과하니 함부로 확신할 수 없었다.

그는 부황을 대신해 대황숙과 서신을 주고받았지만 너무 깊게 탐색해 볼 엄두는 내지 못했다. 그는 천염국 내부를 안정시켜야 했을 뿐 아니라, 사소한 일로 대황숙을 경계하게 만드는 일을 하고 싶지 않았다.

이번에는 그저 매복하여 어부지리를 얻을 계획이었다. 그는 완벽하게 상황을 파악하지 못한 이상 대황숙과 정면으로 충돌할 생각은 없었다!

북강은 설족의 근거지였다. 설족의 우두머리는 모비의 사촌 오라비이자 그의 당숙이 되는 백서화였다. 군구신은 북강에서 요양하던 3년 동안 이 당숙을 다섯 번도 채 만나지 못했다. 그러나 이 당숙이 어떤 사람인지, 대황숙과의 교분이 어떠한지는 아주 잘 알고 있었다. 그는 가능하다면 이 당숙을 놀라게 하고 싶지 않았다. 아니, 설족의 그 누구도 놀라게 하고 싶지 않았다!

비연은 군구신의 설명을 들으며 생각에 잠겼다가 갑자기 큰 소리로 외쳤다.

"망할 얼음, 어서 흑삼림에도 사람을 보내! 빙해와 몽족설역, 흑삼림은 모두 신비한 곳이잖아. 어쩌면 흑삼림에도 봉황허영이 나타날지 몰라! 그 세 곳 모두 관련이 있을지도 모른다고!"

긴장한 그녀의 모습을 보고 군구신이 가볍게 미소 지었다.

"이미 지켜보는 중이야. 안심해도 좋아."

비연도 웃으며 엄지손가락을 세웠다.

"대단해!"

"다만 고씨 가문에 대해서는 아무 단서가 없어. 그리고 네 사부…… 그 사부는 어쩌면 모든 것을 알지도 몰라."

"망할 사부!"

비연이 약왕정을 끌어안으며 중얼거렸다.

"내가 그전에 어쩜 그리 바보 같았담. 어째서 사부에게 물어보지 않았을까?"

물론 그녀도 물어보았다. 악몽에서 깰 때면 언제나 물었던 것이다. 그러나 아무리 물어도 그는 대답하지 않았고, 그녀도 쉽게 포기해 버렸다. 이상한 일이지만 비연은, 빙해영경에 있을 때는 꿈속의 소녀가 자신이라고는 단 한 번도 생각한 적 없었다.

예전에는 꿈속의 일이 진실이라 느껴지지 않았다. 현공대륙에 다시 태어난 후로 비교를 통해, 빙해영경에서의 모든 것이 꿈과 같았다는 생각이 들기 시작했다. 그리고 그녀의 악몽은 꿈속의 꿈처럼 느껴졌다.

하지만 그녀는 그곳에서 성장했다. 그게 어찌 꿈일 수 있을까?

정말 꿈이라면, 지금 모든 것도 꿈이어야 옳았다!

비연은 점점 더 혼란스러워져 저도 모르게 미간을 찌푸렸다.

군구신이 말했다.

"네 사부가 모든 것을 알고 있다면, 역시 어딘가에 숨어 있을까?"

비연이 경악하여 재빨리 눈을 들었다. 그녀는 지금까지 그렇게 생각해 본 적이 없었다!

군구신이 계속 물었다.

"고운원이, 네 사부와 얼굴만 닮은 건가?"

비연이 고개를 끄덕였다.

"무슨…… 다른 의심 가는 부분이라도 있어?"

군구신의 눈가에 일말의 복잡한 빛이 스쳐 갔다. 그가 담담하게 말했다.

"아니야. 그저 묻는 것뿐이야. 그를 다시 보게 되면 직접 탐색해 봐야겠어."

비연은 반대하지 않았다.

마차는 계속 북으로 올라갔다. 중추절이 지났으니 날씨가 차가워지기 시작한 참이었다. 북으로 올라갈수록 기온은 더더욱 서늘해졌다. 비연 일행은 밤낮으로 길을 갔다. 간혹 사리 판단이 안 되는 강도를 몇 명 만난 것 외에는 매우 순조로운 여행길이었다.

군구신은 한가롭게 있지 않고 며칠 동안 밀서를 몇 통이나 주고받았다. 천염의 궁에서 온 것도 있었고, 군대의 정보도 있었으며, 화월산장에서 보내온 정보도 있었다.

비연도 곁에서 함께 읽고, 추측하고, 계략을 이야기했다. 군구신은 전혀 피로하지 않은 듯, 오히려 이 마차가 이대로 끝없이 길을 가기를 바라고 있었다.

한 달가량, 만진국에서는 여전히 내란이 계속되고 있었다. 백초국에서는 어떤 동정도 느껴지지 않았고, 남경 역시 예전과 다를 바 없었다.

10월 중순, 비연과 군구신은 마침내 북강에 도착했다. 이 시기의 북강은 이미 겨울이었다. 그곳에는 커다란 성이 하나 있었는데, 보명고성이라고 불렀다. 이 성은 천염국에 속해 있지만, 성 뒤의 설원은 몽족설역의 소재지였다. 이 지역은 표면적으로는 천염국에게 속해 있지만 실제로는 설족이 장악하고 있었다.

군구신과 비연은 바로 몽족설역으로 들어가지 않고 보명고성에서 잠시 머물기로 했다.

저녁을 먹은 후 둘은 변장을 하고, 객잔을 떠나 술집으로 들어갔다. 이 성의 사람들은 천하의 일에는 관심이 없고 오로지 몽족설역에만 관심이 있었다. 술집 안에서는 각종 전설이며 진위를 알 수 없는 이야기들이 계속 들려왔다.

비연과 군구신이 막 술집에 들어섰을 때, 뜻밖에도 익숙한 사람이 하나 보였다.

그를 우연히 만나다니

술집은 크지 않았고, 자리는 만석이었다. 사람들이 모두 흥성거리되 너무 시끄러울 정도는 아니었다. 태연자약하게 홀로 술잔을 기울이는 사람, 서로 귀를 맞대고 밀담을 주고받는 사람, 여럿이 모여 큰 소리로 웃으며 신나게 마시는 사람들…… 각양각색이었다.

그중 홀로 앉아 있는 사람이 한 명 있었다. 구석진 자리에 있었지만 그래도 사람의 시선을 잡아끌었다.

서생의 모자를 쓰고 흰 옷을 입은 채 곁에는 상자를 하나 두고 있는 것이 꼭 서생 같았다. 열심히 살펴보니 옥과 같은 얼굴에 깨끗하고 맑으면서도 홀로 초월한 듯한 모습이 마치 하늘에서 내려온 것 같았다!

비연은 하마터면 멍한 표정으로 그를 사부라고 부를 뻔했다.

조용히 앉아 있는 고운원은 유달리 수려한 느낌을 주었다. 그러나 움직이기 시작하면 사람의 기질 자체가 달라지는 것 같았다. 두 손으로 술잔을 잡고 양옆을 둘러본 다음 조심스럽게 마시기 시작하는데, 생전 처음 마시는 것 같은 모양새였다.

백의 사부라면 이러지 않았을 것이다. 백의 사부는 조용할 때는 신선처럼 존귀하고 맑았으며, 술을 마시기 시작하면 더더욱 속세에서 멀리 떨어진 것과 같은……. 역시 저 높은 곳의 신선 같은 느낌이었으니까.

비연이 겨우 정신을 차리고 중얼거렸다.

"고운원……."

군구신도 이런 곳에서 고운원을 우연히 만날 줄은 예상 못했다. 비연이 앞으로 나가려 하자 그가 가로막았다.

"잠깐."

비연은 그의 뜻을 이해하고, 재빨리 문밖의 진묵을 불러와 고운원의 얼굴을 똑똑히 봐 둘 것을 명했다.

세 사람이 문밖에 서 있자 곧 점원이 다가왔다.

"손님들, 죄송합니다. 오늘 가게가 만석인 데다 다들 단골이신지라 쉽게 가실 것 같지 않습니다. 다른 가게로 가 보시는 편이 시간을 아끼실 것 같은데요."

군구신이 금화 주머니를 꺼내며 물었다.

"저 서생도 단골인가?"

"아, 저분은 단골이 아니시죠. 어젯밤에 오셨고, 또 오늘 밤에 막 오셨습니다."

점원은 금화를 받자 말이 많아졌다.

"예전에는 뵌 적 없는 손님입니다. 우리 보명고성에 처음 오신 분 같아요. 주량이 별로셔서…… 하룻밤에 겨우 한 잔 드십니다."

군구신이 물었다.

"혼자 왔는가?"

점원이 고개를 끄덕였다.

"예, 혼자 오셨습지요. 한 잔만 청하시기에 소인은 친우를 기다리시나 했습니다만. 지금 보니 혼자 오신 것 같습니다."

군구신은 더 묻지 않고 점원에게 술 두 주전자를 가져오라고 한 후 비연, 진묵과 함께 걸음을 옮겼다.

고운원은 매우 집중하고 있다가 비연, 군구신이 제 앞에 앉자 깜짝 놀랐다.

"당신들!"

"고⋯⋯."

비연이 입을 열려고 하자 고운원이 재빨리 입을 다물라고 손짓했다.

"쉿! 왕비마마, 제 신분을 폭로하지 마십시오! 귀찮은 일을 끌어들이고 싶지 않습니다."

비연이 물었다.

"고 의원이라고 부르려 했어요. 고운원, 이곳에 당신을 아는 사람은 없지만, 당신의 신분을 아는 사람이 있는 건가요?"

고운원이 잠시 생각하다 답했다.

"그렇지요. 그런 겁니다."

그가 곧 웃기 시작했다. 깨끗한 인상의 얼굴에 온화하면서도 어색한 웃음기가 어리니 평범한 서생 같으면서도 보는 이를 편안하게 했다.

그는 몸을 일으키지 않고 대신 허리를 쭉 펴서 단정하게 앉은 다음 두 손을 모아 읍하며 속삭였다.

"정왕 전하, 왕비마마, 제가 예를 표하겠습니다."

비연이 일부러 탐문해 보았다.

"당신 소식통이 그렇게나 대단한데…… 우리가 혼례 때 초청하지 않았다고 해서 탓하지는 말아 줘요."

"아닙니다, 그런 게 아니에요."

고운원은 매우 진지했다. 비연이 계속 말을 잇는다면 그도 끝까지 변명할 태세였다.

"소식을 듣고도 바로 축하드리러 가지 못했으니 제가 실례한 거지요! 그러니 두 분이 너무 언짢아 마십시오. 오늘 요행히 만났으니 제가 두 분을 위해 한 잔씩 마시고, 또 두 분이 어서 귀한 자식을 낳으셔서 자손으로 가정을 가득 채우시길 기원드리겠습니다."

말을 마친 그는 두 손으로 술잔을 공손히 잡고, 일단 군구신에게 예를 표한 뒤 술잔을 입에 가져다 댔다.

그러나 술이 목으로 넘어가는 순간 그는 바로 목을 잡고 기침하기 시작했다. 미간을 찌푸리는 모습이 매우 고통스러운 것 같았다. 너무 갑작스럽게 마셔서 그런 건지, 아니면 술의 독한 맛에 습관이 되지 않아 그런 건지는 알 수 없었지만.

비연이 약간 당황스러운 눈빛으로 바라보았다. 그저 농담 삼아 던진 한마디에 이렇게까지 진지하게 굴어야 하는 걸까? 그는 분명 의원인데 어째서 서생보다도 더 융통성이 없지?

고운원의 기침은 쉽게 멈추지 않았다. 군구신은 냉랭하게 그 모습을 보며 미동도 하지 않았다. 진묵은 여전히 무표정했으나 시선은 고운원의 얼굴에 못 박혀 있었다.

결국 비연이 물을 한 잔 건넸다. 고운원은 물을 들이켠 다음에야 겨우 편해진 모양이었다. 그런데 이건 또 무슨 일인가. 그는 진지하게 다시 술을 한 잔 따르더니, 비연에게 예를 표한 후 또 한 모금 마셨다.

이번에는 기침이 더욱 격렬했다. 비연이 물을 한 잔 더 건네며 한마디 했다.

"그냥 농담한 것뿐인데, 꼭 이렇게까지 해야 해요? 술을 마실 줄도 모르면서 왜 이러는 거람?"

고운원은 기침하며 변명했다.

"예를 폐해서는 안 되는 것입니다!"

비연이 말없이 무시하는 표정을 지었다. 그의 얼굴 때문일까, 어쩐지 거짓말로 느껴지지 않았다.

비연의 표정을 보고 고운원이 미간을 모으며 더욱 진지하게 말하기 시작했다.

"왕비마마! 옛 선인이 말씀하시기를, 예란 인간의 도리 중 지극한 것이니, 국가를 경영하고, 사직을 안정시키며, 백성을 따르게 하고, 후사를 이롭게 하는 것이니라. 사람이 무례하면 살 수 없고, 일을 함에 무례하면 이룰 수 없으며, 나라에 예가 없으면 안녕하지 아니하니……."

비연은 더더욱 멍한 표정을 지었다. 군구신이 마침내 견딜 수 없어 냉랭하게 말을 끊었다. 물론 말로 끊은 것은 아니고, 술잔을 탁자 위에 강하게 내려놓았을 뿐이었다. 그것만으로도 고운원은 깜짝 놀라 입을 다물었다.

군구신도 고운원에게 예를 표하는 의미로 술 두 잔을 따랐다.

"운원 형, 축복의 말씀을 받아들이겠소. 본 왕과 왕비가 자손으로 가정을 가득 채우게 되어 있으니, 혼례를 놓친들 큰일은 아니지. 앞으로 만월연[1], 돌, 약관[2]과 급계[3] 모두 본 왕이 초청할 테니, 때를 놓치지 말고 왕림해 주시기를 바라오."

군구신의 이 말에 비연은 침묵을 지켰다. 주변이 아무리 시끄러워도 그들 탁자만은 유달리 조용했다.

비연은 군구신이 일부러 이리 말하며 탐색 중이라는 걸 알고 있었다. 그는 그를 고 의원이라 부르지 않고 운원 형이라 불렀다. 이렇게 부르면 고운원을 부르는 동시에 고씨 선조의 초상에 있던 그 신비한 사람을 함께 부르는 것과 마찬가지였다.

게다가 그와 그녀가 자손으로 집을 가득 채우고 앞으로 연회를 여러 번 열겠다고 했다. 듣기에는 성심껏 초청하는 것 같지만 실제로는 조소의 뜻이 담긴 말이었다.

만약 백의 사부가 그녀를 다시 태어나도록 한 것이라면…… 그녀의 장래는? 혹시 그녀의 장래도 백의 사부의 손에 달려 있는 건 아닐까?

군구신이 차가운 눈빛으로 고운원의 눈을 바라보았고, 비연역시 그를 바라보았다. 그러나 고운원은 전혀 이상한 낌새를 느끼지 못한 모양이었다. 그는 바로 활짝 웃으며 손을 모아 읍

---

1 아이가 태어난 지 한 달이 되는 것을 축하하는 연회.
2 남자의 20세.
3 여자의 15세를 가리키며, 보통 이때부터 성인으로 대접했다.

하고 말했다.

"전하께서 그리 성의껏 대해 주신다니, 반드시 가겠습니다. 꼭 가야지요!"

그가 비연을 바라보며 더욱 진지하게 말했다.

"전하, 왕비마마의 몸은 여전히 쇠약하신 편입니다. 지금으로써는 회임하시기에 적합하지 아니하니…… 만약 회임을 준비하신다면 편안히 쉬셔야 합니다. 사방으로 돌아다니시는 것도 좋지 않고……. 전하, 절제하셔야 합니다."

이 말을 들은 비연의 얼굴이 붉게 달아올랐다.

이 녀석, 방금까지는 융통성 없는 서생인 척하더니, 이젠 저렇게 진지한 표정으로 저런 말을 해? 고운원이 의원이 아니었다면 그녀는 그가 연극을 하고 있다고 생각했을 것이다!

그러나 군구신은 고운원보다 더 담담하게 대답했다.

"일깨워 줘서 고맙소. 본 왕이 기억해 두지."

그러고는 화제를 돌렸다.

"북강에 누가 그만한 능력이 있어 운원 형을 산에서 나오게 했는지 모르겠군요?"

고운원이 가볍게 탄식하더니, 일부러 군구신 곁으로 다가앉아 속삭이듯 말했다.

"전하, 아무도 저를 초청하지 않았습니다. 그저 몽족설역에 큰일이 벌어질 것 같아 일부러 와 봤을 뿐입니다."

군구신과 비연은 놀라 서로의 얼굴을 바라보았다.

몽족설역에 큰일이 벌어진다고?

고운원은 그저 의원일 뿐인데…… 미래를 아는 능력도 있단 말인가?

비연이 재빨리 말했다.

"무슨 일인데요? 어서 알려 줘요!"

제 말을 꼭 기억하십시오

일개 의원인 고운원이 무슨 큰일을 예측할 수 있다는 걸까?

비연과 군구신이 의아한 눈으로 기다렸다. 고운원은 물을 한 모금 마시고 주위를 둘러본 다음, 아무도 그들을 보지 않는 것을 확인하고 나서야 나지막한 목소리로 말했다.

"쥐!"

비연은 자신이 잘못 들었다고 생각했다.

"뭐라고요?"

고운원이 목소리를 더욱 낮췄다.

"쥐들이 올 겁니다! 빙원의 빙려서들이 올 거예요."

비연은 이해하지 못했지만 군구신은 바로 알아듣고 물었다.

"환해빙원의 빙려서?"

북강은 세 구역으로 나뉘는데, 바로 보명고성, 호란설지, 그리고 환해빙원이었다. 보명고성이 가장 앞에 있고, 그 뒤가 호란설지, 그리고 환해빙원이었다.

비연과 군구신이 이번에 가고자 하는 목적지인 백새빙천 역시 환해빙원의 최북단이었다.

호란설지와 환해빙원을 합쳐서 몽족설역이라 불렀는데, 그중에서 호란설지는 설족의 근거지였다. 환해빙원은 과거 몽족이 모여 살던 곳으로, 지금은 옛 유적만이 조금 남아 있었다.

환해빙원에는 신비한 얼음 쥐, 빙려서가 살고 있었다. 이 빙려서는 눈처럼 새하얀 몸에 크기는 다른 쥐와 별 차이가 없었는데, 번식이 매우 빨랐다. 그들은 대부분의 시간을 빙원에서 생활하며 호란설지로 넘어오는 일은 없었다. 보명고성으로는 더더욱 오지 않았다.

그러나 300년에 한 번, 그들은 미친 것처럼 폭주하곤 했다. 무리를 이루어 환해빙원을 떠나 호란설지를 점령하고, 심지어 보명고성까지 와서 인간을 공격하기도 했다.

쥐가 어찌 사람과 싸울 수 있을까? 그들이 인간을 공격하는 것은 사실 그렇게까지 무서운 일은 아니었다. 가장 무서운 일은, 일단 그들이 인간을 공격하면 흑사병이 돌기 쉽다는 것이었다.

원래 흑사병 자체가 무섭기도 하지만 빙려서로 인한 흑사병은 더욱 공포스러웠다. 약으로도 구할 수 없어, 감염된 자들은 반드시 바로 태워 죽여야 했다.

300년에 한 번, 이곳에는 빙려서로 인한 재난이 한 번씩 있었다. 심지어 누군가는 과거 몽족이 이 흑사병으로 인해 멸족된 것은 아닌지 의심하기도 했다.

북강에서 3년을 보낸 군구신은 북강에 대해 잘 알고 있었고, 빙려서에 대해서도 들어 본 적이 있었다. 또한 북강에 봉황허영이 출현했다는 것을 알게 되었을 때 몽족설역의 역사를 특별히 주의 깊게 살펴보았다.

그가 아는 바에 따르면 흑사병이 나타난 것은 200년 전이었다. 그러니 앞으로 100년 동안은 흑사병이 나타날 가능성이 적었다.

군구신이 고운원을 바라보며 즉시 물었다.

"어째서 그런 생각을 하게 된 것이오?"

고운원이 나지막하게 말했다.

"남경의 대황 수확이 좋지 않으면 북강의 빙려서가 두드러지기 마련입니다. 전하께서 믿지 않으셔도 상관없으나, 한 달 후에는 믿게 되실 것입니다."

군구신은 이런 이야기를 들어 본 적이 없었기에 도무지 믿을 수가 없었다. 그러나 고운원의 진지한 모습을 보면 농담하고 있는 것 같지는 않았다. 군구신은 결국 의심하기 시작했다. 이 일이 봉황허영과 관계있는 건 아닐까? 백새빙천에서 벌어지는 어떤 일이 이런 이상 현상을 불러일으키는 것은 아닐까?

그가 계속 물으려는데 비연이 끼어들었다.

"대황? 그건 흑사병을 치료하는 약재 아닌가요? 당신들이 이야기하는 빙려서로 인한 병도 치료 가능한가요?"

고운원이 고개를 끄덕였다.

"치료 가능합니다. 다만 용량을 늘려야 하지요."

군구신의 눈가에 복잡한 빛이 스쳐 갔다.

"그렇다면 운원 형은 이번에 가문의 규칙을 어기는 한이 있더라도, 의원으로서 사람들을 구하러 오신 겁니까?"

고운원이 바로 탄식했다.

"가문의 규칙은 어길 수 없습니다. 없고말고요! 저는 그저 빙려서 몇 마리를 잡아 연구해 볼 생각입니다.”

비연은 저도 모르게 욕설을 내뱉고 말았다.

“저런 망나니!”

고운원이 바로 미간을 찌푸렸다.

“왕비마마, 까닭 없이 욕을 하시다니요!”

비연이 물었다.

“흑사병이 발생할 걸 알면서 어째서 백성들에게 알려 주지 않는 거죠? 그저 눈을 뜨고, 저들이 흑사병에 감염되어 하나하나 산 채로 불에 타 죽는 꼴을 지켜만 볼 생각이에요? 게다가 빙려서를 잡아 돌아가겠다는 건 치료법을 연구하겠다는 뜻이 아닌가요? 의원으로서 죽어 가는 이를 보고도 구하지 않는다면 치료법을 연구한들 무슨 소용이죠? 당신이 망나니가 아니면 대체 뭐란 말이에요? 예전에는 당신이 내 사부와 닮았다고 생각했지만, 흥, 내 사부는 당신 같은 인간쓰레기가 아니야!”

고운원은 비연의 욕설을 가만히 듣고 있다가 고개를 들더니 무고하다는 듯 가볍게 탄식했다.

“가문의 규칙을 어길 수 없으니!”

비연은 화가 나서 미칠 지경이었다! 그녀는 고운원의 진지한 얼굴을 보며, 그가 일부러 자신에게 이러는 게 아닌가 하는 의심을 금할 수 없었다. 그러나 고운원은 아무 일도 없었다는 것처럼 진지하게 물었다.

“그런데 전하, 왕비마마, 북강에는 무슨 일로 오셨습니까?”

그는 이렇게 묻는 것이 타당하지 않을 수 있다는 것을 깨달은 듯 재빨리 덧붙였다.

"아직 한 달의 시간이 있습니다. 흑사병이 발생할 가능성이 있으니 두 분, 너무 오래 머물지 마십시오!"

군구신이 대답했다.

"본 왕은 왕비와 함께 잠시 놀러 온 것에 지나지 않소."

고운원은 그 이상 묻지 않고 다시 한번 그들에게 너무 오래 있지 말 것을 권했다.

잠시 후 고운원은 몸을 일으켰고, 비연과 군구신도 자리에서 일어났다.

문가에서 고운원이 고개를 돌려 진묵을 흘깃 바라보았다. 진묵은 시선을 피하지 않았다. 그러자 고운원이 진지하게 물었다.

"계속 저를 뚫어져라 쳐다보시던데, 무슨 일 있습니까?"

진묵은 그제야 시선을 피했다. 그러나 무표정한 얼굴로 아무 말도 하지 않았다.

고운원이 그를 보고 다시 비연과 군구신을 보았다. 비연과 군구신은 아무 말도 듣지 못한 척 앞서 나갔다.

고운원은 의심스러운 눈길로 진묵을 바라보고는 그들을 따라갔다.

그러나 이게 웬일일까! 그가 군구신 근처까지 갔을 때 군구신이 갑자기 그의 가슴을 향해 일격을 날렸다. 고운원이 그 자리에 그대로 멈춰 버렸고, 놀란 나머지 피하는 법도 잊은 듯했다.

거의 동시에, 두 시위가 빠르게 나타났다. 한 사람은 고운원을 잡아끌었고 한 사람은 군구신을 막으려 했다. 그러나 한발

늦었다. 군구신의 손바닥이 이미 고운원의 명치께로 향하고 있었다.

그러나 군구신이 갑자기 모든 힘을 빼더니, 스스로 두어 걸음 물러나 안정되게 자리 잡았다. 고운원은 그제야 정신을 차린 듯 재빨리 시위의 등 뒤로 숨었다. 그리고 공포에 질린 얼굴로 물었다.

"정왕 전하, 우리 사이에는 어떤 원한도 없건만, 어째서 이리하십니까?"

군구신은 당연히 그를 탐색했을 뿐이었다. 방금 그가 조금만 늦게 힘을 거둬들였어도 고운원은 아마 그 자리에서 목숨을 잃었을 것이다!

그가 말했다.

"취한 것이 맞는지 확인해 봤을 뿐이오. 보아하니 취하지 않으신 모양이군. 본 왕이 배웅하지 않겠소. 다음을 기약합시다."

고운원은 황망히 중얼거렸다.

"다, 다음에 또 뵙겠습니다."

비연과 군구신이 멀어질 때까지도 그는 계속 그 자리를 떠나지 않더니 한마디 덧붙였다.

"두 분, 오늘 밤 제가 했던 말을 반드시 기억해야 합니다. 반드시!"

군구신은 당연히 고운원을 감시할 사람을 배치한 상태였다. 그는 고개도 돌리지 않고 그저 손만 흔들었다.

오히려 비연이 고개를 돌려 그를 바라보았다. 마음이 무척 복잡했다. 이제 관계가 깊어졌다 하나, 그녀는 고운원을 처음 만났을 때처럼 그렇게 고집을 부리거나 정신을 놓을 수 있을 것 같지 않았다. 무엇인가 계속 이상하게 느껴졌지만, 그게 무엇인지는 또 말할 수 없었다.

그녀는 깊이 생각할 겨를 없이 객잔에 돌아오자마자 다급하게 물었다.

"진묵, 어때? 제대로 보았어?"

진묵이 잠시 머뭇거리더니 말없이 필묵을 가져왔다. 그리고 고씨 선조의 그림을 한 장 모사하더니 얼굴을 채워 넣기 시작했다. 진문이 그리고 있는 얼굴은 바로 고운원의 모습이었다.

이 일은 절대로 사기다

진묵이 그림을 완성하자 비연은 말할 것도 없고 군구신조차 경악했다.

고운원의 고요한 모습이며 구속받지 않는 듯 자유자재한 기질은 바로 이 그림의 '마음은 외로운 구름과 멀어지고'의 의미와 어울렸다. 진상을 모르는 이가 보았다면 이 그림이 분명 원화라고 생각했을 것이다.

비연이 그림을 멍하니 바라보았다. 마치 빙해영경의 산골짜기로 돌아간 듯 황홀한 기분도 들었다. 세상을 초월한 듯하던 백의 사부가 그녀 앞에 서서…… 그녀를 부르며 미소 지어 주는 것 같았다.

그녀가 중얼거렸다.

"어쩌면, 정말 그일지도 몰라."

군구신은 신중하게 진묵에게 물었다.

"어찌 이리 본 거지?"

진묵은 사실 예전에 비연에게 설명한 바 있었다.

넋을 잃고 그림을 쳐다보고 있는 비연을 흘깃 본 그가 다시 그림을 한 장 그렸다. 비연의 손에 있는 그림과 얼굴만 빼고는 거의 같았다.

새로 그린 그림의 얼굴은 낯설어 보였지만 고운원의 기질과는 별 차이가 없었다. 그림 전체의 분위기와 맞춰 봐도 위화감이 전혀 없었다.

진묵의 설명 없이도 군구신은 바로 이해했다. 그들은 그림 속 인물을 정말로 본 적이 없다. 그러므로 어떤 식으로 추측하건 사실인지는 알 수 없는 것이다.

그런데 진묵이 다시 입을 열었다.

"전하, 그 고 의원은 얼굴만이 아니라 몸도 좀 이상하다."

비연과 군구신이 모두 의아해하며 이구동성으로 물었다.

"어디가 이상하지?"

진묵은 보기 드물게 생각에 잠긴 표정이었다. 그가 미간까지 찌푸려 가며 고민했지만 그 이유를 말로 표현하기는 어려운 모양이었다.

"그냥 느낌. 직감. 어딘가 이상해."

비연이 군구신을 보았고, 군구신도 마음속으로 짚이는 것이 있었다. 이왕 이곳에서 고운원을 만난 이상, 그들은 고운원을 좀 더 유심히 살펴야 했다.

군구신이 말했다.

"다음에 만나면 좀 더 자세히 보도록."

밤이 깊었다. 군구신은 비연을 쉬게 하고, 진묵으로 하여금 그녀를 지키게 한 다음, 자신은 여전히 바쁘게 일을 처리하기 시작했다.

흑사병과 관련한 일은 북강 백성들의 생명과 관계있으니 무시하기보다는 경계하며 대비하는 것이 옳았다. 그러나 그의 이번 행차는 기밀 사항이었기 때문에, 북강에 주둔 중인 상 장군이나 설족의 족장을 직접 만나 이 일을 설명할 생각은 없었다. 그는 사람 몇 명을 매수하여 술집에서 이 일을 퍼뜨릴 작정이었다. 그럼 이 일은 자연스럽게 상 장군이나 설족의 수령인 백서화의 귀에 들어갈 테고, 그들은 이렇게 큰일 앞에서 감히 태만하지는 못할 것이다!

물론 군구신은 바로 사람들을 풀지는 않을 생각이었다. 그와 비연이 환해빙원에 들어간 다음에 사람들로 하여금 행동에 옮기게 할 작정이었다. 환해빙원에 들어가는 것은 상당히 귀찮은 일이니, 귀찮은 상황을 하나 더 만들고 싶지는 않았던 것이다.

군구신이 정말로 바삐 처리해야 하는 건 다른 일이었다. 그는 밤을 틈타 호란설지로 가서 상황을 알아볼 생각이었다. 북강을 떠나온 지도 3년, 그 후로는 밀정의 첩보만으로 이 지역의 변화를 이해해 왔다. 비연을 데리고 위험한 곳에 가기 전에 직접 한번 다녀오고 싶었다.

두려움이 많은 여자가 하늘도 땅도 무서워하지 않기 위해서는 무엇이 필요할까. 바로 믿을 수 있는 남자다.

하늘도 땅도 무서워하지 않는 남자가 두려움을 느끼려면 무엇이 필요할까. 바로 지켜 주고 싶은 여자다.

군구신은 비록 몸을 사릴 지경까지는 변하지 않았지만 확실히 예전보다 더 신중하고 주도면밀해졌다.

비연은 이 모든 것을 모른 채 침상 위에서 뒤척거리다가 일어나 앉았다. 그리고 고운원을 그린 그림을 펼쳐 한참을 보다가 결국은 찢어 버렸다.

"사부, 10년은 긴 세월이에요. 하지만 연아는…… 평생, 평생 사부가 연아의 사부였으면 좋겠어요. 절대로…… 적이 아니라."

비연은 그런 생각을 품은 채 저도 모르는 사이에 잠들었다.

다음 날, 군구신이 사냥복을 몇 벌 가져와 그녀에게 입어 보라 권했다. 백새빙천으로 가기 위해서는 일단 호란설지를 지난 다음 다시 환해빙원을 넘어야 했다. 호란설지와 환해빙원 사이에는 협곡이 하나 있었는데, 그곳이 바로 환해빙원으로 들어가는 유일한 통로였다. 그 협곡에 흰 늑대가 자주 출몰하는 까닭에 백랑곡이라고 불렸다.

설족은 낚시와 사냥으로 삶을 이어 나갔다. 그러나 사냥감이 한정되어 있는 탓에 그들은 외부인에 대한 경계심이 매우 강했다. 변장하여 설족의 사냥꾼 무리에 들어가지 않으면 백랑곡을 통과하는 것은 말할 것도 없고, 호란설지에 들어선 지 반나절 만에 재난을 만날 수도 있었다. 설지에 들어가고 빙원에 가기 위해서는 반드시 설족 사냥꾼으로 위장해야 했다.

사흘을 들여, 군구신은 설족의 몇몇 인사들 사이에 섞여 들어갔다. 스물이 넘는 설족 젊은이들을 끌어들여 무리를 만들고, 그와 비연은 변장을 하고 그 무리에 끼어들었다.

새벽, 비연은 호란설지 변경에 서서 희끗한 땅을 바라보았다. 그녀는 저도 모르게 이곳과 똑같이 끝없는, 한기가 스며 들어오던 빙해를 떠올렸다. 그러나 황량한 빙해와는 달리 이 설지에는 설족이 지어 놓은 얼음집 군락이 보였다. 강이며 초원,

소나무 숲도 있었다.

군구신이 담담하게 말했다.

"가지."

비연이 중얼거렸다.

"망할 얼음, 빙해에도 예전에는 이렇게…… 사람들이 살고 있었을까? 여기처럼 말이야."

이 말을 들은 군구신이 발걸음을 멈췄다.

"그야 알 수 없지. 그 누구도 빙해의 끝까지 가 보지 않았으니까."

빙해의 남북으로는 뭍이 있다. 그러나 동서 양쪽으로는 끝없이 펼쳐져 있을 뿐이었다. 그리고 그 끝에 무엇이 있는지는 그 누구도 알지 못했다.

사냥꾼들이 재촉했다. 군구신은 더 이상 생각할 겨를 없이 비연을 이끌고 썰매에 올랐다.

썰매를 끄는 것은 몽족설역에서 자라는 회설오였다. 눈은 파랗고 털은 잿빛으로, 몸집은 작지 않았지만 무척 온순했다. 빙해안의 그 패기만만하던 금안설오와는 완전히 달랐다.

사냥꾼 무리는 설지에서 흰 여우를 몇 마리 잡는 시늉만 하다가 곧 호란설지를 건너 백랑곡으로 향했다. 덕분에 다음 날 저녁 무렵에 백랑곡에 도착했다. 그런데 이게 웬일일까. 백랑곡 앞에 사람이 너무 많았다. 사냥꾼 무리 여럿이 체류 중이었고, 단독으로 행동하는 늙은 사냥꾼도 있었다.

백랑곡으로 들어가는 입구에 사람이 너무 많아 그 안의 상황을 제대로 볼 수 없었다. 군구신과 비연이 서로를 바라본 다음 태연한 척했다.

곧 그들 무리의 대장이 어찌 된 일인지 알아 왔다. 어젯밤 저녁에 족장이 직접 백랑곡을 봉쇄하라는 명을 내렸다는 것이다. 들어가는 것도 나가는 것도 허락하지 않겠다는 이야기였다. 언제까지 길을 막을지는 지금으로써는 장담할 수 없었다.

군구신이 나지막한 목소리로 물었다.

"무슨 까닭으로?"

대장이 대답했다.

"설명해 주지 않던데. 하지만 며칠이면 이야기가 나오겠지. 빙원에 남은 사냥꾼이 적지 않은데, 양식과 무기를 보충하지 않으면 아주 위험해질 거야."

군구신은 좋지 않은 예감이 들어 그 자리에서 바로 돌아가기로 마음먹었다. 그러나 보명고성으로 돌아가지는 않고 호란설지 서부의 얼음집에 머물며 쉬기로 했다.

비연은 설족을 잘 알지 못했지만 이상하다는 것은 눈치챌 수 있었다. 그녀가 물었다.

"망할 얼음, 빙원에 무슨 일이 벌어져서…… 백 족장이 설마 사냥꾼들에게 비밀이 새어 나갈까 봐 길을 막은 건 아니겠지?"

군구신도 그렇게 추측했기에 과감하게 돌아온 터였다. 그가 말했다.

"내일 오전까지 기다려도 새로운 소식이 없으면 다른 길을 찾도록 하자."

비연이 깜짝 놀랐다.

"다른 길이 있단 말이야?"

군구신이 고개를 끄덕였다.

"길이라고 하기 어렵긴 하지만, 어쩔 수 없는 경우에는 선택해야겠지. 일단 기다려."

다음 날 오전, 그들은 놀라운 소식을 들었다. 백 족장이 백랑곡을 봉쇄한 원인을 발표했는데, 바로 흑사병이라는 것이다.

환해빙원의 빙려서가 무리를 이루고 사냥꾼 여러 명을 습격했다. 흑사병이 돌기 시작했는지는 확신할 수 없었으나, 위험을 막기 위해 백 족장은 백랑곡을 1년 동안 봉쇄하고 빙원에 있는 모든 사냥꾼을 희생시키기로 결정했다. 그렇게 빙려서가 남하하는 것을 막아 흑사병의 전파를 막을 생각이었다!

군구신이 입을 열기도 전에 비연이 소리쳤다.

"사기! 절대적으로 거짓말이야! 그들이 사람을 죽여 입을 막으려는 거야!"

오랜만이라고 말하면서

고운원은 빙려서가 한 달은 있어야 폭주할 거라고 예측했다. 군구신도 아직 이 이야기를 퍼뜨리지 않았다. 게다가 대황숙은 아직 환해빙원에 있다. 설족 백 족장의 이러한 행동은 분명 무엇인가를 감추기 위한 것이다.

분명 빙원에서 무슨 일인가가 발생했고, 그는 사냥꾼을 죽이고 입구를 막아 세상을 속이려는 것이 틀림없었다. 흑사병을 핑계로 삼다니, 정말 교활하지 않은가!

비연이 중얼거렸다.

"봉황허영이 다시 나타난 건 아닐까? 빙원에……? 그걸 사냥꾼들이 본 건 아닐까?"

이 일이 봉황허영과 관계있다면…… 아마도 비연이 추측한 대로일 것이다!

군구신이 말했다.

"한 달이면 모든 사냥꾼을 색출해 죽이기에 충분한 시간이지."

비연은 점점 더 자신의 추측이 맞다고 여기게 되었다.

"그랬던 거군! 망할 얼음, 어서 방법을 생각해 돌파해야겠어! 다른 길이 어디에 있는 거야?"

군구신은 잠시 망설이다가 겨우 결정을 내렸다.

"모레 가자. 그때가 보름이니, 달빛이 길을 비춰 줄 거야."

이틀이 지났다. 백랑곡 밖에 있던 사냥꾼들은 모두 흩어진 지 오래였다. 빙원에서 누군가가 흑사병에 감염되었다는 소식만 빠르게 퍼지고 있었다. 북강 사람들은 모두 위기가 왔다고 생각했고, 아예 거처를 옮길 준비를 하는 사람들도 있었다.

밤이 되었다. 군구신과 비연은 길을 가기 편한 옷으로 갈아입었다. 검은색 옷을 입으니 군구신의 길고 늘씬한 몸은 더욱 세련되어 보였다. 비연 역시 검은색 옷을 입으니 오히려 덜 연약해 보이면서 영웅적인 기상도 묻어났다. 몰래 야행을 나가면서도 이런 기질을 내보일 수 있는 것은 세상에 그녀 하나뿐일 것이다.

비연이 허리에 약왕정을 묶고 있는데, 군구신이 은색 가면을 건넸다.

"이걸 쓰도록 해."

깜짝 놀란 비연이 가면을 받고 저도 모르게 군구신을 바라보았다. 그는 이미 은색 가면을 쓰고 있어 얼굴 절반이 가려져 있었다. 드러난 것은 입과 눈뿐이었는데, 입이 살짝 내려간 것이 냉정하고도 고고해 보였다. 또한 깊고 차가운 눈빛은 사람의 혼을 압도할 것 같았다.

망할 얼음이었다. 그녀가 그를 처음 만났을 때 바로 이런 모습이었다. 그녀가 그를 그리워할 때…… 바로 이런 모습을 그리워했다. 신방에 화촉을 밝히던 날, 그녀의 붉은 천이 떨어지는 순간 보였던 것도 바로 저 눈, 저 가면을 쓴 모습이었다.

그녀는 계속 그를 망할 얼음이라 부르고 있었지만, 이 순간 그를 보니 아주 오랜만에 만나는 것 같은 기분이 들었다. 그래서 꼭 말하고 싶었다. 오랜만이라고.

비연은 도무지 영문을 알 수 없어 고개를 숙였다. 그때 군구신이 담담하게 말했다.

"오랜만이야."

비연이 다시 고개를 들었다. 대답을 하고 싶었지만 뭐라 답해야 할지 알 수 없었다. 서로 알지 못하면서 서로를 그리워했다. 매일 얼굴을 보면서도…… 오랜만이라고 말한다.

온갖 감정이 밀려왔다. 이 감정을 아는 이는 오직 그들뿐이다. 그러나 두 사람 모두 그 감정이 무엇인지는 말하지 않았다.

군구신이 비연의 손에 들린 가면을 들더니 직접 씌워 주었다. 그가 가면을 조정해 주려 했을 때 비연이 살짝 피했다. 군구신도 억지로 계속하지 않고 몸을 돌렸다.

"가자."

비연이 살며시 가면 위를 쓸어 보았다. 그리고 무슨 생각을 했는지 머리를 절레절레 흔들고는 성큼성큼 그를 따라나섰다.

달빛이 밝은 밤이었다. 희끗한 눈에 달빛이 반사되어 멀리까지 보였다. 마치 온 세상이 새하얀 빛에 감싸여 있는 것 같았다. 군구신이 비연을 데리고 가는 길은 호란설지 서쪽 산맥에 숨겨진 비밀 통로인데, 천연적으로 만들어진 길이었다.

호란설지와 빙원 사이는 거대한 산맥으로 막혀 있었다. 이 산맥은 높고 험준한 데다 언제나 얼음과 눈이 쌓여 있어, 원숭이라 해도 오를 수 없고 새라 해도 날아들 수 없는 곳이었다.

당연히 사람은 아예 지나갈 수 없었다. 백랑곡을 제외하면 군구신이 지금 가려 하는 길이 유일하게 존재하는 통로였다.

일선천이라 불리는 이 길은 두 가지 면에서 위험했다. 첫째, 길 전체가 아주 좁아서 단 한 사람만이 통과할 수 있을 정도였다. 둘째, 길 중간 양쪽 절벽에 빙려서의 동굴이 상당히 많이 있었다. 그러니 자칫 잘못하면 빙려서들에게 포위당할 수밖에 없었다.

비연과 군구신이 길 입구에 도착했을 때, 밝은 달이 하늘에 휘영청 떠올라 있었다. 양쪽으로 거대한 산이 눈과 얼음으로 덮여 있고 산허리께부터는 풀 한 포기 자라지 않았다. 길 양쪽 벽에도 식물은 전혀 보이지 않았고, 오로지 달빛만이 들어와 길 전체를 밝혀 주고 있었다.

일선천에 들어섰다. 군구신처럼 키가 큰 사람은 몸을 돌리는 데도 꽤 공을 들여야 했다. 비연은 왜소했기 때문에 오히려 움직이기 수월했다. 군구신은 잠시 망설이더니 비연을 앞에서 걷게 하고 자신은 뒤를 따르기 시작했다. 이렇게 되면 등 뒤에서 적이 오더라도 그가 그녀를 엄호해 줄 수 있고, 전방에서 적을 만나더라도 여전히 그녀를 지켜 줄 수 있었다.

두 사람은 이렇게 앞뒤로 서서 걷기 시작했다. 곧 비연이 몸을 떨며 외쳤다.

"정말 추워!"

깊이 들어갈수록 주변의 공기는 더더욱 차가워졌다. 비연은 재빨리 약왕정의 1품 신화를 소환했다. 그리고 그것을 군구신에게 건네려다가 생각을 바꿔 자신이 끌어안았다. 점차 몸이 따뜻해졌다.

주변은 온통 고요했다. 고개를 들어 보니 달빛이 부드럽게 쏟아져 내리고 있었다. 그녀가 고개를 드는 것을 보고 군구신도 고개를 들었다. 바로 그 순간, 등 뒤에서 한 줄기 파공음이 들려왔다.

비연이 눈치채기 전에 군구신이 그 소리를 듣고 암기의 위치를 파악했다. 그는 발걸음을 멈춘 다음 한 손으로 비연을 제 품 안에 안고 앞으로 몸을 굽혔다. 찰나의 순간, 암기 하나가 그의 머리 위를 스칠 듯 날아갔다.

등 뒤에 누군가가 있다!

군구신은 몸을 돌릴 수 없어 나지막하게 말했다.

"아직 우리랑은 좀 떨어져 있을 거야. 몇 명인지 봐 줘."

비연은 비록 놀랐지만 당황하지 않고 재빨리 몸을 돌렸다. 그들 등 뒤 꽤 멀리에 여자 한 명이 서 있는 게 보였다.

여자는 그들과 같으면서 동시에 완벽하게 반대로 차려입고 있었다. 그들은 검은 옷에 은색 가면을 착용했지만, 여자는 흰 옷에 검은 가면을 쓰고 있었던 것이다. 유일하게 다른 점은, 그들의 가면이 얼굴의 절반만 가려 주는 데 비해 여자의 가면은 얼굴 전체를 가려 주고 있었다.

비연은 눈에 보이는 것을 군구신에게 속삭여 주었다. 그러는 동안 여자가 다시 암기를 던졌다. 비연이 군구신에게 경고하려 했을 때였다. 군구신이 그녀의 머리를 제 품 안으로 누름과 동시에 다른 한 손을 뒤로 보내 암기 다섯 개를 연이어 날렸다.

첫 번째 암기는 백의 여자가 던진 암기를 목표로 했지만 다른 암기 네 개는 백의 여자를 향한 것이었다!

이 좁은 길에 들어선 이상 활동에는 어느 정도 제약을 받을 수밖에 없었다. 아무리 대단한 무기라 해도 이 작은 암기만 못할 수밖에 없었다. 그래서 군구신은 이곳에 오기 전에 이미 암기를 준비했다. 분명 이 여자도 특별히 준비해 왔을 것이다.

그녀는 이 지형을 탐사하러 왔거나, 아니면 이곳에 원래 익숙할 것이다. 지금 이 길을 오가는 사람이라면 분명 봉황허영을 찾아온 것이 분명하다.

새로이 날아간 암기 네 개는 너무나 날카로워, 백의 여자에게 응전할 겨를을 주지 않았다. 군구신은 그 시간을 노려 몸을 돌린 다음 냉랭하게 물었다.

"너는 누구냐?"

여자는 아슬아슬하게 마지막 암기를 피한 다음 역시 냉랭하게 물었다.

"그러는 너희들은 또 누구고?"

군구신은 대답하지 않았다. 그의 눈에 차가운 빛이 스쳐 가나 싶더니 한 손으로 암기 다섯 개를 날림과 동시에 앞으로 달려 나갔다. 암기와 비슷한 속도로 달려 나간 그는 순식간에 백의 여자 가까이 접근했다.

좁은 길이라 속도에 제약이 있었지만 백의 여자는 그의 움직임을 보고 경악했다. 다급하게 뒷걸음질을 치다가 그만 바닥에 미끄러지고 말았다. 그러나 그녀는 재빨리 암기를 꺼내더니 오른쪽 험준한 절벽 위 동굴을 가리키며 외쳤다.

"오지 마! 아니면 우리 모두 죽게 될 거야!"

나는 그의 아내인걸

일선천 양쪽 절벽에는 동굴이 셀 수 없이 많았다. 모두 빙려서 동굴이었다.

백의 여자가 그중 하나를 공격하면 빙려서 떼가 그들을 공격할 것이다. 그리고 그게 누구건 일단 물리기만 하면 죽을 수밖에 없었다!

군구신이 발걸음을 멈췄다. 백의 여자는 안도의 한숨을 내쉬며 원래의 담담한 모습을 회복했다. 그녀는 암기를 꽉 쥔 채, 여전히 동굴을 조준하는 자세를 취하며 일어났다.

군구신은 냉랭하게 그녀를 바라보았다. 백의 여자도 냉랭하게 그를 바라보았다. 그녀의 검은 가면이 어둠 속에서도 이상할 정도로 조용하고 기이한 느낌을 주었다. 가면이 그녀의 얼굴 전체를 가리고 있어 두 눈만 드러났는데, 봉황을 닮은 두 눈은 지금 반쯤은 냉랭했고 반쯤은 오만했다.

군구신은 아무 말도 하지 않았고 그녀도 말이 없었다. 두 사람은 그렇게 대치한 상태로 서로를 바라보았다.

비연은 원래의 자리에 서서 한참을 기다리다가 참지 못하고 중얼거렸다.

"뭘 그리 보고 있는 거야!"

하지만 군구신이 백의 여자를 보는 게 불만스러워 이런 말을 한 건지, 아니면 백의 여자가 군구신을 보는 게 불만스러워 이런 말을 한 건지는 비연 자신만이 알 일이었다.

비연이 말을 하자마자 백의 여자도 소리쳤다.

"뭘 보고 있는 거지? 능력이 있으면 와 보시지!"

군구신은 사실 그녀를 보고 있지 않았다. 그는 정말로 손을 썼을 때의 결과를 저울질하면서, 손을 쓴다면 비연을 데리고 탈출할 수 있을지 고민하고 있었다.

그가 냉랭하게 말했다.

"족장이 이미 금지령을 내렸다. 그 누구도 빙원에 들어가서는 안 되는데, 배짱이 대단하군!"

백의 여자가 바로 냉소했다.

"너희들, 설족인 모양이군."

군구신은 대답하지 않았다. 그는 일부러 그녀가 오해하게 만들어서 그녀를 탐색해 본 것에 지나지 않았다. 백의 여자의 반응을 보면, 그녀는 설족이 아닌 게 분명했다.

이 길을 아는 사람은 극소수였다. 설족 중에도 아는 이가 많지 않았다. 군구신도 설족의 주요 인사를 통해 알게 된 사실이었다.

이 백의 여자는, 보아하니 꽤 오랫동안 빙원을 주시하고 있었음이 틀림없었다. 그녀의 내력은 어떻게 될까? 그와 대황숙 말고 또 얼마나 많은 사람이 빙원을 주시하고 있을까? 봉황허영을 아는 이들은 얼마나 될까?

백의 여자는 자신이 올가미에 걸린 걸 알지 못했다. 그러나 군구신이 방금 손을 쓰는 것을 보고 그를 상대하기 어렵다는 사실을 눈치챈 상태였다. 달갑지 않았지만 화해를 청하는 수밖에 없었다.

"너희도 몰래 들어온 모양인데, 어쨌든 우리는 같은 길을 가는 사람들이니 서로 힘들게 할 필요가 있을까?"

군구신은 대답하지 않았다. 그는 백의 여자를 바라보며 한 걸음 한 걸음 뒤로 물러났다. 백의 여자가 그 모습을 보고 냉소하기 시작했다.

"왜, 본 소저의 말을 못 믿겠어? 아니면 본 소저가 무섭기라도 한 건가?"

군구신은 여전히 그녀를 보면서도 상대하지 않았다.

백의 여자는 지금도 손을 내려놓지 않은 상태였다. 그녀는 암기를 꽉 쥔 채 언제라도 절벽의 동굴을 습격할 자세를 취하고 있었다. 군구신은 기껏해야 대비하면 그만이었지만, 그녀는 절대적으로 긴장한 상태면서도 그 사실을 인정하려 하지 않았다.

이렇게 군구신은 한 걸음 한 걸음 물러났고, 백의 여자도 한 걸음 한 걸음 앞으로 걸어 나왔다. 마치 이대로 화해할 것처럼.

점차 백의 여자는 조금이나마 마음이 편안해졌고, 저도 모르는 사이에 군구신을 살펴보게 되었다. 그의 입술은 매우 유혹적이었다. 턱의 윤곽은 조각 같았다. 보이는 것은 그저 턱 선뿐이었지만, 그것만으로도 차갑고 굳센 성격을 엿볼 수 있었고…… 남자의 매력을 충분히 느낄 수 있었다.

그녀는 어떤 남자에게도 이렇게 호기심을 느껴 본 적 없었다. 이 순간 그녀는 뜻밖에도 그 가면 아래의 얼굴이 궁금해 죽을 지경이었다. 저 가면 아래에는 대체 얼마나 잘생긴 얼굴이 있는 걸까.

그녀는 곧 자신의 이 생각이 가소롭다고 생각했다. 요 이모가 말하지 않았던가.

"잘생긴 남자는 사갈의 심장을 지니고 있기 마련이지. 예쁜 여자보다 훨씬 더 조심해야 해."

그녀는 손 안에 든 암기를 꽉 쥔 채 발걸음을 멈췄다. 군구신이 몇 걸음 물러나기를 기다린 다음에야 그녀는 다시 앞으로 걸어가며 그와 일정한 거리를 유지했다. 이번에 중요한 임무를 맡았으니, 아무리 작은 실수라도 결코 용납할 수 없었다.

세 사람은 이렇게 계속 한참 동안 걸어갔다. 마침내 백의 여자의 눈에 출구가 보였다. 약 50보 정도만 걸어가면 될 것 같았다. 그녀의 눈가에 일말의 복잡한 빛이 스쳐 갔다. 자, 출구에 닿으면 어떻게 몸을 뺄 수 있을까?

비연 역시 출구를 발견했다. 그녀는 군구신의 무공이 백의 여자보다 훨씬 뛰어나다는 걸 알아보았다. 그리고 일단 일선천을 벗어나면 군구신은 백의 여자를 쉽게 놓아주지 않을 거라 생각했다. 그래서 일부러 몸을 돌려 속삭였다.

"망할 얼음, 50보만 더 가면 나갈 수 있어."

군구신은 대답하지 않고 손을 뒤로 뻗어 비연의 작은 손을 잡았다. 그 순간, 비연의 심장이 거칠게 뛰기 시작했다. 마치 곧 멈춰 버릴 정도로!

군구신의 손은 아주아주 차가웠다. 그는 심지어 떨고 있었다. 한증! 한증이 발작한 것이다! 그는 아무렇지도 않은 척하고 있었지만, 사실 강하게 버티면서 백의 여자에게 상황을 들키지 않고 있는 것에 불과했다.

비연은 곧 냉정을 되찾았다. 그녀는 약왕정에서 신화를 소환한 후 바로 군구신에게 건넸다. 그리고 일부러 고개를 쏙 내밀고 도전하는 듯한 눈길로 백의 여자를 바라보았다.

백의 여자는 이미 군구신이 손을 뒤로 뻗는 걸 주시하고 있다가 비연의 이 거동을 보고 바로 비연을 바라보았다. 두 쌍의 눈이 부딪쳤다. 두 여자의 마음속에는 각자 다른 심사가 숨어 있었다!

백의 여자의 눈가에 의심의 빛이 희미하게 스쳐 갔다. 그녀는 비연이 무공을 할 줄 모른다는 걸 깨닫고 인질로 잡을 계획을 짜고 있었다. 일선천을 나서는 순간 저 여자를 인질로 잡을 수 있다면 저 검은 옷의 남자를 위협할 수 있게 된다. 설사 성공하지 못한다 해도, 아무튼 자신이 도망갈 시간은 벌 수 있을 것이다.

그리고 지금, 군구신이 비연의 손을 잡는 것을 보고 그녀는 약간 망설이고 있었다. 지금 손을 쓰는 게 맞는 걸까? 손을 쓰지 않으면 여기서 도망칠 다른 방법이 있을까?

그녀는 일부러 조롱하듯 웃으며 외쳤다.

"저 계집애가 네 동생이냐? 아직 나가지도 않았는데 손을 잡다니? 그녀를 잃어버릴까 봐 걱정되는 모양이지?"

군구신은 여전한 표정으로 대답하지 않았다. 사실은 대답하지 못하는 거였지만.

이 순간 그의 온몸이 다시 차가워지고 있었다. 어찌나 차가운지, 곧 그의 몸 위로 얼음이 얼어 버릴 것만 같았다. 이번 발작은 지난번보다 훨씬 격렬하고 속도도 빨랐다. 약왕정을 쥐고 있긴 하지만, 바로 한기를 몰아낼 수는 없을 것 같았다. 백의여자가 이런 상황을 눈치채면 그 결과는 상상하기 어려울 정도일 것이다.

군구신이 대답하지 않자 백의 여자가 일부러 대오각성한 듯 외쳤다.

"오, 알겠어! 내가 그 여자에게 무슨 짓이라도 할까 봐 무서운 모양이지?"

군구신은 인내심을 발휘해 미간 한번 찡그리지 않고 여전히 몸을 곧추세우고 있었다. 절도 있는 동작으로 한 걸음 한 걸음 뒷걸음질을 치는 그는……. 만약 비연이 진상을 몰랐다면 그녀도 이상함을 눈치채지 못했을 것이다. 하물며 백의 여자는 말할 필요도 없었다!

비연은 그에게서 가까운 거리에 있었고, 그의 몸에서 발산되는 한기로 느낄 수 있었다. 약왕정의 신화는 한독의 폭발을 막아 낼 수 없을 것이다. 이 폭발이 끝난 다음 한기를 몰아낼 수 있을 뿐.

그녀는 이 순간 군구신이 얼마나 고통스러운지, 얼마나 괴로운지…… 모두 알고 있었다! 마음이 너무나 아팠다. 그녀는 자신이 무엇을 할 수 있을지 알지 못했지만 최소한 그의 발걸음을 멈추게 하고, 그가 이렇게 허리를 세우고 강하게 버티지 않게 해 주고 싶었다. 그래서 발걸음을 멈추고는 등 뒤에서 군구신을 끌어안고 큰 소리로 외쳤다.

"나는 여동생이 아니야! 이 남자의 아내라고!"

그러면서 군구신의 몸 옆으로 머리를 쏙 내밀고 일부러 애교를 부렸다.

"자기야, 나 힘들어 죽겠어. 우리 좀 쉬었다 가. 으응?"

백의 여자는 비연의 이 행동이 연극임을 바로 알아보았다. 그러나 그녀로서는 진상을 알 수 없어 그저 비연이 무슨 술수를 부리는지 지켜볼 수밖에 없었다. 그녀는 경계를 높이며 감히 가까이 갈 엄두를 내지 못했다.

염주, 기억의 깊은 곳

백의 여자가 발걸음을 멈추는 걸 보고 비연은 자신이 절반은 성공했다는 걸 알았다. 그녀에게는 다른 방법이 없었다. 그저 백의 여자가 품은 의심을 이용하여 시간을 끄는 수밖에.

비연이 점점 더 억지스럽게 행동하자 백의 여자의 의심 또한 점점 더 깊어 갔다. 비연은 일부러 백의 여자는 보지도 않고 군구신을 꽉 끌어안은 채 애교를 부렸다.

"자기야, 응, 좀 쉬었다 가자! 나 진짜 힘들단 말이야."

백의 여자의 눈에 난처한 빛이 서렸으나 여전히 그들에게서 시선을 떼지 않고 있었다. 그녀는 군구신이 등 뒤에 무언가를 숨기고 있는 걸 보고 점점 더 경계했다. 그녀는 비연이 일부러 그러고 있다고 확신했다. 이건 분명 함정이다!

비연은 군구신이 대답하기 힘들다는 걸 깨닫고 계속 말했다.

"자기야, 돌아 봐, 응? 어서 돌아 봐! 어서!"

백의 여자는 더더욱 경악했다. 대치 상황에서 등을 드러내라니, 그녀에게 손을 쓸 기회를 주는 것이나 마찬가지 아닌가! 너무나 위험하지 않은가!

그러나 군구신은 정말로 비연을 의지하고 있었고, 백의 여자는 아예 눈에 들어오지도 않는 상태였다.

그가 천천히 몸을 돌렸다. 그리고 잠시 머뭇거리는 듯하더니 비연을 품 안으로 끌어안았다. 물론 두 손으로는 약왕정을 꽉 잡은 채였다.

그의 두 손은 따뜻했고 마음은 더욱더 따뜻했다. 약왕정 때문일까, 아니면 비연 때문일까. 그는 그렇게까지 춥지 않다는 생각이 들었다.

비연은 분명 모를 것이다. 그녀가 그의 아내라고 말한 그 순간, 그가 얼마나 필사적이었는지. 그는 심지어 약왕정도 버리고 그녀를 꽉 끌어안고 싶었다.

거의 동시에, 비연도 군구신을 끌어안고 그의 가슴에 얼굴을 묻었다. 서로 알고 서로를 그리워한 지 그리 오래되었건만 이렇게 달가운 마음으로 서로 끌어안는 것은 처음이었다.

이 순간 두 사람의 심장은 황홀하게 떨리고 있었다. 그리고 약속이나 한 듯이 두 사람은 서로를 더욱더 강하게 끌어안았다. 이 순간을 놓치면 다시는 기회가 없을까 봐 두려운 것처럼.

비연이 속삭였다.

"망할 얼음, 괜찮아?"

군구신의 목소리는 살짝 떨리고 있었다.

"괜찮아."

비연이 온 힘을 다해 안정적인 자세를 유지했다.

"망할 얼음, 조금 더 기대도 괜찮아. 버틸 수 있어, 정말로!"

사실 그에게 기대게 해 주고 싶었다. 그러나 지금은 서로를 끌어안게 되었다.

군구신은 대답하지 않고 그저 그녀를 더욱더 강하게 끌어안앗다. 이를 악문 채 한기를 버텨 내면서 어떻게든 맑은 정신을 유지하기 위해 노력 중이었다.

한증이 발작할 때마다 그는 바로 의식을 놓고 황홀의 상태로 빠질 수 없는 것이 유감스러웠다. 보통은 바로 그 순간 그 잃어버린 기억들이 나타났기 때문이다. 그러나 이 순간만큼은 반드시 맑은 정신을 유지해야 했다! 비연이 상황을 아무리 잘 파악하고 있다 해도, 그는 여전히 등 뒤의 여자가 기습해 올 것을 대비해야 했다.

게다가 그는 자신이 만약 황홀경에 빠진다면 제대로 서 있을 수 있을지도 확신할 수 없었다. 백의 여자는 그렇게 만만한 상대가 아니었다. 그가 제대로 서 있지 못하는 상태가 되면 그녀가 바로 상황을 알아챌 것이다.

이때, 백의 여자는 의아한 얼굴로 그들을 바라볼 뿐 앞으로 나가지 못하고 있었다. 아니, 심지어 두어 걸음 뒤로 물러나기도 했다.

저들이 저렇게 끌어안은 채 그녀를 마치 공기처럼 무시하는 이유는 뭘까? 어떻게 저럴 수 있지? 아무리 머리를 굴려도 군구신의 손에 들린 물건이 무엇인지 도무지 짐작할 수 없었다.

저들은 아마도 일부러 그녀를 자극하는 걸 게다. 그렇다, 이건 도전이었다. 그녀가 먼저 손을 쓰게 만들려는 것이 틀림없었다! 사기꾼들!

그녀는 손을 쓴다 해도 이곳을 떠난 다음에나 쓸 작정이었다. 기다리기 시작했다. 그래, 너희들이 언제까지 끌어안고 있는지, 한번 봐 주지!

'대체 언제까지 끌어안고 있어야 할까?'

비연은 속으로 예전의 경험을 떠올리며, 약왕정이 있는 이상 그리 오래 안고 있지는 않아도 될 거라 생각했다. 과연, 얼마 지나지 않아 군구신의 한기가 줄어드는 걸 느낄 수 있었다. 그의 두 팔도 점차 따뜻해지고 있었다.

그러나 그녀가 기쁜 표정으로 미소 지었을 때, 군구신의 몸이 굳는 걸 느낄 수 있었다! 어째서일까? 그는 점점 더 편안해져야 하는 거 아니었나……!

비연이 서둘러 고개를 들었다. 군구신의 얼굴은 창백했고, 입술은 파랗게 질린 채 꽉 다물고 있었다. 분명 예전보다 훨씬 고통스러워 보였다! 어째서? 설마 무엇인가 떠오른 걸까?

당황한 비연은 목소리를 낮춰 물었다.

"망할 얼음, 괜찮아?"

군구신은 대답하지 않았다. 이 순간 그가 이렇게 고요히 서 있으려 안간힘을 쓰는 데 품 안의 따뜻함보다 도움이 되는 것은 없었다. 그의 몸은 차가웠고, 기억은 더더욱 차가웠다!

그는 눈을 뜬 채 전방을 주시하고 있었다. 그러나 그는 이미 기억 깊은 곳에 빠져 있었다. 지독한 악몽에!

주변은 온통 빙천, 냉기가 뼈에 사무쳤다. 열한두 살 먹은 소년이 벌거벗은 채 빙천의 차가운 연못 속에 들어가 덜덜덜 떨고 있었다. 그러나 소년은 이를 악문 채 눈을 크게 뜨고 있었다. 이 순간의 군구신처럼, 소년은 온 힘을 다해 맑은 정신을 유지하고 있었던 것이다.

"말해라! 네 이름이 무엇이냐? 어디서 왔느냐?"

"꼬마야, 빙해안에서 뭘 하고 있었지? 운공대륙에서 온 거 맞지? 어찌 온 것이냐? 누가 너를 데려온 거야?"

"말하지 않겠다, 이거냐? 말하지 않겠다면…… 본존이 예의를 지키지 않는다고 탓하지 마라!"

"얘야, 말을 해라. 비밀이 있는 거지, 응? 누가 너에게 비밀을 지키라 하더냐? 네가 말하면 나도 말해 주마. 네 친부모가 누구인지."

두 사람의 목소리…… 한 사람은 다정했고, 한 사람은 사나웠다. 얼어붙은 하늘, 눈 덮인 대지 위로 메아리치던 그 목소리들은…… 부황과 대황숙의 목소리였다.

소년은 여전히 침묵했다.

군구신은 사방을 둘러보았다. 눈에 들어오는 것은 온통 흰빛뿐이었다. 끝없는 흰빛, 얼음, 눈, 황량한 하늘과 땅.

갑자기 대황숙이 나타났다. 그는 물을 한 통 가져와 소년의 몸에 사납게 뿌렸다.

"말하지 않겠다는 게냐? 말하지 않는다면 본존이 오늘 여기서 네가 얼어 죽게 해 주마!"

소년의 머리카락이며 얼굴이 온통 젖었다. 하지만 소년은 덜덜 떨면서도 여전히 입을 열지 않았다. 심지어 대황숙을 제대로 보려 하지도 않았다.

그러나 그의 입매는 살며시 보기 좋은 곡선을 그리고 있었다. 냉소하는 것도 아니요 조소하는 것도 아니었다. 그저 잔잔한 미소, 담담하고 다정한 미소였다. 이 모든 것을 마음에 두지 않는 듯한, 그들의 아우성을 뼛속에서부터 무시하는 듯한.

"그 물건을 가져와!"

대황숙의 말이 끝나자마자 부황이 나타났다. 부황은 푸른 물이 든 그릇을 대황숙에게 건넸다.

대황숙이 연못 안으로 들어오더니 한 걸음 한 걸음 소년에게 다가갔다. 소년은 추운 나머지 미동도 못 하고 있었다.

대황숙은 소년의 턱을 잡은 채 물 한 그릇을 그야말로 쏟아부었다. 소년은 처음에는 몸부림치지 않았으나 대황숙이 떠나려는 순간 갑자기 그의 손을 잡고 차갑게 노려보았다.

"놓아라!"

대황숙이 힘을 주어 밀어내려 했다. 소년은 그의 손에 있던 그 염주를 꽉 쥔 채 뒤로 쓰러져 결국 물에 빠지고 말았다.

이 순간, 모든 장면이 그대로 사라졌다! 주변은 온통 어두웠고, 군구신은 더 이상 방관자가 아니었다. 그는 그 소년이 되어 얼음 같은 물속에 빠져 천천히 가라앉고 있었다. 한기가 체내로 스며들었다가 퍼져 나갔다.

그는 바로 그 소년이었다!

하지만 그 소년은 대체 누구일까? 이름은 뭘까? 어디서 왔던 걸까?

그는 열심히 생각을 이어 나가려 했지만 너무 추운 나머지 도저히 생각할 수 없었다. 모든 기억이 얼음으로 뒤덮인 것만 같았다. 그가 유일하게 할 수 있었던 것은 그저 그 염주를 꽉 쥐는 것뿐이었다. 그러나…… 어째서 그 염주를 잡고 있는 걸까?

그는 도무지 기억해 낼 수 없었다!

군구신은 그 깨어진 기억 속에 사로잡힌 채 온몸을 떨며 중얼거리기 시작했다.

"나는 누구지? 너는 누구야? 우리는 대체 누구인 거지……?"

그는 이제 구분할 수 없었다. 그의 기억이 모호한 건지 아니면 소년의 기억이 모호한 건지.

군구신은 중얼거리고 중얼거리다가…… 앞으로 천천히 쓰러지기 시작했다.

비연은 깜짝 놀랐다. 어떻게 하면 좋지!

이미 드러나 버렸다

군구신의 눈빛이 흐릿했다. 그는 중얼거리고 또 중얼거리다가 앞으로 천천히 쓰러지기 시작했다.

그의 몸이 덮쳐 오자, 비연은 그의 의식이 모호해 더는 제대로 서 있을 수도 없다는 것을 눈치챘다. 마치 솥에 들어간 개미처럼 다급해진 그녀가 그를 받치며 속삭였다.

"망할 얼음, 왜 그래? 어서 깨어나! 군구신! 나를 놀라게 하지 마! 제발 정신 차려!"

바로 이때, 등 뒤에서 백의 여자의 목소리가 들렸다.

"이봐, 이제 다 쉬었어?"

비연은 더욱 다급해졌다. 어떻게 대답해야 할지 고민하고 있노라니 백의 여자가 냉소하기 시작했다.

"개 같은 것들, 사랑을 나누려면 자기들 집에서나 할 것이지! 대체 여기서 길을 막고 뭐 하는 짓이야?"

영리한 비연은 백의 여자가 자신들을 탐색 중임을 알아차렸다. 백의 여자가 의심하고 있는 것이다!

어떻게 하지! 어떻게 해야만⋯⋯!

그녀는 군구신이 가해 오는 압력을 버텨 내며 고개를 들어 그를 보았다. 그를 보고, 또 보고⋯⋯. 비연의 눈에 단호한 빛이 어렸다.

그녀가 큰 소리로 외쳤다.

"우리 부부는 여기서 사랑을 나눌 테니, 능력이 있으면 와 보든가. 우리 몸을 밟고 지나가면 되겠네! 능력이 안 되면 고개나 돌리고 있어!"

말을 마친 비연이 살짝 발끝을 들어 두 팔로 군구신의 목을 안았다. 그리고 그를 가까이 끌어당긴 다음 제 입술로 그의 입술을 막았다.

그녀는 잠시 멈춰 있다가 차라리 눈을 감기로 했다. 그에게 입을 맞추며 모든 것을 활짝 열었다. 그의 입술 위를 맴도는 그녀의 입술은…… 비록 서툴지만 비할 데 없이 진지했다.

"너희!"

백의 여자가 화를 냈다. 그녀는 비연이 일부러 그런다고 확신했지만, 그녀가 손을 쓰도록 자극하는 건지, 아니면 무언가를 감추기 위해 그러는 건지 판단할 수 없었다.

그녀가 있는 각도에서는 정면을 볼 수는 없었지만 그들이 서로에게 입을 맞추고 있다는 것만은 알아볼 수 있었다. 백의 여자는 결국 모험을 할 수 없어, 분노하여 소리쳤다.

"체면이라고는 없이!"

비연은 그녀를 상대하지 않고 더욱 진지하게 입맞춤에 몰입했다. 군구신의 목을 끌어안고 서툴게 그의 입술을 열었다. 그녀의 입맞춤은 이제 격렬하다 못해 거칠기까지 했다.

그녀는 그를 깨우고 싶었다. 어서 정신을 차리란 말이야!

군구신의 의식이 점차 회복되었다. 두 눈에도 점차 빛이 돌아왔다. 점차…… 점차, 그의 눈빛이 비연에게로 향했다. 그리고 여전히 비몽사몽의 상태였으나 본능적으로 그녀에게 화답했다.

그 순간, 비연이 갑자기 멈췄다.

그녀는 기쁘기도 하고 놀랍기도 해서 바로 입술을 떼려 했으나, 이게 웬일일까. 군구신은 입맞춤을 멈추지 않았다. 그는 부드럽게 그녀의 입술을 사로잡고 있었다. 너무나 익숙한 그 느낌에 비연은 살짝 넋을 잃고 말았다.

그녀는…… 이 다정한 느낌에 미련을 느꼈다. 이제 그녀도 이 따뜻함을 놓고 싶지 않았다. 그녀는 황홀한 상태로, 그가 그녀의 입술을 벌리고 점점 더 깊이 입을 맞추도록 내버려 두었다.

군구신의 손에서 약왕정이 떨어져 큰 소리를 내며 바닥을 굴렀다. 군구신이 갑자기 멈추었고, 비연도 정신을 차렸다. 군구신은 마침내 완전히 깨어난 것이다. 그리고 비연은…… 원래부터 깨어 있었다. 그녀는 자신이 더 이상 잘못을 저질러서는 안 된다는 사실을, 더 이상 미련을 두어서는 안 된다는 사실을 알고 있었다.

비연이 살짝 시선을 피했다. 그녀가 손을 내리려 하자 군구신이 그녀를 더욱더 강하게 끌어안으며 속삭였다.

"연아."

비연의 심장이 살짝 멈추는 것만 같았다. 그러나 그녀는 여전히 그를 밀어내려 했다. 그러자 군구신이 갑자기 그녀의 머리를 잡더니 패기 있게 그녀의 입술을 찾았다.

비연도 처음에는 몸부림치려 했으나 점차 그에게 협력하게 되었다. 점차…… 그녀는 다시 그의 목을 끌어안고 그에게 입맞춤을 되돌렸다.

지금 이 순간은 방금과 달랐다. 군구신은 이제 깨어 있었다. 정이 짙어지니 맑은 정신이라 해도 감정을 억누를 수 없었다. 그녀가 입맞춤을 되돌리는 순간 최후의 이성이 무너져 내렸다!

그의 입맞춤이 점점 더 격렬해졌다. 영원히 그녀를 놓고 싶지 않았다. 그리고 비연 역시, 입맞춤을 되돌리지 않았다면 모를까, 한번 되돌리고 나니 자제력을 잃어버렸다. 그녀도 자신을 잃은 상태에서 그대로 격렬해지고 말았다.

두 사람은 이렇게 서로 끌어안은 채 감정을 억제하지 못하고 서로의 입술을 찾았다.

멀리서 지켜보던 백의 여자는 군구신의 손에서 뭔가 떨어지는 것을 보았으나 그게 무엇인지는 제대로 볼 수 없었다. 그리고 그녀는 정면으로 볼 수는 없었지만 두 사람이 격렬하게 뒤엉키는 것은 알아챌 수 있었고, 그만 얼굴이 붉어지고 말았다.

지금 그녀의 마음을 가득 채운 것은 울적함이었다. 이 상황에 승복할 수 없었다. 그러나 그녀가 할 수 있는 일 역시 없었기에 또다시 욕설을 내뱉었다.

"정말이지 부끄러운 줄 모르고!"

그녀는 군구신의 뒷모습을 바라보며, 자신도 모르게 유혹적이던 그의 입술을 떠올랐다. 그 턱의 윤곽이 무척이나…… 완벽하게 아름다웠는데.

그녀는 재빨리 고개를 돌리고 보지 않으려 했다.

대체 어떻게 해야 하는 걸까?

요 이모 곁에도 남자들이 많았고, 그녀도 남자들이라면 수도 없이 보았다. 그러나 그중 마음에 들었던 남자는 단 한 명도 없었다. 그런데 이 남자는…… 얼굴을 제대로 보지도 못했는데 어째서…….

백의 여자는 그래도 냉정을 지켰다. 더 생각하지 않고 고개를 돌린 다음 분노하여 외쳤다.

"더러운 것들! 날이 곧 밝아 온다고! 너희가 계속 거기서 그러고 있으면 얼마나 힘들어질지 알기나 해?"

날이 밝아 오면 동굴 속 빙려서들이 먹이를 찾아 나올 것이다.

무리 지어 폭주하지 않을 때라면 빙려서는 보통 인간을 공격하지 않는다. 심지어 인간을 보면 피하기도 했다.

그러나 이곳은 그들이 모여 사는 곳이었다. 그들은 이곳에 나타난 인간을 새끼를 빼앗으러 온 적으로 인식할 가능성이 높았다.

그렇게 되면 그들은 무리 지어 인간을 포위할 것이다.

군구신과 비연은 그녀를 아예 공기처럼 취급하며 여전히 입을 맞추고 있었다. 마침내 숨을 쉬기조차 힘들어졌을 때에야 두 사람은 겨우 서로를 놓아주었다.

비연이 숨을 헐떡이며 멍한 눈으로 군구신을 바라보았다. 그녀는 자신이 방금 무엇을 했는지 아주 잘 알고 있었다. 그녀가 재빨리 변명했다.

"나는, 드러날까 봐, 그래서…… 난…….

그녀는 그에게 변명하고 싶었다. 아니, 그보다는 자기 자신에게 변명하고 싶었다. 그래, 그녀는 상황이 드러날까 봐 두려웠던 것이다. 백의 여자가 이상한 점을 눈치챌까 봐. 그래서 연극을 진짜로 만들었을 뿐이다!

그녀를 바라보는 군구신의 눈에는 희열이 맴돌고 있었다. 그가 속삭였다.

"하지만 너는 이미 드러내고 말았는걸."

비연은 순간적으로 대답할 말을 찾을 수 없었다. 군구신이 웃기 시작했다.

"비연, 네 마음속에 내가 있다. 맞지?"

비연은 바로 그의 시선을 피했다. 그때 백의 여자가 암기를 날리며 외쳤다.

"대체 갈 거야, 말 거야!"

군구신이 손을 뒤로 흔드는가 싶더니 암기 하나가 날아갔다. 백의 여자의 암기를 떨어뜨린 그는 뜻밖에도 파죽지세로 백의 여자를 공격했다.

백의 여자는 아슬아슬하게 피하며, 놀란 나머지 더 이상 입을 열지 못했다. 그녀는 심지어 방금의 선택이 옳았다고 생각했다. 위험을 무릅쓰지 않은 것이 옳았던 거라고.

이 남자, 너무 멀쩡한 모습이지 않은가. 아무 일도 없었다는 듯이!

군구신의 암기는 백의 여자를 무섭게 압박하고 있었다. 그러나 비연을 바라보는 그의 눈빛은 몹시도 다정했다.

"대답해 줘."

"아니야!"

비연은 그렇게 부인한 후, 그에게 추궁할 기회를 주지 않기 위해 그를 진지하게 바라보며 물었다.

"방금 대체 어떻게 된 거야? 무슨 기억이라도 떠올랐어?"

군구신의 눈가에 복잡한 빛이 스쳐 가는가 싶더니 그가 잔잔하게 미소 지으며 말했다.

"별일 아니었어. 돌아가면 말해 줄게."

비연도 더 캐묻지 않고 그저 그를 밀어냈다. 그리고 약왕정의 신화를 꺼트린 후 그것을 주워 들었다. 그녀는 분명 그를 피하고 싶었다.

약왕정을 허리에 매단 비연은 다시 앞을 향해 걷기 시작했다. 군구신도 그 이상 그녀에게 묻지 않고, 염주를 꼭 쥔 채 빠른 걸음으로 그녀를 따라갔다.

백의 여자는 지금까지 누구에게도 이렇게 무시당해 본 적이 없었다! 그녀는 안도의 한숨을 내쉬는 동시에 화가 머리끝까지 치밀어 올랐다. 그러나 그녀는 인내하는 수밖에 없었다.

그녀는 한 손에는 암기를 쥐고 다른 손으로는 허리춤의 금침세 개를 만지며 경계하고 있었다. 그들이 봉황허영 때문에 온건지 확신할 수 없었기에 일단 참을 수밖에 없었다. 별일 아니다. 그저 그들을 먼저 가게 하기만 하면 되는 거니까.

어쨌든 요 이모는 이틀 전에 백새빙천에 도착했다고 했다. 그들이 만약 백새빙천으로 간다면 그녀에게는 이 빚을 갚을 기회가 있을 것이다!

　50보는 멀지 않은 거리였다. 비연과 군구신은 곧 출구에 도착했다.

뜻밖에 나타난 봉황허영

출구에 도착한 순간, 비연이 재빨리 밖으로 달려 나갔다. 온 세상이 활짝 열리는 듯한 기분이 들었다.

군구신이 몸을 돌려 백의 여자를 정면으로 보았다. 순간 백의 여자가 그에게 암기를 날림과 동시에 다른 손으로 금침 세 개를 던졌다. 그 목표는 군구신 등 뒤의 비연이었다!

그러나 안타깝게도 군구신이 암기를 막아 냈고, 금침도 그의 눈을 피하지 못하고 그의 발아래 떨어지고 말았다.

군구신이 암기로 절벽 위의 동굴을 조준하더니 냉랭하게 물었다.

"너는 누구냐? 빙원에는 왜 잠입해 들어온 거지?"

그는 말로는 위협하지 않았지만 백의 여자는 그의 뜻을 완벽하게 이해했다. 그녀는 살짝 멈칫했다가 곧 큰 소리로 웃기 시작했다.

"감히! 설족의 궁수대가 빙원에 매복해 있다는 걸 분명 알 텐데. 이 길을 아는 사람이 얼마 없다 해도, 부근에 분명 복병이 있을 거다."

빙려서가 놀란다면 분명 무리를 이뤄 설지와 빙원 양쪽 방향으로 달려갈 테고, 그곳 모두 큰 난리가 날 것이다. 이 이치를 군구신도 물론 이해했다. 그가 백의 여자를 이렇게 위협하는 것은 그저 자신의 추측이 옳은지 확인하기 위한 것에 불과했다.

그는 백 족장이 궁수대를 빙원에 파견했다는 사실을 알지 못했는데 이 여자는 뜻밖에도 알고 있었다. 분명했다. 그녀는 막 잠입해 들어온 게 아니라 이곳에 온 지 꽤 오래되었고, 봉황허영을 찾아온 것이었다. 심지어 빙원에는 그녀의 무리들이 잠복하고 있었다!

그녀는 대체 어느 쪽 세력 소속일까?

군구신은 암기를 놓지 않고 균형을 맞추고 있었다. 그가 손을 쓰더라도 비연을 데리고 빙려서를 피할 자신은 있었다. 그러나 주변에 매복 중인 궁수들을 피할 절대적인 자신은 없었다. 왜냐하면 그는 그 궁수들이 어디에, 얼마나 매복하고 있는지 모르기 때문이었다.

백의 여자는 담담해 보였지만 지금 그 누구보다도 긴장하고 있었다. 그녀의 손에도 암기가 들려 있었고, 군구신과 마찬가지로 빙려서의 동굴을 조준하고 있었다. 그녀에게는 물러날 길이라고 할 수도 없는 길만이 남아 있었다. 바로 상대와 함께 죽는 동귀어진의 길만이.

그녀는 마침내 후회했다. 방금 그렇게 안하무인으로 굴지 말았어야 했다. 왜 그렇게 충동적으로 그들을 먼저 공격했던 걸까? 그저 조용히 그들을 따라 걷기만 했다면 이런 상황에 처하지는 않았을 것 아닌가!

두 사람은 한참 동안 대치 상태로 머물러 있었다. 그러나 바로 이 순간, 군구신 등 뒤의 비연이 힘차게 그를 잡아끌었다.

그녀는 목소리를 낮추었지만, 흥분을 감출 수는 없었다.

"망할 얼음, 나, 나 봤어! 봉황허영이야! 진짜 봉황허영이라고! 빙원 위를 날고 있어! 봉황허영이⋯⋯!"

봉황허영?

군구신도 비연 못지않게 놀랐다. 빙원에 도착한 첫날 봉황허영을 보게 되다니! 그러나 경악한 것은 경악한 것이고, 그는 냉정을 지키며 충동적으로 행동하지 말아야 했다. 그는 두어 걸음 뒤로 물러나 좁은 길을 빠져나온 다음 흘깃 눈길을 던졌다. 그리고 눈에 들어온 장면에 그는 그야말로 온몸이 뒤흔들리는 듯한 충격을 받았다.

멀리 하늘에 거대한 봉황허영이 날개를 펼치고 있었다. 거대하고 장엄한⋯⋯. 그 아름다움을 대체 뭐라 해야 할까. 끊임없이 다채롭게 변화하며 휘황찬란하게 빛나는 그것은⋯⋯ 너무나 아름다웠다!

군구신은 저도 모르게 고개를 돌려 바라보았다. 그러나 봉황허영은 갑자기 북쪽 백새빙천 방향을 향해 빠르게 날기 시작하더니 곧 어둠 속으로 사라져 버렸다. 그는 망설이지 않고 결단을 내렸다. 비연을 품에 안은 다음 영술로 추격하기 시작했다.

대황숙의 서신에는 봉황허영을 지키는 건 쉽지 않은 일이라 적혀 있었다! 이 허영은 신비한 힘이 환상이 되어 나타나는 것이니, 봉황허영이 사라지는 곳에 그 힘이 숨겨져 있을 것이다! 그리고 그 힘은 분명 빙해의 이변과 관계있을 것이다!

잠시 후, 군구신과 비연도 어둠 속으로 사라지고 말았다.

백의 여자는 봉황허영을 보지 못했기에 군구신이 무엇 때문에 갑자기 사라졌는지 알 수 없었다. 그녀는 또 의심이 일어나, 일부러 몸을 숨긴 채 기다렸다. 그녀는 한참 동안 망설이며 계속 일선천에서 나오지 못했다. 그러나 비연과 군구신은 이미 모습을 감춘 지 오래였다.

군구신은 한증이 폭발했었기에 휴식이 필요했다. 그러나 그는 잠시도 쉬지 않고 달려갔다. 백새빙천에 도착한 다음에야 비연을 내려놓은 그가 검을 지팡이로 삼아 버티며 숨을 헐떡였다. 입술이 새하얗게 질려 있었다.

그 모습을 본 비연이 재빨리 부축했다. 그녀는 화가 나기도 하고 초조하기도 했다.

"어쩜 이리 말을 안 듣는 거야! 따라갈 수 없는 거면 따라갈 수 없는 거지!"

그가 단숨에 여기까지 오리라고는 생각지 못했다. 여기까지 오는 동안 그녀는 몇 번이나 멈추라 말했지만 그는 말을 듣지 않았다.

군구신이 숨을 헐떡이며 대답했다.

"우리는 놓쳤지만, 대황숙이랑 또 다른 사람들이 있어. 그들이 놓쳤을지 놓치지 않았을지는 모르는 일이야. 어서 그들을 찾아내야 해. 그들이 먼저 무언가를 손에 넣게 할 수는 없어."

백새빙천에 머무는 이는 대황숙만이 아니었다. 아마 백의 여자의 동료들도 있을 테고, 심지어 더 많은 사람이 있을 가능성도 있었다. 이들이 백새빙천에 잠복해 있는 이유는 분명 어제의 봉황허영 때문일 테니, 쉽게 놓치려 하지는 않을 것이다.

비연이 여전히 얼굴을 굳히고 있는 것을 보고 군구신은 그녀가 이해하지 못한다 생각해 자세히 설명하려 했다. 그러나 비연이 불쾌한 목소리로 말했다.

"나도 그런 건 당연히 알아. 하지만 그런 것들이 당신 몸보다 더 중요해? 당신에게 무슨 일이라도 생기면 나는 어쩌라고?"

군구신의 혀까지 올라왔던 말이 그대로 멈추고 말았다. 그는 비연의 초조한 모습을 바라보다, 저도 모르게 손을 뻗어 그녀의 턱을 잡았다.

"나 때문에 걱정하는 모습이…… 참 예뻐."

비연은 그제야 자신이 실수했음을 깨닫고 재빨리 그의 손을 떼어 냈다.

"만지지 마! 나, 나는…… 그, 말해 두겠는데, 나에게 잘……. 그러니까 나 혼자서는 여기서 나갈 방법을 모른단 말이야! 계속 그렇게 억지로 버틸 거면 그냥 가자고!"

그녀는 군구신에게 대답할 기회도 주지 않고 성큼성큼 앞으로 걸어가기 시작했다. 군구신의 입가가 살며시 올라갔다. 가면에 가려져 보이지 않았지만, 그는 지금 몹시도 찬란하게 웃고 있었다. 그가 재빨리 비연을 따라갔다.

비연이 두 손으로 약왕정을 만지작거리더니, 얼마 후 단약한 알을 그에게 내밀었다.

"어서 먹어!"

그녀의 말투는 명령과 다를 바 없이 들렸으나 군구신은 아무렇지 않았다. 그는 심지어 그게 무슨 약인지조차 묻지 않고 바로 복용했다.

군구신은 비연을 등 뒤로 잡아끌고는 자신이 앞에서 길을 찾기 시작했다. 비연은 꽤 온순하게 그의 뒤를 따랐다. 두 사람은 빙천 밖의 작은 빙천들을 따라 조심스럽게 걷기 시작했다.

백새빙천은 현공대륙의 최북단으로, 거대한 천연의 병풍과도 같이 현공대륙과 바다 사이를 가로막고 있었다. 백새빙천 주위의 작은 빙천들은 천태만상으로 기괴했다. 빙천 하나를 지나면 또다시 동서로 끝없이 거대한 빙천이 펼쳐져 있었는데, 그 웅대한 기세는 이루 말할 수가 없었다.

군구신과 비연은 걷던 중에 거대한 동굴을 하나 발견했다. 이 동굴을 통하면 작은 빙천을 지나 백새빙천 가까이 갈 수 있을 것 같았다.

비연과 군구신은 이곳에 익숙하지 않았기 때문에 서로 의논한 다음 조심스럽게 그 안으로 들어갔다. 그러나 그들이 동굴에 들어간 지 얼마 되지 않아 앞쪽에서 시끄러운 소리가 들렸다. 마치 누군가가 싸우는 듯한 소리였는데, 빙천을 통하는 사이에 메아리가 되어 있었다.

두 사람은 서로를 바라본 다음, 여전히 신중하고 조심스럽게 움직이기 시작했다. 군구신이 비연의 손을 잡았고, 비연은 이제 습관이라도 된 것처럼 그의 뒤로 숨었다.

그들은 그렇게 소리가 난 곳을 향해 말없이 걷기 시작했다.

대황숙을 처음 만나다

동굴 안. 비연과 군구신은 소리가 나는 곳을 향해 다가갔다.

거대한 얼음 기둥 몇 개를 돌아가니, 앞쪽 거대한 공간에서 두 남자가 격렬하게 싸우고 있는 것이 보였다.

그중 한 사람은 밤에 움직이기 편한 옷을 입고 검은 가면을 쓰고 있었다. 키가 크고 몸은 우람한 것이 도무지 나이를 짐작할 수 없었다. 그가 휘두르는 검의 초식은 날카롭고도 잔혹해, 보기만 해도 그가 과감한 성격이라는 걸 알 수 있었다.

다른 한 사람은 쉰에서 예순 사이의 노인으로 머리가 이미 반쯤 하얗게 세어 있었다. 그러나 여전히 원기 왕성하고 민첩했다. 그 역시 검을 휘두르고 있었는데, 검술은 비록 흑의 남자처럼 날카롭지는 않으나 초식마다 급소를 노리고 있었다. 보아하니 그가 좀 더 잔인한 성격인 듯했다.

이미 노인이 승기를 잡고 있었다. 그러나 흑의 남자가 소매를 흔들더니 노인의 눈을 향해 침을 몇 개 날렸다. 그와 동시에 그의 팔꿈치 쪽에서도 암기가 하나 나와 노인의 복부를 향해 날아갔다. 침이건 암기건, 그 위력이 무척이나 무서웠다. 그야말로 파죽지세였다.

그러나 노인은 단호하게 침을 막아 낸 다음 뒷걸음질로 아슬아슬하게 암기를 피했다! 그리고 그 즉시 흑의 남자 등 뒤로 자리를 옮겼다.

흑의 남자의 반응 역시 지극히 빨라, 망설이지 않고 몸을 돌려 검을 휘둘렀다.

흑의 남자가 약한 게 아니라 노인이 너무 강했다. 흑의 남자가 그렇게 대단한 암기까지 썼으나 전혀 이득을 보지 못한 상태였다. 이대로 가면 흑의 남자가 노인과 무승부를 이룬다 해도 대단한 일일 것 같았다. 승산이 전혀 없어 보였다.

비연이 눈도 깜빡하지 않고 보고 있다가 중얼거렸다.

"망할 얼음, 저 노인이 혹시……."

군구신이 속삭였다.

"응, 대황숙이야."

비연은 이제야 알 수 있었다. 택이 왜 그리 황숙을 무서워했는지, 군구신이 무엇 때문에 그렇게나 조심스럽게 응대했는지. 대황숙이 장악하고 있는 병력이나 군씨 가문 안에서 지니고 있는 위명, 그리고 그가 설족 등 다른 가문과 사이가 좋다는 것을 제외하더라도, 단순히 일신에 지닌 무공만으로도 그는 충분히 두려운 존재였던 것이다.

비연이 속삭였다.

"우리, 어떻게 하지?"

그들은 감히 손을 쓸 수 없었다. 군구신은 원래 빙원에서 한 달 정도 머물며, 상황을 철저하게 파악한 뒤 행동에 나설 생각이었다. 그러나 백 족장이 길을 봉쇄했고, 봉황허영이 갑자기 나타났다. 그의 계획은 철저히 엉망이 되어 버린 것이다. 이제 그들은 상황을 보아 가며 한 걸음 한 걸음 조심스럽게 움직일 수밖에 없었다.

군구신은 대황숙보다 봉황허영의 행방에 관심이 있었다. 그가 속삭였다.

"가자, 주변을 살펴보는 게 낫겠어."

그런데 이게 웬일일까. 그의 말이 끝나자마자 앞쪽에서 갑자기 거대한 그림자가 나타났다. 비연과 군구신이 고개를 드는 그 찰나의 순간, 두 사람은 함께 경악에 휩싸이고 말았다.

봉황허영! 다시 나타났다!

얼핏 보기에는 정말로 봉황, 그 전설 속의 새와 같아 보였다. 봉황허영은 그들 위 하늘에 멈춘 채 우아하게 날갯짓하고 있었는데, 몸시도 고귀하고 신비로웠다. 휘황찬란하게 오색 빛이 흐르니 정말이지 그 아름다움이란! 진지하게 보지 않으면 그것이 진짜 봉황이 아니라 그저 환영에 불과하다는 것을 도저히 믿을 수 없을 정도였다.

아까는 거리가 너무 멀어 비연과 군구신은 그 놀라운 장면을 흘깃 본 셈인데, 물론 그것만으로도 충격을 받았다. 그러나 지금 이렇게 가까운 곳에서 보니…… 눈에 들어오는 것이 단순히 환영이라는 걸 알면서도 그들은 혼이 나갈 듯 놀라고 있었다.

어찌 된 일인지는 알 수 없었다. 그러나 비연은 보면 볼수록 계속 긴장하기 시작했다. 그녀는 무의식적으로 군구신의 손을 잡고 중얼거렸다.

"익숙해. 나…… 나 분명 저걸 본 적 있어!"

군구신이 말했다.

"당연히 본 적이 있지."

비연은 그제야 자신이 꿈속에서 봉황허영을 봤던 게 아니라 어린 시절 빙해에서 봤다는 사실을 인식했다. 그러나 이 순간 느끼는 익숙함은 그저 본 적이 있기 때문만이 아니었다. 그보다는…… 그보다는 예전에 그것을 가져 본 적이 있었다!

대황숙은 서신에서 봉황허영은 어떤 힘이 환상으로 나타난 것이라고 했다. 그렇다면 그녀가 그 힘을 가져 본 적이 있었던 걸까? 10년 전 그녀는 그렇게 어렸는데, 어떻게 그럴 수 있었을까?

비연이 생각에 잠겨 있는 동안 대황숙과 흑의 남자도 봉황허영을 발견했다. 그러나 그들은 싸움을 중단하지 않았다. 계속 싸우며 동굴 밖으로 달려 나갔다.

그들 모두 조급하게 밖으로 나가고 싶었으나 상대를 놓아줄 생각 역시 없었던 것이다. 그들은 상대가 약점을 드러내는 순간 일검에 치명적인 상처를 가하기 위해 기다리고 있었다.

그들이 나가자 군구신이 비연을 잡아끌더니 거대한 얼음 기둥 뒤로 숨었다. 비연은 계속 고개를 들고 봉황허영을 보고 있었다. 그녀는 자신이 무엇 때문에 안타까워하는지 모르면서 계속 봉황허영에서 눈을 떼지 못하고 있었다.

군구신은 대황숙 쪽을 주시 중이었다. 만약 대황숙과 흑의 남자가 서로를 계속 견제한다면 이익을 얻는 건 그들이 될 터였다.

대황숙과 흑의 남자가 동굴 입구까지 싸우며 이동했을 때,

봉황허영이 갑자기 작아지더니 우측 빙천을 향해 날아갔다.

봉황허영이 작아졌다는 건 힘이 응축되고 있다는 의미였다! 이 신비한 힘은 대체 어디서 와서 어디로 돌아가고 있는 걸까?

모두 긴장하기 시작했다. 흑의 남자가 쫓아가려 했으나 대황숙에게 저지당했다.

그 모습을 보고 군구신이 바로 결단을 내렸다. 비연을 이끌고 소리 없이 대황숙의 시야가 닿지 않는 곳으로 물러났다. 정신을 차린 비연도 그에게 협력했다.

봉황허영은 아직 멀지 않은 곳에 있었다. 군구신이 막 영술을 쓰려 하는데, 이게 웬일일까. 멀지 않은 곳에서 흰 그림자가 홀연히 나타나더니 그들보다 먼저 쫓아가기 시작했다. 흰 옷을 입은 여자였다. 게다가 얼굴을 가리는 검은 가면을 쓰고 있었다!

"아까 그 여자?"

비연이 바로 상황을 파악했다.

"아니지, 그 여자의 동료구나!"

그 백의 여자가 벌써 백새빙천에 도착했을 리는 없었다!

군구신의 눈가에 복잡한 빛이 스쳐 갔다. 일종의 예감이 들었다. 이들은 봉황허영을 아주 잘 알고 있다!

그가 속삭였다.

"일단 그녀 뒤를 따라가며 살펴보자!"

비연은 고개를 끄덕였다. 군구신은 바로 손을 놓더니 그녀의 허리를 끌어안았다. 비연의 몸이 살짝 굳었고, 그도 분명히 그것을 느꼈다. 그러나 일부러 그러는 듯 패기 있게 그녀를 품에 안고 더욱더 강하게 끌어안았다.

"가자!"

비연은 그의 품에 기댄 채 작은 얼굴을 그의 가슴에 묻었다. 힘찬 심장 박동 소리가 들려왔다. 그 소리를 그녀는 홀린 듯이 듣고 있었다.

그녀는 더 이상 생각할 겨를이 없었다. 또 더 많이 생각하고 싶지도 않았다. 그녀는 그저 먼 곳의 봉황허영을 바라보기 시작했다.

이 순간, 봉황허영은 이미 아주 작아져 있었다. 만약 휘황찬란하게 빛나고 있지 않았다면 아마 보이지 않았을 것이다.

갑자기 그것이 유성처럼 날아가더니 앞쪽 빈터에 착지했다. 군구신이 비연을 끌어안은 채 바로 추격했다. 그들은 빠른 속도로 백의 여자 곁을 스쳐 갔다. 그의 그림자가 환영처럼 저 멀리 사라졌다.

백의 여자가 갑자기 발걸음을 멈추더니 소리쳤다.

"영술! 대체 누구지?"

그러나 백의 여자는 곧 정신을 차리고 재빨리 쫓기 시작했다.

얼마 지나지 않아 흑의 남자도 추격하기 시작했다. 그는 어깨에 중상을 입어 피가 낭자했으나 여전히 빠르게 달리고 있었다.

대황숙이 그 뒤를 따르면서 공중에 불꽃을 쏘아 올렸다. 바로 설족 궁수대를 소환하는 신호였다!

군구신과 비연은 그들을 한참 뒤로 떨쳐 내며 달렸다. 그러나 봉황허영이 사라진 빈터에 도착했을 때, 봉황허영은 이미 보이지 않았다.

비연은 주변을 둘러보았다. 이 빈터 주변은 모두 빙천이었고, 크고 작은 동굴이 상당히 많았다. 그녀의 시선이 거대한 동굴 앞에서 멈췄다. 그 안에서 전해져 오는 힘을 느낄 수 있었다. 그녀가 다급하게 물었다.

"망할 얼음, 느낄 수 있겠어? 봉황허영은 분명 저 동굴 안에 있을 거야!"

군구신도 느낄 수 있었다. 동시에 그는 주변의 기척도 느끼고 있었다.

"잠시만 기다려."

그가 말하는 순간, 주변에서 궁수 무리가 나타났다. 그들의 활에 메겨진 날카로운 화살은 모두 그들을 조준하고 있었다.

익숙한 땅

설족의 활은 빙원에 사는 사냥감을 사냥하기 위해 만들어진 것이었다. 아무리 빠른 사냥감이라도 그들의 화살을 피할 수는 없다. 군구신은 그 점을 잘 알고 있었다.

그러나 그는 지금 도망칠 생각이 없었다. 오로지 죽일 생각 뿐. 대황숙 등이 오기 전에 저들을 해결할 작정이었다.

군구신의 눈에 차가운 빛이 스쳐 가는가 싶더니 그가 속삭였다.

"연아, 꽉 안아."

비연은 긴장한 나머지 그가 자신을 '연아'라고 불렀다는 사실도 눈치채지 못했다. 그녀는 안 그래도 어디에 둬야 할지 알 수 없었던 두 손으로 군구신을 강하게 끌어안았다. 그러고는 나지막하게 소곤거렸다.

"망할 얼음, 조심해."

군구신의 입가에 잔잔한 미소가 떠올랐다.

"걱정하지 마. 네가 있는 한 나는 아무 일 없을 테니까."

분명 '내가 있으니 너에게는 아무 일 없을 거다'라 말해야 할 때건만, 그는 뜻밖에도 '네가 있는 한 나는 아무 일도 없을 거'라고 말했다.

비연이 이 말에 담긴 깊은 뜻을 이해하기도 전에 군구신이 검을 뽑았다. 그와 동시에 주변의 궁수들이 동시에 활을 쏘았다.

휙!

화살이 파죽지세로 매섭게 쏟아졌다. 그러나 군구신이 장검을 휘두르자 검기가 무지개처럼 퍼져 나갔다. 산을 무너뜨리고 바다를 메울 듯한 기세로 그의 검이 화살을 모두 바닥에 떨어뜨렸다.

궁수들은 경악했다. 상대가 이리 강할 줄은 몰랐던 것이다! 그러나 그들을 더욱 놀라게 한 것은 바로 다음 순간이었다. 군구신의 그림자가 흔들리는가 싶더니, 갑자기 한 궁수 바로 앞에 나타났다. 궁수가 정신을 차리기도 전에 검이 위아래로 요동치더니 선혈이 사방으로 쏟아졌다!

모두 황망해하고 있었다. 심지어 제 손에 활이 들렸다는 것조차 잊고 뒷걸음질 칠 정도였다. 그러나 군구신은 그들 중 누구보다도 빨랐다. 그가 장검을 쥐고 궁수들 사이를 재빠르게 달려갔다.

그가 발을 멈춘 순간 그의 등 뒤에 있던 궁수들 모두 일검에 목을 꿰뚫려 바닥에 쓰러졌다. 요행히 살아난 자는 단 한 명도 없었다!

비연은 눈을 휘둥그렇게 뜬 채 이 모든 것을 보고 있었다. 그녀는 무공에 있어 빠르면 베지 못할 게 없다는 이야기를 들어 본 적이 있었다. 그러나 군구신이 한번 사납게 베기 시작하면 이렇게 잔인해질 수 있을 거라고는 예상치 못했던 것이다! 차한 잔 마실 시간에 모두가 목숨을 잃었다!

그녀가 군구신을 처음 만났을 때 독을 썼었다. 성공한 것이 정말로 다행이었다. 아니었다면 그녀는 이곳에서 다시 태어난 첫날 죽어야 했을 테니까.

군구신은 바닥에 널린 시체들을 보고도 안색 하나 바꾸지 않았다. 그 깊은 눈동자는 여전히 차갑게 빛나고 있었다. 그는 검날에 묻은 피를 털어 내고는 곧바로 가장 큰 동굴 안으로 들어가려 했다.

그러나 그들이 동굴 앞에 도착했을 때였다. 하늘에서 날카로운 화살이 한 대 날아와 그들의 발밑에 박혔다. 금빛 찬란한 화살이었다.

비연이 고개를 돌려 보니 화살을 쏜 사람은 곁에 있는 빙석 위에서 그들을 내려다보고 있었다. 그는 손에 든 황금빛 거대한 활에 화살을 메긴 채 그들을 조준하고 있었다.

대황숙과 비슷한 연배로 보이는 노인이었다. 흰 사냥복에 흰 털모자를 쓰고 있었고, 얼굴이며 뺨에 흰 수염을 기르고 있었다. 온통 흰빛으로 차려입었으니, 이 새하얀 얼음과 눈의 세계에서는 손에 든 황금빛 활이 아니라면 아예 눈에 뜨이지 않았을 것이다.

비연은 혹시 이 사람이 설족의 족장인 백서화가 아닐까 싶었다. 그녀가 군구신에게 막 물으려 했을 때, 노인이 날카롭게 외쳤다.

"너희들은 대체 누구냐! 감히 우리 설족의 영역에 들어오다니, 방자한 것들!"

군구신은 목소리를 바꿔 방금보다 훨씬 냉랭한 목소리로 말했다.

"백 족장, 환해빙원은 몽족의 영역이지. 언제부터 설족의 근거지가 된 거지?"

"본 족장이 그렇다면 그런 것이다!"

백 족장이 화살을 메겼다. 그 화살은 아주 강한 힘을 품은 듯 군구신과 비연을 향해 똑바로 날아왔다!

군구신은 피하지 않고 순식간에 위치를 옮겼다. 화살은 그들 등 뒤의 빙벽에 박혔고, 빙벽이 부서지고 말았다!

비연은 저도 모르게 차가운 숨을 들이마셨다. 이 백 족장이 이렇게 대단할 줄이야. 이곳에 온 후 고수들만 보다 보니, 그녀 스스로가 너무나 쓸모없는 것 같은 느낌이 들었다.

군구신이 안색 하나 변하지 않고 물었다.

"백서화, 너는 우리 몽족이 이미 후사가 끊겼다고 생각하는 모양이지?"

이 말에 백 족장이 경악했다.

"너, 너는 대체 누구냐!"

군구신은 일부러 그렇게 말한 참이었다. 첫째로는 신분을 숨기기 위해, 둘째로는 백 족장의 주의력을 분산시키기 위해.

그는 대답하지 않고, 백 족장이 놀라고 있는 틈을 타서 비연과 함께 동굴 안으로 몸을 날렸다. 백 족장은 조금 전 궁수들과는 달리 상대하기 쉬운 인물이 아니었다. 게다가 시간을 더 끈다면 백의 여자와 대황숙 등이 쫓아올 것이다. 그렇게 되면 아주 귀찮아질 가능성이 높다.

천재일우의 기회였다. 군구신은 일단 봉황허영이 대체 어찌 된 것인지 파악한 다음 다른 일들을 신경 쓰기로 했다.

동굴 안은 아주 넓고 깊었다. 군구신은 그 안에 들어서는 순간 속도를 늦췄다. 그리고 등 뒤를 경계하면서 더더욱 깊은 곳으로 들어갔다. 동굴 중앙에서 강한 힘이 배어 나오는 것을 느낄 수 있었다. 깊이 들어갈수록 힘은 점점 더 커졌다.

비연은 점점 더 익숙한 느낌을 받았다. 그러나 대체 무엇 때문에 이리도 익숙한지는 알 수 없었다. 그녀는 고민하다가 저도 모르게 중얼거렸다.

"나 분명 어디선가 그걸 본 적 있어. 분명히!"

군구신은 비연의 이상한 모습에 주의를 기울이지 못하고 있었다. 이 순간, 그 역시 익숙한 느낌을 받고 있었기 때문이다. 그는 비연을 끌고 더욱더 빠르게 발걸음을 옮겼다.

좁은 통로를 지나니 갑자기 환하게 트인 공간이 나타났다.

거대한 얼음 구덩이였다!

주변에는 높은 빙벽들이 있고, 그 중앙에는 둥근 얼음 연못이 있었다. 그러나 연못 안에는 물이라고는 한 방울도 없었다. 그저 어두워 그 바닥을 알 수 없는 깊은 구멍이 있을 뿐. 신비한 힘은 바로 그 깊은 구멍에서 나오고 있었다.

군구신은 주변을 한번 살펴본 후, 마침내 자신이 무엇 때문에 익숙한지 깨달았다. 이곳은 바로…… 그의 기억 속 그곳이 아닌가!

주변은 온통 빙천, 그리고 중심에는 연못이 하나!

거의 같은 모습이었다. 유일한 차이는 눈앞의 연못 물이 마른 상태라는 것뿐이었다.

대황숙이 자신을 찾은 후 3년 동안 남경에서 지냈다고 생각했다. 그러나 지금 보니 대황숙은 그를 찾은 후 바로 빙원으로 데려왔던 것이다. 그들은 그의 기억을 제거한 다음 남쪽으로 데리고 갔다. 그런 다음 다시 북강으로 데려와 상처를 치료하게 했던 것이다.

그들은 그때 무엇 때문에 그를 빙원으로 데려온 걸까? 대체 그에게 무엇을 마시게 했던 걸까? 그가 기억해 낸 그 장면은……

그는 너무 많은 것을 기억해 내지 못하고 있었다. 하지만 군구신은 일단은 이런 것들을 생각할 겨를이 없다고 판단했다. 그는 비연과 함께 깊은 구멍 쪽으로 걸어갔다. 그리고 그때야 비로소 그녀가 이상하다는 것을 눈치챘다.

비연은 구멍을 바라보며 미간을 찌푸리고 있었는데, 몹시 괴로워 보였다!

그가 다급하게 물었다.

"연아, 왜 그래?"

비연은 미간을 더 세게 찌푸리더니 갑자기 군구신의 손에서 벗어나 그 구멍을 향해 나는 듯이 달려갔다. 그리고 그와 동시에 뒤에서 나타난 황금빛 화살이 파죽지세로 비연을 향해 날아갔다!

"조심해!"

군구신은 재빨리 위치를 옮겨 비연을 품에 안은 다음 바로 몸을 돌려 피했다. 화살은 그의 등을 스치다시피 하며 날아갔다. 아슬아슬했다!

백 족장이 화살을 쏘며 쫓아왔다. 한 발, 또 한 발. 화살은 끊임없이 쏟아졌다.

"이곳은 너희가 올 수 있는 곳이 아니다! 너희가 죽고 싶다면 본 족장이 도와주기로 하지!"

군구신은 비연을 보호하며 화살을 그저 피하기만 했다. 그는 계속 몸을 움직이면서 아무 말도 하지 않았다. 하지만 실제로는 점차 백 족장에게 가까이 다가가고 있었다. 그의 눈빛에서는 살의가 빛나고 있었다.

그러나 군구신이 손을 쓸 기회를 얻기도 전에, 백의 여자와 흑의 남자가 동시에 들어왔다. 그리고 그 뒤를 이어 들어온 사람은 바로 대황숙이었다.

격렬, 누가 예측할 수 있을까

대황숙은 백의 여자와 흑의 남자를 쫓아 들어온 참이었다.

군구신은 그를 흘깃 보기만 하고 주의력을 분산시키지 않았다. 백의 여자와 흑의 남자가 함께 왔으니 잘된 일이다. 그렇지 않았다면 그는 비연을 보호하며, 혼자서 대황숙과 백 족장을 대적할 방법이 없었을 테니까.

흑의 남자는 대황숙의 검을 몇 번 피하다가, 갑자기 군구신의 영술을 보고는 깜짝 놀란 표정을 지었다. 그는 심지어 그 자리에서 멍하니 굳어 버렸고, 그 순간 대황숙이 다시 검을 휘둘러 상처 입은 남자의 어깨를 다시 한번 찔렀다!

흑의 남자는 신음을 한번 내더니 아무렇지 않은 듯 검을 잡고 사납게 달려들었다. 그는 다시 군구신 쪽을 흘깃 바라보았는데, 그의 눈에는 복잡한 빛이 스쳐 갔다. 무슨 말이라도 하고 싶은 모양이었지만 결국은 그만두었다. 일단 전심전력으로 대황숙을 상대하기로 한 모양이었다.

이렇게 군구신은 백 족장과 싸우고 대황숙은 혼자서 검은 옷의 남자와 흰 옷을 입은 여자, 두 사람을 상대하고 있었다. 이 거대한 얼음 구덩이를 검날의 빛이 가득 채우고, 싸움은 격렬해지고 있었다.

군구신이 만약 전력을 다해 백 족장을 상대한다면 별문제 아닐 것이다. 그러나 비연을 지키고 있어 신중할 수밖에 없었다. 그는 계속 몸을 피하기만 할 뿐 위험을 무릅쓰고 공격을 가하지는 않았다.

이 상황에서 그가 계속 시간을 끌기만 해도 사실 승산이 있었다. 백 족장의 화살이 소진되고, 정력 역시 언젠가는 다할 것이기 때문이다.

흑의 남자는 원래 가까스로 대황숙을 상대할 수 있었지만, 지금은 두 번 부상을 입은 상태였다. 그는 암기를 사용해 겨우 몸을 지키고 있었다.

백의 여자의 무공은 꽤 훌륭했지만 이 자리에 있는 다른 이들과 같은 수준은 아니었다. 그녀는 대황숙을 공격할 수 없었고, 심지어 그의 검술을 당해 낼 수도 없어 그저 피하고만 있었다.

검은 옷의 남자와 흰 옷의 여자, 두 사람이 연합한 것처럼 보이지만 사실은 모두 피하고만 있을 뿐이어서 대황숙이 곧 우세한 상황에 놓이게 되었다.

흑의 남자와 백의 여자가 약속이나 한 듯, 싸우고 피하는 동시에 군구신 쪽으로 다가왔다.

백의 여자가 대황숙의 검을 피한 다음 소리쳤다.

"이봐, 우리 세 사람이 손을 잡지! 일단 저 두 늙은이를 죽이자고! 봉황력이 누구에게로 돌아갈지는 나중에 공평하게 겨루기로 하고. 어때?"

봉황력? 봉황허영의 환상으로 나타난 힘을 모두 봉황력이라 부르고 있었던 것이다! 이들은 확실히 봉황허영에 대해 잘 알고 있었다!

군구신은 그 이름을 기억해 두었다. 그러나 백의 여자의 말에는 코웃음을 쳤다. 흑의 남자가 손을 잡자고 했다면 그도 받아들일 마음이 있었다. 그러나 백의 여자의 무공은 전혀 눈에 차지 않았다!

그는 그들 두 사람이 계속 대황숙을 상대하며 시간을 끌어 주기를 바라고 있었다. 시간만 좀 더 있다면 그는 백 족장을 해결할 수 있었다.

군구신이 상대하지 않자, 이게 웬일인가. 백의 여자가 흑의 남자 등 뒤로 숨더니 기회를 틈타 군구신 곁으로 물러났다. 그리고 그 순간 백 족장의 날카로운 화살이 날아왔다.

군구신이 순식간에 위치를 바꿨고, 화살이 백의 여자 곁을 스쳐 갔다. 여자는 깜짝 놀란 나머지 그 자리에 서서 감히 움직일 엄두조차 내지 못했다.

백 족장이 다시 군구신에게 화살을 조준하다가 갑자기 생각을 바꿔 백의 여자를 조준했다. 그러고는 큰 소리로 외쳤다.

"황숙, 우리 바꾸도록 하지! 본 족장이 이 두 패잔병을 상대하겠어!"

이 말을 들은 군구신은 그야말로 저 백의 여자를 죽여 버리고 싶은 마음뿐이었다. 그녀가 판세를 어지럽히지 않았다면, 방금의 상황 그대로 시간을 조금만 더 끌었다면 군구신에게는 승산이 있었다! 그러나 지금은 위험해지고 말았다!

백 족장이 백의 여자에게 활을 쏘았다. 백의 여자는 서둘러 피하려 했지만 결국은 피하지 못하고 팔에 화살을 한 대 맞고 말았다.

대황숙이 군구신을 향해 검기를 뿌리며 달려왔다. 그야말로 산을 무너뜨리고 바다를 뒤엎을 듯한 기세였다.

군구신은 더 이상 피하지 않고, 비연을 안은 채 한 손으로 검을 쥐고 대항하기 시작했다. 비연은 그의 품 안에서 마치 영혼이 빠져나간 표정으로 멍하니 있었다. 그러나 군구신에게는 지금 그녀의 상태에 주의를 기울일 여유가 없었다.

이렇게 대황숙은 군구신을 공격하고, 백 족장은 백의 여자를 겨누고 있었다. 그리고 이 순간, 흑의 남자는 여유가 생긴 틈을 타서 망설이지 않고 앞쪽 깊은 구덩이를 향해 달려갔다.

백 족장은 원래 백의 여자에게 두 번째 화살을 쏘려 했지만, 그 모습을 보자 바로 다시 흑의 남자를 조준했다. 화살이 날카로운 소리를 내며 날아갔다.

"죽어라! 이 늙은이가 너를 먼저 죽여 주마!"

흑의 남자는 비록 부상을 입었지만 여전히 민첩했다. 그는 바로 한쪽 무릎을 꿇었고, 화살은 그의 머리 위를 스치고 지나갔다.

흑의 남자가 여전히 담담하게 한 손을 들더니 다른 손으로 제 손목을 잡았다. 찰나의 순간, 세 치 정도 되는 짧은 화살이 그의 소매 속에서 나타나더니 역시 날카로운 소리를 내며 날아갔다. 그 기세와 힘은 결코 백 족장의 황금 화살에 뒤지지 않았다. 아니, 그 이상이었다!

이 짧은 화살이 바로 흑의 남자가 지닌 최고의 암기임이 틀림없었다. 아마 그에게 있어 최후의 패이기도 했을 것이다.

백 족장은 창졸간에 당한 일이라, 정신을 차려 피하려 했을 때는 이미 늦었다. 짧은 화살은 활을 당기는 팔에 명중했다! 궁수에게 있어 활을 당기는 팔은 목숨과도 같은 것이거늘!

백의 여자도 백 족장만큼이나 놀란 모양이었다. 그녀는 흑의 남자의 팔을 바라보며 중얼거렸다.

"이 암기, 그러면……."

그녀는 말을 잇지 않았다. 다만 그녀의 눈가에 음험한 빛이 스쳐 갔을 뿐. 그녀는 시간을 허비하지 않고 바로 흑의 남자 등 뒤로 달려가 숨었다.

흑의 남자는 여전히 한쪽 무릎을 꿇은 자세였고, 손도 허공에 떠 있었다. 의심할 바 없이 그에게는 아직 짧은 화살이 남아 있는 것이다.

그러나 이게 웬일일까. 백 족장이 좌우 두 손을 바꾸더니 다시 한번 활을 당겼다.

"본 족장이 지켜보마. 네 화살이 빠른지, 아니면 이 늙은이의 화살이 대단한지!"

"끝까지 가 보지!"

흑의 남자의 목소리는 얼음처럼 차가웠다. 그러나 그는 화살을 쏘지 않고 불시에 몸을 굴려 백의 여자 뒤에 착지했다. 그리고 백의 여자를 백 족장이 있는 방향으로 사납게 걷어차고는 자신은 몸을 돌려 깊은 구덩이로 달려갔다.

그 순간, 군구신이 비연을 안은 채 대황숙의 칼날을 피하다가 그만 흑의 남자와 부딪치고 말았다.

아……!

흑의 남자의 속도도 지극히 빨랐지만 군구신은 더 빨랐다. 두 사람은 부딪치는 순간 바로 튕겨 나갔다.

흑의 남자는 뒤로 날아갔고, 군구신은 비연을 안은 채 앞으로 넘어졌다. 바로 대황숙의 칼날을 향해!

그리고 백 족장이 백의 여자를 넘어 쏜 화살이 그들 사이로 날카로운 소리를 내며 다가오고 있었다.

대황숙의 날카로운 검날이 차가운 빛을 흩뿌리며 비연을 덮쳐 왔다. 그러나 비연은 자신에게 무슨 일이 벌어지고 있는지도 모르는 듯 그저 멍한 표정으로 미동도 하지 않고 있었다.

그 누구도 이리되리라고는 생각지 못했다. 아니, 그 누구도 생각할 여유가 없었을 뿐 아니라 반응할 여유도 없었다. 이 모든 일이 단 한순간에 벌어졌으니까!

그러나 군구신은 반응했다! 그에게 있어 지금 이 싸움판은 처음부터 끝까지 이기기 위한 것이 아니라, 품 안에 있는 사람을 주도면밀하게 지키기 위한 것이었다. 군구신은 그 누구도 비연의 터럭 하나 상처 입히지 못하게 할 작정이었다!

순간, 그가 갑자기 몸을 돌리더니 비연을 밀어내고 자신의 등으로 검날을 받아 냈다.

대황숙의 검이 군구신의 등을 찌르는 순간, 밀쳐진 비연이 날아갔다. 그리고 이 순간, 갑자기 깊은 구덩이에서 봉황허영이 날아올랐다. 봉황허영이 품은 거대한 힘이 이 얼음 구덩이 전체에 미치고 있었다.

모든 이들이 함께 공중으로 말려 올라갔다. 그리고 이 찰나의 순간, 그들은 날카로운 봉황의 울음소리를 들을 수 있었다.

봉황허영이 갑자기 하늘 위로 날아오르자 그 힘도 순식간에 응집되더니 봉황허영을 따르기 시작했다. 그렇게 계속, 봉황이 하늘을 향해 우는 듯한 기세로 올라갔다.

사람들이 잇달아 땅으로 떨어졌다. 군구신과 흑의 남자는 벽에 부딪쳤고, 백의 여자와 대황숙, 백 족장은 바닥에 떨어졌다. 그러나 비연은 얼음 구덩이 중앙, 깊은 구멍 속으로 떨어졌다.

"연아! 비연!"

군구신이 이 자리에 있는 이들의 존재조차 잊은 듯 비명처럼 외쳤다. 그러나 그곳에 있던 이들은 듣지 못했고, 비연도 듣지 못했다. 봉황의 울음소리가 모든 소리를 뒤덮은 채 얼음 구덩이에서 메아리치고 있었기 때문이다.

봉황이 원래의 주인에게 돌아가다

봉황의 울음소리가 메아리가 되어 울려 퍼졌다. 고막이 찢어질 듯 울리는 그 소리에 귀가 멀 지경이었다.

사람들은 모두 중상을 입은 채 바닥에 쓰러져 미동도 하지 못하고 있었다. 특히 군구신과 대황숙은 그 힘에서 가장 가까운 거리에 있어 가장 심한 상처를 입었다.

군구신의 입가에는 선혈이 맺혀 있었다. 그러나 그는 잠시의 시간도 낭비하지 않고 의연하게 몸을 일으키더니, 한 걸음 한 걸음 깊은 구멍 쪽을 향해 억지로 걸어가기 시작했다.

그 모습을 본 흑의 남자가 자신도 가고 싶은 듯 몸을 일으켰다. 그러나 바로 이 순간, 갑자기 쿵 소리가 들리며 거대한 빙석이 흑의 남자 등 뒤로 떨어져 내렸다.

모두 경악했다. 군구신도 놀라서 발걸음을 멈추었다. 고개를 들어 보니 주변의 높은 빙벽에 언제부터인지 갈라진 흔적이 가득했다. 곧 저 균열에서 셀 수 없이 많은 빙석들이 떨어져 내릴 것이다.

"황숙, 가야 해!"

백 족장이 대황숙을 바라보며 몸을 일으켰다.

쿵!

다시 한번 거대한 소리가 들리고 빙석이 떨어져 내렸다. 바로 깊은 구덩이 옆으로! 하마터면 구멍을 막아 버릴 뻔했다!

이 거대한 빙석이 떨어져 내리면서 작은 빙석들도 함께 비 오듯 떨어지기 시작했다! 모두 황망해하는 가운데 군구신만이 전력을 다해 빙석을 피하며 순식간에 구멍 입구까지 이동했다. 그리고 망설임 없이 아래로 뛰어내렸다!

"안 돼!"

흑의 남자가 결국은 비명을 질렀다. 그러나 그의 목소리는 얼음이 갈라지는 소리에 묻혀 버리고 말았다.

이 순간, 얼음벽에서 거대한 현빙 조각들이 떨어져 내리기 시작했다. 백 족장이 간신히 몸을 일으키더니 과감하게 결단을 내려, 대황숙을 부축하고 다급하게 밖으로 도망치기 시작했다.

백의 여자는 동굴 입구에서 가장 가까운 곳에 있었으나 일어날 힘도 없는 모양이었다. 그녀는 있는 힘을 다해 밖을 향해 기어가고 있었다. 백 족장과 대황숙은 그런 그녀는 신경 쓰지 않고 일단 밖으로 달려 나갔다.

이렇게 아슬아슬한 순간, 흑의 남자가 몸을 피하며 깊은 구멍 쪽으로 걸어갔다. 그러나 안타깝게도, 그가 도착하기 전에 거대한 빙석이 공중에서 떨어져 구멍 입구를 완전히 막아 버렸다!

흑의 남자는 발걸음을 멈춘 채 멍한 표정을 지었다. 그의 눈빛은 무어라 형용할 수 없이 복잡했다. 그는 마침내 그 이상 앞으로 가지 못하고 몸을 돌려 동굴 입구 쪽으로 도망쳤다.

흑의 남자는 달리던 도중 다시 발걸음을 멈추더니 뒤돌아보았다. 그러나 안타깝게도 등 뒤의 얼음 구덩이는 이미 빙석에 의해 봉쇄된 거나 마찬가지였다. 동시에 앞쪽 동굴 벽도 곧 무너질 듯 갈라지고 있었다. 흑의 남자는 더 이상 시간을 허비하지 못하고 서둘러 밖으로 도망쳤다.

동굴 밖, 백 족장과 대황숙은 이미 보이지 않았다. 거대한 동굴이 무너진다면 분명 주변에도 영향을 끼칠 것이다. 그들은 가능한 한 멀리 도망쳐야 했다.

백의 여자는 뒤늦게 도착한 또 다른 백의 여자에게 구조되었다. 흑의 남자는 빙천 더 깊은 곳으로 도망쳤다. 대황숙의 상처가 매우 심해, 백 족장은 그들 두 사람에게 손을 쓸 엄두도 내지 못하고, 대황숙을 부축한 채 있는 힘을 다해 전방으로 도망쳤다.

이렇게 모든 이들이 빙천에서 멀어지는 동안, 날아갔던 봉황허영이 봉황력이라 불리는 신비한 힘을 품은 채 되돌아왔다. 그 힘은 여전히 강력했으나 방금처럼 그렇게 제멋대로 활개 치거나 공격적이지는 않았다. 그보다는 상당히 온화해져 있다는 편이 옳았다.

그 힘은 봉황허영 위에 응집된 상태로, 소리 없이 빙천의 폐허 속으로 들어가 보이지 않게 되었다.

이때, 비연과 군구신은 동굴 바닥에 쓰러져 있었다. 이 동굴이 얼마나 깊은지는 말로 표현할 수 없을 정도였다. 동굴 바닥은 상당히 넓었고, 구석에는 온갖 금은보화가 잔뜩 쌓여 있었다. 그중 거대한 야명주 세 알이 동굴 안을 대낮처럼 밝게 비춰주고 있었다.

이렇게 깊은 동굴에서 떨어진다면 죽을 수밖에 없다. 그러나 비연과 군구신은 바닥에 떨어진 게 아니라 아주 부드러운 모피 위로 떨어졌다.

비연은 혼미하여 깨어나지 못하고 있었고, 군구신의 마음은 걱정으로 가득했다. 아니, 집념이라 해도 좋을 것이다. 그는 이미 버틸 수 없는 상황이었지만 억지로 견디고 있었다. 그는 자신들이 어디로 떨어졌는지조차 신경 쓰지 않고 그저 비연을 잡아끌었다.

"연아, 일어나 봐. 연아…… 놀라게 하지 말고 제발 일어나."

그는 재빨리 그녀의 코 아래에 손가락을 가져다 댔다. 그의 손은 제어할 수 없이 떨리고 있었다.

다행이다! 다행히도 그녀는 아직 숨을 쉬고 있다. 그녀가 살아 있다!

군구신은 힘차게 비연을 제게로 끌어당겼으나 그녀는 끌려오지 않았다. 그는 동굴에 있던 사람들 중 상처를 가장 심하게 입어, 지금 이 순간 힘이라고는 전혀 없었다.

바로 이때, 그들이 있던 곳이 갑자기 높아지기 시작했다. 군구신은 그제야 깜짝 놀랐다. 그와 비연은 거대한 흰 늑대 등에 누워 있었던 것이다.

이 흰 늑대의 모피는 눈처럼 하얗고, 체격은 거대하여, 마치 일반 짐승이 아니라 신수 같아 보였다. 군구신이 저도 모르게 외쳤다.

"상고 시대 몽족의 설랑!"

그가 몽족설역에 대해 조사하던 중 알게 된 바로는, 천 년 전 환해빙원에 신령한 동물이 하나 있었다. 그 정체는 늑대였으나, 쥐와 비슷한 생물로 변해 정체를 숨길 수도 있었다. 이 동물은 바로 '설랑'이라고 불렸는데, 몽족에게 투항했다. 그러나 몽족과 마찬가지로 지금은 사라진 상태였다.

군구신이 놀라고 있자니 설랑이 고개를 돌려 그들을 바라보았다. 그의 푸른 눈은 유달리 깊고 차가워 보였다. 고귀하고 신비로운 동시에 엄숙하고…… 마치 왕과도 같은 모습이었다.

다른 사람이었다면 이런 눈빛에 압도되었을 터였으나 군구신은 아니었다. 그는 놀라기는 했으나 곧 경계하기 시작했다. 그런 그의 차가운 눈빛은 늑대보다 심하면 심할까 추호도 지지 않았다. 그는 비연의 손을 잡은 채 도망칠 준비를 하고 있었다.

설사 그가 부상을 입지 않은 상태라 해도 이 설랑을 상대할 수 있다고 확신할 수는 없었다. 하물며 부상을 입은 지금 상태라면 말해 무엇할까? 그에게 남은 길은 도망뿐이었다. 온 힘을 다해 영술로 도망쳐야 했다.

한 사람과 늑대 한 마리, 서로의 눈이 부딪치며 그렇게 대치하고 있었다.

그때 갑자기 거대한 힘이 머리 위에서 핍박해 왔다. 군구신과 설랑이 거의 동시에 고개를 들었다. 봉황허영이 언제부터인지 모르게 그들 머리 위에 나타나 있었다.

군구신은 이번에야말로 진정으로 놀라 굳어 버렸다. 좋지 않은 예감이 들었다.

본래 그 위엄을 침범당하지 않을 설랑도 이 힘만은 두려운 모양이었다. 설랑이 갑자기 으르렁거리더니 비연과 군구신을 제 몸에서 사납게 떨어뜨렸다. 그러고는 멀리 피해, 작고 하얀 쥐로 변해 빙벽에 달라붙었다.

비연과 군구신은 바닥에 쓰러졌다. 이 순간, 공중에 퍼져 있던 봉황력이 봉황허영으로 전부 응집되었다. 봉황허영이 점차 작게 변하더니 마침내 한 줄기 빛으로 변했다. 일곱 빛깔 휘황찬란한 그 빛이 급강하하더니 빠르게 비연의 등으로 빨려 들어 갔다.

"악……!"

비연이 고통에 비명을 지르며 순간적으로 몸을 웅크렸다.

군구신은 비록 떨어져 있었지만 방금의 장면을 모두 똑똑히 볼 수 있었다. 그는 무엇인가를 깨달은 듯했다.

"연아, 너……."

그가 말을 끝내기도 전에 피를 울컥 토해 냈다. 결국 그 이상은 버틸 수 없어 천천히 눈을 감고 정신을 잃었다.

비연은 몸을 웅크린 채 계속 고통스러워하고 있었으나 얼마 지나지 않아 점차 얼굴이 평온해지더니 마치 잠든 것처럼 누워 있었다.

모든 것이 이렇게 평온했다. 마치 봉황허영이 나타난 적이 없는 것처럼.

한참 후, 벽에 달라붙어 있던 작은 쥐가 슬며시 고개를 돌렸다. 비연을 바라보는 작은 눈에 경계심이 가득했다. 그는 한참을 기다리다가 봉황력이 더 이상 나타나지 않는다는 걸 깨닫고 조심스럽게 몸을 돌렸다.

쥐는 조금 난처한 듯 주위를 둘러보더니 마침내 거대한 설랑으로 변했다. 여전히 용맹하고, 결코 범할 수 없는 위엄이 흘러넘치는 모습이었다.

설랑은 우아하게 다가가 비연의 냄새를 맡았다. 그러나 그가 찾고자 하는 봉황력은 아무리 해도 찾아지지 않았다.

봉황력은?

이 여자는 대체 누구일까?

영술, 예전에 본 적 있어?

설랑이 비연의 몸을 살펴보았지만 봉황력을 느낄 수 없었다. 다시 군구신을 바라보았다. 점차 의혹이 차올랐다. 그는 방금 무슨 일이 있었는지 알 수 없었고, 그들이 어떤 이들인지도 알 수 없었다.

설랑은 비연과 군구신 주위를 두어 바퀴 돈 후, 군구신 곁에 멈춰 앞발을 그의 가슴에 올려놓았다. 설랑은 이곳을 천 년 동안 수호해 왔다. 이곳은 외부인이 들어올 수 없는 곳이니 이자들을 죽이는 수밖에 없었다.

설랑의 날카로운 발톱이 점차 드러났다. 그가 제 발로 군구신의 심장을 내리찍으려 했을 때였다. 비연이 갑자기 비명을 질렀다.

"안 돼!"

설랑은 인간의 말을 이해하지 못했으나 비연이 조급해하는 건 느낄 수 있었다. 그러나 그는 비연이 여전히 눈을 감고 있는 걸 보고, 별일 아니라 여기기로 했다.

설랑이 다시 앞발을 들자, 이게 웬일일까. 비연이 다시 한번, 조금 전보다 더욱 강하게 비명을 질렀다.

"안 돼! 안 된다고!"

그와 동시에 비연의 몸에서 힘이 폭발했다. 설랑은 그 힘에 말려들어 공중으로 날아가 벽에 부닥친 뒤, 바닥 위 얼음 속으로 내팽개쳐졌다.

설랑은 얼음 위에 쭈그리고 앉아 두 손을 웅크리기 시작했다. 분명 거대한 늑대건만 이 순간의 설랑은 그저 한 마리 개처럼 보였다. 설랑은 그렇게 멍하니 있었다!

이 여자가 어떻게 그 힘을 장악할 수 있는 거지?

순식간에 설랑은 또다시 손바닥 크기의 작은 쥐로 변했다. 그리고 심지어 이 인간들 곁에 있을 엄두도 내지 못하고 도망쳐 사라졌다.

사실 이 모든 것은 우연의 일치였다. 비연은 군구신이 방금 위험했다는 사실을 알지 못했다. 그녀는 빙해의 기억에 빠져 있었다.

"안 돼! 안 돼!"

그녀는 또다시 부황을 보았다. 신처럼 고귀해 보이는 그녀의 부황! 온몸이 상처투성이가 되어서도, 온몸에 핏자국이 낭자한 상황에서도 미간 한 번 찌푸리지 않고, 허리 한 번 굽히지 않는 그녀의 부황!

한 노인이 검을 쥔 채 부황에게 사나운 일검을 날렸다. 검기가 무지개처럼 퍼져 나가더니 산을 무너뜨릴 기세로 부황을 덮쳐 갔다.

그녀는 먼 곳에서 이 모습을 보기만 했다. 보고 또 보면서……
그녀는 비명을 질렀다.

"안 돼! 안 된다고!"

그녀는 온 힘을 다해 고함쳤다. 그 순간, 그녀의 등에서 그 무엇보다 강력한 힘이 폭발했다.

순식간에 빙해 전체가 깨지더니 세상이 뒤집히기 시작했다. 그 힘은 곧 모든 것을 말아 올리며 하늘로 날아올라 용오름으로 변했다. 빙해 위 그녀가 물에 빠지는 동안, 그들은 전부 말려 올라가고 있었다.

"연아, 깨어나라! 오라버니를 봐, 일어나! 연아, 자면 안 돼! 아버지와 어머니가 우리를 기다리고 계셔! 어서 일어나, 응? 연아, 오라버니가 맹세한다. 이제 다시는 네 수다를 귀찮아하지 않을 거야! 연아, 영이 왔다. 어서 일어나! 네 영 오라버니가 왔다니까……."

익숙한 목소리가 들려왔다. 그러나 그녀의 눈앞에는 온통 하얀 빛깔뿐, 그 외에는 아무것도 보이지 않았다. 그저 계속 아래로 떨어지고 있는 것만 같았다. 몸과 영혼이 마치 억지로 분리되는 것 같았다…… 너무나 고통스러웠다!

"악!"

비연이 비명을 지르며 재빨리 눈을 뜨고 일어나 앉았다. 그제야 자신이 빙해에 있는 게 아니라 얼음 동굴 안에 있다는 사실을 알아차렸다. 방금의 모든 것은 마치 꿈같기도 하고 기억 같기도 한 것이, 그녀로서는 도저히 구분할 수 없었다.

그녀는 꿈에 대해 생각할 겨를도 없이 중얼거렸다.

"여기는 어디지? 망할 얼음…… 망할 얼음은?"

고개를 돌린 순간 한쪽에서 혼수상태에 빠져 있는 군구신을 발견했다. 그의 입가에 핏자국이 보였다. 대체 무슨 일이 있었던 거지? 그는 어찌 된 걸까?

재빨리 군구신에게로 갔다. 그의 손을 잡는 순간 깜짝 놀랐다. 너무나, 너무나 차가웠다! 자신이 좀 더 늦게 깨어났다면 어찌 되었을지 차마 상상도 할 수 없었다. 어쩌면 그는 그대로 얼어붙었을지도 모른다!

재빨리 4품 신화를 소환한 뒤 약왕정을 그의 품 안에 넣어 주었다. 그리고 그를 부축해 일으켜 제 품에 안았다. 그의 가면을 벗긴 순간 비연은 저도 모르게 숨을 크게 들이마셨다. 그의 안색이 종이처럼 창백하고, 혈색이라고는 전혀 보이지 않았던 것이다!

"망할 얼음, 어떻게 된 거야? 깨어나! 대체 무슨 일이 있었던 거야? 어서 일어나! 여기는 대체 어디야?"

몇 번을 불러도 군구신이 깨어나지 않자 점점 심장이 두근거리며 숨이 막혀 왔다. 이렇게 당혹스러운 것은 처음이었다. 아니, 그녀는 자신이 이렇게 허둥지둥할 수 있다는 사실을 처음 알았다!

어쩔 줄 몰라 하며 그의 맥을 짚어 보았지만, 그가 내상을 입었다는 것만 알 수 있었을 뿐 다른 증세가 어떤지는 알 수 없었다.

"약, 약……."

비연은 겨우 자신에게 약이 있다는 걸 기억해 냈다. 정확한 상황은 모르지만 일단 내상인 건 확실하니 단약으로 그의 목숨을 보전할 수 있을 것이다.

다시 약왕정을 움직였다. 곧 그녀의 손에 단약 세 알이 나타났다. 그녀는 비록 황망해하고 있었으나 약을 먹이는 동작은 신중할 뿐 아니라 무척 정성스러웠다.

이때, 설랑이 변한 작은 쥐가 곁에서 몰래 지켜보고 있었다. 그는 비연이 아무것도 없는 곳에서 약을 만드는 걸 보고 멍한 표정이 되었다. 아무리 보아도 봉황의 힘을 장악한 이 인간은 아주 무서운 존재 같았다.

비연은 군구신에게 약을 먹인 다음 주변을 둘러보았다. 앞쪽에 통로가 하나 보였다. 그녀는 바로 결단을 내려, 온 힘을 다해 군구신을 부축해 일으켰다. 그리고 이를 악문 채 한 걸음 한 걸음 내디디기 시작했다.

그녀는 상황을 알지 못했고, 앞에 어떤 위험이 도사리고 있는지도 알지 못했다. 그러나 군구신의 상처가 심하니 빨리 치료해야만 했다. 어서 이곳을 떠나 보명고성으로 돌아가야 했다!

작은 쥐는 통로 안에 숨어 있다가, 비연이 군구신을 부축하며 다가오는 것을 보고 깜짝 놀라 도망쳤다.

이렇게 고요한 동굴 안에서는 작은 기척이라도 분명하게 보이는 법이다. 비연이 살펴보니, 정확하게 보이지는 않았지만 새하얀 작은 쥐가 뛰어가는 것 같았다.

그녀는 무척 기뻤다! 쥐가 나타난 건 이곳이 상대적으로 안전하다는 의미일 것이다. 아마 무슨 매복이 있거나 하지는 않을 듯했다.

군구신을 부축하여 걸어간 지 얼마 되지 않아 비연은 숨을 헐떡거렸다. 그녀는 빙벽에 기대어 숨을 몰아쉬다가 곧 군구신의 팔을 잡아 제 어깨에 걸치게 했다. 그렇게 하니 비교적 편한 것 같기도 하고, 힘을 쓰기도 괜찮은 것 같았다. 비연은 다시 앞으로 향했다.

길은 아주 곧고, 때때로 좁아지다 넓어지다 했다. 체격이 건장한 남자를 부축해 걸어가다 보니 비연은 곧 진이 빠질 지경이 되었다. 그러나 길은 끝이 보이지 않았다! 어떻게 하지?

이 동굴에는 이 길밖에 없다! 계속 갈 수밖에 없었다!

비연은 이를 악물고 군구신의 몸을 제 왜소한 몸 위에 얹은 채 발걸음을 옮기기 시작했다. 그녀는 계속 움직일 뿐 아니라 분명하게 속도를 높이고 있었다.

이 순간, 동굴 밖은 이미 해가 서산으로 지고 있었다.

백의 여자 두 사람은 이미 일선천 부근에서 잠복하고 있었다. 그들은 떠날 생각이 없는 게 아니라 저녁이 될 때까지 기다리는 중이었다. 그래야만 주변에서 매복하고 있을 궁수들을 피할 수 있기 때문이었다.

백 족장과 천염국의 대황숙은 이 좁은 길 안에 쥐들이 오가는 것을 꺼리기 때문에 굳이 이 길까지 막지는 않았다. 그러나 그들은 분명 수하들을 증원하여 이 길의 앞뒤를 지키고 있을 것이다.

군구신과 비연을 기습했던 젊은 백의 여자의 이름은 계강란이었고, 다른 한 사람은 바로 그녀의 요 이모였다.

계강란이 전날 일선천에서 있었던 일을 말하자 요 이모가 경악하며 중얼거렸다.

"그건 분명 영술이야!"

계강란이 무척 놀랐다.

"전설 속의 영술이 그런 거였어요? 하지만 요 이모, 영술은 실전된 지 오래되었다면서요. 설족 사람이 어떻게 그걸 할 줄 아는 거지?"

요 이모가 대답하지 않자 계강란은 더더욱 알 수 없어 캐묻기 시작했다.

"요 이모, 그게 영술이라고 어떻게 확신하시는 거예요? 예전에…… 본 적이 있으신 거예요?"

절대로 너여서는 안 돼

영술은 신비한 무술이었다. 어디서 시작되었는지 아는 사람도 없고, 어떻게 실전되었는지 아는 사람도 없다. 아니, 그 존재조차 이제는 전설에 불과했다.

계강란에게 요 이모는 견식이 무척 넓은 사람이었다. 그녀가 흥분하며 답을 기다렸다.

그녀와 요 이모는 축운궁 출신이었다. 계강란은 축운궁주의 제자로, 어릴 때부터 축운궁에서 자랐다. 요 이모는 10년 전에 축운궁에 들어왔는데, 계강란은 희로애락을 판별할 수 없는 사부보다는 요 이모와 함께 있는 것을 더 좋아했다.

요 이모의 눈에 차가운 빛이 어렸다.

"그자, 아마 절대로 설족이 아닐 거다."

계강란은 그제야 자신이 속았음을 깨닫고 서둘러 말했다.

"그럼 누구일까요?"

요 이모가 말을 하려다 멈추더니 그저 이렇게만 말했다.

"그들이 어떤 이들이건 봉황의 힘을 얻으러 온 자들이지! 보아하니 봉황의 힘을 노리는 자들이 한둘이 아니야. 직접 궁주께 보고드리러 가야겠다. 너는 일단 보명고성에서 상황이 어떻게 되어 가는지 살피고 있거라. 오늘 이후로 설족이 분명 방어를 강화할 테니. 기억해 둬. 절대로 풀을 쳐서 뱀을 놀라게 해서는 안 돼. 백 족장과 천염국의 성왕이 입은 상처도 가볍지 않으니, 아무리 다시 봉황의 힘을 찾으려 한다 해도 얻지 못할 게다!"

계강란이 고개를 끄덕이더니, 잠시 머뭇거리다가 다시 물었다.

"요 이모, 그 두 사람은 죽었을까요?"

요 이모가 코웃음을 쳤다.

"그 동굴이 얼마나 깊은지 바닥도 보이지 않던걸. 부상을 입고 떨어졌는데, 죽지 않고 배기겠어? 게다가 동굴 입구도 이미 봉쇄되었으니, 요행히 살아남은들…… 거기서 얼어 죽겠지."

계강란은 조금 실망한 듯한 표정이었다.

"아아, 단명할 운명이라니! 저는…… 그 둘이 어떻게 생겼는지 궁금해요! 그…… 수치도 모르는 개 같은 부부!"

요 이모는 계강란의 말은 듣는 둥 마는 둥 끝없는 빙원을 바라보았다. 그녀도 영술을 쓰던 남자가 누구인지 궁금했지만, 그보다는 암기를 사용하던 흑의 남자에게 더 관심이 있었다. 그의 정체를 대강은 추측하고 있었으나 계강란에게 너무 많이 이야기하고 싶지는 않았다.

이때, 그 흑의 남자는 막 자신이 잠복지로 정해 놓은 빙천 깊은 곳의 얼음집으로 돌아온 참이었다. 가면을 벗자 냉혹하고 침착한 얼굴이 드러났다.

바로 현공상회의 주인, 승 회장이었다. 그의 한쪽 눈은 정말로 쓸 수 없는 상황이었으나, 자세히 들여다보지 않으면 눈에 띄지 않았다.

시위가 서둘러 그의 상처를 치료하려 했으나 그는 조급해하지 않았다. 필묵을 꺼내 직접 밀서를 적은 뒤, 그것을 시위에게 건네며 말했다.

"최대한 빨리 운한각으로 보내라!"

이곳에서 영술을 보게 될 줄이야!

승 회장이 중얼거렸다.

"고남신…… 그자가 절대로 네가 아니면 좋겠군!"

시위가 떠난 후 승 회장은 직접 자신의 상처를 치료했다. 상처가 가볍지 않아 당분간은 여기에 머물러야 할 것 같았다. 그는 상처를 치료하며 계속 봉황허영이 나타나기를 기다리기로 했다.

날이 저물었으나 비연은 여전히 동굴 안에서 나오지 못하고 있었다. 이렇게 추운 날인데도 땀이 흐르고 있었다. 두 손이 떨려 오고, 두 다리는 힘이 빠진 상태였다. 그러나 그녀는 여전히 이를 악물고 한 걸음 한 걸음 계속 걸어갔다. 비연도 잘 알고 있었다. 일단 멈추면 다시 군구신을 부축해 일어나기 어려울 거라는 사실을!

한참 후, 그녀는 마침내 갈림길을 하나 발견했다. 그중 한쪽 길에서는 강한 빛이 새어 나왔다. 이미 해가 저물었다는 사실을 몰랐던 비연은 빛을 보자 희망을 품었다. 그녀는 젖 먹던 힘까지 짜내 빠르게 발걸음을 옮겼다.

그러나 갈림길 입구에 도착했을 때 그녀는 당황하고 말았다. 두 길 중 하나는 막다른 길이었고, 한 곳은 작은 동굴이었다. 동굴 안에는 각종 금은보화가 가득했는데, 빛의 정체는 바로 금은보화 속에 묻혀 있던 거대한 야명주였다. 그리고 이 동굴 깊은 곳에 문이 하나 있는 듯했다.

비연은 방금 있던 동굴에서도 금은보화를 봤었다. 그녀는 이곳이 단순한 곳이 아니라는 사실을 알아챘지만 살펴볼 겨를이 없었다. 그러나 지금은 제대로 알아보지 않으면 안 되는 상황이 되었다.

그녀는 군구신을 편하게 앉혀 놓은 후 자신도 털썩 주저앉았다. 그리고 한참 쉰 다음 동굴 안으로 들어갔다.

이때, 계속 몰래 살펴보고 있던 작은 쥐가 조급한 나머지 빙글빙글 돌기 시작했다. 동굴의 저 문 너머로는 길이 아주 많았다. 그리고 그 길들 중 적지 않은 수가 얼음 아래 숨겨져 있는 몽족의 옛 유적으로 향하게 되어 있었다. 그러니 저 여자가 들어가면 분명 몽족의 유적을 발견하게 될 것이다!

어떻게 하지?

작은 쥐가 움직임을 멈췄다. 비연이 그 문으로 향하는 것을 본 쥐가 갑자기 찍 소리를 내더니 순식간에 거대한 설랑으로 변했다.

뒤를 돌아본 비연은 도무지 영문을 알 수 없어 눈을 휘둥그렇게 떴다. 다음 순간, 그녀는 바로 군구신 쪽으로 달려갔다. 저 괴물이 군구신에게 무슨 짓이라도 할까 봐 두려웠던 것이다.

설랑은 그 무서운 힘을 장악한 비연을 건드릴 수 없으니 자연스럽게 군구신을 공격할 생각이었다. 그러나 그는 계속 길을 따라오는 동안 비연이 군구신에게 아주 많이 신경 쓴다는 걸 눈치챘다. 설랑은 이제 군구신을 어떻게 할 엄두도 내지 못했고, 다만 그를 이용해 비연을 밖으로 끌어낼 생각이었다!

설랑이 군구신 곁으로 뛰어오르더니 입으로 살짝 그를 들어 올렸다. 그렇게 군구신을 제 등에 올리고는 비연을 향해 달려왔다.

비연은 막 독약을 꺼낸 참이었다. 그러나 미처 손을 쓰기도 전에 설랑이 그녀의 머리를 뛰어넘어 그 문 안으로 도망쳤다. 비연은 다급한 나머지, 설랑이 사람 말을 알아듣지 못하는 괴수라는 것도 잊고 소리쳤다.

"멈추지 못해!"

설랑은 그 외침을 듣고 놀라서 더더욱 빠르게 달리기 시작했다. 그러나 달리고 또 달리다가 다시 속도를 낮췄다. 가장 중요한 목표는 바로 비연이라는 이 무서운 인간을 제발 밖으로 내보내는 것이었으니까. 그는 비연이 자신을 놓치지 않도록 잠시 기다려 주었다.

비연이 어찌 설랑을 놓칠까. 그녀는 있는 힘을 다해 추적하고 있었고, 설랑은 그 속도에 깜짝 놀랐다. 그는 비연을 한번 돌아본 후 속도를 높였다.

이렇게 비연은 계속 설랑을 쫓느라 이곳에 갈림길이 많다는 걸 아예 제대로 보지도 못했다. 그리고 얼마나 지났을까. 설랑이 마침내 동굴 밖으로 나가더니 군구신을 지상에 내팽개치고

저 멀리 몸을 숨겼다.

"군구신!"

비연이 쫓아가다가 군구신 곁에 쓰러지고 말았다. 숨이 차올랐다. 지친 나머지 곧 죽을 것 같다는 생각만 들었다. 그러나 그녀는 여전히 버텨야 했다.

그녀는 긴장한 표정으로 군구신에게 상처가 있는지 살폈다. 은색 가면을 타고 눈물이 흐르기 시작했다. 점점 더 많이. 그녀는 저도 모르는 사이에 울기 시작했다.

설랑은 비연이 우는 걸 보고 무척 의아했지만, 재빨리 동굴 안으로 미끄러져 들어갔다.

비연은 군구신에게 큰 문제가 없는 걸 확인한 다음 천천히 고개를 들었다. 우느라 붉게 달아오른 눈은 분노로 가득 차 있었다. 그녀는 소리 없이 바닥의 눈을 뭉쳐서 독약을 섞었다.

설랑은 비연의 눈빛이 사나운 것을 보고 속으로 두려웠지만, 여전히 고개를 들고 가슴을 편 채였다. 설랑의 왕으로서, 그는 기세를 잃을 수 없었다. 그는 갑자기 입을 벌려 송곳니를 드러내고 비연을 향해 포효했다. 이 포효는 그녀에게, 다시는 이곳에 오지 말라는 경고의 뜻을 담고 있었다.

평소라면 비연도 무서워했을 것이다. 그러나 지금은 그녀가 군구신에게 쏟던 온갖 마음이 분노로 변해 있었다.

안 그래도 독을 어찌 쓰나 고민 중이던 비연은 설랑이 입을 벌리자, 조금의 망설임도 없이 눈 뭉치를 그 안으로 던져 넣었다. 설랑이 바로 입을 다물었고, 어쩌다 보니 눈 뭉치를 그대로 삼키게 되었다. 설랑이 멈칫했다. 그러나 비연의 손에는 이미 또 다른 눈 뭉치가 들려 있었다.

비연은 매서운 눈초리로 설랑을 바라보았다. 그 사나운 기세가 결코 설랑에게 지지 않았다.

그리고 설랑은…… 갑자기 배 속이 부글거리기 시작했다. 갑자기…… 갑자기…… 설사가 시작될 것 같았다.

고운원을 불러오다

복부에서 전해져 오는 고통에 설랑은 비연과 대치하기를 그만두고 뒤로 물러나기 시작했다. 물러나고, 또 물러나고……마침내 참지 못하고 몸을 돌려 달리기 시작했다.

비연은 그제야 겨우 안도의 한숨을 내쉬며 주변을 둘러보았다. 이곳은 환해빙원이 아닌 듯했다! 이게 어찌 된 일일까?

비연은 동굴 입구를 바라보고, 다시 주변을 바라보았다. 분명 호란설지였다. 하지만 호란설지의 어디쯤인지는 알 수 없었다. 설마 이것이 호란설지에서 환해빙원으로 향하는 또 다른 길인 걸까? 거리가 대체 얼마나 되지? 그녀가 대체 얼마나 뛴 걸까?

비연이 동굴 안을 몇 번 들여다보며 입구를 기억해 두었다. 그러나 감히 오래 머물 엄두를 내지 못하고, 군구신을 데리고 부근에서 은밀한 곳을 찾아 일단 몸을 숨겼다.

군구신을 편하게 앉혀 두고 그의 두 손과 목을 쓰다듬어 보았다. 체온이 정상임을 확인한 뒤에야 겨우 안심하고 그의 곁에 앉았다.

비연은 추위로 떨면서 가면을 벗고, 얼굴을 문지른 다음에야 자신이 눈물을 흘렸음을 깨달았다. 마치 무엇인가를 인지한 듯 그녀가 갑자기 조용해졌다. 그녀의 손은 여전히 얼굴에 머물러 있었다.

한참 후에야 비연은 겨우 군구신을 바라보았다. 보고 또 보고……. 어째서일까, 그녀의 눈매가 다시 붉어졌다. 눈물이 점차 차오르더니 그녀는 또 울고 싶어지고 말았다!

이게 어찌 된 일일까! 그녀는 결코 쉽게 눈물을 흘리는 사람이 아니다!

울면서도 스스로 모르다니, 스스로 모르면서 또 울고 싶어하다니!

그녀는 가볍게 군구신을 두드리며 불러 보았다. 그가 여전히 혼수상태라는 걸 확인하고 나서야 손을 뻗었다. 그러나 곧 그대로 멈추며 망설였다. 망설이고 또 망설였으나 그녀는 결국 자제력을 잃었다. 비연은 군구신의 가슴에 얼굴을 묻고 울먹이기 시작했다.

"망할 얼음, 내가 쫓아갈 수 있어서 다행이었어! 망할 얼음, 내가 있으니까 당신에게 아무 일도 있어서는 안 돼!"

그녀는 한참 울다가, 겨우 안정을 찾고 다급하게 눈물을 훔쳤다. 갑자기 군구신이 깨어나 자신을 보기라도 할까 봐 두려운 것처럼. 비연은 재빨리 공중에 구조를 바라는 신호를 쏘아 올린 뒤 진묵이 오기를 기다렸다.

빙원의 밤은 적막하고, 달빛조차 차갑게 느껴졌다. 약왕정이 있어 정말 다행이었다. 아니었다면 그들은 버틸 수 없었을 것이다.

비연은 사실 진이 다 빠진 상태였다. 겨우 버티면서, 잠에 빠지지 않으려고 노력하고 있었다. 다행히도 한 시진이 되지 않아 진묵과 사냥꾼 무리가 찾아왔다. 그들을 본 사냥꾼들이 다급하게 달려와 물었다.

"전하께서는 어찌 되신 겁니까?"

진묵도 분명 당황하고 있었다. 그는 평소에는 잘 보이지 않는 정감 어린 표정으로 달려와 물었다.

"주인님, 괜찮아?"

비연은 눈을 들어 그들을 보며 웃기만 할 뿐이었다. 대답할 힘이 없었던 것이다. 그녀는 곧 정신을 잃었다.

비연은 이틀 후에야 깨어났다. 진묵의 호위로 그들은 보명고성의 객잔에 도착해 있었다. 비연은 별문제 없었으나 군구신은 등에 생긴 검상이 깊은 데다 내상도 심해 여전히 정신을 차리지 못하고 있었다. 의원도 초조해하고 있었다. 대체 그가 언제 깨어날지 알 방법이 없다고 했다.

진묵이 약왕정을 비연에게 건네주고, 다시 약방문을 한 장 주었다. 그리고 솔직하게 말했다.

"주인님, 전하는 옆방에 있어. 의원이 지키고 있긴 한데, 전하의 병세를 잘 모르겠다고 하던데. 일단 좀 봐. 이게 약방문이야."

비연이 막 약방문을 받아 읽기도 전에 시위가 총총히 달려왔다.

"왕비마마, 전하께서 갑자기 온몸이 차가워지셨습니다. 의원도 속수무책이니, 어서 와서 봐 주십시오!"

한증이 발작한 게 틀림없었다! 정말이지, 지붕이 새는데 하필이면 비가 오고, 배가 늦는데 폭풍우가 몰아치는 격이었다!

비연이 재빨리 달려가 보니 군구신은 침상에 조용히 누워 있었다. 안색이 창백하고 입술도 파랗게 질려 있었다. 두 의원이 발을 동동 구르면서도 속수무책이었다.

비연은 사람들을 모두 내보내고 재빨리 약왕정의 신화를 소환했다. 한참 후, 군구신의 체온이 어느 정도 회복되었다. 그러나 여전히 깨어나지 않았고 맥은 점점 더 약해졌다.

의원은 명확하게 진단을 내리지 못하고 있었다. 비연은 얼음 구덩이 안에서 무슨 일이 있었는지 모르기 때문에, 의원이 군구신의 몸에서 발견한 상처 외에 또 무슨 상처가 있는지 알지 못했다. 그녀는 점점 더 걱정되기 시작했다. 이러다 치료 시기를 놓치는 건 아닐까……?

그녀는 과감하게 금침을 꺼내 진묵에게 건네며, 고운원을 찾아오라고 했다. 고운원은 흑사병이 한 달 후에 폭발할 거라 했으니 이번 달에는 계속 보명고성에 머물 것이 분명했다.

고운원은 그녀에게 금침 세 개를 주었다. 이것은 매우 귀한 것이었다. 다른 방법이 있다면 그녀는 절대 그것을 사용하지 않을 작정이었다. 그러나 군구신을 위해서라면 세 개를 전부 다 써 버린다 해도 전혀 아깝지 않았다.

고운원은 다행히도 보명고성에 있었다. 그는 평소 말하는 법이나 행동거지가 모두 질서정연한 사람이건만, 동작은 꽤 느려서 가끔은 융통성 모르는 서생 같아 보이기도 했다. 그러나 병을 치료하고 사람을 구하는 방면에 있어서는 그 누구보다 명쾌하고 대단한 사람이었다. 물론 그가 구하고 싶은 사람에 한한 이야기였지만.

그가 총총히 달려왔다. 그리고 문 안으로 들어서자마자 바로 침상 곁에 앉아 군구신을 진찰하기 시작했다.

"무엇 때문에 이렇게 된 겁니까?"

비연도 상황을 명확하게 알지는 못했지만 군구신의 내상이 어찌 된 것인지는 추측할 수 있었다.

그녀는 군구신의 동의 없이 너무 많은 비밀을 폭로하고 싶지 않았다. 하지만 군구신의 안위를 두고 모험을 할 수도 없었다. 그녀는 그저, 고운원은 은거 의원일 뿐이니 그가 비밀을 알게 된다 해도 외부에 발설하지 않을 거라고 스스로를 위로하는 수밖에 없었다. 그리고 그가 만약 백의 사부라면…… 그녀가 아무리 숨기려 한들 소용없을 것이다.

비연이 간단하게 설명하기 시작했다.

"외상은 싸우다가 부상을 당한 거예요. 내상은 아마 어떤 신비로운 힘에 의해 생긴 것 같은데…… 다른 상처가 있는지는 나도 잘 모르겠어요. 그리고 전하께서는 괴이한 질병에 시달리고 계신데, 예고 없이 발병하고, 일단 발병하면 온몸이 얼음처럼 차가워지면서 의식을 잃습니다. 처음엔 약광석을 이용해 약욕을 해서 한기를 몰아냈지만, 후에 병세에 변화가 생기면서 약욕으로는 효과를 보지 못하게 되었어요. 방금도 그 괴질이 또 발작해서……."

고운원의 얼굴은 비할 데 없이 진지했다. 그가 고개를 끄덕이더니 군구신의 손을 잡고 맥을 짚었다.

"약욕이 효과가 없다면 어떻게 한기를 몰아냈지요?"

비연은 망설이지 않고, 고운원의 눈을 보며 약왕정을 꺼내 보여 주었다.

"약왕정, 들어 봤어요?"

고운원은 미간을 찌푸리며 고개를 저었다. 약왕정이라는 이름을 아예 들어 본 적 없는 듯한 표정이었다.

비연의 눈가에 실망한 빛이 스쳐 갔다. 그녀가 약왕정을 탁자 위에 내려놓고 4품 신화를 소환했다. 약왕정은 크기가 커졌을 뿐 아니라 뜨거운 열기를 내뿜기 시작했다.

비연이 말했다.

"내 약왕정은 신화를 소환할 수 있어요. 이것으로 한기를 몰아냈죠."

고운원이 다가와 약왕정의 온도를 시험해 보더니, 매우 놀란 듯 외쳤다.

"세상에 이런 신물이 있다니! 그, 그때 아무것도 없는 데서 약재를 만들어 냈던 것도 이 약왕정과 관계가 있는 거였습니까?"

비연은 대답하지 않고 그저 묻기만 했다.

"전하의 맥은 어떤가요?"

고운원은 자리로 돌아가 앉아 다시 맥을 짚더니 진지하게 말했다.

"피를 너무 많이 흘렸고, 내상이 너무 심합니다. 힘도 과도하게 사용했고……. 아마 정신을 잃기 전에 너무 오래 억지로 버틴 것 같습니다. 음……. 기력이 쇠진하지 않은 것만으로도 다행인 상태입니다. 그리고 그 괴질은…… 지금으로써는 판단할 수 없으니 일단 자세하게 설명해 보시지요."

이 말을 듣자 비연은 눈가가 시큰해 왔다. 군구신이 억지로 버텼다면 그 이유는 아마 그녀 때문일 것이다. 그가 그녀를 지키려 했던 것이 아니라면, 분명 그 자신은 안전하게 물러날 수 있었을 것이다.

비연이 잠시 망설이다 물었다.

"고 의원, 기억 상실도 치료가 되나요?"

정말로 쓰시겠습니까?

기억 상실.

군구신은 그것을 비밀로 숨기며 쉽게 다른 이에게 털어놓지 않았다.

그리고 그녀는 다시 태어났으니 이 몸은 그녀의 것이 아니다. 그러니 어떻게 치료할 수 있겠는가?

어차피 고운원을 불러 한증까지 언급한 바에야, 쇠뿔도 단김에 빼라고, 차라리 기억을 잃은 것에 대해서도 묻는 게 낫겠다는 결론을 내렸다.

"기억 상실? 누가 기억을 잃었습니까?"

고운원이 의아한 표정을 지었다. 비연은 그가 일부러 바보같이 행동하는 게 아니라 정말로 이해하지 못하고 있다는 사실을 알아챘다.

"내가 기억을 잃었어요. 여덟 살 이전의 일을 전부 잊었죠. 나는……."

고운원이 재빨리 그녀의 말을 끊었다.

"천천히 합시다, 천천히. 왕비마마, 하나씩, 한 사람씩 말입니다. 일단 전하의 병세를 제대로 알아본 다음 다시 왕비마마에 대해 이야기하죠. 어떻습니까?"

비연은 계속 그의 눈을 바라보며 말했다.

"전하도 기억을 잃었어요."

고운원이 이해할 수 없다는 표정을 지었다.

"뭐라고요? 왕비마마, 일단 전하를 구하는 일이 급하니 지금 농담 같은 것은 하지 마시지요!"

비연이 엄숙한 표정으로 계속 말했다.

"전하께서는 열네 살 이전의 기억이 없어요. 때문에 전하께서도 한증에 어떻게 걸리게 되었는지 잘 알지 못하십니다. 하지만 매번 병이 발작할 때면 예전 일을 기억해 내시곤 하죠. 안타깝게도 많이 기억해 내시지는 못하지만요."

"그런 일이 있다고요?"

고운원이 진지해졌다. 그가 다시 군구신의 맥을 짚으며 물었다.

"어떻게 기억을 잃었습니까?"

"그건 모르겠어요. 다만 한번 심한 내상을 입었는데, 깨어나 보니 아무것도 기억나지 않았다고 들었어요."

고운원은 아무 말도 하지 않고 군구신의 맥을 한참 동안 짚었다. 비연은 긴장한 채 기다렸다. 고운원을 방해해서는 안 된다는 걸 알고 있었지만, 그가 머리를 흔드는 것을 보자 저도 모르게 소리치고 말았다.

"치료 가능한가요?"

고운원이 가볍게 탄식하며 군구신의 손을 침착하게 내려놓았다. 그리고 제 턱을 만지며 잠시 생각하더니 대답했다.

"왕비마마, 전하께서는 무공을 익히신 분입니다. 이 내상은 아마 스스로 치료하실 수 있을 겁니다. 다만 혼미한 상태로 시일을 좀 보내신 후에야 깨실 수 있겠지요. 전하께서 깨어나신 다음 1년 반 정도 스스로 요양하시면 완쾌하실 수 있을 겁니다. 물론 제 침술의 도움을 받는다면 한 달 정도면 되겠지만요. 전하의 한증과 기억 상실은……."

비연이 더욱 긴장했다. 고운원은 몸을 일으키더니 계속 이어 말했다.

"기억 상실이 외상으로 인한 거라면 치유하기 어렵지 않습니다. 그러나 전하의 상황으로 보면, 기억 상실과 한증은 아마도 같은 병세일 겁니다. 서로 영향을 주는 병세 말입니다. 이런 상황은 저도 처음 듣습니다. 아마 마마께서 이야기해 주시지 않았다면 아예 알아보지도 못했을 겁니다. 저는…… 음…… 진심으로 돕고 싶지만, 제 힘이 너무 미약하군요! 왕비마마께서 이해해 주시기를 바랍니다."

비연이 실망했다. 그러나 그녀는 곧 쓰게 웃기 시작했다. 군구신은 예전부터 한증과 기억 상실이 관련되어 있다고 의심하며 계속 치료하려 하지 않았다. 그녀가 고운원을 불러온 것도 한증을 치료하기 위해서가 아니라 지금 군구신이 입은 부상 때문이었다. 그녀는 그저 한 가지 더 물어봤을 뿐이다.

은거 의원인 고운원은 보통 의원들보다 훨씬 의술이 고명했다. 그러나 신선도 아닌데 어떤 병세건 모두 치료할 수 있을 리 만무하지 않은가.

비연이 약왕정을 챙기며 물었다.

"침을 놓으면 전하께서는 언제쯤 깨어나시죠?"

고운원이 하늘 색을 보더니 말했다.

"내일 이 무렵쯤이면 되겠지요."

비연은 고개를 끄덕였다.

"그럼 부탁드리겠어요. 지금 당장 시작해 주세요."

비연이 군구신을 한번 보고 나가려 했을 때, 고운원이 다급하게 그녀를 막았다.

"왕비마마, 제대로 생각하신 것 맞습니까?"

비연은 이해할 수 없었다.

"무슨 뜻이죠?"

"왕비마마, 전하의 생명에는 위험이 없습니다. 누워서 1년 반만 요양하시면 되는데…… 금침 하나를 정말로 쓰시겠습니까?"

이 말은…… 그러니까 군구신이 좀 힘들겠지만 어쨌든 죽지는 않을 거다, 이 뜻인가? 안 그래도 기분이 좋지 않던 차에 비연은 이 말을 듣자 화가 폭발하고 말았다. 그녀는 탕 소리가 나도록 탁자를 내려치고 노한 목소리로 외쳤다.

"고운원, 당신 의원 맞아? 죽을 사람들을 보고도 구하지 않지를 않나, 병자를 보고도 치료하지 않겠다니, 대체 부모님에게 어떻게 교육받은 거야! 아냐, 아니지, 당신 부모님도 당신에게 한 가지 덕행만을 원했지. 당신네 고씨 집안은 모두 한통속이야! 자, 이렇게 하는 건 어때? 본 왕비가 지금 사람들을 시켜당신을 흠씬 패 줄 테니까. 그래, 당신이 1년 반 동안 누워서 요양할 정도로 패 줄 테니까, 중상을 입는 것이 어떤 기분인지 한

번 제대로 느껴 보는 게 어때?"

고운원이 공포에 질린 표정으로 재빨리 몸을 피했다.

"왕비마마, 분노를…… 분노를 식히십시오. 왕비마마께서 어떻게 생각하시건 왕비마마의 생각을 따를 터이니……."

비연은 한참 동안 욕설을 퍼부은 다음 겨우 냉정을 되찾았다. 그녀가 고운원을 냉랭하게 바라보며 말했다.

"그가 낫기만 한다면, 금침 세 개는 말할 것도 없고, 내 목숨을 가져가도 괜찮습니다! 어서 시작하세요!"

말을 마친 그녀는 근처에 앉아 기다리기 시작했다.

고운원은 그녀를 한참 지켜본 후, 그녀가 그에게 아무 짓도 하지 않을 거라는 걸 확신한 다음에야 겨우 땀을 닦으며 돌아왔다. 그리고 약방문을 하나 적어 비연에게 건넸다.

비연은 그것을 보는 순간 내상을 치료하기 위한 것이라는 걸 알았다. 근본은 튼튼히 하고, 정기와 예기를 키운다. 앞의 두 의원이 썼던 약방문과 본질적인 면에서는 큰 차이가 없었다.

비연이 물었다.

"여전히 약에 침을 담갔다가 쓰나요?"

고운원이 다른 의원들보다 유달리 뛰어난 능력이 두 가지 있었다. 하나는 일반 의원들이 진단해 내지 못하는 병세를 명확하게 진단한다는 것이었고, 또 하나는 그만의 침술을 사용하기에 다른 의원들처럼 약의 제한을 받지 않는다는 것이었다.

다른 의원은 약으로 병을 치료하기 때문에 진단이 중요하고, 증세에 맞는 약은 더욱 중요했다. 하지만 고운원은 침으로 병을 치료하기 때문에 약방에 그렇게까지 신경 쓰지 않는 편이었다. 비연은 지난번에 고운원이 정역비를 치료할 때 곁에서 지켜보면서, 그의 치료법이며 약에 담근 침의 능력을 이해하게 되었다.

고운원이 고개를 끄덕였다.

"그럴 생각입니다."

비연은 더 묻지 않고 다만 이렇게 말했다.

"잠시만 기다려요."

그녀가 곧 고운원에게 열기가 펄펄 끓어오르는 탕약을 만들어 주었다.

지난번에 비연은 계속 그를 백의 사부라 여겼기에 기억 속에 잠겨 있다가 심지어 울기도 했다. 그래서 그가 어떻게 침을 담그는지, 어떻게 침을 놓는지는 제대로 보지 못했다. 그러나 이번에는 진지하게 살펴볼 생각이었다.

고운원이 금침 한 묶음을 꺼내더니 하나하나 탕약에 담갔다. 비연은 그가 지난번에 어떤 침을 사용했는지도 잊은 상태였다. 그녀는 이제야 고운원이 꺼낸 금침들이 보통 금침들과 다르다는 사실을 알게 되었다.

침을 놓을 때 쓰는 금침에는 모두 아홉 가지가 있다. 참침, 원침, 적침, 봉침, 피침, 원리침, 호침, 장침, 그리고 대침. 보통 의원은 그중 몇 가지만을 조합해서 쓰기 마련이었다. 예를 들어 호침 여러 개와 원리침 약간, 장침 약간, 이런 식으로 말이다. 그러나 고운원의 이 금침 묶음은 모든 종류의 금침이 하나씩만 있었다. 모두 합해 아홉 개뿐이었다.

비연이 물었다.

"이 침에 무슨 특별한 거라도 있나요?"

고운원이 살짝 미간을 찌푸리더니, 서둘러 두어 걸음 물러나 읍하며 말했다.

"왕비마마, 이 침은 고씨 가문 비전의 금침으로 구현침이라고 합니다. 이 침에 어떤 특별한 점이 있는지는 가문의 기밀에 속하니 저는 말할 수가 없습니다. 왕비마마께서 양해해 주시기 바랍니다."

"구현침?"

비연이 탕약 안의 금침을 계속 바라보며 더 이상 묻지 않았다.

고운원은 침을 놓는 시간에 까다로운 편이었다. 그는 하늘을 보고 또 보다가 말했다.

"왕비마마께서도 안색이 안 좋으십니다. 일단 가셔서 쉬시는 게 어떨까요? 저는 두 시진을 더 기다린 다음에야 전하께 침을 놓을 수 있습니다."

비연은 그의 말에 따르지 않았다. 그녀는 직접 군구신의 얼굴을 닦아 준 다음 그 곁에 앉아 기다리기 시작했다. 고운원이 그 모습을 보고 웃으며 말했다.

"남쪽에서 북강으로 오는 내내, 전하께서 핍박받아 왕비마마를 맞이하셨다 들었습니다. 왕비마마께서 이렇게 전하께 마음을 쓰시는 걸 보면, 전하께서도 조만간 마마의 마음을 알아주실 겁니다."

비연은 그를 흘깃 보고, 듣지 못한 것으로 하기로 했다. 고운원은 민망하지도 않은지 제멋대로 웃으며, 상자에서 두꺼운 의서를 꺼내 열심히 읽기 시작했다.

한참 후에야 비연은 고운원 몰래 구현침을 살펴보았다. 하지만 아무것도 알아낼 수 없었다.

사실 고운원이 침을 탕약에 담그거나, 침을 놓는 시간에 까다롭거나 한 것은 사람들을 현혹시키기 위한 것에 불과했다. 진정으로 현묘한 이치는 바로 그의 구현침에 숨어 있을 것이다.

저 금침 묶음도 무한하게 사용할 수 있는 것은 아닐 텐데…….

네가 나를 걱정하였구나

고운원이 군구신에게 침을 놓는 동안 비연은 곁에서 전 과정을 지켜보았다. 그녀는 비록 침술에 대해 어느 정도 알고 있긴 했지만 그래도 의원은 아닌지라, 보아도 알 듯 말 듯 할 뿐이었다. 다만 다른 침술과는 완전히 다르다는 걸 느낄 수 있었다.

반 시진 정도 지난 후에 고운원이 첫 치료를 끝냈다.

"왕비마마, 안심하십시오. 내일이면 전하께서 분명 정신을 차리실 겁니다. 내일부터 제가 전하께 침을 매일 한 번씩 놓아 드릴 겁니다. 한 달 정도 지나면 전하께서는 완쾌되실 수 있습니다."

비연이 고개를 끄덕였다. 비록 고운원에 대해 여러 가지 생각이 들긴 했지만 어쨌든 마음속으로는 그에게 감사하고 있었다. 그녀는 그에게 다가가 공손히 허리를 굽혀 인사했다.

"고 의원, 고마워요!"

고운원이 서둘러 몸을 일으키더니, 두 손 모아 읍하며 역시 허리를 굽혔다.

"왕비마마께서는 감사하실 필요가 없습니다. 제가 마마께 금침을 드렸으니, 응당 해야 할 일일 뿐입니다."

비연은 본래 고운원을 객잔에 머물게 하려 했으나, 생각을 바꿔 잠시 동안은 그러지 않기로 했다. 그래서 진묵에게 고운원을 배웅해 주라 명했다.

고운원은 떠나기 전 고개를 돌리더니 물었다.

"왕비마마, 반년이 되어 갑니다. 사부님을 찾으셨습니까?"

비연이 무어라 형용할 수 없이 익숙한 그의 얼굴을 바라보다가 마음속이 자못 씁쓸해 오는 것을 느끼며 대답했다.

"아직입니다."

고운원이 무슨 말인가 하려는 듯하더니 그만두고, 그저 가벼운 탄식 소리를 내며 객잔을 떠났다.

고운원이 떠난 후 비연은 하인에게 군구신이 안전하게 숨을 만한 장소를 찾도록 명했다. 그녀는 비록 백새빙천에서 무슨 일이 있었는지 알지 못했지만 경계하지 않을 수 없었다. 백 족장과 대황숙이 분명 북강에서 수색 작업을 벌일 것이다. 그러니 객잔에 머무는 것은 결코 안전하지 않았다.

군구신은 몸을 숨길 곳을 호란설지에 몇 곳 마련해 두었지만 호란설지는 보명고성만큼 살기 편한 곳이 아니었다. 비연은 상당히 외진 곳에 있는 작은 집을 빌리기로 하고, 그날로 이사를 끝냈다.

모든 일을 처리하고 나니 저녁이었다. 비연은 마침내 제대로 군구신을 볼 수 있었다. 그녀는 처음에는 구들 가의 작은 걸상에 앉았다가, 나중에는 아예 구들 위로 올라가 앉아 가까운 거리에서 그를 바라보았다.

고운원은 확실히 대단한 의원이었다. 단지 침을 한번 놓았을 뿐인데 군구신의 안색이 훨씬 좋아져 있었다. 이 순간 군구신의 고요한 모습은 마치 잠들어 있는 것 같았다.

비연은 그의 평화로운 모습에서 잠시도 눈을 떼지 않았다. 그를 계속 보고 있노라니 저도 모르게 웃음이 나왔다. 그녀는 웃고 또 웃다가, 또 자신도 모르게 미간을 찌푸렸다. 마치 무슨 생각에 잠긴 것처럼. 아니면 망설이듯이.

그녀는 갑자기 손을 뻗었으나 그의 얼굴에 닿기 전에 또 손을 거둬들였다. 이렇게 계속 손을 오가기만도 서너 번. 결국 그녀는 손을 거둬들였을 뿐 아니라 아예 구들에서 내려와 감히 군구신을 쳐다보지도 못했다.

하늘도 춥고 땅도 얼어붙은 날이었다. 방 안에 화로를 피워 놓았지만, 오래 앉아 있다 보니 추운 느낌이 들었다. 비연은 망설이다가 군구신을 안쪽으로 민 다음, 그를 등진 채 구들 위에 가부좌를 틀고 앉았다.

사실 군구신은 객잔으로 돌아온 후로 천천히 의식을 회복하고 있었다. 지금 그의 의식은 매우 뚜렷했고, 그저 힘이 없을 뿐이었다. 눈도 몇 번 가늘게나마 뜨기도 해 그녀의 움직임을 볼 수 있었다. 비연은 홀로 갈등에 빠져 있느라 그런 것을 알아채지 못했던 것이다.

긴 밤이 천천히 흘러가고, 비연은 이렇게 그를 지키다 졸기 시작했다. 그리고 얼마나 지났을까. 비연이 여전히 졸고 있는 동안 군구신이 천천히 눈을 떴다.

그가 비연의 뒷모습을 보며 창백하게 미소 지었다. 그는 여전히 힘이 없었고, 목이 말라 죽을 지경이었다. 그러나 그는 그녀를 깨우지 않고 계속 그렇게 보고만 있었다.

고요한 방, 시간이 천천히 흘러갔다. 비연은 점점 더 깊이 잠들었고 군구신도 서서히 기력을 회복했다.

한참 후, 군구신은 마침내 일어나 앉을 수 있게 되었다. 그가 일어나 앉는데도 비연은 전혀 눈치채지 못한 채 잠들어 있었다.

군구신은 그녀를 바라보며 자신도 모르게 미소 지었다.

"바보……."

그는 커다란 손을 뻗어 비연을 끌어안고 함께 구들 위에 누웠다. 마침내 비연도 깨어났다. 그녀는 무슨 일이 벌어지고 있는지 몰라 일단 몸부림부터 쳤다.

군구신이 그녀의 귓가에 속삭였다.

"움직이지 마. 아니면 내 상처가 또 벌어질 것 같으니까. 그렇게 되면 네가 끝까지 책임져야 해."

비연은 마침내 정신이 들었다. 군구신이 깨어났다!

그녀는 재빨리 몸을 돌려 그를 바라보았다. 너무나…… 기뻤다.

"다, 당신…… 마침내 깨어났구나!"

군구신이 그 틈을 타서 비연의 허리를 끌어안고 물었다.

"보아하니, 내 걱정을 아주 많이 한 것 같은데?"

비연이 고개를 끄덕이다가, 뭔가 이상하다는 것을 깨닫고 바로 고개를 저었다.

"이거 놔줘!"

군구신은 가까스로 얻은 이 기회를 쉽게 포기할 생각이 없었다. 그가 다시 물었다.

"방금 나를 그렇게 오래도록 쳐다보면서 무슨 생각을 했지?"

비연은 깜짝 놀랐다. 작은 비연의 얼굴이 순식간에 붉게 달아올랐다.

"다, 당신, 깨어 있었어?"

군구신은 여전히 진지했다.

"대답해 줘."

비연이 켕기는 마음에 소리쳤다.

"이거 놔 달라니까!"

군구신은 놓아주지 않고 눈썹만 치켜세웠다. 그러더니 곧 참을 수 없다는 듯 웃기 시작했다. 구들 위라 너무 더워서일까, 아니면 덮고 있는 이불이 너무 두꺼워서일까. 그의 귀뿌리도 조금 붉어져 있었다.

"대답해 줘, 응?"

그의 목소리가 유난히 다정하게 들렸다. 비연은 점점 더 마음이 켕겨 변명하듯 말했다.

"그야 내가 당신을 봐야 하니까, 난…… 원래 당신 체온을 좀 재려 했던 거야. 당신 한증이 또 발작하면 어쩌나 싶어서. 그러니까 놓아줘. 아니면……."

군구신이 계속 기다렸지만 비연은 경고의 말을 잇지 못했다. 군구신이 방금의 질문을 되풀이했다.

"나를…… 많이 걱정했어?"

비연이 계속 변명했다.

"당연히 걱정했지. 당신이 깨어나지 않으면, 난…… 우리 협력 관계는 어떻게 되는 거야?"

군구신이 담담하게 웃으며 마침내 그녀를 놓아주었다.

비연은 재빨리 구들에서 내려오다가 그의 담담한 모습을 보고, 그가 자신을 훤히 들여다보았음을 깨달았다. 그녀가 다시 변명을 덧붙이려는데, 군구신이 일어나 앉더니 진지하게 물었다.

"내가 얼마나 정신을 잃고 있었지? 우리가 백새빙천을 어떻게 떠나게 된 거야?"

비연은 안 그래도 화제를 바꾸고 싶어 안달하던 참이었다. 그녀는 그에게 따뜻한 물을 한 잔 따라 준 다음, 그녀가 동굴에서 깨어난 후 발생한 모든 일을 이야기해 주었다.

군구신이 몹시 놀라며 물었다.

"그렇다면, 그 설랑이 일부러 우리를 나오게 해 준 건 아닐까?"

"설랑?"

비연은 이 이름을 듣고 이유 모를 익숙한 느낌을 받았으나, 어디서 들었는지는 기억해 낼 수 없었다.

"그 괴물이 뭔지 알고 있어?"

"천 년도 더 전에 몽족에게 굴복한, 상고 시대의 신령한 동물이지. 사라진 지 오래인데, 그렇게 보게 될 줄이야……."

군구신은 설랑에 대해 설명해 주었을 뿐 아니라, 그들이 무엇 때문에 그 동굴 안으로 떨어지게 되었는지도 이야기해 주었다.

"3년 전에 그 얼음 구덩이에 간 적 있어. 그곳에는 얼음처럼 차가운 물이 가득 찬 연못이 있었지. 그 동굴이 연못 아래 있었다 해도 분명 물로 가득 차 있었을 거야. 아마도 물이 마른 후 네 벽이 얼기 시작한 거겠지. 그곳은 진짜 동굴이 아닐 가능성이 높아."

비연은 이런 것에는 관심이 없었다. 그녀가 진지하게 물었다.

"그렇다면, 봉황허영은 여전히 백새빙천에 있는 걸까?"

군구신은 속으로 짐작이 가는 바가 있었지만 완전히 확신할 수는 없었다.

"몸을 돌려 봐."

비연이 의아한 표정을 지었다.

"무엇 때문에?"

표식, 봉황이 날개를 펼치다

비연이 이해하지 못하는 가운데 군구신이 다시 진지하게 말했다.

"네 등을 보고 싶어."

비연이 의혹 서린 얼굴로 몸을 돌렸다.

"내 등은 왜……?"

군구신이 말했다.

"이리 와 봐."

비연이 다가가자 군구신이 손을 뻗어 그녀의 옷을 들어 올렸다. 비연은 그제야 군구신이 이야기한 '등'의 진짜 뜻을 알아차렸다. 그녀는 바로 몸을 피하며 노성을 질렀다.

"무뢰한! 뭐 하는 거야? 진지한 이야기를 하고 있는데!"

군구신은 자못 엄숙했다.

"봉황력이 네 등에 부딪쳐 사라지는 걸 직접 보았어. 이치대로라면 그 힘은 분명 네 몸에 머물고 있을 거야. 하지만 너는 지금 아무 일도 없는 것 같으니…… 이리 와 봐!"

비연은 이해할 수 없었다. 아무리 생각해도 자신이 그렇게 큰 힘을 받아들일 능력이 있을 것 같지 않았다.

"잘못 본 게 아니라고 확신해?"

군구신이 고개를 끄덕였다.

"물론!"

비연은 제 등을 어루만지며 망설이다가 군구신에게 말했다.

"기다려!"

그녀는 자신의 방으로 돌아가 옷을 벗고 거울 앞에 섰다. 뜻밖에도…… 그녀의 꼬리뼈 부근에 마치 모반 같은 표식이 하나 생겨 있었다. 옅은 붉은빛 표식은 마치 날개를 활짝 펼친 듯한 모습이었고, 보면 볼수록 봉황이 날개를 펼친 모습 같다는 생각이 들었다.

이 몸에는 원래 아무 표식도, 모반 하나 없었다!

"설마……."

비연이 살며시 어루만져 보았지만 이상한 느낌은 전혀 들지 않았다. 당황스러웠다. 그녀는 군구신에게 달려갔다.

군구신은 그녀가 무엇 하러 갔었는지 안다는 듯, 그녀가 방 안에 들어서자 바로 물었다.

"어때?"

비연이 이를 악물고 한 걸음 한 걸음 다가왔다. 그리고 고개를 숙인 채 한참 동안 아무 말도 하지 않았다.

군구신은 안 그래도 걱정하던 차였기에, 그녀의 이런 모습을 보고 조급해졌다.

"왜 그래?"

비연이 그를 한번 노려보더니 가련한 모습으로, 또 동시에 부끄러운 듯한 표정으로 속삭였다.

"내, 내가…… 보여 줄 테니까. 하지만, 하지만…… 다른 곳은 보면 안 돼! 예절에 어긋나는 일은 하면 안 된다고!"

이 말을 듣고, 또 그녀의 가련한 모습을 보니, 걱정하고 있던 군구신도 입매가 살짝 올라가는 걸 참을 수 없었다. 하지만 감히 웃음소리를 낼 수는 없었다. 그는 가볍게 기침을 두 번 한 다음 이렇게 말했다.

"이리 와."

비연은 달갑지 않았지만 이렇게 큰일을 마음대로 할 수도 없어 순순히 다가갔다. 그리고 그를 등진 채 앉은 뒤 옷을 살짝 들어 올려 옥과 같이 매끄러운 등을 드러냈다.

군구신은 원래 간신히 웃음을 참고 있었지만 그녀의 아름다운 등을 보는 순간 바로 조용해지고 말았다. 그는 마치 눈을 뗄 수 없다는 듯 그녀의 등을 응시하고 있었다.

예전에도 본 적 있었지만 이렇게 가까운 거리에서 보는 건 처음이었다. 그는 그녀가 아주 아름답다는 건 알았지만 지금 이렇게 눈앞에서 보게 되니…… 상상했던 것보다 훨씬 아름다웠다. 그야말로 얇은 비단이 온몸을 붉게 물들이고, 옥과 같은 피부를 보노라면 봄바람에 취한 것 같은 기분이 들었다.

군구신은 넋이 나가 버렸다. 비연이 조심스럽게 치마를 살짝 아래로 내리고 표식의 절반을 드러내는 동시에…… 보일 듯 보이지 않는 아름다움을 드러내고 말았다.

군구신의 눈빛이 굳었다. 그는 무의식적으로 시선을 옮기며 저도 모르게 주먹을 쥐었다. 그는 분명 지독할 정도로 참고 있었다. 비연은 그의 방어선을 쉽게 부술 뿐 아니라, 그의 자제력

역시 쉽게 부수어 버리곤 했다.

비연이 입을 열었다.

"이렇게 되었어. 표식이 생겼는데, 예전엔 없던 거야……."

군구신이 옆을 바라보며 오래도록 아무 대답도 하지 않았다.

비연이 그의 대답을 기다리지 못하고 물었다.

"저기, 내가 말하고 있잖아. 다 본 거야? 이 표식, 좀…… 봉황이 날개를 편 모양 같지 않아?"

군구신이 그제야 정신을 차렸다. 그의 눈가에 일말의 복잡한 빛이 스쳐 갔다.

"제대로 보지 못했어. 반밖에 안 보이는걸."

비연의 얼굴이 붉게 달아올랐다. 이 표식은 그녀의 등에 있는 게 아니라 꼬리뼈 부근에 있었다. 바로 허리 아래 둔부와 아주 가까운 곳에.

비연이 머뭇거리다가 치마를 살짝, 아래로 좀 더 내렸다.

군구신이 그녀를 바라보았다. 보고 또 보고……. 그의 호흡이 조금 거칠어지는가 싶더니 갑자기 비연의 작은 손을 낚아채고는 힘차게 치마를 아래로 내려 버렸다.

비연이 경악했다. 고개를 돌리려 했지만 군구신이 그녀를 구들 위로 밀어 눕혔다. 비연이 일어나려 하자 그가 그녀의 등을 내리눌렀다. 덕분에 비연은 엎드린 자세로 꼼짝도 못 하게 되었다. 그녀는 놀란 나머지 욕설을 퍼붓기 시작했다.

"군구신, 이 나쁜 놈! 대체 뭘 하려는 거야, 그……."

"움직이지 마! 그냥 보기만 할 테니까!"

군구신의 목소리는 몹시 차가웠다. 그러나 전처럼 나지막하게 가라앉은 차가움이 아니라 조금 거친 듯한 차가움이었다. 게다가 그는 보기만 한 것이 아니라 그 표식을 만져 보기도 했다.

그의 손가락이 가볍게 표식을 쓸어내리는 순간 비연의 온몸은 그대로 굳어 버렸다. 무어라 형용할 수 없는 낯선 느낌이 순식간에 온몸으로 퍼져 나갔다. 그녀의 몸이 떨려 오기 시작했다. 비연이 이를 악물고 외쳤다.

"군구신, 이 개새끼! 절대 용서하지 않을 거야……."

말이 채 끝나기도 전에 군구신이 재빨리 그녀의 옷을 끌어 올려 입혀 준 다음 그녀를 놓아주었다.

"다 보았다."

그는 속전속결로 해치우지 않으면 자신이 자제력을 잃게 될 거라는 사실을 확신하고 있었다! 평생 처음이었다. 스스로에게 이렇게 자신이 없는 것은.

비연이 서둘러 자리에서 일어났다. 얼굴이며 귀가 온통 붉어져 있었고, 심장이 빠르게 뛰고 있었다. 그녀는 군구신을 사납게 밀쳐 내고는 구들 아래로 내려가 달려 나갔다.

군구신은 멍한 표정으로 구들 위에 앉아 있었다. 그의 귀도 약간 붉어진 상태였다. 그리고 그의 심장도……. 어찌 빨리 뛰지 않을 수 있을까.

그는 갑자기 자신이 방금 했던 행동 역시 자제력을 잃었던 것임을 깨달았다!

그는 눈을 감고 길게 숨을 토해 낸 다음 침상에서 내려왔다. 구들 아래로 내려오자마자 제대로 서지 못하고 휘청거렸다. 그는 어쩔 수 없이 다시 앉았다. 막 깨어나 힘을 회복하지 못한 상태에서 방금 같은 행동을 했기 때문일까. 등 뒤 상처가 고통스러울 뿐 아니라 체력도 상당히 소모된 것 같았다.

잠시 앉아 있다가 다시 한숨을 토해 냈다. 그러나 그것이 자신 때문인지, 아니면 비연 때문인지는 스스로도 모를 지경이었다.

그는 검을 지팡이 삼아 한 걸음 한 걸음 문밖으로 나갔다. 그리고 비연의 방문을 두드렸다.

쿵! 쿵! 쿵!

비연은 이불 속에 얼굴을 묻고 있었다. 방문 두드리는 소리가 들렸지만 군구신일 거라는 생각에 대답하지 않았다.

군구신은 계속 문을 두드렸고, 비연은 계속 무시했다. 한참 후, 군구신이 마침내 외쳤다.

"평생 나를 안 볼 작정이야?"

비연이 이불 속에서 머리를 꺼냈다. 작은 얼굴은 지금까지도 새빨갛게 달아올라 있었다. 그녀는 사납게 방문을 노려보며 속삭였다.

"꺼져!"

군구신은 한참 동안 침묵하다가 다시 말했다.

"문밖에서 너에게 변명하도록 내버려 둘 셈인가?"

비연은 원래 그를 상대하지 않을 생각이었다. 그러나 시위들이며 진묵이 주변에 있을 거라는 사실을 깨닫고 다급해지고 말았다.

"입 다물지 못해!"

비연이 재빨리 문을 열었다. 군구신이 두 손으로 검을 짚은 채 곧 쓰러질 듯 휘청거리고 있었다. 비연은 화가 나기도 하고 다급하기도 해서, 재빨리 그를 부축해 방 안으로 들어오게 한 다음 구들 위에 눕혔다.

군구신이 바라보자 그녀는 고개를 외로 꼬았다. 군구신이 입을 열려고 하자 그녀는 아예 몸을 돌린 채 욕설을 내뱉었다.

"저질!"

군구신이 웃었다.

"문을 열어 주지 않을 줄 알았는데."

"당신!"

비연이 고개를 돌려 그를 노려보았다.

"군구신, 혹시라도……."

그녀의 말이 끝나기도 전에, 군구신이 갑자기 비할 데 없이 진지한 눈빛으로 그녀를 바라보며 말했다.

"연아, 다음부터는 그러지 마라. 아니면…… 약조를 어길 뻔했다. 너에게만은…… 나도 나 자신을 제어할 수가 없어."

그들이 누구일까

다음에는 이러지 말라고?

본래 화가 나 있던 비연은 이 말에 더더욱 화가 치밀어 바로 군구신의 가슴을 한 대 치고 말았다.

"이러지 말라고? 내가 뭘 어쨌다고? 군구신, 분수를 알아야지! 당신, 오늘 나에게 제대로 해명하지 않으면 이 일이 끝나지 않을 줄 알아! 분명 당신이, 당신이…… 예의를 지키지 않은 거잖아! 게다가 적반하장이야! 볼 건 다 봐 놓고 또 무슨 말을……! 대체 이러지 말라는 게 무슨 소리야! 내가 정말 당신을 잘못 봤지, 저질, 사기꾼, 수치도 모르는!"

군구신이 어쩔 수 없다는 듯 잔잔한 미소를 띤 채 그녀를 바라보았다. 그녀가 자신을 때리는 대로, 몸을 피하지도 않고 그녀를 막으려 하지도 않았다. 그 모습을 보자 비연도 손에 전혀 정을 남겨 두지 않게 되었다.

"아직도 웃어? 진지한 이야기를 하고 있는데 그 틈을 타서 그런 짓이나 하고! 당신…… 이렇게 사람을 괴롭히는 사람이었어? 너무하잖아. 당신이…… 그랬으면서, 나에게 뭘 이러지 말라고! 이러지 말라고는 뭘 이러지 말라는 거야? 말해 봐, 제대로 말해 보라고!"

마음속 부끄러움을 감출 수 있는 건 분노뿐, 비연이 다시 사납게 그를 때렸다. 군구신이 마침내 견디지 못하고 기침을 시작했다. 그제야 그가 부상을 입었다는 게 떠올랐다. 그녀의 손이 그대로 공중에서 멈춰, 차마 더 내려치지 못한 채 난처하게 머물러 있었다.

비연이 멈칫하는 것을 보고 군구신의 입매가 살며시 올라갔다. 그가 그녀의 손을 잡더니 제 심장 위에 올려놓았다. 비연이 손을 빼려 하자 그가 말했다.

"연아, 나를 때려서 정신을 잃게 한 다음에 또다시 훌쩍거리며 울 생각은 아니겠지?"

비연의 표정이 순식간에 변했다. 부끄러운 나머지 목까지 물들이며 말했다.

"당신, 당신……."

설마, 그녀가 몰래 끌어안은 것이나 그의 품속에서 운 것까지 아는 걸까?

비연의 부끄러움이 분노로 변했다.

"이 사기꾼!"

사실 군구신은 상황을 전혀 알지 못했다. 그저 모호한 인식뿐이었다. 누군가가 그를 끌어안고 그의 품속에서 한참이나 울었던 것 같은 느낌. 그리고 그렇게 할 수 있는 사람은 그녀뿐이었다.

"놓아줘!"

비연이 있는 힘을 다해 발버둥을 쳤다. 군구신은 놓아주지 않았다. 오히려 손을 옮겨 그녀의 손목을 잡더니 다른 한 손을 그녀의 작은 손 위에 얹은 다음 천천히 그녀와 깍지를 꼈다.

그는 그녀를 보지 않고 서로 깍지 낀 두 손을 보고 있었다. 그는 이제 웃지 않았다. 어조는 담담하고 조금 약하게 들리기도 했지만…… 그 진지한 모습을 보면 그의 말을 그대로 흘려들을 수는 없었다.

"연아, 다음에는 나 때문에 울지 마라. 그렇게 바보처럼 나를 믿지도 말고. 아니면 나는 약조를 어기게 될 거다."

비연이 멍한 표정을 지었다. 그녀는 이제야 그가 이야기한 '이러지 마라'의 의미를 알게 되었다! 그녀에게 경고하는 것이 아니었다. 그는…… 이미 그녀의 마음속에 그가 있는 걸 알고 있었다.

자신도 감히 정면으로 대하지 못하는 일을 그에게 간파당하고 말았다. 비연은 본래 난처해야 했으나 지금은 도무지 이유를 알 수 없이…… 괴로웠다. 그녀가 눈을 들었다. 군구신 역시 그녀를 보고 있었다.

그가 담담하게 미소 짓더니 갑자기 그녀를 놓아주었다. 비연은 분명 그에게서 벗어나려 하고 있었지만, 정말로 벗어나게 되니 손과 발을 어디다 놓아야 할지 모를 지경이었다. 그래서 한마디 대꾸도 없이 그대로 밖으로 달려가 버렸다.

군구신은 그녀를 잡지 않고 눈을 감은 채 중얼거렸다.

"연아, 네 마음속에 내가 들어갔는데…… 전부를 바라는 건 사치스러운 욕망일까?"

그녀가 평생 단 한 사람만을 사랑하기를 바라지는 않는다. 그러나 남은 생 동안 단 한 사람만을 사랑하기를 바란다. 그래도 될까?

비연은 멀리 가지 않고 문 앞에 선 채 벽에 기댔다. 그녀 역시 눈을 감고 속으로 중얼거렸다.

'고남신, 어디 있는 거야? 언제야 올 거야? 계속 이렇게 오지 않으면…… 정말 늦어 버릴 텐데…….'

그렇게 두 사람은 한참 동안 고요하게 시간을 보내고 있었다. 비연이 눈을 뜬 후 시위를 찾아 나지막한 목소리로 명령했다.

"들어가 전하 곁을 지키거라. 무슨 일이라도 벌어지면 바로 나에게 알려 주고."

시위는 머리를 긁적이며 조심스럽게 물었다.

"왕비마마, 그럼 어디 계실 건가요?"

비연은 그제야 군구신이 자신의 방에 있음을 깨달았다. 그녀는 시위를 응시하며 무어라 대답해야 할지 몰라 망설이고 있었다. 영문을 알지 못하는 시위는 비연의 눈빛에 머리가 쭈뼛해 왔다. 그리고 괜히 입을 놀렸다고 후회했다.

결국은 비연이 한마디 남긴 후 총총히 자리를 떠났다.

"나는 전하 방에서 잘 것이다!"

밤이 깊어지고 사람들도 고요해졌다. 모든 것이 잠이 든 듯 조용해졌다. 그러나 지붕 위, 진묵은 여전히 깨어 있었다. 그는 고씨 선조의 초상을 지붕 위에 펼쳐 놓고 달빛을 받게 하고 있었다. 진묵은 그림 옆에 누워 있었는데, 그 무표정한 얼굴은 밤 하늘보다도 더 고요해 보였다.

다음 날, 비연이 군구신을 찾아갔다.

밤을 보내는 동안 그녀는 아주 중요한 일을 많이 떠올리게 되었다. 덕분에 마음속 복잡한 기분을 무시할 수 있었다.

문 앞에 도착한 그녀는 잠시 서 있다가 그대로 문을 밀고 들어갔다. 군구신은 이미 깨어 있었다. 구들 위에 기댄 채 밀서를 읽고 있는 그의 곁을 시위 둘이 지키고 있었다.

비연은 아무 일도 없었던 것으로 생각하려 애쓰며 그의 앞에 앉았다. 군구신 역시 아무 일도 없었던 것처럼 바로 밀서를 내려놓고 시위들을 내보냈다.

비연이 눈을 내리깐 채 담담하게 말했다.

"말해야 할 일이 있어서 왔어."

군구신이 물었다.

"고운원?"

비연은 그제야 시위들이 이미 보고했을 거라는 사실을 깨달았다.

"미안해, 당신 동의도 구하지 않고……."

군구신이 그녀의 말을 잘랐다.

"나와 관련한 모든 일을, 네 마음대로 결정해도 괜찮아."

비연이 눈을 들어 그를 바라보았다. 꽤 평온하던 마음이 그의 가벼운 한마디에 다시 파문이 일었다. 그에게 원망의 말 한마디를 던지려다가 갑자기 그의 안색이 전날보다 좋지 않다는 것을 발견했다. 그녀는 별 이유도 없이 마음이 초조해져 물었다.

"어디서 온 밀서야?"

"만진국. 기씨와 소씨 가문이 서로 싸우는 동안 백리명천이 어부지리를 얻었다는군. 만진국이 그의 손에 떨어진 모양이야."

"당신이 예상했던 일이잖아?"

군구신이 담담하게 대답했다.

"하지만 이렇게 빠를 줄은 몰랐지. 북강은 이렇게 되면…… 우리도 속전속결로 끝내야 해. 대황숙의 부상도 결코 가볍지 않을 거야. 며칠 후면 분명 부황에게 서신을 보내겠지. 그리고 그 백의 여자들과 흑의 남자는…… 우리에게는 아무 실마리도 없는 상태니 대황숙이 조사하도록 하는 게 좋겠어. 방금 밀정이 보고했는데, 일선천 양측으로 방어선을 구축했다는군. 그들 모두 분명 제때 탈출하지 못할 거야. 며칠 더 쉰 다음 직접 호란설지로 가서 상황을 살펴봐야겠어. 그들은 분명 봉황력을 아주 잘 이해하고 있을 거야!"

군구신은 계속 비연에 대해 생각하고 또 수많은 일을 고민하느라 어젯밤 제대로 잠을 자지 못한 상황이었다. 그가 진지하게 비연을 바라보며 말했다.

"봉황력이 네 몸에 숨겨져 있어. 빙해의 이변도 아마 너와 관계있을 거야."

비연이 이리 빨리 군구신을 찾아온 것도 바로 그래서였다. 그 어떤 일도 이 표식보다는 중요하지 않았다.

그녀는 어젯밤 밤새도록 뒤척거리며 얼음 동굴에서 꾸었던 꿈을 떠올렸다. 그 꿈에서는…… 그녀의 몸에서 강력한 힘이 폭발했고, 빙해가 전부 깨어지며 용오름이 발생했다. 그리고 그녀를 포함한 모든 이들이 용오름에 휘말려 버렸다.

비연이 꿈의 내용을 전부 다 이야기하고는 중얼거렸다.

"이게…… 꿈이 아닌 것 같아. 봉황력은 원래 나에게 속해 있었던 것 같은 느낌이야. 하지만 나는 지금도 그 힘의 존재를 느낄 수 없는걸. 아마도…… 내가 그걸 부릴 수는 없는 것 같아."

군구신이 경악했다.

"설마 빙해에서의 그 혼전은…… 그들이 다투었던 게 바로 봉황력 때문인 걸까? 바로…… 너를!"

비연도 그렇게 추측하고 있었다. 그녀는 눈을 들어 군구신을 바라보며 물었다.

"그들이 누구일까?"

슬픈 그의 눈빛

그들이 누구일까?

꿈속에서 부황과 싸우던 이들, 그녀를 죽이려고 쫓아오던 이들…… 모두 누구일까?

그들도 아직 살아 있을까? 지금 어디에 있지? 현공대륙 사람들일까, 아니면 운공대륙 사람들일까?

백새빙천에 나타났던 흑의 남자와 백의 여자도 그때의 싸움에 참여했을까? 대황숙은? 그들은 봉황력에 대해 얼마나 아는 걸까? 그때의 일에 대해서는?

봉황력은 빙해를 무너뜨릴 수 있었다. 하지만 빙해를 무너뜨린 이후는? 그들은 대체 무엇을 얻고 싶었던 걸까?

비연이 의혹 가득한 눈빛으로 군구신을 바라보았다. 군구신도 풀리지 않는 의문이 한가득이었다. 그가 진지하게 말했다.

"네 꿈이 정말 일어났던 일이라면, 그때 봉황력으로 빙해를 무너뜨린 후에 어떤 힘으로 다시 빙해를 수복한 거지?"

비연도 그제야 그 점을 인식했다. 그녀의 꿈속에서는 빙해 전체가 부서지고 녹아내렸다. 그러나 빙해의 현빙은 녹지 않았다. 그저 독에 감염되어 있을 뿐.

후에 대체 무슨 일이 벌어졌던 걸까?

군구신이 다시 물었다.

"빙해영경은 대체 어떤 곳이지? 네 사부는 어디서 너를 구한 걸까?"

비연이 미간을 찌푸린 채 생각을 더듬기 시작했다. 자신이 꾸었던 꿈들, 어린 시절 사부에게서 들었던 말들……. 그러나 생각할수록 복잡하게 얽히기만 할 뿐이었다. 머리가 다시 아파 왔다. 그녀가 갑자기 머리를 감싸는 모습을 보고 군구신이 재빨리 소리쳤다.

"그만! 아무것도 생각하지 마!"

비연은 스스로를 제어할 수 없는 것 같았다. 그녀는 고통스러운 얼굴로, 그러나 끝까지 매달리겠다는 듯 생각을 이어 나갔다.

예전에, 그녀는 반복하여 악몽을 꾸었다. 그리고 꿈에서 깨어나면 저도 모르게 계속 꿈의 내용을 기억하려 했다. 그럼 두통이 찾아왔고, 흐리멍덩한 사이 심지어 자신을 잃기도 했다.

현공대륙에 다시 태어난 후에는 아주 오랫동안 그 악몽을 꾸지 않았다. 이런 두통도 정말 오랜만이었다. 그녀는 머릿속에 무엇인가가 속박되어 있다는 것을, 그리고 그 무엇이 고통스럽게 발버둥 치고 있다는 걸 느낄 수 있었다.

어째서 잊은 걸까? 그녀는 대체 누구일까? 고비연은 또 누구일까? 생각하면 생각할수록 고통스러웠다.

군구신이 그녀의 어깨를 끌어안았으나 그녀의 고통을 멈춰 줄 수는 없었다. 그는 차라리 그녀를 기절시키기로 했다. 기억은 떠오르지 않고 오히려 현재의 자신을 잃는 것……. 그 고통이 무엇인지 그는 그 누구보다도 잘 알고 있었다.

그는 비연을 안아 침상에 눕히려다가 하마터면 자신도 쓰러질 뻔했다. 부상이 너무 심했던 것이다. 그는 그저 대황숙의 부상도 자신만큼 심하기를 바랄 수밖에 없었다.

그가 대황숙보다 빨리 회복할 수만 있다면 먼저 기회를 잡을 수 있다. 대황숙은 그의 부황이 아니니, 핍박하여 진상을 알아낼 수도 있을 것이다!

봉황력을 장악하기 위해서는 일단 이해가 필요했다. 그리고 봉황력을 이해하기 위해서는 그들에게 손을 쓸 수밖에 없었다.

군구신이 비연 곁에 앉아 그녀의 흐트러진 머리카락을 넘겨주었다. 그리고 잠시 머뭇거리다가 그녀의 작은 얼굴을 가볍게 쓸어 주었다.

그녀가 진지하게 약을 배합하는 모습이 좋았다. 그녀가 흥미로워하는 일에 대해 끊임없이 이야기하는 모습도 좋았다. 지금, 그녀가 이렇게 조용히 있으니 아무리 보아도 부족한 것만 같았다.

그의 손가락이 살며시 그녀의 볼을 어루만지다가 입술로 떨어졌다. 무엇이 생각났는지, 그가 갑자기 웃음을 참지 못하는 듯하더니 곧 손을 떼었다.

그녀 곁에 누운 채 아무것도 하지 않고 그저 그녀를 바라보았다. 무척이나 만족스러웠다. 그러나 얼마 지나지 않아 문밖에서 진묵의 목소리가 들렸다.

"전하, 왕비마마, 고 의원이 왔어."

고운원은 매일 한 번 침을 놓으러 오기로 했고, 오늘이 바로 두 번째로 치료받는 날이었다.

고운원이 자신의 목숨을 구했다는 걸 알면서도 지금의 군구신은 그다지 달가운 마음이 들지 않았다.

"내 방으로 모셔 가라."

그가 몸을 일으켜 침상 아래로 내려온 다음, 비연에게 이불을 잘 덮어 주고 그 자리를 떠났다.

군구신이 자신의 방으로 돌아갔을 때 고운원이 기다리고 있었다. 그가 들어오는 걸 보고 고운원이 서둘러 달려와 부축을 했다.

"전하, 원기가 크게 상하셨습니다. 함부로 침상에서 내려와 돌아다니시면 안 됩니다."

군구신이 슬며시 그의 손을 떼어 내며 스스로 침상에 앉았다.

"고 의원, 수고를 끼치게 되었소이다."

고운원은 예전의 그 말을 반복했다.

"예의를 갖추실 필요 없습니다. 제가 왕비마마께 금침을 드렸고, 제가 반드시 해야 하는 일이니까요."

그리고 상자에서 금침을 꺼내며 덧붙였다.

"전하께서 감사하시려면 저보다는 왕비마마께 하셔야지요. 왕비마마께서는 금침 세 개 정도는 말할 것도 없고, 전하를 위해서라면 목숨도 내놓겠다 하셨습니다."

이 말에 군구신은 그대로 굳어 버렸다.

고운원은 금침들을 보기 좋게 늘어놓은 다음에야 고개를 돌려 군구신을 바라보았다. 그는 순진무구한 서생처럼 웃으며 말했다.

"전하, 누우시지요."

군구신은 정신이 나간 듯 중얼거렸다.

"그, 그녀가 또 무슨 말을 했지?"

고운원이 이해할 수 없다는 표정을 지었다. 일부러 모르는 척하는 게 아니라 정말 몰라서 짓는 표정이었다.

"왕비마마께서야 아주 많은 말씀을 하셨지요. 전하, 무엇을 알고 싶으십니까?"

군구신은 그제야 정신을 차리고 순식간에 난처한 기분이 들었다. 그는 가볍게 기침한 후 대답 없이 누웠다.

고운원도 더 이상 묻지 않고 군구신을 흘깃 본 다음 재빨리 시선을 거둬들였다. 그는 계속 자신의 금침을 정리했다. 내리깐 두 눈동자에는 담담하게나마 슬픈 빛이 어려 있었다. 이 슬픈 빛은 어째서일까. 이 세상에 그 자신을 제외하면 아는 이가 영원히 없을 것이다.

고운원은 이번에는 구현침이 아니라 보통의 금침을 사용했는데, 전부 마흔아홉 개로, 모든 종류의 침이 몇 개씩 있었다.

그는 군구신을 엎드리게 한 후 곁에 앉았다. 그리고 침착하게 옷을 올린 다음 빠르지도 느리지도 않게 침을 놓았다. 비록 질서 정연한 태도로 침을 놓고 있었지만 전날의 진지하게 집중하던 모습과는 달랐다.

고요한 가운데, 그의 미간에는 어느 정도 나른하고도 오만

한 기운이 어려 있었다. 마치 모든 것이 제 손안에 달려 있다는 듯, 자신이 절대적으로 모든 것을 주재할 수 있다는 듯. 그러나 또한 그 모든 것을 마음 밖으로 내려놓아 세상과 다투지 않으려는 듯도 보였다.

고운원은 여전히 흰 옷에 검은 모자를 쓰고 있었지만 온몸에서 풍겨 나오는 기운은 더 이상 서생의 그것이 아니었다. 세상 물정 모르고 융통성 없는 이가 아니라 세속을 초월하는, 고귀하고 신비로운 분위기를 풍기는 사람이었다.

그리고 이 순간 진묵이 문밖에서 그를 지켜보고 있었다. 진묵의 평온한 얼굴에 점차 의혹이 떠오르고 있었다. 그는 안으로 들어가지는 않고 계속 바라보며 머릿속에 새기고 있었다.

고운원이 침을 놓은 후 몸을 돌리자 진묵이 바로 자리를 피해 문 옆 벽에 기대섰다. 고운원이 눈치챈 듯 미간을 찌푸리며 바깥쪽을 한번 바라보았으나 살피러 나오지는 않았다.

"전하, 잠시 엎드려 계시다가 일어나시면 됩니다. 몇 걸음 걸으시는 것은 괜찮으나 너무 조급해하지는 마시고, 계속 침상에 누워 계셔야 합니다. 이레만 지나면 스스로 치료를 시작하실 수 있을 겁니다."

고운원이 진지하게 설명한 후 겸손하게 인사했다. 마치 방금까지와는 전혀 다른 사람 같았다.

군구신이 담담하게 말했다.

"본 왕의 행적을 드러낼 수 없으니, 편의를 위해 고 의원도 이곳에 머무시는 게 좋겠소."

고운원이 머뭇거렸다.

"그건……."

군구신이 물었다.

"흑사병이 폭발할 거라는 것 외에 다른 일이 또 있소?"

고운원이 재빨리 고개를 저었다.

"아닙니다. 다만 전하와 왕비마마께 폐를 끼칠까 걱정되어서."

군구신은 고운원을 경계한다기보다는 계속 의혹을 품고 있었다.

"본 왕과 왕비는 아무렇지도 않소. 그러니 이대로 합시다."

고운원이 미안한 듯 웃으며 말했다.

"그, 그럼 숙박비를 아끼게 되었군요. 감사합니다!"

군구신이 바로 고개를 돌려 그를 바라보았다. 고운원은 그의 시선을 피하기 위해서인지 아니면 우연의 일치인지 바로 몸을 돌려 침을 뽑기 시작했다.

군구신은 곧 몸을 뒤집어 바로 누울 수 있었다. 몸이 한결 가뿐해진 기분이었다. 그리고 이 순간, 혼수상태였던 대황숙도 마침내 정신을 차렸다…….

진정한 빙해의 수수께끼

백 족장은 그날 대황숙을 데리고 도망친 이후 설족에게로 돌아가지 않고 바로 신호를 올렸다. 설족의 모든 병력을 징발하여 백랑곡에 방어선을 구축하라는 신호였다.

일선천에는 복병을 숨겨 두는 게 아니라 직접 파수를 보기로 했다. 그날 빙천이 무너지는 것이 멈췄을 때 사람을 파견해 다시 주변을 조사하도록 했지만 조사가 아직 끝나지 않은 상태였다.

물론 이 모든 것은 대황숙이 혼수상태에 빠지기 전에 명령한 것이었다.

호란설지 동부에 동심원 모양의 얼음집 군락이 있었다. 이곳이 바로 설족의 중심지로, 백 족장과 다른 장로들 모두 여기에서 살고 있었다.

군락 중심에 거대한 얼음집이 하나 있는데, 보통 얼음집보다 세 배는 넓었다. 이 거대한 얼음집은 중요한 일을 의논하고 결정하는 곳으로, 설족의 족장과 장로들만이 출입할 수 있었다. 그러나 최근 10년 동안 이곳은 백 족장의 사적인 공간이 되어 장로들조차 들어올 수 없는 곳이 되었다.

중상을 입은 대황숙은 바로 이 거대한 얼음집 지하 궁전에 누워 있었다.

백 족장과 의원 여럿이 지키는 가운데 대황숙이 깨어났다. 그가 바로 의원을 물렸다. 백 족장이 만류하려 했으나 대황숙이 날카롭게 노려보자 입을 다물고 말았다. 명백했다. 백 족장은 비록 일족의 장이었으나 대황숙에게 신하를 자청한 지 오래였다.

의원이 나가자 백 족장이 재빨리 대황숙을 부축했다.

"황숙, 몸 상태가 좋지 않으십니다."

대황숙은 분명히 조급해하고 있었다.

"본존이 얼마나 정신을 잃고 있었지? 본존이 명한 일들은 모두 끝냈나? 그들은 찾았고?"

대황숙은 군씨 가문의 가주인 동시에 천염국의 성왕이었다. 그러나 그는 '본존'이라 자칭하고 있었다. 그에게 천염국의 왕위 같은 건 아예 안중에도 없는 것 같아 보였다.

백 족장이 대답했다.

"말씀하신 대로 모든 것을 끝냈습니다. 그들을 아직 찾지 못했습니다만 살아 있는 한 절대로 도망치지는 못할 것입니다! 황숙, 안심하십시오!"

대황숙의 눈가에 복잡한 빛이 스쳐 갔다.

"그 남녀는…… 정말 죽었나?"

백 족장이 웃기 시작했다.

"황숙, 잊으셨습니까? 그 동굴은 너무 깊어 바닥이 보이지 않습니다. 황숙께서도 끝까지 내려가지 못하시지 않았습니까. 무공이 강한 사람이라도 떨어지면 다시 일어나기 어려울 텐데, 그들은 부상까지 입고 있었지요. 게다가 동굴 입구도 이미 봉쇄되었습니다."

대황숙이 미간을 찌푸리며 몸을 살짝 일으키더니 가볍게 탄식했다.

"그렇지, 본존이 정신이 없는 모양이야."

그 얼음 구덩이는 바로 그와 천무제가 군구신을 가두었던 곳이었다. 얼음 구덩이 중앙에는 원래 연못이 있었는데, 연못 중간에 구멍이 하나 있었고, 그 구멍 아래는 바닥이 어디인지 알수 없었다. 그런데 작년 이 무렵, 그 연못의 물이 이유 없이 말라 버리더니 깊은 동굴이 드러났다. 그가 직접 내려가 보았으나 도저히 끝에 닿을 수 없었다.

환해빙원은 상고 시대 몽족이 통치하던 곳이었다. 전설에 따르면, 백새빙천의 금역에는 함정이 많다고 했다. 그는 마음속으로 꺼리는 바가 있어, 끝까지 알 수 없겠다 싶은 것은 감히 시도하지 않고 결국 포기하곤 했다.

"황숙, 황숙도 중상을 입으셨으니 그 젊은이야 말해 무엇하겠습니까. 죽지 않았다 해도 그 안에서 동사했겠지요."

백 족장이 수염을 만지며 계속 말했다.

"다만 제가 걱정하는 것은……."

대황숙이 물었다.

"영술?"

백 족장이 바로 고개를 끄덕였다.

"바로 그것입니다! 실전된 지 그렇게 오래된 영술이 나타날 줄이야! 영술이 어느 문파의 무술인지도 지금으로써는 수수께끼잖습니까. 그 젊은이의 배후가…… 분명 평범하지 않을 것 같습니다."

대황숙이 고개를 끄덕였다. 그의 눈에 평소에는 거의 보이지 않는 근심이 어렸다.

백 족장이 다시 말했다.

"게다가 그 흑의 남자가 사용한 암기도 허투루 보아서는 안 됩니다. 현공대륙을 다 둘러보아도 그렇게 정교한 암기를 만들 수 있는 곳은 없습니다. 그리고 그 백의 여자의 능력은 보통이지만 백새빙천에서 들키지 않고 오래 잠복하고 있었던 것이……. 만약 암중에서 돕는 사람이 없었다면 호란설지며 빙천에 아주 익숙하다는 이야기 아니겠습니까! 황숙, 이 세 사람이 백새빙천을 찾을 수 있었던 것만 해도 분명 봉황력을 어느 정도는 이해하고 있을 겁니다. 지금 봉황력이 여전히 빙원에 잠복해 있으니, 그들을 지원할 자들이 올 것을 대비해야 합니다!"

대황숙은 물론 백 족장의 뜻을 이해했다. 그가 중상을 입고 있으니, 누군가가 오기라도 하면 백 족장 한 사람의 힘으로는 상대할 수 없었다.

"내 이 부상은…… 두세 달 안에 나을 것이 아니다."

대황숙은 깊이 고민하다가 명령을 내렸다.

"의원 여럿을 매수해서 흑사병 이야기를 퍼뜨려라. 그리고 시신 몇 구를 찾아 사람들 앞에서 불태워라! 이 일을 사실로 만들어야 한다!"

백 족장이 고개를 끄덕였다.

"알겠습니다!"

대황숙이 가장 관심을 보이는 것은 봉황력이 아니었다. 대황숙이 진지한 표정으로 물었다.

"최근 며칠 동안, 봉황허영을 다시 본 적 있느냐?"

백 족장이 고개를 저으며 걱정스러운 듯 물었다.

"듣기로는 상고의 신력은 모두 영성이 있다 들었는데, 그날 그렇게 날뛰었던 건…… 우리의 의도를 알아채고 숨기 위한 것 아니었을까요?"

대황숙이 고민하며 오래도록 대답하지 않았다. 사실 그도 봉황력에 대해서 완벽히 이해하는 것은 아니었다. 그가 아는 건 그저 봉황력이 빙해의 수수께끼를 풀기 위한 열쇠라는 사실이었다.

그가 파해하고자 하는 빙해의 수수께끼는 10년 전의 이변뿐만이 아니었다. 정확하게 말하자면, 빙해의 수수께끼는 빙해 중심에 숨어 있는 신비한 힘을 가리켰다. 그 힘을 얻으면 모든 것을 초월하여 영생을 얻게 된다.

그 이전 군씨 가문의 두 가주도 계속 빙해의 수수께끼를 탐구해 왔다. 그는 철이 든 이후 이 막대한 임무를 부여받았다. 그는 이 임무를 사명으로 삼았을 뿐 아니라 필생의 소원으로 삼아 그 누구보다도 열광적이었다. 심지어 아주 오랫동안 가문을 떠나 빙해안의 산동굴에서 살기도 했다.

안타깝게도 10년 전 빙해에 이변이 있었을 때 그는 빙해안에 있지 않아 무슨 일이 있었는지 놓치고 말았다!

그 후 몽족이 남긴 옛 서적에서 원래 빙해의 비밀이 빙해의 중심에 있다는 사실을 알게 되었다. 빙해의 중심에는 빙정 한 알이 숨어 있는데, 그것은 이 세상에서 가장 강력한 힘을 품고 있다고 했다. 그 힘을 얻기만 하면 영생을 얻을 수 있을 것이다! 그리고 그 빙정을 빙해의 중심에서 꺼낼 수 있는 것은 상고시대의 신력인 봉황력뿐이었다.

그는 계속 이해할 수 없었다. 10년 전 빙해의 이변은 대체 어찌 된 일일까? 빙해의 중심에 있는 그 빙정과 관련이 있을까?

그가 더욱 알 수 없는 것은, 어째서 그 이변 이후 현공대륙에서 기를 수련하던 이들의 진기가 전부 소실되었는가 하는 것이었다. 소문에 따르면 현공대륙에서 수행하던 진기가 바로 빙해 중심의 현기를 기초로 한 것이라고 했으나, 실제로 증명할 방법은 없었다.

빙해의 이변 이후 그의 동생이 천염국을 세웠다. 그는 더욱 빙해에 집중했다. 그에게는 후손이 없으니 군씨 가문의 적장자인 군구신이 가문을 계승하게 될 것이며, 동시에 그의 계승인이 될 예정이었다. 그는 군구신을 키웠고, 군구신으로 하여금 빙해의 이변을 조사하게 했다.

최근 그는 단 한 가지 일에만 매달리고 있었는데, 바로 봉황력의 행방을 찾는 일이었다. 물론 그는 자신이 아는 모든 것을 군구신에게는 알려 주지 않았다.

봉황력의 신비는 빙해에 있지 않았고, 어디서부터 조사해야 할지도 알 수 없었다. 봉황허영이 북강에 나타나지 않았다면 그는 지금도 아무런 실마리를 얻지 못했을 것이다.

그는 심지어 그 힘을 어떻게 굴복시키는지도 모르고 있었다. 그렇기에 봉황허영이 나타나면 그저 쫓기만 했다. 그 힘이 어디에 잠복하는지, 어떻게 잠복하는지 지켜보면서.

그렇게 몇 년 동안이나 찾아다녔건만…… 그렇게 많은 사람이 함께 쫓고 있었다니. 그들이 그보다 더 많은 것을 알고 있지 않을까?

현공대륙에, 아니 빙해의 남안까지 포함하여 대체 얼마나 많은, 그가 모르는 세력들이 빙해의 빙정을 주시하고 있을까?

대황숙이 계속 아무 말도 하지 않자 백 족장이 잠시 망설이다가 조심스럽게 입을 열었다.

"황숙, 흑사병을 핑계로 삼아서는 보통 사람만을 속일 수 있을 것 같습니다. 지금 상황을 보면…… 차라리 정왕을 불러오는 것이 어떨까요?"

정말일까

정왕을 불러온다?

대황숙이 백 족장을 흘깃 바라보았다. 그의 눈빛이 복잡해지더니 한참 동안 아무 말도 하지 않았다.

군구신이 그의 손에서 자랐다면 그도 절대적으로 군구신을 신뢰했을 것이다. 그러나 군구신은 열한 살이 되어서야 군씨 가문으로 돌아왔다. 그와 천무제는 계속 군구신에게 경계심을 품고 있었다. 특히 군구신을 진양성으로 돌려보낸 후로는 더욱 경계하고 있었다.

군씨 일족에 쓸 만한 인재가 있었다면 그는 결코 군구신을 그의 영역에서 내보내지 않았을 것이다.

군구신은 이미 반년이 넘도록 그에게 빙해에 대한 정보를 보내지 않고 있었다. 그는 군구신이 계속 정보를 숨기고 있는 것은 아닌지 의심하고 있었다. 이번에 천무제가 사혼을 핑계로 군구신의 기를 꺾어 놓은 것도 군구신을 향한 일종의 경고였다.

백 족장은 자못 조급해하고 있었다.

"황숙, 지금 설족과 군씨 가문 중에서 빙해에 대해 이해하는 자는 정왕뿐입니다. 지금이 바로 그를 쓸 때입니다! 정왕의 능력이라면 반드시 단시일 내에 그들을 잡아들일 겁니다!"

대황숙도 당연히 그 이치를 알고 있었다. 그러나 그는 계속 머뭇거리며 안심하지 못하고 있었다.

"일단 흑사병에 대한 소문을 퍼뜨려라. 다른 일은 좀 더 기다리고. 봉황의 힘이 빙원에 잠복하고 있는 한, 우리도 급할 게 없다."

대황숙의 말에 백 족장도 어쩔 수 없이 고개를 끄덕였다. 그러자 대황숙이 천염국의 전쟁에 관심을 보이며 물었다.

"그동안 진양성에서 서신이 온 게 있는가?"

"아직 없습니다."

백 족장이 서둘러 물었다.

"황숙, 이쪽 상황을 황상에게도 이야기할까요?"

대황숙이 한숨을 쉬었다. 그 날카롭고 무정한 눈에 마침내 다정한 빛이 떠올랐다.

"황상의 몸이…… 곧 어려워지겠지. 일단은 말하지 마라. 괜한 걱정 하지 않게 말이다. 그자들이 어떤 내력을 지니고 있는지 본존이 알아낸 후에 말해 주어도 늦지 않겠지."

백 족장은 대황숙과 천무제의 우애가 깊다는 걸 알고 있었다. 그 역시 탄식하며 직접 대황숙이 눕도록 도왔다.

백 족장이 자리를 뜨려는데 대황숙이 갑자기 한 가지 일이 생각났다며 그를 멈춰 세웠다.

"백 족장, 즉시 명령을 내려라. 백우응을 발견하면 무조건 쏘아 죽이라고!"

눈보다 새하얀 깃털을 지닌 백우응은 추위에 강하고 비행 능력도 좋은 매였다. 몽족설역에서 서신을 주고받을 때 이용하는, 가장 특이하면서도 가장 안전한 새였다.

흑의 남자와 백의 여자가 봉황의 힘을 얻기 위해 왔다면 분명 백새빙천에 오래도록 잠복해 있었을 것이다. 그들이 정말 환해빙원에서 곤란한 상황에 처하게 되면 분명 정보를 밖으로 보내고 지원을 요청할 것이다. 그런 그들에게는 백우웅이야말로 가장 좋은 선택이었다!

대황숙의 뜻을 백 족장은 단숨에 알아들었다. 그는 매우 경악해, 재빨리 두 손 모아 읍하며 말했다.

"황숙, 그리하면 부족 사람들의 불만을 사게 됩니다. 절대로 안 됩니다. 안 되고말고요!"

백우웅은 서신을 전하는 데만 능한 것이 아니라 빙려서를 죽이는 데도 선수였다. 백우웅은 흑사병에 감염되지 않기 때문에, 대규모로 빙려서를 사냥하는 데 동원되어 흑사병이 퍼지는 것을 막았다.

백우웅은 설족 사람들에게 빙원에서 가장 영민한 사냥꾼이라 불릴 정도였고, 설족의 좋은 동료기도 했다. 설족은 절대로 백우웅을 죽이지 않았고 외부인이 죽이는 것도 허락하지 않았다. 누군가가 백우웅을 죽이는 것을 발견하면 설족은 무리 지어 그를 공격한 다음 시체를 잘게 쪼개어 백우웅에게 먹였다.

"황숙, 백우웅은 길들이기 쉽지 않습니다. 그 두 사람이 오래 잠복하고 있었다 하나 백우웅을 길들였을지는 모르는 일입니다. 흑사병에 대한 소문이 퍼지고 있어 설족의 인심이 흉흉합니다. 이 시기에 백우웅을 죽이라고 한다면…… 제, 제가 족장으로서 장로들에게 어찌 설명해야 할까요? 부족 사람들에게 는 무어라 말해야 하겠습니까?"

백 족장이 진땀을 흘리며 말했지만 대황숙은 경멸의 눈길을 던지며 냉랭하게 말했다.

"그런 배짱도 없이 무슨 큰일을 이루겠다고? 그래 가지고 어 떻게 본존과 함께 빙해를 꿈꿀 것이냐?"

백 족장은 난처한 표정이 되었다. 대황숙은 점점 더 무시하 는 듯한 표정으로 그를 보았다. 그러나 결국 손을 들어 그에게 다가오라고 한 후 계책 하나를 알려 주었다. 심복 궁수를 뽑아 궁수대를 조직한 후 외부인으로 위장해 환해빙원과 호란설지 가 맞닿는 곳에 매복해 있다가 백우응을 쏘아 죽이라고.

이 계책을 들은 백 족장은 마침내 동요했다. 대황숙이 잠시 고민하다가 다시 말했다.

"만약 발견되면, 죄는 만진국 삼황자 백리명천에게 뒤집어씌 워라!"

백 족장이 이해하지 못하는 듯하자 대황숙이 큰 소리로 웃으 며 설명했다.

"백리명천은 온 천하의 진귀한 물건은 다 모은다지. 백우웅 의 깃털이 그의 마음에 들었다 하면 되는 것이다!"

이 말에 긴장했던 백 족장의 얼굴이 마침내 풀리고 말았다.

"좋습니다! 그렇게 하면 되겠습니다!"

대황숙은 비록 허약해진 상태로 안색도 창백했지만, 음험하 게 웃기 시작하자 몹시 무서워 보였다. 그의 눈가에 일말의 조소가 스쳐 가는가 싶더니 그가 음침하게 말했다.

"일단 그들의 후방을 끊어야지. 시간을 끌다 보면 본존이 요양을 끝내고 침상에서 일어나게 될 거다. 그때 뱀을 쳐서 굴 밖으로 끌어내면 되는 거다. 어차피 저들은 독 안에 든 쥐나 다름없으니, 다 본존의 말대로 하면 되는 것 아니냐! 본존은 한번 살펴볼 것이다. 대체 어떤 자들이 감히 본존과 다투려 하는지!"

백 족장이 즉시 비위를 맞추었다.

"황숙께서 영명하십니다! 영명하시고말고요!"

백 족장이 이렇게 비굴하게 구는 것은, 그도 빙해의 그 영생의 힘을 바라고 있기 때문이었다. 그는 즉시 대황숙의 분부대로 거행하러 나갔다.

그러나 대황숙은 그저 그를 이용하기 위해, 그리고 그가 군구신과 결맹할까 두려워 그를 곁에 두고 있을 뿐이었다. 백 족장은 군구신의 어머니 쪽 친척이었다.

물론 백 족장이 꽤 능력이 있다는 것은 인정하지 않을 수 없었다.

요 이모는 일선천 부근에서 몇 번 기회를 노렸으나 지금도 떠날 방법을 찾지 못하고 있었다. 그녀는 계강란과 함께, 환해 빙원에 있는 그들의 근거지인 은폐된 동굴로 돌아갔다.

동굴 안의 마른 양식과 물을 보며 계강란은 근심에 잠겼다.

"요 이모, 어쩌죠? 우리 양식으로는 기껏해야 보름밖에 못 견딜 것 같아요! 백우응을 소환하는 것은 어때요?"

계강란은 이미 가면을 벗고 있었다. 그녀는 대단한 미인으로 그야말로 화용월태라 할 만했다. 누구라도 한눈에 그녀가 평범한 인물이 아니라 고귀한 출신임을 알아차릴 것이다. 그녀의 눈에는 오만한 기운이 어려 있어 말을 하지 않을 때에도 언제나 다른 사람들을 내려다보는 듯한 느낌을 주었다. 때문에 사람들은 감히 그녀를 가까이할 생각을 하지 못했다. 그러나 지금 걱정하고 있는 그녀의 표정은 어느 정도 친근감을 느끼게 할 만했다.

요 이모는 지금도 가면을 쓰고 있었다.

결국 그녀는 어른이었고 견문도 넓었다. 계강란과는 달리 그녀는 담담한 표정으로 말했다.

"보름이나 괜찮은데 뭘 그리 조급해하는 거니? 며칠 지켜보면서, 저들이 뭘 하려는 건지 알아보자꾸나!"

계강란이 한참 동안 침묵하다가 말했다.

"요 이모, 제가 걱정하는 것은 다른 일이에요. 만약…… 흑사병이 정말로 오는 건 아니겠죠?"

요 이모가 잠시 멈칫하더니 곧 큰 소리로 웃기 시작했다.

계강란도 당연히 흑사병이 환해빙원을 봉쇄하려고 설족이 고의로 퍼뜨린 소문에 불과하다는 것을 알고 있었다. 그러나 그녀 나이 또래라면 쥐를 무서워하기 마련이고, 이렇게 갇히는 신세가 되다 보니 자꾸만 나쁜 상상을 하게 되었던 것이다.

요 이모가 그녀의 얼굴을 두드리며 말했다.

"요 예쁜이, 대체 무슨 생각을 하고 있는 거야? 흑사병이 발

생하려면 백 년은 더 있어야 한다! 아마 네 평생에는 보지 못할
걸! 안심해도 좋아!"

계강란은 여전히 겁먹은 표정이었다. 하지만 그 이상 입을
열지는 않았다.

백의 여자는 빙원을 떠나지 않았고, 승 회장의 사절도 떠날
방법이 없었다. 승 회장은 서신을 보냈지만 지원을 요청하기
위해서가 아니라 영술 때문이었다.

운한각이 찾는 사람은 한 사람만이 아니었다.

작은 계책, 일석이조

운한각이 찾는 사람은 두 사람이었다.

한 사람은 운공대륙 대진국 공주인 헌원연으로, 10년 전 빙해의 이변에서 가장 중요했던 인물이었다. 그녀는 빙해의 이변 중에 실종되어 생사도 행방도 알 수 없게 되었다. 그때 겨우 여덟 살이었던 그녀를 운한각은 장장 10년째 포기하지 않고 찾고 있었다.

10년의 시간이면 여자는 열여덟 번은 변한다고들 한다. 공주는 이미 성장했을 테니, 그들은 외모보다는 봉황의 날개 표식에 의거해 공주를 찾고 있었다. 그것은 봉황력을 지니고 있다는 상징인 동시에 그 힘의 봉인이었다.

1년 전, 운한각 밀정이 고씨 저택 상공에 봉황허영이 나타났었다는 정보를 전해 왔다. 각주는 당정 등에게 고씨 가문을 주시하라고 명령했다.

당정이 고씨 가문을 조사해 보니, 비연이 물에 빠진 날이 바로 빙해에 이변이 있었던 날이라는 것이 밝혀졌다. 당정은 비연에 대해 몇 번이고 조사해 보았으나 안타깝게도 반년 동안 별 수확이 없었다.

당시의 비연은 그저 겁 많고 연약한 천덕꾸러기에 지나지 않았다. 당정이 두 사람을 매수해 그녀의 등을 살펴보게 했으나 봉황의 날개는 보이지 않았다. 그런 까닭에 운한각은 비연에 대한 의심을 거둔 상태였다.

다만 그들은 고씨 가문을 여전히 주시하고 있었다. 봉황허영이 절대로 아무 연고도 없이 고씨 저택에 나타나지 않으리라는 믿음 때문이었다.

지난 몇 달 동안 비연은 여러 번 진양성 화제의 초점이 되었다. 당정은 다시 한번 그녀를 주시하게 되었다.

그들은 여러 가지로 추측했다. 비연이 예전에 연약해 보였던 것은 모두 연극이 아니었을까? 혹은 진짜 비연은 이미 살해당했고 지금의 비연이 대신하고 있는 것인지도 모른다. 심지어 천염국에 숨어 있는 세작이라는 가능성도 염두에 두었다.

진상이 무엇이건 운한각은 상관하지 않았다. 운한각이 알고 싶은 것은 단 하나, 비연이 그들이 찾는 사람인가 아닌가 하는 문제였다.

당정이 직접 고씨 저택으로 찾아가 다시 한번 탐색해 보았다. 비연의 등에는 어떤 표식도 없었고, 빙해의 저주에 대해서도 굳게 믿고 있는 것 같았다. 그들은 또다시 실망했다. 만약 승 회장이 비연을 우연히 보고 그녀의 기질이 평범하지 않다고 생각하지 않았더라면…… 비연의 행동 방식이 옛 황후와 매우 닮았다고 말하지 않았다면, 운한각은 아마도 의심을 거뒀을 것이다.

지금 운한각은 비연을 주시하고 있을 뿐 아니라 여전히 고씨 가문을 조사 중이었다.

운한각이 찾는 두 번째 사람은 빙해의 이변이 있은 지 1년 후 빙해의 북안에서 실종되었다. 그는 열한 살의 소년으로, 운한각에서 가장 중요한 인물 중 한 명이었다. 이름은 고남신으로, 영술에 정통했기에 어린 시절 영이라 불렸다.

그는 대진국 섭정왕인 고북월의 아들로, 연 공주의 시위인 동시에 연 공주의 소꿉친구였으며 또 동시에 연 공주의 약혼자였다. 연 공주가 매일 고남신이 아니면 시집가지 않겠다고 말한다는 사실은…… 대진국 사람이라면 모두가 알 정도였다.

9년 전에 그는 공중에서 사라진 것처럼 흔적도 없이 실종되었다.

1년 전, 누군가가 현공대륙 신비경 중 하나인 흑삼림에서 영술을 보았다고 했다. 운한각은 이 정보를 접하자마자 요원을 여럿 파견했다.

안타깝게도 흑삼림은 너무나 넓었고, 사람들의 상상을 뛰어넘도록 신비로운 곳이었다. 흑삼림에 들어간 이들은 지금까지도 돌아오지 않았고, 심지어 운한각과 연락도 닿지 않았다. 그런데 백새빙천에서 영술을 보게 되리라고는 승 회장은 상상조차 하지 못하던 참이었다.

승 회장의 심정은 모순되어 있었다. 그 검은 옷에 가면을 쓰고 있던 남자가 운한각이 찾던 사람이기를 바라면서도, 그가 아니기를 바라고 있었던 것이다. 어쨌든 그 남자는 여자를 따라 깊은 동굴로 떨어졌으니 살아날 길이 없었다!

그는 서신을 보낼 생각이었다. 운한각주에게 이 일을 알릴

뿐 아니라, 영술이 더 이상 고남신을 찾을 실마리가 아니라고 일깨울 생각이었다. 현공대륙에 영술을 할 줄 아는 이가 한 사람만이 아닌 것이다. 그러니 흑삼림의 그자가 고남신이라는 증거는 없었다!

사신이 부끄러운 얼굴로 말했다.

"승 회장님, 안심하십시오. 제가 백우응을 소환해 왔습니다. 서신을 반드시 보내겠습니다."

승 회장이 차가운 눈길을 던졌다.

"백 족장이 당일로 일선천을 봉쇄했다면, 우리를 잡으려고 단단히 결심한 거다! 우리가 빙원에 있다고 생각하고 있을 거야."

사신은 이해하지 못했다.

"하지만……."

승 회장이 냉랭하게 말했다.

"우리가 나갈 수 없으면 지원을 부르는 수밖에 없지. 내가 그들이라면, 분명 백우응에도 손을 써서 우리가 외부와 연락하는 걸 막을 거다."

사신이 그제야 대오 각성하여 외쳤다.

"그, 그렇다면 보내지 않겠습니다!"

"아니다!"

승 회장은 잠시 망설이다가 재빨리 몸을 일으키더니 밀서를 다시 썼다.

"백우응에게 이 서신을 들려 보내라!"

사신은 이해할 수 없었지만 승 회장은 별다른 설명을 해 주지 않고 그저 그렇게 하라고만 했다.

승 회장은 일석이조의 작은 계책을 쓴 것에 불과했다. 이 서신이 밖으로 나가면 분명 백 족장의 손에 들어갈 것이다. 그러므로 그는 서신 속에 운한각에 대해 쓰지 않고 대신 '혁씨 가문'에 지원을 요청하는 내용을 적었다.

10년 전, 빙해의 전쟁을 일으킨 자들은 바로 현공대륙의 기씨, 소씨, 혁씨, 세 가문이었다. 기씨는 지금 천염국의 기씨 가문이 되었고, 소씨는 만진국의 소씨 가문이 되었다. 그러나 혁씨 가문은 빙해의 이변 후 몇 년 지나지 않는 사이에 몰락하여 지금은 후예 하나 없이 완전히 사라진 다음이었다.

운한각은 사람을 찾고 있었고 복수를 원했다. 그리고 현공대륙 전체를 얻을 생각이었다!

10년 전, 운한각은 현공대륙에 안배를 시작했다. 기씨 가문과 소씨 가문의 결탁 역시 운한각의 세작이 이뤄지게 한 것이었고, 엽십삼이 기씨, 소씨 가문의 일을 맡게 된 것도 우연이 아니라 운한각의 세작이 만들어 낸 결과였다.

원래 그들은 기씨, 소씨 가문과 엽십삼을 이용하여 천염국, 만진국, 백초국, 이 세 나라를 어지럽힐 생각이었다. 그렇게 하면 그들의 세력을 넓히기 시작하는 동시에 세 나라와 여러 세력을 탐색하여 각 가문 어두운 곳에 계속 몸을 숨기고 있는 이들을 끌어낼 수 있으리라 생각했던 것이다. 그러나 그들이 안배한 이 국면은 군구신 때문에 엉망이 되었다!

운한각의 주인은 군구신에게 상당히 흥미를 가지고 있었다. 그는 만진국과 백초국, 그리고 기씨, 소씨 가문을 군구신과 한 판 붙도록 명령을 내렸다. 그사이 운한각은 혁씨 가문을 찾는 데 집중할 생각이었다.

그때, 그렇게 크던 가문이 어찌 그리 쉽게 멸문되었을까? 혁 씨 가문의 사람은 분명 어딘가에 숨어 있을 것이다.

승 회장은 이 서신을 이용하여 혁씨 가문의 후예라 사칭할 생각이었다. 그렇게 하면 일단 자신의 신분을 숨길 수 있고, 또 한 설족과 군씨로 하여금 혁씨 가문을 추적하게 만들 수도 있 었기 때문이다!

사자가 떠난 후, 승 회장은 침상으로 돌아가 눕지 않고 앉아 서 술을 데우기 시작했다. 그 모습을 본 시위가 바로 나타났다.

"주인님, 술을 드시면 안 됩니다!"

승 회장은 상대하지 않았다. 시위는 망설이다가 아예 화로를 빼앗아 도망치기 시작했다. 승 회장이 화를 내려 하자 시위가 다급하게 말했다.

"주인님, 부인과 도련님께서 소인에게 주인님을 잘 보살펴 드리라고 말씀하셨습니다. 부상이 이리 심하시니, 술을 드시면 안 됩니다!"

승 회장은 잠시 멈칫하더니 정말로 그만두었다! 시위가 매우 기뻐하며 재빨리 승 회장을 침상까지 부축했다.

승 회장의 부상은 군구신이나 대황숙만큼 심하지는 않았지 만 결코 가볍지도 않았다. 그는 두 손으로 머리를 받친 채 침상 에 누워 있었는데, 냉담한 표정에서 무어라 말하기 어려운 성숙한 남자의 매력이 풍겼다.

그는 그 백의 여자의 내력을 고민하고 있었다. 운한각이 알고 있는 세력들 외에 지금 또 누가 봉황력을 쫓고 있을까?

운한각이 이 10년 동안 이렇게 조용했던 것은 바로 어두운 곳에 매복해 있는 짐승 같은 자들을 경계했기 때문이었다! 빙해의 수수께끼는 10년 전의 그 이변뿐만이 아니었다. 빙해에는 더 커다란 비밀이 숨겨져 있었고, 때문에 빙해의 이변 전부터 수많은 이들이 암중에서 빙해를 주시하고 있었다!

대황숙은 기다리고 있었고, 요 이모도 기다리고 있었으며, 승 회장도 기다리고 있었다. 그리고 군구신과 비연도 인내심 있게 기다리고 있었다. 누구건 먼저 움직이는 사람이 지게 되는 것이다.

비연은 정신을 잃은 다음 깊은 잠에 빠졌다. 하루 종일 잠들어 있다가 깨어나 보니 바로 고운원이 군구신에게 침을 놓고 있을 때였다.

그녀가 군구신의 방으로 가니, 진묵이 문 앞에서 방 안을 훔쳐보고 있었다…….

어찌 이리 빠르게

진묵을 보고 비연은 발걸음을 살짝 늦춘 뒤 소리 없이 다가 갔다.

진묵이 그녀를 흘깃 보기만 하고 아무 말 없이 계속 방 안의 고운원을 관찰했다. 비연도 그와 함께 들여다보았지만 아무리 보아도 진묵이 이야기한 이상한 점을 찾을 수 없었다.

비연이 속삭였다.

"대체 어디가 이상하다는 거야?"

"전부 다 이상해. 뭔가 맞지 않아."

비연이 입술을 비죽이며 속삭였다.

"네가 지금 한 말은 말을 안 한 것이나 마찬가지야. 쓸모가 전혀 없다고!"

진묵이 한참 침묵하다가 말했다.

"고 의원은…… 정상적인 사람 같지 않아. 내 느낌에……."

비연이 어쩔 수 없다는 듯 웃었다.

"계속 쓸모없는 말만 하네."

진묵이 미간을 찌푸리며 평소에는 잘 드러내지 않는 진지한 표정을 짓더니 말했다.

"그는…… 사람이 아닌 것 같아."

"사람이 아니라고?"

비연이 잠시 멈칫했으나 곧 웃으며 물었다.

"그럼 뭐 같다는 거야? 신선? 아니면 어떤 물건?"

직접 다시 태어나는 일을 겪은 비연은 어떤 일이건 상당히 관대하게 수용하는 편이었다. 그러나 눈앞에 보이는 저 단정한 고운원이 사람이 아니라고는 감히 믿을 수 없었다! 그녀가 웃으며 진묵의 어깨를 두드렸다.

"한 달 동안 이곳에서 지낼 예정이라니까, 천천히 살펴봐. 급할 게 없어."

진묵에게 있어서도 이것은 대담한 추측일 뿐이었기에 그는 고개를 끄덕였다.

비연이 떠나려다가 문득 고씨 선조의 그 그림이 생각나 물었다.

"그 그림은 진전이 좀 있어?"

누구의 얼굴을 보고 그려 넣는 것은 사실 모두 헛수고였다. 진묵은 그 그림의 먹에 문제가 있으니 먹부터 고민해 봐야 한다고 생각하고 있었다.

진묵이 말했다.

"곧. 좀 더 잘 알게 되면 말해 줄게."

비연이 무척 기뻐하며 찬란하게 웃었다.

그 모습을 보고 막 자리를 떠나려던 진묵이 질문을 던졌다.

"주인님, 몸은 좀 괜찮아졌어?"

"응, 괜찮아. 별문제 없어."

비연이 대답하며 진묵에게 소리를 죽이라고 손짓하고는, 발끝을 들어 살짝 방 안으로 들어갔다. 진묵의 눈동자에 다소간 다정한 빛이 어렸으나, 아마도 진묵 자신도 알아채지 못하고 있는 것 같았다.

사실 진지하게 침을 놓던 고운원이나 엎드려 있던 군구신 모두 진묵과 비연이 문 앞에 있다는 걸 알고 있었지만 일부러 모르는 척하고 있었다.

비연이 고운원 곁으로 가자 고운원이 겨우 고개를 돌렸다. 그가 말을 하려 하자 비연이 재빨리 쉿, 조용히 하라고 손짓했다. 고운원이 이상하다는 눈빛을 보내자 비연이 그를 한번 노려보고는 계속 침을 놓으라고 다시 손짓했다. 고운원은 말없이 침을 놓았다.

비연은 더 이상 방해하지 않고 곁에 섰다. 뭔가 하려는 마음은 없었고, 그저 그를 바라보면서 조용히 곁에 있을 뿐이었다. 그녀는 군구신의 등에 남은 검상을 보고 마음이 아파 시선을 차마 뗄 수 없었다.

군구신은 원래 고운원의 동작에 신경 쓰고 있었으나 비연이 오자 안심이 되었다. 그는 눈을 감은 채 온몸의 힘을 뺐다. 인정하지 않을 수 없었다. 고운원의 침술은 그를 아주 편안하게 했고, 심지어 침을 놓는 과정조차 편안했다. 마치 형체 없는 힘이 그의 근골이며 맥, 경락에 모두 힘을 북돋아 주는 것 같았다.

한참 후, 고운원이 마침내 치료를 끝냈다. 그는 다시 한번 비연에게 이상하다는 눈빛을 보냈지만 비연은 그를 상대하지 않고 군구신의 상처를 바라보기만 했다. 그녀는 정신이 나간 것처럼 무슨 생각엔가 잠겨 있었다.

고운원이 머뭇거리다가 금침을 정리하고는 진지하게 말했다.

"전하, 이건 예전부터의 규칙입니다. 일단 잠시 엎드려 계셨다가 일어나셔야 합니다. 침상 아래로 내려와 몇 바퀴 도는 것은 괜찮지만 절대로 몸을 피곤하게 하셔서는 안 됩니다."

군구신은 알겠다라고 말한 후 움직이지 않았다.

고운원이 뒤로 물러나자 비연이 막 입을 열려고 했으나 군구신이 선수를 쳐서 물었다.

"충분해?"

뭐라고?

그녀를 바라보는 군구신의 눈빛에 예전에는 본 적 없는 장난기가 가득했다. 의심할 바 없이 그는 지금 기분이 아주 좋아 보였다.

비연이 다시 그의 등을 바라보다가 마침내 얼굴이 붉게 달아올랐다. 예가 아니면 보지 말아야 한다는 것을 마침내 의식했던 것이다!

군구신의 벗은 등은…… 정제된 근육에, 넓은 어깨에서 좁은 허리로 내려가는 완벽한 선……. 저 단단하고 견실한 어깨와 저 힘찬 허리는……. 정말이지 유혹적이었다!

비연은 마침내 고운원이 그녀에게 보낸 이상한 눈빛이 어떤 의미인지 깨달을 수 있었다!

그, 그런 뜻이 아니었는데!

비연이 재빨리 시선을 돌리고 변명했다.

"나, 나는 그저…… 고운원이 어떻게 침을 놓는지 보려고, 나는 그냥 안심이…… 그가 안심이 안 되어서! 그래서 직접 보러 온 거야, 그게 나을 것 같아서! 그가 좋은 마음을 품고 있지 않으면 또 뭔가 나쁜 짓을 할 수도 있고, 그렇잖아!"

이때 고운원은 문가에 막 도착한 참이었다. 이 말을 듣고 그는 멈칫했다가 결국 어쩔 수 없다는 듯 웃어 버리고 말았다.

그가 고개를 돌려 비연을 바라보았다. 어쩔 수 없다는 듯 웃는 와중에도 그의 눈빛에서는 희미한 슬픔이 배어 나왔다. 마치 아쉬운 듯한 그런 슬픔. 그러나 그는 곧 그들 대신 힘차게 방문을 닫아 주었다.

쾅!

비연은 난처한 상황에서 고운원이 문을 닫는 소리를 듣고는 더욱 난처해져 버리고 말았다. 그러나 군구신은 기쁜 모양이었다. 그는 몸을 일으키더니 침착하게 옷을 입고, 비연에게 앉으라며 옆자리를 두드렸다.

"그렇게 걱정된다면 매일 보러 오도록 해. 그렇게 되면 나도 안심이고, 그를 경계할 필요도 없고. 괜찮지?"

그는 기분이 좋아 그녀를 핍박하지 않고 오히려 퇴로를 열어 주었다. 고운원이 그에게 해 주었던 말 역시 비연에게 물을 생각 없었다. 그저 제 마음속에 평생 기억할 수 있으면 족했다.

비연은 조금 부끄러운 나머지 어찌해야 할지 몰라 하다가 저도 모르게 웃어 버렸다. 그러고는 속삭였다.

"그…… 그래, 괜찮아."

군구신은 이런 그녀의 모습을 보고 웃음이 배어 나왔다. 그러나 그녀를 화나게 할까 봐 감히 웃음소리를 내지는 못하고 다시 한번 옆자리를 두드렸다.

"이리 앉아. 이야기 좀 하게."

비연은 베개를 높이 쌓아 군구신을 기대게 한 다음 이불을 덮어 주고, 물도 한 잔 떠다 주었다. 이렇게 시중을 들어 주고 나니 군구신도 편해 보이고, 자신도 좀 덜 난처한 것 같았다. 비연은 그제야 그 곁에 앉으며 물었다.

"나를 기절시키다니!"

그러자 언제나 냉랭한 군구신의 눈동자가 다정해졌다.

"네가 견디지 못할까 봐."

"기절하는 게 더 견딜 수 없어."

이 말을 끝낸 비연이 갑자기 참지 못하고 웃기 시작했다. 농담처럼 들리겠지만 사실이 정말 그랬다. 매번 마지막에는 두통으로 인해 정신을 잃기 마련이었다. 어린 시절에는 언제나 백의 사부의 품속에서 기절했고, 깨어났을 때는 백의 사부의 안타까운 얼굴을 볼 수 있었다. 그러나 어느 정도 성장한 후 사부는 그녀를 안아 주지 않았다. 그녀는 침상에 누운 채로 정신을 잃곤 했고, 깨어났을 때는 백의 사부를 찾아 달려 나가야 했다.

비연이 웃는 모습을 보고 군구신은 미간을 점점 더 찌푸렸다.

"너를 좀 더 일찍 만났어야 했는데."

비연이 그의 진지한 눈동자를 바라보다가 저도 모르게 웃음을 멈췄다. 그때였다. 시위 하나가 설족 사냥꾼을 데리고 다급하게 달려 들어왔다.

사냥꾼이 초조하게 말했다.

"정왕 전하, 큰일입니다! 흑사병이 시작되었습니다!"

흑사병? 규칙대로라면 최소한 100년은 남아 있지 않은가. 고운원의 예측대로라 해도 한 달 정도의 시간이 남아 있었다. 어째서 이리 빠르게……?

군구신이 물었다.

"백 족장이 속임수를 쓰는 건 아닌가?"

백 족장이 환해빙원을 봉쇄한 건 설족 사냥꾼의 진입을 막기 위해서만이 아니라 백의 여자와 흑의 남자가 지원받는 것 역시 막기 위해서였다. 빙원의 흑사병은 아주 좋은 핑계가 되어 줄 터였다.

사냥꾼이 초조하게 대답했다.

"백 족장이 백랑곡 부근에서 사냥하던 이들을 전부 잡아다가 사람들 앞에서 태워 죽였습니다. 우리 사람들이 직접 보았는데, 그들 얼굴에 검은 발진이 아주 많았다고 하니…… 흑사병입니다. 분명합니다! 백 족장이 이미 대책을 의논하기 위해 부족의 의원을 모두 소집했다고 합니다. 게다가 진양성에 급보를 보내 태의원과 어약방에도 도움을 요청했다고 합니다!"

군구신이 비연을 보았고, 비연 역시 군구신을 바라보았다. 두 사람은 아마도 같은 생각을 하고 있는 듯했다.

군구신이 말했다.

"먼저 말해 봐."

두 번째 금침

비연은 백랑곡 부근에 나타난 흑사병이 백 족장이 연출한 연극이며, 무고한 희생양들을 죽였다고 생각하고 있었다. 그녀는 제 턱을 쓰다듬으며 진지하게 말했다.

"그들이 이렇게 진짜처럼 연극을 하는 건 두 가지 이유에서겠지. 하나는…… 그들은 봉황력이 여전히 환해빙원에 잠복해 있다고 생각하는 거야. 또 다른 하나는 그 백의 여자와 그 흑의 남자가 아직 환해빙원에 갇혀 있을 가능성이 상당히 높다는 거지. 백 족장은 그들이 원군을 불러오는 것을 자못 꺼리고 있는 거야! 어쨌든 봉황력을 조사하는 자들이라면 평범한 자들은 아닐 테니!"

군구신이 고개를 끄덕이자 비연이 웃으며 이어 말했다.

"백 족장이 진양성에 구원을 청했으니, 이 일은 곧 천염국 전체로 퍼져 나가겠지. 그들이 약사를 요청했으니, 그야말로 천재일우의 기회야! 아무래도 본 왕비가 자청해 나서야겠는걸?"

본 왕비?

군구신은 비연의 유쾌한 모습에 말을 끊지 않고 계속 고개를 끄덕였다. 그녀가 본 왕비라 자칭하는 것에도 고개를 끄덕이고, 그녀의 생각에도 고개를 끄덕였다.

비연은 신농곡의 영예 이사이자 과거 어약방의 대약사였다.

다른 약사들보다 약술이 높으니, 이런 큰일에 그녀가 만약 스스로를 천거한다면 천무제로서는 거절할 이유가 없다. 또한 합리적인 행동이니 대황숙의 의심을 사지도 않을 것이다.

군구신도 속으로 생각했다. 누군가를 비연으로 위장시켜 물자와 함께 왕부에서 출발한 것처럼 소문을 낸다면…… 대황숙과 백 족장은 그날 백새빙천에 잠입했던 이들이 그들이라고는 꿈에도 생각지 못할 것이다. 비연 역시 정당한 명분으로 설족과 접촉할 수도 있고, 백 족장과 직접 마주할 수도 있다. 그들이 움직이기도 훨씬 편해질 것이다.

비연 역시 당연히 이런 계책을 세우고 있었다. 그녀가 기쁘게 외쳤다.

"망할 얼음, 우리 이렇게 하자!"

군구신은 눈썹을 치켜세우며 말했다.

"허락한다……."

군구신은 이 '허락한다' 뒤에 '애비愛妃'라고 덧붙이려다가 결국 입 끝까지 나온 말을 삼키고 말았다. 그녀의 마음이 흔들리는 것을 알면서도, 그는 오히려 그녀를 핍박하고 싶지 않았다.

그날 군구신은 진양성으로 밀서를 보냈다. 그동안은 계속 잠복한 상태로 기다렸다.

비연의 추측이 틀리지 않았다면 호란설지에서 발생한 모든 일은 백 족장이 벌이는 연극에 불과했다. 그러나 이어지는 한 달 동안 백 족장은 다시 비슷한 종류의 연극을 몇 번이나 벌였고, 호란설지의 인심도 흉흉해졌다. 점점 더 많은 이들이 흑사병이 다시 폭발할 거라고, 몽족설역에서 반복되던 재난이 곧 닥쳐올 거라고 믿게 되었다.

설족 중 적지 않은 이들이 도망칠 계획을 세웠으나 갈 곳이 없었다. 호란설지를 떠나려면 길은 단 하나, 보명고성을 통해야 했는데, 그곳은 이미 봉쇄되었기 때문이다.

백 족장이 무고한 부족 사람들을 도살한 것은 사실이었다. 하지만 장로들이며 의사들을 소집하여 함께 흑사병을 방지하자고 한 것은 허장성세였지 진정으로 무슨 일을 하려는 것은 아니었다. 그러나 보명고성을 지키던 상 장군의 입장은 달랐다.

보명고성은 문관이 관할하는 곳이 아니라 북강에 주둔하는 장수가 직접 다스리고 있었다. 그리고 지금 보명고성을 관리하는 사람이 바로 상 장군이었다.

흑사병 관련 소식이 퍼지자 상 장군은 바로 결단을 내려 보명고성 전체를 봉쇄하고 설족이 들어오는 것도, 보명고성 사람이 떠나는 것도 허락하지 않았다. 두 곳을 오가던 군구신의 첩자들도 어쩔 수 없이 비밀리에 출입해야 했다.

상 장군은 군구신의 사람이 아니었지만 대황숙의 사람도 아니었다. 그는 충성심과 백성들에 대한 사랑으로 가득 찬 강철 같은 사내로, 천무제가 재위하고 있을 때는 천무제에게 충성을 바쳤다. 지금은 군자택이 제위를 이었으니 군자택에게 충성을 바치고 있었다.

그의 이런 행동은 호란설지의 흑사병이 보명고성에 들어오는 것을 방지하는 동시에, 흑사병이 보명고성을 통해 천염국의 다른 지역에 퍼지는 것을 막기 위함이었다. 비록 지금 보명고성에 흑사병에 걸린 사람이 보이지 않았지만 그렇다고 해서 보명고성에 흑사병에 걸린 사람이 없다고 단정할 수는 없었다.

호란설지의 인심은 흉흉하고, 보명고성 사람들도 모두 위기의식을 느끼고 있었다. 거짓말 하나가 한 달 만에 북강 전체를 마치 검은 구름으로 덮어 버린 것만 같았다. 사람들은 언제 내릴지 모르는 폭풍우를 기다리고 있었다.

비연과 군구신은 비록 진상을 알고 있었지만 이 한 달 동안 쉬고만 있지는 않았다.

비연은 매일 고운원이 침을 놓을 때마다 감시하는 일 외에 대부분의 시간을 약왕정을 수련하면서 보냈다. 군구신에게는 말한 적이 없었지만, 그녀는 계속 이 일을 중요하게 여기고 있었다. 고운원도 군구신의 한증을 치료할 수 없는 이상, 그녀는 가능한 한 빨리 약왕정 신화의 품을 올려야 했다. 그래야만 군구신의 병세가 악화되는 걸 방지할 수 있을 테니까.

그 외에도 그녀는 화월산장주와 연락을 주고받으며 남경의 세력들을 주목하는 한편, 잊지 않고 한우아에게 공기봉리에 대해 빨리 알아내라고 재촉했다.

군구신은 요양하는 외에 백 족장의 동정을 주목하고 있었다. 또한 만진국의 내란을 주시하고, 군자택을 도와 천염국의 중요한 정무를 처리했다.

가장 한가한 사람은 고운원이었다. 그는 매일 군구신에게 침을 놓는 외에 대부분의 시간 동안 화로 옆에 웅크리고 앉아 의서를 읽었다. 상황을 모르는 이는 그를 그저 독서광이라 여길 터였다.

어느 날, 고운원이 침을 놓은 후 자리를 뜨려 할 때였다. 밀정이 다급하게 달려오더니 보고했다.

"전하, 왕비마마, 설족 마을 하나가…… 마을 전체가 흑사병에 감염되었습니다! 백 족장이 궁수들로 마을을 포위하고, 마을 전체를 불태울 준비를 하고 있습니다!"

군구신이 반응하기 전에 비연이 먼저 분노해 외쳤다.

"뭐라고?"

밀정이 서둘러 무릎을 꿇었다.

"전하, 왕비마마, 무고한 설족 사람들을 구해 주십시오!"

비연은 분노한 와중에도 이상하다는 것을 알아차렸다. 백 족장이 연극을 하는 거라면 이렇게까지 할 필요가 없다. 설마 정말로…… 마을 전체가 흑사병에 감염된 걸까? 정말로 백 족장의 연극이 아니란 말인가?

비연이 즉시 고운원을 바라보았다. 군구신 역시 이미 고운원을 보고 있었다.

고운원은 그들을 보며 조금 어색한 듯 머리를 긁적이며 순진한 얼굴로 말했다.

"예전에 이미 말씀드렸는데 믿지 않으셨지요."

"당신!"

비연은 고운원의 순진한 얼굴을 보자 바로 그를 걷어차고 싶어 미칠 지경이었다. 그러나 그는 정말로 무고한 인물이었다.

그는 확실히 예언했고, 그들이 온전히 믿지 않았다.

군구신이 중얼거렸다.

"마을 전체가 감염되었다면, 이제 통제가 불가능한 상황이 겠군!"

밀정은 그들이 무슨 이야기를 하는지 이해할 수 없어 당황하고 있었다.

고운원이 두 손 모아 읍하며 말했다.

"전하께서는 지금 거의 회복하신 상태입니다. 두 분, 지금이라도 어서 보명고성을 떠나시지요. 지금 떠나면 분명 괜찮을 터이니…… 제 말씀을 들으시고 어서 떠나십시오."

군구신은 아무 말도 하지 않고 속으로 궁리하고 있었다. 고운원이 이 일을 예측할 수 있었던 것은 아마 흑사병에 아주 익숙하기 때문일 것이다. 그는 아마 치료는 불가능하다 해도 예방할 방법은 있었을 것이다.

비연이 바로 차가운 목소리로 외쳤다.

"그럴 수 없어요!"

한 달 전, 군자택이 성지를 내렸다. 정왕비에게 약재와 약사, 의원들을 이끌고 북강으로 가라는 내용이었다. 이제 이틀 정도 후면 그 행렬이 도착할 것이다.

지금 천염국 사람들 전부가, 아니 현공대륙 사람들이라면 누구나 비연이 곧 북강에 도착한다는 사실을 알고 있었다. 그런데 지금 비연이 이곳을 떠난다면 천하 사람들의 웃음거리가 되지 않겠는가?

게다가 그녀는 약사였다. 병으로 고통받는 사람들을 돌보지 않고 자신이 먼저 도망칠 수는 없었다! 고운원에게는 자신만만하게 욕설을 퍼부어 놓고, 자신 스스로 가장 혐오하는 인간이 될 수 있을까?

바로 결정을 내렸다. 비연이 금침 하나를 꺼내 고운원에게 건넸다.

"태의로 위장하고, 나와 함께 호란설지로 가요!"

위기, 위험하지만 또한 기회인 것을

고운원은 비연의 요구를 듣자마자 멀리 물러났다. 깜짝 놀란 모양이었다. 그가 두 손 모아 읍하며 황망하게 말했다.

"왕비마마, 저는 흑사병을 치료하지 못합니다. 능력이 닿지 못하니……!"

비연이 진지하게 말했다.

"고 의원, 예전에 나에게 금침 셋을 줄 적에, 어떤 일이건 도움이 필요하면 이 금침을 가지고 당신을 찾으라 했지요! 나는 지금 당신에게 흑사병을 치료하라는 게 아니에요. 당신이 나와 함께 흑사병에 대해 고민해 주기를 바라는 겁니다. 치료할 수 없다 해도 예방할 방법은 있겠지요! 당신을 괴롭히려는 게 아니에요. 게다가 당신이 북강에 온 것도 흑사병을 예방하고 치료하는 법을 연구하기 위해서가 아니었나요? 본 왕비에게 승낙해 주지 않는다면……. 설마, 마음속에 무슨 꿍꿍이라도 있어 우리를 속인 건 아니겠지요!"

고운원은 어쩔 수 없다는 표정으로 우물쭈물했지만 한참을 기다려도 그럴듯한 이유를 찾아내지는 못했다.

비연이 한 걸음 한 걸음 다가가며 말했다.

"호오! 보아하니 북강에 온 것은 다른 이유 때문이었던 모양이죠? 말해 봐요. 무슨 음모를 꾸미고 있는지. 당신……."

"아닙니다, 아니에요!"

고운원의 그 준수한 얼굴이 일그러지고 있었다. 긴장이 극에 달한 모양이었다.

"왕비마마, 가겠습니다. 가겠다고요. 명에 따르겠습니다!"

비연은 무척 기뻐하며 군구신을 돌아보았다.

군구신은 고운원에 대한 경계심이 더욱 강해진 참이라 눈매가 약간 복잡해 보였다. 그러나 비연에게 고개를 끄덕이며 그녀의 방식을 지지해 주었다.

비연은 즉시 진묵을 불렀다.

"진양성에서 출발한 행렬이 언제쯤 도착할까?"

진묵은 아무 욕망 없이 일을 하다 보니 망중보다 명쾌하고 효율적인 경우가 많았다. 이 한 달 동안 그는 비연이 명한 일이건 군구신이 명한 일이건 아주 잘 처리해 냈고, 망중을 대신하고도 남음이 있었다. 다만 그는 언제나 비연이 명한 일을 먼저 해치우고 그다음에야 군구신이 명령한 일을 했다.

진묵이 무표정한 얼굴로 대답했다.

"오늘 오후, 행렬이 보명고성 남문에 도착할 거야. 상 장군이 직접 가서 맞이할 거고. 상 장군은 일단 일행을 보명고성에 머무르게 하면서 호란설지의 감염병을 살펴보고, 다시 얼마나 파견할지 결정하자고 하고 있어."

이 말을 듣자 설족 출신의 첩자가 비연과 군구신을 향해 머리를 조아렸다.

"정왕 전하, 왕비마마, 보명고성을 위해 설족을 포기하셔서는 아니되옵니다! 정왕 전하, 전하께서는 설족의 피가 절반은 흐르고 있습니다…… 제발, 설족을 버리셔서는 안 됩니다!"

군구신이 담담하게 말했다.

"황상의 몸에도 반은 설족의 피가 흐르고 있다. 본 왕은 지금 무슨 일을 해야 하는지 알고 있으니 일단 돌아가도록 해라!"

군구신은 봉황허영과 대황숙 때문에 이곳에 왔다. 그러나 지금 그는 기회를 보아 백 족장을 제거할 마음도 품고 있었다. 지금의 형세로 보면 위기가 곧 기회였다.

그러나 만약 흑사병을 통제할 수 없다면 모든 것은 헛수고가 된다. 흑사병을 제어할 수 있다면 그는 반드시 대황숙과 백 족장이 손쓸 틈이 없을 때 그들을 쳐야 했다. 그가 원하는 북강은 천염국의 북강이었다!

군구신은 비연만 남기고 모든 이를 내보냈다. 그와 비연은 다른 일을 상의하기 시작했다. 바로 환해빙원에 들어간 후 어떻게 그 흑의 남자와 백의 여자들을 잡느냐 하는 문제였다. 그들의 내력을 조사하는 게 쉽지 않겠지만, 그들이 난리를 틈타 도망치게 할 수는 없었다.

이때, 승 회장과 요 이모 등은 흑사병이 정말로 시작되었다는 것을 모르는 채 여전히 잠복 중이었다. 그리고 대황숙과 백 족장은 조금 흐트러진 상태였다.

대황숙은 군구신과는 달리 아직 부상에서 제대로 회복하지 못한 상태였다. 그는 침상에 반쯤 누워 있었고, 백 족장은 그의 앞에서 서성거리고 있었다. 백 족장은 마치 뜨거운 솥 위의 개

미처럼 다급해하는 중이었다.

"황숙, 이거 어찌해야 할는지요! 빙려서는 한 달이면 굴 하나를 가득 채울 만큼 새끼를 낳습니다. 이거…… 우리가 너무 많은 백우응을 죽여서 빙려서의 수가 급증해서 일어난 일은 아닐까요? 황숙, 정왕비의 약술이 대단한 데다 신농곡과도 인연이 깊다고 하더군요. 정왕비가 오늘 보명고성에 온다는데, 도움이 좀 되겠습니까? 황숙, 우리가 환해빙원에 파견한 이들도 아무래도 빠져나오게 해야 할 것 같습니다. 아무래도 최대한 빨리 감염된 자들을 죽여야 할 것 같습니다. 그렇지 않으면 흑사병은 아예 제어가 안 될 겁니다! 보명고성도 성문을 봉쇄했으니…… 이대로라면 설족이 멸족당할 수밖에 없습니다!"

백 족장은 계속 이야기했으나, 대황숙은 한 마디도 귀담아듣지 않고 있었다. 그는 설족의 안위를 근심한 적이 한 번도 없었다. 그들을 그저 이용하고 있는 것에 지나지 않았기 때문이다. 그리고 이 순간 그가 고민하고 있는 것은 바로 자신의 퇴로였다.

그의 몸은 현재 허약한 상태니 보통 사람보다 흑사병에 쉽게 감염될 것이다. 그러니 반드시 흑사병이 크게 번지기 전에 설족을 떠나 진양성으로 돌아가야 했다! 봉황의 힘에 대한 일을 잠시 이렇게 일단락 짓는 한이 있더라도! 평생 영생을 추구해 왔는데, 흑사병 따위로 죽을 수는 없었다!

게다가 천무제에게는 반년 정도밖에 시간이 남아 있지 않다. 천무제가 죽는다면 누가 천염국의 어린 황제를 장악할 것인가? 또한 누가 군구신을 제어할 수 있을까?

물론 대황숙은 이런 이야기를 백 족장에게 할 생각은 없었다. 백 족장은 부귀와 권세를 탐하는 자이니 쉽게 족장의 지위를 버리지 못할 것이다. 만약 버린다 해도 그에게 더 많은 것을 요구하려 들 것이다.

대황숙은 속으로 생각했다. 가능한 한 빨리 기회를 보아 도망쳐야 한다. 그러나 도망치기 전 그가 반드시 얻어야 하는 정보가 있었다!

그들은 이미 백우응 한 마리가 소식을 전하는 것을 막았고, 그 흑의 남자와 관련한 정보를 얻었다. 그 흑의 남자는 놀랍게도 혁씨 가문 출신이었다. 남자는 자신의 암기가 떨어졌으니 혁씨 가문의 지원을 요구했다.

이제 남은 것은 그 백의 여자였다. 그는 흑사병이 발생했는데도 그 백의 여자가 기회를 엿보며 조용히 있으리라고는 생각하지 않았다!

백 족장은 여전히 서성거리며 중얼거리고 있었다. 대황숙이 불쾌한 목소리로 말했다.

"대체 뭘 그리 황망해하느냐? 환해빙원의 시위들은 절대로 철수해서는 안 된다! 네가 일개 설족의 족장에 불과하다면 어찌 본존과 함께 영생의 대업을 논할 수 있겠느냐? 본존이 네게 이레의 시간을 주마. 그들을 이레만 더 그곳에 두도록 해라. 본존은 너를 진양성으로 데려갈 것이다. 황상에게는 친외숙이 없으니, 네가 황상의 친외숙 노릇을 하면 된다. 바로 우리 천염의

국구야[4]가 되는 것이지! 진양성에 도착하기만 하면, 너는 바람도 비도 마음대로 부릴 수 있는 몸이 된다. 부귀영화가 네 것이란 말이다! 설족이 멸족하건 아니건 너와 무슨 상관이냐? 다 하늘의 뜻인 것을!"

대황숙은 7일이면 빙려서가 환해빙원 각지로 퍼져 나갈 테니, 그 백의 여자가 백우응을 사용할 가능성이 극히 높다고 생각했다. 게다가 7일 동안 더 휴식을 취하면 그도 힘을 어느 정도는 회복할 수 있을 것이다.

백 족장은 여전히 머뭇거리면서도 결국은 대황숙의 유혹에 넘어가고 말았다. 그는 마침내 발걸음을 멈추고 스스로를 위로하듯 중얼거렸다.

"하늘의 뜻⋯⋯. 그래, 모두 하늘의 뜻인 것을! 이 몽족설역에 300년에 한 번 흑사병이 퍼지는 것도 하늘의 뜻이다. 탓하려면 보명고성의 상 장군을 탓하는 것이 맞지. 그가 우리 설족의 생로를 끊어 놓았으니!"

대황숙은 매우 만족했다. 그는 재빨리 백 족장에게 필묵을 가져오라 한 다음 천무제에게 서신을 적었다.

백 족장은 곁에서 서신의 내용을 지켜보았고 대황숙도 굳이 숨기려 하지 않았다. 그는 서신에 봉황의 힘과 관련한 정황을 언급하고 북강의 상황도 상세하게 설명했다. 그는 자신의 동생이 이 서신을 받는다면 자신이 그다음에 어찌할 것인지 알아챌

---

4 国舅爷. 중국 고대 황제의 친척, 혹은 황후의 오빠를 가리키는 말.

거라 믿었다.

그는 서신을 백 족장에게 건넸다. 그것을 가지고 나가던 백 족장은, 그러나 문가에 이르자 다시 고개를 돌려 물었다.

"황숙, 듣기에 그 정왕비가 아주 대단하다던데……."

대황숙이 경멸하듯 외쳤다.

"안심하거라, 내 사람이니!"

대황숙은 지금까지도 비연이 천무제의 세작이라고 믿고 있었다.

백 족장은 대황숙의 말을 듣고 안심한 채 떠났다.

그날 오후, 행렬이 보명고성 남문에 도착했다. 원래 성에 있던 비연은 미리 성을 나가 마차에 올랐다.

성문이 천천히 열렸다. 병사들이 기회를 틈타 도망치려는 백성들을 제지하는 가운데, 상 장군이 직접 성문 중앙에 서서 무릎을 꿇고 비연을 맞이했다.

"장군 상명양, 왕비마마를 맞이하옵니다!"

그들을 모두 구하고 싶어

마차의 휘장이 살며시 올라갔다. 화려한 옷을 입은 비연이 마차 안에 단정한 자세로 앉아 있었는데 몹시도 고귀해 보였다.

3장 높이의 보명고성 성문은 위풍당당하고 장엄했다. 그리고 그 성문 아래, 시위들이 전부 상 장군을 따라 무릎을 꿇고 있었다. 그러나 성안은 몹시 시끄러웠다. 병사들이 장창으로 백성들을 길 양편으로 막고 있었다.

보명고성 안의 상황은 비연도 잘 알고 있었다. 그러나 눈앞의 이 상명양 장군을 만나는 것은 처음이었다.

정역비를 제외하면 상명양은 천염국에서 가장 젊은 장수였다. 나이는 스물넷, 검과 같은 눈썹에 별과 같은 눈이 영웅의 기운을 품고 있었다. 키가 크고 우람한 몸집에 철갑을 두르고 은창을 들고 있으니 정말로 용맹해 보였다. 그의 등 뒤는 시끄러웠으나, 그가 이렇게 성문 중앙에서 무릎을 꿇고 움직이지 않는 한 그 한 사람만으로도 성문을 지키고, 어떤 폭동도 발생하지 못할 것 같았다.

비연이 외쳤다.

"상 장군, 일어나시게!"

상명양은 매우 공손했다. 그는 몸을 일으키자마자 손을 모아 비연에게 읍하며, 한옆으로 물러나 초청하는 듯한 자세를 취했다. 그리고 마차의 휘장이 내려간 다음에야 그는 말 위로 뛰어올라 직접 앞에서 길을 인도했다.

마차가 천천히 성안으로 들어가자 양편 백성들의 외침은 더욱 커졌다.

"상 장군, 성을 나가게 해 주시오! 우리는 여기서 죽고 싶지 않소!"

"상 장군, 온 성의 백성이 이리도 당신을 공경하건만…… 우리가 여기서 죽는 것을 지켜보실 수 있겠습니까?"

"누구도 흑사병은 치유할 수 없다! 그건 환해빙원의 저주라고, 몽족설역의 산신이 노하신 게야! 설족도 몽족처럼 멸족되어 버릴 거다! 우리 모두 도망쳐야 해!"

"왕비마마 들어오지 마세요, 어서 도망쳐야 합니다! 누구도 설족을 구할 수는 없어요!"

"상 장군, 왕비마마, 제 일가족이 모두 성 밖에 있습니다. 저는 보명고성 사람이 아닙니다. 제발 저를 놓아주세요! 제발!"

온통 질문이며 욕설, 통곡에 애원으로 시끄러웠으나 상명양은 미동도 하지 않고 엄숙한 얼굴로 전방을 바라보며 말을 몰았다.

비연은 살며시 휘장을 들어 밖을 내다보다가 미간을 찌푸리고 말았다. 그녀는 그들을 구하고 싶었다. 너무나, 너무나. 그녀와 군구신은 대황숙에 관한 일은 군구신이 처리하고, 흑사병은 그녀와 고운원이 처리하기로 약속한 상태였다.

비연이 휘장을 내리려 했을 때였다. 우측 사람들 무리에서 갑자기 돌이 하나 날아와 상명양의 얼굴을, 눈가를 정확하게 맞혔다. 상명양이 맞은 부분을 쓰다듬자 손에 피가 잔뜩 묻어났다. 그가 사람들 무리를 바라보자 시위들이 바로 범인을 찾으려 했다.

그런데 이게 웬일일까. 그 옆의 백성들 모두 돌을 쥐고 있었다. 그들은 상명양뿐 아니라 비연의 행렬에도 돌을 던지려 하고 있었다.

그들이 돌을 던지며 앞으로 물밀 듯 밀려왔다. 병사들의 방어선을 뚫으려는 생각인 듯했다. 혼란한 와중에 누군가가 외쳤다.

"저들 천염국 사람들이 우리를 설족의 부장품으로 삼으러 온 것이다! 모두 같이 나가자!"

일순간, 양편 백성들이 전부 폭동을 일으켰다. 그들이 앞으로 밀고 나오면서 상황은 점차 통제할 수 없는 지경에 이르렀다.

"방자하다!"

"대담하구나! 여봐라, 저들을 전부 잡아넣어라!"

"너희, 모반하려는 것이냐? 모두 멈춰라! 아니면 그 결과는 스스로 감당하게 될 것이다!"

"여봐라, 왕비마마를 지켜라!"

부장 몇몇이 직접 나서는 가운데 상명양은 여전히 담담하고 냉정한 표정으로 말 위에 앉아 있었다. 그는 군중을 한번 훑어보더니 곧 활을 꺼내 사람들 가운데를 겨눴다.

휙……!

날카로운 파공음이 들렸다. 화살은 시끄러운 고함 소리를,

사람들 무리를 꿰뚫고 한 사내의 미간에 명중했다.

이 사내는 바로 상명양에게 돌을 던졌던 사람이었다. 한 사람의 죽음으로 백 사람을 경계할 수 있다 했던가. 찰나의 순간 백성들이 모두 동작을 멈추고 조용해졌다.

상명양이 눈가의 핏자국을 닦아 내더니 말없이 다시 앞을 향해 나아가기 시작했다.

비연은 그 모든 것을 눈에 담아 두었다. 심정이 매우 복잡했다. 설족은 천염국 황제의 친척이다. 황상의 몸에 흐르는 피의 절반은 설족의 피인 것이다. 그러나 상명양은 이 일을 황상에게 고하기 전에 스스로 보명고성을 봉쇄하여 설족의 생로를 단절했다. 그리도 충성스러운 자가 그런 결정을 내리기까지 대체 얼마만 한 갈등을 겪었을까? 어느 정도의 용기가 필요했을까?

그는 냉혹해 보이지만 마음속으로는 이 성의 백성들을 깊이 사랑하고 있었다. 그녀보다도 더 그들을 구하고 싶어 하고 있었다! 비연은 상명양의 외로운 뒷모습을 바라보며 저도 모르게 존경심과 연민을 느꼈다.

바로 이때였다. 갑자기 대여섯 살 먹은 듯한 어린 여자아이가 사람들 사이에서 뛰쳐나왔다. 아이는 길 중앙에 선 채 두 팔을 벌리고 상명양을 가로막았다.

상명양도 결국 당황하여 재빨리 고삐를 잡고 외쳤다.

"누구네 집 아이지? 데려가라!"

아이는 원래 한껏 용감한 표정을 짓고 있었지만 이 말을 듣자 바로 울음을 터뜨렸다.

"집에 갈 거야! 집에 갈 거라고!"

어린아이 하나가 강철 같은 사내의 단단한 심장을 쉽게도 부수고 있었다. 그러나 사내의 모든 다정함은 초조함과 분노로 변해 버리고 말았다. 상명양은 말에서 뛰어내려 아이 가까이 가려다 다시 발걸음을 멈췄다. 그는 점점 더 분노하고 있었다.

"누구 집 아이지? 어서 데려가지 않고 무엇 하느냐?"

적막 속에서 마침내 한 부인이 나와 전전긍긍하며 대답했다.

"상 장군, 이 아이는 제 백부를 따라 약을 구하러 성에 들어왔습니다. 집은 산속에 있고, 보명고성에서 몇 리는 떨어진 곳이라고 합니다!"

상명양이 분노하여 물었다.

"아이의 백부는 어디 있느냐?"

"상 장군, 이 아이의 백부는……."

부인은 긴장하여 혀가 꼬이는 모양이었지만, 결국은 솔직하게 털어놓았다.

"이 아이의 백부는…… 방금 장군의 손에 죽었습니다."

이 말이 떨어진 순간, 상명양은 멍하니 굳어 버렸다. 그렇게도 거대하고 우람하던 사내가 제대로 서 있기도 힘든 듯, 금방이라도 쓰러질 듯 휘청거렸다. 본래 조용하던 주변도 완벽한 적막 속에 빠져들었다. 오로지 아이의 울음소리만이 그치지 않고 유달리 처량하게 들렸다.

상명양은 어쩔 줄 몰라 하고 있었고, 부장들이며 병사들은 더욱 어찌해야 좋을지 알 수 없었다. 주변의 백성들도 더 이상 폭동을 일으키지 않고 잇달아 무릎을 꿇더니 애걸하기 시작했다.

비연은 일이 이렇게 되리라고는 생각지 못했다. 그녀는 어린 소녀를 바라보고 아이가 계속 '집에 갈래'라고 말하는 것을 들었다. 비연의 심장에 거대한 바위가 얹힌 듯, 숨조차 쉬기 어려울 정도로 무거운 기분이 들었다.

그녀는 원래 눈에 띄게 행동할 생각이 없었다. 그녀는 보명 고성에 머물 게 아니라 잠시 후 고운원과 함께 설족에게로 갈 생각이었으니까. 그러나 그녀는 결국 참을 수 없어 재빨리 마차에서 내려 빠른 걸음으로 달려갔다. 이 모습을 본 고운원도 재빨리 쫓아왔다.

비연은 그 여자아이 앞에 앉아 아이의 손을 잡고 진지하게 말했다.

"꼬마 아가씨, 이제 그만 울어, 응? 내가 약속할게. 흑사병이 지나가면 꼭 집으로 보내 줄게!"

아이의 울음소리는 멈추지 않았다.

"백부가 흑사병은 절대 치료 불가능하다고 했어요. 엉엉…… 난 집에 갈 거야. 난 여기서 죽기 싫어……. 아빠랑 엄마가 날 기다리는데, 분명 마음 아파하실 거야! 엉엉…… 집에 갈래! 집에!"

비연이 재빨리 아이를 위로했다.

"성에는 아직 흑사병이 발병하지 않았단다. 성안의 상황은 아직 낙관적이야. 나를 믿어 줘. 아무 일도 없을 거야."

그러나 이 말을 주변의 누군가가 바로 곡해했다.

"상 장군, 들으시오, 왕비마마께서도 그러시지 않소. 보명고

324

성에 아직 흑사병이 오지 않았다고. 어찌 빨리 우리를 풀어주지 않는 것이오?"

"왕비마마, 흑사병이 보명고성에 퍼지지 않았다면 어째서 모두를 여기 묶어 두는 겁니까? 설마, 흑사병이 퍼져야만 그제야 조급해하실 작정입니까?"

의문 어린 목소리가 점점 많아졌다. 아이가 갑자기 비연의 손에서 벗어나더니 외쳤다.

"거짓말쟁이! 백부가 그랬어! 흑사병이 아직 오지 않았으니 빨리 도망쳐야 살 수 있다고! 상 장군이 성문을 열어 주지 않는 건 우리를 설족 무덤에 같이 묻어 버리려고 그러는 거라고!"

비연이 주변 사람들을 둘러보며 갑자기 분노한 목소리로 외쳤다.

"이제 충분하다. 모두 입 다물지 못할까!"

패기, 보명의 민심을 얻다

    비연의 목소리는 크지 않았지만 사람들로 하여금 감히 거역할 수 없게 만드는 패기가 서려 있었다. 게다가 얼음처럼 차가운 그녀의 눈빛이 모든 이들을 한순간에 압도시켰다. 사람들 모두 감히 입을 열지 못했다.

    상명양은 본래 비연의 안위를 걱정하고 있었으나, 그녀의 기세에 그 역시 압도당했다. 그는 비연에 대해 아는 바가 없었지만 이 순간 이유 모를 신뢰를 느끼고 있었다. 그녀라면 이 상황을 가라앉힐 수 있을 것 같았다. 상명양은 망설이지 않고 상황의 변화를 살펴보는 쪽을 선택했다.

    비연은 사람들에게 말을 걸지 않고 다시 한번 여자아이의 손을 잡았다. 아이는 비연에게 놀란 듯 고개를 숙이고, 눈도 내리깐 채 굳어 있었다.

    비연이 아이의 두 어깨를 잡고 진지하게 이야기하기 시작했다.

    "애야, 지금 그 누구도 흑사병이 어떻게 퍼지는지는 모른단다. 보명고성과 설족은 얼마 전까지만 해도 왕래가 빈번했어. 보명고성에 지금은 환자가 발견되지 않았지만 흑사병이 아직 크게 퍼지지 않은 것뿐인지도 모른단다. 그 누구도 확신할 수 없는 상태인 거야. 이 성에 흑사병에 감염된 사람이 없는지, 아니면 내일이나 모레라도 여기 있는 사람들 중에서 병세가 시작될지. 생각해 보렴. 만일 누군가가 흑사병에 감염된 상태로 보명고성을 떠나면, 흑사병이 성 밖까지 퍼지겠지? 모두 설족과 함께 묻히고 싶지 않다고 말하지. 하지만 성 밖의 사람들을 우리와 함께 묻히게 할 수도 없는 거야. 그렇지?"

아이는 멍한 표정이었다. 비연은 아이가 제대로 알아들었는지 확신할 수 없었다. 그러나 자신이 싫은 것은 타인에게도 강요하지 말라는 이치를 주변의 백성들은 이미 알고 있을 터였다. 그저 감히 마주할 수 없을 뿐.

비연은 주변이 어떠한지는 신경 쓰지 않고 인내심을 발휘해 계속 물었다.

"애야, 흑사병이 네가 사는 마을까지 퍼진다면 네 부모님은 물론이고 마을 사람들 모두 위험해진단다."

이 말을 들은 소녀가 고개를 들어 비연을 바라보았다. 흑백이 분명한 두 눈동자는 겁에 잔뜩 질려 있었다.

비연이 아이의 작은 머리를 쓰다듬으며 말했다.

"애야, 성을 나가 집에 가고 싶으니? 원한다면 내가 너에게는 특례를 베풀어 주마. 지금이라도 상 장군에게 부탁해 너를 내보내 줄게."

이 말에 주변 사람들이 그야말로 아연실색했다. 아이의 눈이 일순간 반짝이더니, 곧 다시 물었다.

"왕비마마, 내일이나 아니면 모레, 저…… 나도 흑사병에 걸릴 수 있나요?"

비연은 몹시 괴로웠지만 어쩔 수 없이 잔인한 대답을 할 수밖에 없었다.

"나도 모른단다. 의원이라 해도 그건 알 수 없어."

아이의 눈이 어두워졌다. 심지어 공포에 질린 것 같았다.

비연이 여전히 아이를 바라보며 물었다.

"애야, 아직 내 질문에 대답하지 않았구나."

주변이 온통 고요해졌다. 아이는 눈물이 그렁그렁한 채 비연을 바라보았다.

얼마 지나지 않아 아이가 큰 소리로 울기 시작했다.

"가지 않을래요! 엉엉…… 엄마 아빠를 아프게 하기 싫어요. 다른 사람도 아프게 하는 거 싫어! 나쁜 사람 되기 싫어!"

아이는 힘차게 눈물을 닦았지만 눈물이 계속 흘러내렸다. 비연은 기쁘고 안심이 되어 손수건으로 부드럽게 아이의 눈물을 닦아 주었다.

"애야, 언니랑 같이 용감해지자. 응? 울지 말고. 우리 같이 버텨 내면 부모님을 뵐 수 있을 거야. 다시 울면 될까, 안 될까?"

아이는 이해하는 듯 마는 듯 울먹이며 물었다.

"부모님을 다시 만날 수 있을까요?"

비연은 다정지하만 힘찬 목소리로 대답했다.

"네가 계속 용감하게만 지낸다면, 분명히."

이 말을 들은 아이는 바로 울음을 멈추고 힘차게 고개를 끄덕였다.

비연의 눈가가 쓰려려 왔다. 마치 과거의 자신을 보는 것만 같았다. 다만 그때 사부는 그녀를 그렇게 많이 위로해 주지 않았다. 대부분의 시간 동안 자신이 자신을 위로해야 했다.

비연이 곧 정신을 차리고 아이에게 마지막 질문을 던졌다.

"애야, 몇 살이니?"

"여섯 살."

"여섯 살, 그래!"

비연이 천천히 몸을 일으켜 주위 사람들을 하나하나 바라보며 냉랭하게 물었다.

"여섯 살 먹은 아이도 이해하는 것이니, 모두 이해할 수 있겠지?"

찰나의 순간, 주변이 소리 없이 고요해졌다! 많은 이들이 고개를 숙인 채 부끄러워하며 감히 비연을 바라보지도 못했다.

비연의 왜소한 몸은 사람들 무리에 쉽게 파묻힐 것 같았지만, 그녀의 온몸에서 뿜어져 나오는 패기는 어떻게 해도 가릴 수 없는 것이었다. 그녀가 차가운 눈빛으로 소리쳤다.

"또 누가 성 밖으로 나가고 싶으냐? 어서 나와라! 본 왕비가 직접 데려다줄 테니까!"

여섯 살 먹은 아이도 이해하는 이치를 누가 감히 이해하지 못하는 척할 수 있을까? 여섯 살 먹은 아이도 재난에 직면할 용기를 내는데, 어떤 어른이 감히 겁을 먹겠는가? 본래 조용하던 현장이 이제는 아예 소리 없는 세계로 변한 것 같았다. 오래도록 아무도 일어나지 않고, 고개를 숙이는 사람들이 점차 많아졌다.

마침내 비연은 가볍게 탄식한 후 몸을 돌려 장대한 행렬을 바라보았다.

"본 왕비는 황상의 명을 받아 약재 다섯 수레, 양식 다섯 수레, 숯 세 수레, 이불 세 수레, 궁중의 태의 다섯, 약사 셋을 데리고 왔다. 그 외에도 진양성에서 지금 북상해 오고 있는 행렬이 있는데, 의원 열 사람과 약사 일곱 사람, 그리고 의인 서른이 자원해서 따라오고 있다……."

여기까지 들은 상명양이 깜짝 놀라 다급하게 돌아보았다. 양편의 백성들도 비연이 타고 온 마차 뒤편 행렬을 바라보았다. 놀라움과 부끄러움을 넘어 감동이 그들을 감싸고 있었다.

"듣기로 설족들은 감염된 사람을 발견하면 경중을 막론하고 일단 불태운다고 하더군요. 모두 안심해요. 본 왕비는 정왕 전하의 명예를 걸고 여러분에게 약속하겠어요. 우리는 결코 그렇게 쉽게 그 누구도 포기하지 않을 거예요! 다만……."

비연의 시선이 그 아이에게로 향했다.

"여러분이 이 아이만큼 용감하게 행동하는 한!"

말을 마친 그녀가 성큼성큼 걸어 마차로 돌아갔다. 이때 누가 시작했는지는 알 수 없었지만 고함이 울려 퍼졌다.

"왕비마마를 환영합니다! 왕비마마, 천세, 천세, 천천세!"

일순간 모든 백성과 모든 관병이 약속이나 한 듯 무릎을 꿇고 소리쳤다.

"왕비마마를 환영합니다, 왕비마마, 천세, 천세, 천천세!"

비연은 살며시 발걸음을 멈췄지만 곧 다시 앞을 향해 걸어가 마차에 올랐다.

그녀가 마차에 오를 때까지도 상명양은 계속 지켜보고 있었다. 마치 혼이 나간 것처럼 오래도록 정신을 차릴 수가 없었다. 그는 단 한 번도 여인을 마음에 품은 적이 없었다. 여인은 그저 집에서 맡겨진 일을 하며 남자가 만족하도록 시중을 드는 존재라 생각했었다. 그런데 이 세상에 비연처럼 패기만만하고 지혜로운 여자가 있다니! 보명고성에 도착하자마자 몇 마디만으로 민심을 얻어 내는 여자라니……!

세상 사람들은 비연이 운이 좋아 정왕과의 사혼을 얻어 냈다고 말하곤 했다. 그러나 이제 보니 비연은 정왕 전하에게 완벽하게 어울렸다. 정왕비라는 이름에 어울리는 여자였다!

행렬이 움직이기 시작하자 상명양도 겨우 정신을 차렸다. 그는 아이를 안아 말에 태운 다음 자신도 말 위에 올라 계속 앞에서 길을 안내했다.

비연은 이렇게 사람들의 절을 받으며 큰길을 지나 장군부로 향했다. 그 모습을 군구신은 길가 누각에서 바라보았다. 그의 입매가 한참 위로 올라가 있었다. 의심할 바 없이 그는 비연의 행동에 매우 만족하고 있었다.

그는 비연과 함께 움직이지 않고 먼저 호란설지로 갈 예정이었다. 직접 그곳의 상황을 알아보고, 대황숙의 은신처를 조사하기 위해서였다. 그가 아는 대황숙이라면 이런 일이 벌어진 이상 분명 목숨이 아까워 도망치려 할 것이다.

그날 밤, 비연과 고운원 등은 장군부에서 머물렀고 군구신은 호란설지에 잠입해 들어갔다.

기회

비연은 사람들을 장군부에서 하룻밤 쉬게 했다. 그러나 자신
은 한가롭게 있지 않고 고운원을 찾아갔다.

수행하는 의원, 약사, 시위들 모두 비연의 사람들이라 고운
원을 그들에게 합류시키는 것은 가볍게 인사를 나누는 것만으
로도 충분했다.

비록 고운원의 이름을 소개한다 한들 그의 내력을 아는 이는
없을 터였다. 그러나 고운원은 모두에게 소개할 때 자신을 '운
태의'라 소개해 달라고 부탁했다.

똑똑똑!

비연은 이미 세 번째로 문을 두드리고 있었다. 고운원이 노
파심에 문을 열지 않고 문가에 서서 거듭 충고하고 있었다.

"왕비마마, 늦었습니다. 예가 아니면 행하지 말라 하였습니
다! 무슨 일이건 내일 다시 이야기하시지요!"

한 달 동안 함께 지내면서 비연은 그야말로 더 절망할 수 없
을 만큼 절망하고 있었다. 고운원과 오래 알고 지낼수록 그가
백의 사부가 아니라는 사실이 확실해졌다!

비연은 말없이 팔짱을 끼고 벽에 기댔다. 곁에 있던 진묵이 그
녀의 뜻을 알아채고 문을 두드리는 대신 평온한 어조로 말했다.

"고 의원, 문을 열지 않으시면 그 결과는 스스로 책임지시기

바랍니다."

이 말이 떨어지자마자 고운원이 재빨리 문을 열었다. 비연은 그를 보는 둥 마는 둥 성큼성큼 방 안으로 들어가 자리에 앉고는, 진묵을 시켜 문을 닫게 했다.

고운원이 의기소침하여 다가왔다. 불만스럽지만 항의는 할 수 없다 싶은 그런 표정이었다. 그래도 그는 나름 비연을 대접하기 위해 차를 우렸다.

비연이 물었다.

"말해 봐요. 이 흑사병을 예방하기 위해 어떻게 해야 할 것 같아요?"

고운원이 어쩔 수 없다는 듯 자리에 앉아 진지하게 빙려서에 대해 설명하기 시작했다.

빙려서는 매우 신비로운 동물인데, 빙원에 사는 빙려서는 그중에서도 가장 신비로운 녀석들이었다. 빙려서에게는 3대 수수께끼가 있다고 했다.

첫 번째는 번식의 수수께끼였다. 빙려서의 번식 능력은 모든 동물 중에서도 최고였다. 암컷 빙려서 한 마리가 1년에 새끼를 100마리 낳을 수 있었다. 그리고 한 달이 되기 전에 새끼가 성숙하여 다시 새끼를 낳았다.

두 번째 수수께끼는 바로 폭주의 수수께끼였다. 빙려서는 천성적으로 겁이 많아 사람을 보면 숨기 마련이었다. 그러나 많은 수가 모이면 함께 폭주하며 공격성이 높아졌다. 사람이 그들을 자극하기라도 하면 공격성은 더욱 강해졌다.

세 번째는 죽음의 수수께끼였다. 빙려서의 수가 일정 정도에 달하면 무리를 이루어 산을 넘고 물을 건너 밤낮으로 달려간다. 그리고 바다에 몸을 던져 자살한다는 것이었다.

비연은 빙려서가 군집하면 인간을 공격할 수 있다는 것만 알았지 다른 것은 잘 알지 못했다. 그녀는 눈을 휘둥그렇게 떴다. 그 작은 쥐와 같은 동물이 호랑이나 표범보다도 무섭게 느껴졌다.

그녀가 진지하게 말했다.

"북강에서 300년에 한 번 흑사병이 퍼질 때는…… 빙려서가 무리를 이뤄 설족의 근거지와 보명고성을 침입해 인간을 공격해서 그런 거라 들었어요. 하지만 이번에는 빙려서들이 폭주하지 않았어요!"

고운원이 재빨리 말했다.

"남방의 대황 수확이 좋지 않습니다. 북강의 빙려서가 분명 곧 폭주할 겁니다. 아마도, 곧!"

비연이 바로 중요한 부분을 짚었다.

"빙려서가 아직 폭주하지 않았는데도 흑사병이 돌고 있다는 것은…… 이건 흑사병이 실제로는 빙려서의 폭주 때문에 퍼지는 게 아니라는 의미잖아요! 흑사병의 전파에 다른 무엇인가가 있는 건 아닐까요?"

흑사병을 막기 위해서는 반드시 일단 어떻게 전파되는지를 알아야 했다. 북강의 사료에는 흑사병에 대한 기록이 겨우 몇 줄이 있을 뿐이었다. 지금 사람들이 아는 것은 대부분 입에서 입으로 전해져 온 이야기니 잘못 전해졌을 가능성도 높았다.

고운원이 대답하기 전에 비연이 다시 말했다.

"환자를 보게 되면 확실해지겠지요! 고 의원, 우리 내일 바로 호란설지로 가요!"

고운원의 눈가에 일말의 복잡한 빛이 스쳐 갔다. 그는 무엇인가 권하려는 듯하다가 결국은 그만두고 속삭였다.

"제가 마마께 약속한 이상, 마마께서 말씀하시는 대로 따를 것입니다."

비연은 이런 그의 태도가 마음에 들지 않아 그를 한번 노려보고는 몸을 일으켰다.

그녀가 고운원의 방에서 나왔을 때, 우연히 멀지 않은 곳에 있던 상명양과 마주쳤다.

상명양이 빠르게 다가오더니 공손하게 예를 행했다.

"왕비마마!"

비연이 웃으며 말했다.

"안 그래도 방해하러 갈 참이었는데!"

상명양이 여전히 읍하며 말했다.

"무엇이건 편하게 분부 내리시면 됩니다."

"나는 내일 사람들과 물자를 이끌고 호란설지로 갈 예정입니다. 보명고성 이쪽은 낙 태의가 책임지는 것으로……."

비연의 말이 끝나기도 전에 상명양이 말을 끊었다.

"왕비마마, 말장의 생각에는 보명고성에 며칠 더 머무시면서 호란설지의 상황을 관망하신 다음 다시 결정하시는 게 좋을 것 같습니다. 지금은 예방할 방법도 없고, 만약⋯⋯."

그가 말을 하고 있을 때 갑자기 한 시종이 총총히 달려와 보고했다.

"왕비마마, 상 장군, 오늘 데려오신 그 아이가 갑자기 고열을 내고 있습니다. 의원은⋯⋯ 흑사병이 아닌지 두려워하며 결론을 내리지 못하고 있습니다!"

이 중요한 시기에 고열이라니, 확실히 민감한 사안이었다. 흑사병의 병세가 바로 반복되는 고열과 발진이었던 것이다!

상 장군의 안색이 창백해졌다. 비연은 깜짝 놀랐지만 바로 결단을 내렸다. 진묵에게 모든 의원과 약사들에게 통지하라고 한 다음 직접 고운원의 방문을 두드렸다.

고운원은 이번에는 꾸물거리지 않고, 상황을 듣자마자 비연을 따라 아이 방으로 갔다. 그 모습을 보고 상명양도 따라왔다. 그러나 그가 방으로 들어서려 하자 비연이 엄숙한 얼굴로 막아섰다.

"상 장군, 보명고성의 재난은 이제 시작이네. 이 일을 감춰서는 안 되고, 바로 공포해서 백성들이 자신의 몸을 돌보게 해야 해. 가장 좋은 것은 집에 머물며 외출을 삼가는 것이고. 어떤 일이건 일단 병세를 보이면 바로 관아로 오게 해야 하네. 그리고 내가 가진 약방문으로 흑사병을 예방할 수는 없지만 체질을 강하게 해 줄 수 있으니, 가능한 한 빨리 장소며 사람들을 안배해 약을 배합할 준비를 해 주시게. 약이 배합되면 집집마다 나눠 주고!"

비연은 위기 상황에서도 침착한 모습이 남자에게 지지 않았다. 상명양은 매우 감탄하며 바로 명령을 내리러 갔다.

비연은 호흡기를 가리고 방으로 들어갔다. 고운원이 아이의 맥을 짚고 있었다. 아이는 침상에 누워 있었는데, 고열 때문에 제정신이 아닌 것 같았다. 작은 얼굴은 붉게 달아오르고 두 눈을 살짝 감은 것이, 의식은 있으나 기력이 하나도 없는 것 같았다.

비연이 속삭였다.

"병세가 어찌 이렇게……. 산이 무너지기라도 하듯 이렇게 빨리…….'

고운원이 진지하게 고민하다가 소녀의 손을 놓고 말했다.

"맥을 보건대, 십중팔구는 맞습니다."

비연이 가볍게 한탄했다.

"이 아이가 첫 번째일 줄이야. 고 의원. 우리 오늘 밤 이곳에서 보내야겠어요. 어찌 되었건…… 이 아이를 죽게 내버려 둘 수 없어요!"

그녀와 고운원은 흑사병에 걸린 환자와 접촉해 본 적이 없었다. 흑사병이 어떻게 발병하는지, 병세가 어떻게 변하는지도 알지 못했다. 비연은 마음속으로 괴로워하면서도 인정하지 않을 수 없었다. 이 아이는 그들이 흑사병을 이해하는 기회가 될 수도 있었다.

고운원 역시 가볍게 탄식하며 고개를 끄덕였다.

비연이 약왕정에서 단약을 꺼내 한 알 먹고, 다시 고운원에게 한 알을 건넸다. 일단 스스로를 지켜야만 사람을 구할 수 있다. 과연 이 단약이 얼마나 효과가 있을지는 모르지만.

고운원은 약을 먹은 후 소녀에게 침을 놓기 시작했다. 그가 사용하는 침은 구현침이 아니라 다른 종류의 침들이었다. 그러나 비연은 의문을 품지 않았다.

고운원은 지금 겉으로 드러난 현상만 치료하는 것이 아니라 근본을 치료할 생각이었다. 일단 소녀에게서 잠시나마 열을 내리고 정신을 차리게 해야 그가 문진을 할 수 있었다.

비연은 곁에 서서 기다리며 군구신을 걱정하기 시작했다. 지금 그는 이미 호란설지에 도착해 있을 것이다. 그에게도 단약을 아주 많이 주었지만, 그가 그 단약을 복용해야 한다는 사실을 기억해 줄지는 확신할 수 없었다……

그들의 추측

비연은 군구신을 걱정하며 소녀의 곁을 지켰다.

고운원은 비록 의원으로서의 덕은 부족했지만 의술만은 정말 신의 경지였다. 그가 침을 놓은 지 얼마 되지 않아 소녀의 열이 내렸다. 소녀가 깨어나는 것을 보고 고운원이 재빨리 물을 뜨러 갔다.

비연이 소녀를 부축해 일으키려 하자 고운원이 제지했다. 그러나 직접 제지한 것은 아니고, 비연을 살짝 밀기만 한 후 자신이 소녀 곁에 앉았다. 그는 소녀를 부축해 일으키지 않고 대신 작은 국자를 가져와 소녀에게 물을 먹였다.

비연은 바로 상황을 이해했다. 고운원은 그녀에게 소녀와 불필요하게 친밀한 접촉은 하지 말라고 일깨워 준 것이다. 그래야 감염 확률을 줄일 수 있을 테니까. 그가 직접 이야기하지 않은 것은 분명 소녀의 기분을 고려해서일 것이다. 비연은 고운원이 그래도 꽤 인간미가 있다고 생각했다.

소녀는 아주 영리해서 자신에게 문제가 생겼다는 것을 깨달았다. 고운원을 보고 다시 비연을 본 다음 두 눈이 붉어졌지만 울지는 않았다. 아이는 순순히 입을 벌리고 고운원이 먹이는 약을 받아먹었다.

마음이 아파 비연이 무슨 말이라도 하려 했을 때 고운원이 먼저 입을 열었다. 그는 아이를 대할 때는 그렇게까지 엄숙하거나 냉정하지는 않은 모양으로, 목소리도 꽤 다정했다.

"꼬마 아가씨, 이름이 어떻게 되지?"

"위진진이에요. 우리 가족은 저를 진아라 불러요."

고운원이 고개를 끄덕였다.

"복숭아나무처럼 생기발랄하고 잎이 무성하다는 노래에서 따온 이름이구나. 아주 좋은 이름이야. 진아, 무서워 마라. 어디가 불편한지 모두 말해 주겠니? 그리고 지난 사흘 동안 어디 갔었는지, 무엇을 했는지, 또 무엇을 먹었는지도 말해 주렴. 천천히 말해도 좋으니 자세히 말해 다오."

진아가 기억을 더듬으며 말하기 시작했다. 고운원이 미간을 살짝 찌푸린 채 진지하게 듣고 있었다.

비연은 시종 끼어들지 않았다. 곁에 서서 지켜보던 그녀는 황홀하니, 마치 빙해영경으로 돌아간 것 같은 느낌을 받았다. 그녀가 아플 때면 백의 사부가 바로 이렇게 다정하게 대해 주었던 것이다.

방 안은 적막에 싸여 있고 진아는 소곤거리듯 말하고 있었다. 고운원이 인내심 있게 경청하다가 진아가 팔을 긁적거리는 걸 발견했다. 고운원과 비연이 바로 물었다.

"왜 그러니?"

그들은 고열과 견디기 힘들 정도로 가려운 발진이 흑사병의 두 표지라는 걸 알고 있었다. 그러나 병세가 어떻게 나타나는지, 어떻게 변화하는지는 알지 못했다. 지금 보니 일단 고열이 시작된 후 발진이 나타나는 것 같았다. 그러나 이 검은 발진은 또 어떻게 나타나고 어떻게 퍼지는 걸까?

진아가 옷 위로 뭔가 잡으려는 듯 힘을 썼다.

"너무 가려워!"

비연이 서둘러 진아의 소매를 올려 보았다. 아이의 팔에 언제 나타났는지 모를 검은 발진이 보였다. 검은 발진은 새하얀 피부와 대비되어 더욱더 무서워 보였다.

진아는 결국 아이였다. 제 팔을 보자 단숨에 무너져 내리고 말았다.

"흑…… 나, 나 죽는 거예요? 언니, 나 무서워…… ."

"절대로!"

비연이 재빨리 위로했다.

"우리가 최선을 다해 너를 구해 줄 거야. 우리 말했었잖아. 용감해야 한다고. 잊은 거 아니지?"

진아는 울면서도 고개를 끄덕였다.

"언니, 내가 집에 가지 않아 다행이야. 아니면…… 나 때문에…… ."

"진아, 너는 아주 용감해."

비연이 달래며 질문을 계속했다.

"진아, 네 팔 여기가 가려운 거지? 다른 데는 또 없어?"

진아가 고개를 젓다가 곧 다른 팔을 가리키며 말했다.

"그저께, 여기가 아주 가려웠어요. 지금도 조금…… 그런데 좀 달라요."

이 말에 비연과 고운원이 깜짝 놀랐다. 비연이 서둘러 물었다.

"그저께? 어찌 된 일이야?"

진아가 대답했다.

"밥 먹을 때 뭔가에 물렸는데 아주 가려웠거든요. 약간 부어올랐는데, 모기에 물린 거랑 비슷했고 지금은 없어졌어요."

비연은 재빨리 소녀의 다른 소매를 들어 올렸다. 진아의 팔은 아무 흔적 없이 깨끗했다. 비연이 중얼거렸다.

"이렇게 추워서 벼룩조차 다 죽은 줄 알았는데 모기라니, 이게 웬일이지!"

말을 하는 동안에도 진아는 가려운 모양이었다. 비연이 잡았다가 놓았을 뿐인데 진아의 팔에 검은 발진이 나타났다. 마치 비연의 손에 잡혀 나타나는 것만 같은 속도였다.

진아는 잠시 움직일 엄두도 내지 못하고 있었지만 너무나 가려운 모양이었다. 그러나 주먹을 꽉 쥔 채 강하게 버텼다.

"언니, 구해 줘요…… 내 목도 너무 가려워요…….."

진아가 참지 못하고 제 목을 잡아 뜯으려 하자 비연이 서둘러 막았다. 진아의 옷깃을 풀자 목 부분 피부는 아주 멀쩡해 보였다. 진아가 가렵다고 말한 게 아니라면 이상한 점이 전혀 보이지 않을 정도였다.

비연이 곧 손을 놓았다. 그러나 진아가 제 목을 한번 잡자 바로 검은 발진이 생겼다!

비연과 고운원이 시선을 교환했다. 그들 두 사람 모두 흑사병의 중요한 증상을 발견한 것이다.

고운원이 몸을 일으켜 자리를 떠났고, 비연이 즉시 명을 내려 약욕을 준비하게 한 후 진아를 욕조에 들어가게 했다. 이 약욕에 추가한 약은 아주 간단했는데, 가려움을 멈추게 하고 벌레를 죽이는 두 가지의 효과만이 있었다.

진아를 의녀에게 맡긴 후 비연이 방문을 열자 고운원이 밖에서 기다리고 있었다. 비연이 입을 열기도 전에 고운원이 선수를 쳤다.

"왕비마마, 제가 빙려서를 잡아 연구 좀 해 봐야겠습니다."

진아는 십중팔구 무슨 벌레에 물려 흑사병에 감염된 게 틀림없었다. 이 벌레는 분명 빙려서의 몸에 숨어 살 것이고, 빙려서와 마찬가지로 추위에 강할 것이다.

빙려서가 폭주하여 인간을 공격하는 것은 흑사병을 전파시키는 원인이 아니라 흑사병을 심하게 만드는 원인이었다. 빙려서와 인간의 거리가 가까워지면 빙려서 몸에 있던 벌레가 인간의 몸으로 옮겨 와 인간을 물어 흑사병을 감염시키는 것이다.

빙려서는 여전히 환해빙원에 잠복해 있고, 아직 폭주를 일으키지 않았다. 이 벌레는 설족 사냥꾼이 환해빙원에서 옮겨 온 것일 가능성이 극히 높았다.

비연이 고민하다가 진지하게 대답했다.

"고 의원, 지금 환해빙원에 들어가 빙려서를 잡는 게 그리 쉽지 않아요! 하지만 나에게는 우리의 추측이 옳은지 그른지 증명할 방법이 있죠!"

고운원이 기쁜 표정을 지으며 재빨리 읍했다.

"왕비마마께 어떤 묘계가 있으신지, 어서 가르침을 내려 주시지요."

비연이 웃으며 말했다.

"추위에 강한 것들은 열기에 반드시 강하지 않지요."

그들은 빙려서가 몸에 어떤 괴이한 벌레를 키우는지 알지 못했고, 어떻게 죽일 수 있는지도 알지 못했다. 그러나 아마 고온으로 죽이는 것은 가능할 것이다.

백성들이 뜨거운 물에 자주 몸을 담그고 실내의 온도를 높게 유지하면 아마도 몸에 숨어 있거나 방에 숨어 있던 괴이한 벌레는 죽을 가능성이 높았다. 이렇게 한 후 며칠이 지나도 보명 고성에서 대규모 흑사병이 발발하지 않는다면, 흑사병이 괴이한 벌레로 전파된다는 그들의 추측이 옳다는 것이 증명된다.

고운원이 잠시 생각하다가 바로 비연의 뜻을 이해하고 연신 읍하며 말했다.

"왕비마마께서는 영명하십니다!"

비연이 그의 손을 펴 주며 말했다.

"지금이 어느 때인데 예의나 차리고 있는 거예요! 진아를 살펴봐 줘요. 나는 상 장군에게 알리러 가야겠어요!"

비록 검증이 필요하기는 했지만 비연은 자신 있었다.

그녀는 상명양을 만나러 가기 전 한 가지 일을 먼저 했다. 바로 시위에게 명해, 군구신에게 밀서 하나와 약욕용 구충 약재를 잔뜩 보내는 일이었다.

그녀는 한참 생각하다가 시위에게 말했다.

"이렇게 가져가고 너는 돌아올 필요 없다. 대신 전하를 잘 주시하도록."

시위는 표면적으로 승낙했으나 심장이 두근거리고 있었다. 대체 어떻게 감히 정왕 전하를 주시할 수 있단 말인가!

그날 밤 상명양은 비연이 이야기한 일을 모두 안배했다.

열흘 후, 진아의 병세가 악화되었다. 그러나 보명고성에서는 새로운 환자가 겨우 다섯 명 나왔을 뿐이었다. 이 사실이 비연과 고운원의 추측이 옳았음을 증명했다!

비연은 더는 시간을 지체하지 않고 낙 태의에게 환자들을 부탁한 후, 자신은 고운원 등과 물자들을 끌고 호란설지로 향했다. 반드시 빙려서를 잡아 그 몸에 살고 있는 괴이한 벌레가 무엇인지 확인해야 했다. 그래야 진정으로 흑사병을 통제할 수 있게 될 것이다.

고온으로 벌레를 죽이는 방법은 너무 불편했다. 게다가 흑사병을 치료하는 방법을 찾기 위해서는 반드시 빙려서를 입수해야 했다.

비연이 보명고성을 출발한 지 얼마 되지 않아 백 족장이 부족 사람들을 이끌고 직접 영접하러 나온 것이 보였다.

뜻밖에도 잊어버렸어

호란설지의 상황은 보명고성과 완전히 달랐다. 이번에는 도망치고자 하는 백성이 단 한 사람도 없었다. 온통 눈으로 뒤덮인 드넓은 대지에 그들을 맞이하러 나온 백 족장과 장로 몇 사람만이 보일 뿐이었다. 백 족장이 아주 엄격하게 부족을 관리하고 있음이 분명했다.

멀리서 백 족장 등을 보자 비연은 점차 기운이 빠지는 것만 같았다.

이 열흘 동안 군구신은 호란설지의 흑사병 상황을 아주 상세하게 설명해 주었다. 때문에 비연은 그가 대황숙 때문이 아니라 흑사병 때문에 미리 호란설지에 잠입한 것은 아닐까 생각할 뻔했다.

군구신의 정보가 있어 그녀도 대강의 그림을 그릴 수 있었다. 이곳에 오기 전에 이미 호란설지의 흑사병을 어떻게 신속하게 가라앉힐지도 생각해 둔 상태였다.

군구신은 환해빙원의 방어선이 지금까지도 철수하지 않은 상태임을 알아냈다. 바꿔 말하자면, 환해빙원에 숨어 있는 이들은 아직도 떠나지 못했을 것이다.

대황숙의 행방에 대해서는, 어제 정보를 받은 다음에야 어떻게 되어 가고 있는지 알게 되었다.

군구신은 직접 그를 찾아다녔을 뿐 아니라 보명고성 북문 근처에 매복을 깔아 두었다. 사흘 전 대황숙이 나타났으나 안타깝게도 당시 군구신은 부재중이었다. 그가 달려갔을 때는 이미 대황숙이 호란설지로 돌아간 다음이었다. 군구신은 지금도 그를 계속 찾고 있었다.

　썰매가 천천히 백 족장에게로 다가갔다. 비연의 머릿속은 온통 군구신 생각뿐이었다. 언제 다시 그를 볼 수 있을까? 겨우 열흘 보지 못했을 뿐인데, 그를 생각하다가 넋이 나가 버리는 것이 벌써 몇 번째인지 모를 일이었다.

　썰매가 천천히 멈추자 비연은 겨우 정신을 차리고 백 족장을 살펴보았다. 그는 그날 환해빙원에서 보았던 모습과 똑같이 흰 사냥복을 입고, 흰 수염을 단정하게 기르고 있었다.

　웃음 띤 얼굴이며 정정해 보이는 그 모습을 보니, 사정을 모르는 이라면 그가 설족의 족장이라고 결코 믿지 못할 것 같다는 생각이 들었다. 설족은 지금 재난에 직면해 있는 상황이 아닌가!

　비연은 원래 백 족장의 체면을 세워 줄 생각이 전혀 없었다. 그러나 잠시 망설이다가 결국은 썰매에서 내렸다. 군구신은 모든 것을 주도면밀하게 안배해 두었고, 지금 대황숙과 백 족장은 그녀가 여전히 천무제의 세작이라고 알고 있었다. 군구신이 대황숙을 찾기 전에는 그녀도 연극을 계속해야만 했다.

　백 족장이 아주 예의 바르게 예를 행했다.

　"왕비마마를 뵙습니다. 왕비마마와 여러분께서 먼 길을 오시느라 고생하셨습니다!"

비연이 아주 예의 바르게, 그러나 말수를 아끼며 말했다.

"그리 예를 갖출 필요 없으시오."

백 족장이 장로들을 소개하고는 열정적으로 말했다.

"왕비마마, 소인이 연회를 준비해 두었습니다. 멀리서 오신 만큼 대접을 해야지요. 가시지요!"

이 말을 들은 비연은 더욱더 의아한 기분이 들었다. 일족의 족장이라면, 다급하게 그들을 이끌고 사람을 구하러 가거나 대책을 논의해야 하지 않는가?

보명고성의 상황은 낙관적이었다. 그녀는 사흘 전에 상 장군을 시켜 백 족장에게 서신을 보내게 했다. 환자들을 모두 격리시키고, 같은 방식으로 벌레를 박멸하여 질병을 예방하라고 말이다.

설족의 인구는 보명고성의 세 배였다. 게다가 마을이 분산되어 있으니, 그 일을 마치기는 쉽지 않을 터였다. 결코 며칠 내로 해결될 일이 아니었다. 그런데 이 늙은이는 대체 무슨 한가한 기분으로 연회를 베푸네 마네 하는 걸까!

비연이 백 족장 뒤의 장로 몇 명을 바라보았다. 그들의 얼굴에는 불만스러운 표정이 가득했으나 감히 말을 할 수 없는 상황인 듯했다.

"백 족장께서 예를 너무 갖추시는구려."

비연이 억지로 표정을 유지하며 속으로 고민하기 시작했다. 그녀는 천염국과 설족 사람들을 위해 좋은 일을 해야 했다. 바로 이 백서화를 족장의 자리에서 끌어내리는 일 말이다!

시위들이 앞에서 길을 열었고, 백 족장과 장로들이 그 뒤를 이었으며, 비연 일행이 맨 뒤에서 움직이기 시작했다. 그들은 온통 눈으로 뒤덮인 설지를 지나 설족의 중심을 향해 가고 있었다.

그들이 마을 하나를 지날 무렵이었다. 비연은 오른쪽 먼 곳에 하급 관리 여럿이 입을 가린 채 채찍으로 사람들을 몰고 있는 것을 발견했다. 대략 서른 명 정도 되는 이들 모두 두 손이 묶인 채 얼굴에는 검은 천을 덮어쓰고 있었다. 저 검은 천은 흑사병에 감염된 환자의 표식이었다!

비연은 놀랍기도 하고 화가 나기도 했다. 분명 백 족장에게 환자들을 격리시키라 하지 않았던가. 그런데 이렇게 환자들을 대하다니, 너무하지 않은가!

비연이 갑자기 노성을 질렀다.

"멈춰라!"

행렬 전체가 멈췄다. 그러나 비연은 미동도 하지 않았다. 행렬 뒤에서 두 의인이 썰매를 탄 채 그쪽으로 달려갔다. 비연이 즉시 행렬을 그쪽으로 틀게 하고 따라갔다.

"왕비마마!"

백 족장이 이해할 수 없다는 표정으로 그녀를 부르더니, 다른 장로들과 서로 얼굴을 한번 쳐다본 후 쫓아왔다.

행렬이 다가오는 것을 보고 하급 관리들이 사람들을 멈추게 했다. 비연이 썰매에서 내린 뒤 빠르게 다가가 물었다.

"이들은 어찌 된 일이냐? 너희는 어디로 가는 중이고?"

관리들은 비연의 신분을 알지 못했다. 우두머리가 비연을 한 번 훑어보더니 흉악하게 말했다.

"계집, 대체 누구기에 감히 본 어르신의 길을 막으려 드느냐! 본 어르신이 환자들을 압송 중인 것이 안 보인단 말이냐?"

비연이 영패를 꺼내 보이며 차가운 목소리로 외쳤다.

"천염국 정왕비 고비연이다. 황명을 받들어 왔다!"

이 말에 관리들이 전부 멍한 표정을 짓더니 잇달아 무릎을 꿇고 예를 행했다.

비연이 냉랭하게 외쳤다.

"본 왕비의 질문에 답하라!"

관리들은 진양성에서 사람이 온다는 이야기만 들었을 뿐 자세한 상황은 전혀 알지 못했다. 우두머리가 솔직하게 대답했다.

"왕비마마께 말씀드립니다. 이들은 흑사병에 감염되었습니다. 명을 받들어 이들을 죽이기 위해 데려가던 중입니다."

이 말에 비연이 바로 차가운 숨을 들이마셨다. 그리고 그녀 곁에서 계속 정신을 다른 데 팔고 있던 고운원과 항상 무표정한 진묵을 제외한 의원들이며 약사들, 의인들 모두 경악하고 분노했다.

비연이 외쳤다.

"어서 저들을 풀어주어라!"

이 말을 듣자 관리들은 말할 것 없고 환자들조차 조급해하기 시작했다. 그들은 잇달아 고개를 돌려 비연 쪽을 보기만 할 뿐,

감히 방자하게 굴 엄두는 내지 못하는 것 같았다.

관리들은 서로를 바라보며 한참 동안 움직이지 않았다. 정왕비가 비록 백 족장보다 지위가 높았지만, 설족의 일은 결국 백 족장의 말을 따르게 되어 있었다.

바로 이때, 백 족장과 장로들이 도착했다. 관리들이 무거운 짐을 벗은 듯 상황을 설명하려 했으나 비연이 선수를 가로채 냉랭하게 질문했다.

"백 족장, 본 왕비의 기억이 틀리지 않았다면 사흘 전 본 왕비는 상 장군을 통해 그대에게 서신을 보냈다. 흑사병을 예방하는 법을 알려 주고, 환자들은 잠시 격리해 함부로 무고한 생명을 죽이지 말라 일렀건만! 보아하니 그대는 본 왕비를 안중에 두지 않는 것은 물론이고, 그대 동포들의 목숨조차 아끼지 않는 모양이군!"

이 말을 들은 백 족장은 눈을 휘둥그렇게 떴다! 그는 마침내 상 장군의 그 급한 서신을 기억해 냈다!

사흘 전, 그는 대황숙이 밀실에 보이지 않는 것을 발견했다. 그리고 대황숙이 그를 버리고 도망쳤다는 생각에 당황했다. 그때 하인이 급한 전갈을 보내왔고, 그는 그 전갈을 그대로 내팽개쳐 둔 채 대황숙을 찾으러 나섰다.

후에 그는 대황숙을 찾았다. 대황숙은 그저 바람을 쐬러 나갔을 뿐이라 그는 안심했다. 그리고 그는 대황숙을 감염된 이들이 있는 곳에서 멀리 있는 다른 곳으로 옮기느라 그 전갈을 그대로 잊고 있었던 것이다. 아예 펼쳐 보지도 않았던 서신이니, 무슨 내용이 적혀 있었는지 알 리 만무했다!

백 족장은 그 자리에 멍하니 굳어 버렸고, 등 뒤에 있던 장로들은 더 이상 참지 못하고 하나하나 달려 나와 묻기 시작했다.

"백 족장, 상 장군의 서신은 어찌 된 겁니까? 그렇게 좋은 소식을 어째서 우리에게는 알려 주지 않았습니까?"

"백 족장, 그게 무슨 의미입니까? 설마 다른 뜻이라도 있는 것은……."

"우리 설족의 생사존망에 관련한 문제이거늘! 백 족장, 왕비마마뿐 아니라 우리 설족 동포들에게도 제대로 해명해야 할 것이오!"

장로들이 이야기하는 것을 듣고 환자들도 마침내 참지 못하고 의문을 제기했다. 일순간에 백 족장은 뭇 사람의 비난 대상이 되었다.

백 족장은 평생 처음으로 이렇게 당황하고 있었다.

"이 늙은이는…… 그저……."

그가 어떻게 변명할 수 있을까?

네 그 말을 기다렸다

백 족장이 시선을 피하며 감히 사실을 이야기하지 못했다.

최근 수년 동안 그는 대황숙 덕분에 족장의 지위를 유지할 수 있었다. 설족 중에서는 장로부터 일반 부족원에 이르기까지, 그에게 불만을 가진 자가 상당했다. 백 족장 역시 그런 사실을 잘 알고 있었다. 그런데 이렇게 중요한 시기에, 자신이 급한 전갈을 잊었다는 사실을 이야기하면 분명 사람들의 공분을 살 것이며 족장의 지위를 보전하기 어려울 것이다.

백 족장은 황망한 가운데 초조하게 고민했다. 그는 서신의 내용조차 정확히 몰랐다. 그러니 비연이 한 이야기 중에서 말을 고르는 수밖에 없었다.

"여러분, 진정하시고 일단 이 늙은이의 말을 들으시오! 상 장군의 급전을, 내가 확실히 받긴 했소이다! 다만 내가 보기엔 꺼려야 할 바가 있어……. 모두 이 늙은이의 변명을 들어 주시오!"

사람들이 잇달아 조용해졌다. 비연은 차가운 눈으로 백 족장을 바라보며 인내심 있게 기다렸다. 그녀는 백 족장이 어떤 구실로 피해 가는지 두고 볼 생각이었다.

백 족장은 허세를 부리며 어쩔 수 없다는 듯 길게 탄식하더니, 뜻밖에도 비연에게 질문을 던졌다.

"왕비마마, 지금 흑사병을 예방하는 법을 알았을 뿐, 치료법을 알지는 못하지 않습니까?"

비연의 눈동자가 조금 더 차가워졌다.

"그렇다! 아직은 치료할 방법이 없다. 그러나 예방법이 있으니 흑사병의 전파를 제어할 수는 있다……."

그녀의 말이 끝나기도 전에 백 족장이 말을 끊었다.

"왕비마마, 이 환자들이 흑사병을 다른 이들에게 감염시키지 않을 거라고 보증하실 수 있습니까?"

보증?

비연이 반문했다.

"무슨 의미지?"

백 족장이 대답했다.

"왕비마마, 지금은 그저 예방법이 있을 뿐 치유할 방법은 없습니다. 예방이라는 것은 결코 완벽할 수 없습니다. 만약 제대로 예방하지 못해 상황이 더욱 나빠진다면, 또 그건 어찌해야 하겠습니까? 진양성과 설족의 상황은 다릅니다! 방금 오장로가 이야기했듯이 이 일은 우리 설족의 생사존망과 관련된 일이고, 이 늙은이는 족장으로서 신중하지 않을 수밖에 없어……."

그때 오장로가 냉정한 목소리로 그의 말을 끊었다.

"족장, 이렇게 큰일을 어째서 우리와 상의하지 않았단 말이오. 설마, 신중히 하려 했던 게 아니라 다른 뜻이 있었던 건 아니오?"

백 족장의 눈 아래에 분노가 스쳐 갔다. 평소였다면 그는 바로 오장로를 처분했을 것이다. 그러나 지금은 일단 참을 수밖에 없었다. 하지만 그의 목소리는 여전히 날카로웠다.

"방자하다! 오장로, 왕비마마 앞에서 허튼소리는 그만하거라! 본 족장은 잠시 이 일을 끌었을 뿐, 왕비마마의 명령을 거역하고자 하는 뜻은 없었다. 왕비마마께서 설족의 상황을 이해하지 못하시니, 본 족장도 왕비마마께서 오신 후에 다시 모두를 소집하여 설족의 현재 상황을 왕비마마께 보고드리고, 다시 결정을 내리시게 하려 했을 뿐이다!"

오장로는 화가 나서 견딜 수 없었지만 반박할 말도 없었다. 결국은 얼굴을 굳힌 채 고개를 획 돌렸다.

비연은 그제야 눈앞에 있는 거대한 중년 남자가 설족의 오장로라는 것을 알았다. 군구신은 비연에게 설족 장로회의 다섯 장로 중 오장로의 성격이 가장 강직하여 항상 백 족장과 입씨름을 벌인다고 알려 주었다. 그러나 안타깝게도 그는 자격이나 경력이 얕고, 배후의 세력도 보잘것없어 백 족장에게 진정으로 대항할 방법이 없었다. 다른 네 장로 역시 그를 아예 안중에도 두고 있지 않았다.

백 족장은 미간을 찌푸린 채 오장로를 노려본 후 비연을 향해 말했다.

"왕비마마, 헤아려 주시옵소서!"

비연이 마음속으로 중얼거렸다. 헤아려 주기는 무슨! 그렇게 계속 연극을 하겠다면 본 왕비가 도와주지!

그녀는 썰매로 가서 호란설지의 지도를 하나 꺼내 펼쳤다. 그 모습을 본 사람들이 모두 의아한 표정을 지었다. 정왕비가 이런 물건을 가져왔으리라고는 생각지 못했다. 게다가 지금 상황에서 지도를 꺼내 도대체 무엇을 하려는지도 의문이었다.

비연은 모두에게 가까이 오라고 손짓했다. 그리고 설족 마을의 분포 상황이며 인구수, 호란설지가 처해 있는 상황, 현재 확립해 놓은 완벽한 예방 대책을 설명하기 시작했다. 백 족장을 포함해 모두가 눈을 휘둥그레 떴다. 비연이 설명을 끝내고 몇 마디 덧붙였다.

"백 족장, 상황이 어떤지는 상관없이 내가 말한 방법대로 하기만 하면 된다. 격리 구역을 세 곳 설치하고, 환자들을 그곳에 모아 집중적으로 함께 치료받도록 한다. 나머지는 예방할 수 있는 것은 예방하면 된다. 열흘이 되기 전, 설족에 퍼진 흑사병이 통제 가능해지리라는 것을 보증하겠다! 그대 생각은 어떠한가?"

모든 이들이 인정하니 백 족장도 인정하지 않을 수 없었다. 흑사병을 통제할 수 있다니, 그로서도 간절히 원하는 상황이었다. 그는 부족 사람들이 난을 일으키거나 자신에게 흑사병을 감염시킬까 봐 두려워하고 있었다! 다만, 그가 바로 인정하면 아무래도 체면이 좀 깎이는 일이었다. 그래서 잠시 머뭇거리다가 억지로 질문을 만들어 냈다.

"왕비마마께서 이리 주도면밀하게 계획을 세우셨다니, 정말 훌륭하십니다. 이 늙은이는 정말로 탄복했습니다! 다만 지금 열 사람이 죽 한 사발을 바라보는 형국입니다. 대체 어디서 그들을 돌볼 의원들을 모셔오겠습니까?"

비연은 무척 즐거웠다. 백 족장에게 씌우고자 했던 올가미가 바로 이것이었는데, 백 족장이 직접 찾아올 줄이야. 그녀가 바로 진지하게 말했다.

"백 족장, 지금은 확실히 열 사람이 죽 한 사발을 바라보는 형국이긴 하지. 하지만 의원들이 고생하면 한 사람이 열 명이 넘는 환자를 살핀다 해도 안 될 것은 없다. 일상적인 돌봄이라면 환자의 가족들이 하도록 하지."

백 족장이 서둘러 말했다.

"왕비마마, 환자 중에는 온 가족이 감염된 경우도 많습니다. 아마 그렇게는 힘들 것 같습니다."

비연이 웃으며 대답했다.

"일가족이 감염되었다면, 의인을 모집해 협조를 구하면 되겠지."

백 족장은 잠시 멍한 표정을 짓더니 곧 웃으며 고개를 저었다.

"왕비마마, 지금 사람들이 모두 불안을 느끼며 스스로를 지키기 급급한데, 어디서 그런 의인들이 나타나겠습니까?"

백 족장은 그녀를 비웃고 있었다. 사람들 앞이 아니었다면 그는 분명 비연에게 사람이란 모두 이기적이기 마련이니 그렇게 기상천외한 생각은 그만두라고 잘 가르쳐 주었을 것이다.

비연의 입매에도 조소가 스쳐 갔다.

"백 족장, 본 왕비는 이번에 의원과 약사들만 데려온 게 아니라, 의인 수십 명도 함께 데려왔다."

그녀의 말이 끝나자마자 대오 뒤에 있던 의인들이 모두 일어서서 자신을 소개했다. 그들은 천염국 각기 다른 지역에서 온 이들로, 설족과는 아무 연고도 없는 이들이었다.

비연이 다시 말했다.

"백 족장, 그대의 부족이 아닌 자들도 이러할진대 본 왕비는 그대들 설족 사람들이 자신만의 이익을 챙기는 무리라고는 생각지 않는다! 그렇겠지?"

백 족장은 눈을 휘둥그렇게 떴다. 도저히 이해할 수 없었다. 장로들과 시위들은 놀라는 와중에 감동하기도 하고 부끄럽기도 했다. 외부인들도 천 리를 멀다 않고 와서 설족을 도우려 하는데, 자신들은 어찌 쉽게 동포를 포기하려 했던 걸까?

백 족장이 할 말을 잃었다. 마침내 오장로가 참지 못하고 일어나 나오더니 진지하게 말했다.

"왕비마마, 부디 제 이익을 탐내는 무리 때문에 설족을 오해하지 마시기 바랍니다! 우리 설족은 가장 단결된 민족입니다! 소인은 원하건대, 친히 의인이 되어 의원들의 분부를 받겠습니다!"

오장로의 말이 떨어지자마자 다른 네 장로도 즉시 앞으로 나와 의인이 되겠다는 뜻을 표시했다. 그러자 시위들 역시 일제히 읍하며 외쳤다.

"저희도 의인이 되어 분부를 받들겠습니다!"

비연은 가슴이 벅차올랐다. 역시 이 세상엔 좋은 사람이 나쁜 사람보다 많은 법이다.

백 족장은 그 자리에 못 박힌 듯 서서 오래도록 아무 말도 하지 않았다. 그도 물론 의인이 되겠다고 자청해야 한다는 사실을 알고 있었다. 그러나 그는 의인이 되겠다고 나섰다가 정말로 그 환자들과 접촉하게 될까 봐 두려웠다.

바로 이때, 환자들이 잇달아 무릎을 꿇고 감사의 말을 하기 시작했다. 마침내 백 족장이 버티지 못하고 외쳤다.

"이 늙은이도 족장으로서 함께하겠습니다! 왕비마마, 필요하시다면 무엇이건 분부를 내려 주십시오!"

비연이 기다렸던 말이 바로 이것이었다. 그녀는 두 눈을 가늘게 뜨고 대답했다.

"좋다!"

강직, 선수를 써서 상대를 제압하다

비연이 백 족장에게 환자들을 잘 안배하도록 명령하고, 일행들과 함께 백 족장을 따라 설족의 중심 대영으로 갔다. 물론 연회는 자연스럽게 취소되었다.

백 족장은 비연의 성격이 너무 강직하여 자신을 흑사병이 가장 심한 곳으로 보내지나 않을까 걱정하고 있었다. 그래서 계속 기회를 보아 비연에게 말 좀 붙여 봐야겠다고 생각하고 있었다.

영리한 비연은 그 사실을 알아채고, 일부러 그를 피하며 그에게 어떤 기회도 주지 않았다.

오후가 되었다. 비연은 두 가지 큰일을 해치웠다. 하나는 백 족장으로 하여금 환자들을 죽이지 말라고 명령하게 한 후 격리 구역을 설치해 의원과 약사들을 배치하는 것을 감독한 것이었다. 또 하나는 흑사병 예방법을 전파할 인마를 안배하여, 최대한 빠른 속도로 각 촌락에 전달하는 동시에 물자 지원도 진행했다.

백 족장이 명령을 내리자 다섯 장로도 최선을 다해 협력했다. 덕분에 상황이 아주 빠르게 흘러갔다. 백 족장과 다섯 장로가 솔선수범하여 환자들이 있는 구역 깊숙이 들어갔다는 소문이 퍼지자 당일로 상당수 부족 사람들이 자신들도 돕겠노라 자원해 왔다.

어떻게 퍼져 나갔는지는 알 수 없었지만, 비연이 오는 길에 구했던 환자들의 일이 알려지면서 비연은 첫날부터 설족 사람들의 비호를 받고, 설족의 은인이라 불리게 되었다.

물론 백 족장에 대한 사람들의 의심도 더욱 커졌다. 가장 불만스러워하는 이들은 억울하게 죽은 이들의 가족들이었다.

모든 것이 질서정연하게 처리되고 있었다. 비연은 밤까지 바쁘게 일한 다음 겨우 안도의 한숨을 내쉬었다. 그녀가 데려온 사람들에게도 이미 각자에게 걸맞은 임무를 맡겼다.

고운원과 진묵은 여전히 그녀 곁에 있었다. 비연은 그들과 함께 식사를 했다. 그녀와 고운원이 이야기를 나누고 있는데 백 족장이 총총히 찾아왔다. 그리고 상당히 예의 바르게 물었다.

"왕비마마, 잠시 이야기를 나눌 수 있으실는지요?"

비연의 눈가에 교활한 빛이 스쳐 갔다. 그녀가 웃으며 말했다.

"이들도 내 사람들 아닌가. 백 족장, 앉으시게."

비연의 뜻은 고운원과 진묵이 그녀의 사람이라는 의미였다. 그러나 백 족장은 어떻게 이해한 것인지, 굳어 있던 표정이 상당히 편해지더니 비연 앞자리에 앉았다. 비연은 그가 온 이유를 분명히 알고 있었지만 일부러 모르는 척 물었다.

"백 족장, 무슨 일이건 말씀해 보시게."

그러자 백 족장이 어쩔 수 없다는 듯 웃으며 말했다.

"왕비마마, 이 늙은이는…… 특별히 감사 인사를 올리러 왔습니다. 마마가 아니었다면 설족은 이 재난을 피할 수 없었을 것입니다."

"아니, 아니지, 백 족장의 말이 너무 무겁네. 모두의 공로지."

비연이 겸손하게 미소 지으며 백 족장을 조롱하는 것도 잊지 않았다.

"게다가 설족 사람들의 단결력을 생각하면, 분명 곧 이 난관을 극복할 수 있었겠지."

그러나 백 족장은 부끄러워하기는커녕 기운차게 비연의 생각에 동의하는 척했다. 그리고 그다음에야 겨우 본론을 이야기하기 시작했다.

"저는 일족의 족장 된 몸으로 당연히 솔선수범해야 합니다. 그러나 안타깝게도…… 부족에 일이 번다하게 많아 제가 격리 구역에 간다면 아무도 전체적인 국면을 통솔할 사람이 없을 성싶습니다! 결코 흑사병에 감염되는 게 무서워서가 아니라…… 저에게 무슨 일이라도 벌어진다면……."

백 족장이 여기까지 이야기한 다음 목소리를 낮추어 계속 이야기했다.

"다섯 장로가 권력이라도 탐하며, 흑사병을 핑계로 서로 다투지나 않을까 해서 말입니다. 그렇게 되면 설족이 진정으로 위기를 맞게 되겠지요."

비연이 일부러 경악한 표정을 지으며 아무 말도 하지 않았다.

백 족장은 어쩔 수 없다는 듯, 또한 난처하다는 듯 말했다.

"간곡히 부탁드리니, 왕비마마께서 저를 위해 방법을 생각해 주시겠습니까."

방법을 생각하라고? 족장인 그가 가지 않으면 가지 않는 거지, 누가 그에게 뭘 어떻게 할 수 있겠는가? 대체 그녀가 무슨 방법을 생각해 주기를 바라는 걸까?

자신은 가고 싶지 않지만 그녀가 대신 나쁜 사람이 되어 주고, 그가 가지 않을 이유를 찾아주면 좋겠다는 거겠지! 그렇게 그 자신을 지키고 싶은 걸 게다.

꿈도 꾸지 말라고!

비연이 일부러 생각에 잠긴 척하다가 한참 후에야 말했다.

"족장의 말이 도리에 맞소. 다만 내가 방금 모두와 이야기한 바로는, 내일 아침 일찍 그대는 우리를 따라 서쪽 재난 지역에 가게 되어 있다네. 모두 아주 기뻐하면서 백우웅으로 이 소식도 미리 전했다지. 그러니 족장이 가지 않는다면 다들 실망하지 않을까?"

비연은 백 족장을 속이지 않았다. 실제로 그렇게 했으니까. 선수를 치면 반쯤 이기고 들어가는 경우가 종종 있다. 꽤 많은 경우, 선수를 치는 사람이 일부러 어리석은 척하거나 강직한 척하기도 하지!

백 족장이 멍한 표정을 지었다.

"왕비마마, 그, 그건……."

비연이 어쩔 수 없다는 표정을 지었다. 그러자 백 족장이 재빨리 읍하며 말했다.

"왕비마마, 지금 정말로 마마밖에는 방법을 생각해 주실 분이 없습니다."

비연이 계속 강직한 척 말했다.

"백 족장, 그럴 수는 없소. 그곳에 가면 최소한 열흘에서 보름은 있어야 하오."

'열흘에서 보름'이라는 말에 백 족장은 더욱 당황했다. 조급한 나머지 바로 대황숙을 들먹였다.

"왕비마마, 숨기지 않겠습니다. 대황숙께서 중상을 입으셔서 이 늙은이를 필요로 하고 계십니다."

이 말에 비연은 그야말로 기뻐 미칠 지경이었다! 그녀는 백 족장이 구원병을 옮기든가 해서 그녀를 압박할 거라 생각했다. 그러나 생각지도 못하게 백 족장이 이렇게 직접적으로 대황숙의 부상 이야기를 꺼냈다.

군구신이 며칠 전 진양성에서 받은 서신에 의하면, 대황숙은 천무제에게 북강의 상황과 봉황력 상황만 이야기했다고 했다. 비연도 백 족장에게 너무 많은 걸 물을 수는 없었다. 천무제가 아무리 그녀를 신임한다 해도 봉황력에 대한 일을 이야기할 리 만무하기 때문이다. 그러나 지금 백 족장이 언급한 이상, 그녀도 이 기회를 놓치지 않고 추궁할 작정이었다.

비연은 일부러 경악한 듯, 근심하는 듯 물었다.

"황숙께서 북강에 계시다고? 게다가 중상을 입으셨다고? 그게 대체 어찌 된 일이지?"

대황숙이 비연을 자기 사람이라고 하지 않았다면 백 족장도 이런 비밀을 함부로 말하지 않았을 것이다. 그는 비연이 그가 대황숙을 들먹여 그녀를 압박한다고 생각할까 봐 걱정했으나, 비연이 근심하는 모습을 보고 남몰래 안도의 한숨을 내쉬었다.

"왕비마마께서는 이 일을 절대로 외부에 발설하시면 아니 됩니다. 특히······."

백 족장이 목소리를 죽이고 다시 말했다.

"특히 정왕 전하께는! 기억하십시오!"

비연이 고개를 끄덕였다.

"원래 모든 것을 안배한 후 다시 시간을 내어 찾아뵈어야겠다고 생각했는데, 그런 상황이었다니······. 백 족장께서 안배해 주셔야겠군. 내일 하루 시간을 내어 일단 대황숙을 뵈러 가도록 하지."

비연은 오늘 밤 당장이라도 갈 수 없어 안타까웠지만 이런 좋은 기회에 군구신을 부르지 않을 수 없었다!

백 족장도 지금 당장이라도 비연을 데리고 대황숙을 보러 가서, 대황숙으로 하여금 자기 사정을 대신 이야기하게 하고 싶어 안달이었다. 그러나 그도 조금 망설이다가 말했다.

"왕비마마, 이 일은····· 제가 먼저 대황숙께 말씀드려야 하겠습니다."

비연은 비록 대황숙이라는 사람을 잘 알지 못했지만, 백 족장보다 훨씬 영리하다는 건 알고 있었다. 백 족장이 오늘 일을 전부 사실대로 고하면 대황숙은 어떤 단서를 잡아낼지도 모른다. 그렇게 되면 그녀는 본전은커녕 손해만 볼 수도 있었다! 그러니 그녀는 어떻게든 백 족장으로 하여금 일단 저지른 후에 보고하도록 만들어야 했다.

비연이 백 족장을 바라보며 말했다.

"그야 당연하지. 일단은 사람을 보내 말씀드리고, 내일 우리는 계획대로 일단 감염 구역에 다녀오는 게 어떻겠소? 대황숙께서 안배하신 후에 다시 의논하기로 하지."

백 족장은 대황숙보다 더 목숨에 끔찍한 사람이었다. 그는 정말로 감역 구역에는 단 한 발짝도 들이고 싶지 않았고, 환자와 접촉하고 싶지도 않았다. 그가 재빨리 말했다.

"왕비마마, 이 며칠 동안 정말 고생하셨습니다. 내일은 하루 쉬시는 것이 어떻겠습니까? 대황숙께서 안배하신다면 이 늙은이가 직접 마마를 모시고 가겠습니다. 그렇게 되면 마마께서도 너무 분주하게 다니지 않으셔도 되겠지요!"

이 말을 들은 비연은 대황숙이 몸을 숨긴 곳을 대강 짐작할 수 있었다. 분명 이곳에서 어느 정도 거리가 있는 곳일 것이다. 백 족장이 오늘 밤 사람을 파견해 보고하면, 내일 확실하게 시간을 맞출 수 있다고 확신할 수 없는 곳.

비연이 속으로 기뻐하면서도 진지한 얼굴로 말했다.

"서쪽 감염 지역이 가장 심하다니, 본 왕비가 반드시 직접 가봐야겠소. 백 족장, 그대는……."

그녀의 말이 끝나기도 전에 백 족장이 다급하게 외쳤다.

"왕비마마! 지금 상황은 달라졌고, 분명 대황숙께서도 알아주실 겁니다! 이렇게 하시는 게 어떻습니까. 이 늙은이가 내일 마마를 모시고 대황숙께 문안을 올리러 가는 길에 감염 구역을 지나도록 하지요. 그러면 왕비마마께서 피곤함을 더실 수 있지 않겠습니까."

됐다!

비연은 하마터면 웃음을 터뜨릴 뻔했지만 간신히 참으며 진지하게 말했다.

"좋구나, 좋아!"

백 족장이 암암리에 안도의 한숨을 내쉬고 재빨리 물러 나갔다.

진묵이 문을 닫자 비연이 바로 입을 막고는 사탕을 훔쳐 먹은 어린 소녀처럼 기뻐했다.

"진묵, 바로 전하께 연락을 취하도록!"

그녀의 명령에 고운원이 의심스럽다는 듯이 그녀를 바라보았다. 비연은 그에게 특별히 찬란하게 웃어 주었다. 그러나 무슨 일인지 설명하지는 않았다. 군구신이 이 소식을 들었을 때 어떤 반응을 보일지 상상하자 절로 입가가 올라갔다.

언제나 부족한 느낌

비연이 찬란하게 웃는 것을 보고 고운원도 보기 좋게 미소 지으며 말했다.

"왕비마마, 그럼 저는 돌아오시기를 기다릴까요, 아니면……."

비연은 방금 백 족장을 위협하려 했을 뿐 내일 감염 구역에 갈 계획은 없었다.

"이미 오장로와 약속해 두었어요. 그가 내일 당신을 데리고 빙려서를 잡으러 가 줄 거예요. 돌아온 후 내가 아직 돌아오지 않았거든 먼저 감염 구역에 가도 좋아요."

빙려서는 흑사병의 원인이었다. 비연이 이미 고운원과 스스로를 지킬 방법을 고민해 냈다 해도, 여전히 안심하지 못하고 있었다.

그녀가 고운원을 바라보며 진지하게 말했다.

"고 의원, 절대로, 절대로 조심해야 해요!"

고운원이 몸을 일으키더니 절도 있게 읍하며 말했다.

"왕비마마, 안심하십시오!"

보통 예의범절은 지나쳐도 허물이 아니라 말하곤 하지만 그것도 사람에 따라 달랐다. 어떤 이들은 예를 많이 갖추더라도 점잖고 멋스러운 군자처럼 보이는 데 반해, 어떤 이들은 융통성이 없고 교조적인 느낌을 준다. 고운원은 분명 후자였다.

한 달 반 동안, 비연은 고운원의 이런 덕행에 익숙해져 있었다. 평소라면 그녀는 그를 흘긋 보고 달리 상대하지 않았을 것이다. 그러나 오늘은 거듭 잔소리를 했다.

"조심해요, 꼭!"

고운원이 다시 한번 읍했다.

"왕비마마께서 일깨워 주심에 감사드립니다. 왕비마마께서는 안심하십시오."

더 말해 봤자 계속 같은 반응을 보일 듯해 비연도 그 이상 말하지 않고 식사를 계속했다. 그러나 마음이 이곳에 있지 않으니 밥이 제대로 넘어가지 않았다.

식사를 끝낸 그녀는 고운원과 함께 발진과 가려움을 멈출 약방을 고민했다. 그녀가 방으로 돌아왔을 때는 늦은 밤이었다. 그러나 진묵은 여전히 돌아오지 않고 있었다.

비연이 가장 최근 군구신의 소식을 받은 것은 이틀 전 오후였다. 그때 그는 설지 동쪽에 있다고 했다. 지금 그녀는 그가 여전히 동쪽에 있는지, 진묵이 제때 그와 연락이 닿을 수 있는지 알 수 없었다. 그녀는 침상에 기댄 채, 군구신이 내일 제때 오지 못한다면 어떻게 시간을 끌어야 할지 고민했다.

사실 그녀가 먼저 대황숙의 은신처를 탐색해 본 다음 군구신에게 이야기하는 것도 한 방법이었다. 그러나 결국은 안전하지 않다는 느낌이 들었고, 대황숙으로 하여금 경계하게 할 수도 있었다. 이렇게 큰 기회인데…… 그녀는 어떤 차질도 빚고 싶지 않았다.

비연은 피로가 극에 달했지만 계속 잠이 오지 않았다. 비록 군구신이 오늘 밤 오지 못할 것에 대한 대비도 준비하긴 했지만 그녀는 여전히 미련이 남아, 자지 않고 계속 바보처럼 기다리고 있었다.

밤이 점차 깊어 가고, 얼음집 밖의 공기는 차가웠다. 폭풍이 뼈에 스며드는 날씨건만 얼음집 내부는 아주 따뜻하고 조용했다. 비연은 기다리고 또 기다리다가 마침내 견디지 못하고 살며시 눈을 감았다.

얼마 지나지 않아 방문이 살짝 열렸다. 문 앞에는 온 힘을 다해 달려온 군구신이 서 있었다. 그는 검은 사냥복을 입고, 화려한 여우 가죽 외투를 걸치고 있었다. 계속 눈을 맞으며 왔기 때문에 온몸이 눈투성이였고, 외투 주머니에도 눈꽃이 가득했다. 그는 여전히 노하지 않아도 위엄이 흘러넘쳤고, 타인으로 하여금 감히 침범하지 못할 만큼 고귀한 느낌을 주었다.

키가 큰 그는 모자를 벗고도 고개를 숙여야 겨우 문 안으로 들어갈 수 있었다. 방 안으로 들어온 그가 침상 위에 잠든 비연을 보고 발걸음을 멈췄다. 시선이 마치 그녀에게 못 박힌 듯 더 이상 움직이지 않았다. 그의 맑은 얼굴에 다정한 온기가 떠올랐다. 겨우 며칠 떨어져 있었을 뿐인데 가을을 세 번은 보낸 것 같은 느낌이었다. 너무나 그리웠다.

그는 발걸음도 가볍게 한 걸음 한 걸음 다가가 깊이 잠들어 있는 그녀 앞에 앉았다. 비연은 여전히 아무것도 모른 채 잠들어 있었다.

그녀를 깨우지 않고, 그저 물처럼 다정한 눈빛으로 그녀를 응시했다. 웃음이 새어 나오는 것을 참을 수 없었다. 그의 입매가 저도 모르게 살며시 올라가는가 싶더니 기쁨인지 환희인지 모를 감정이 솟구쳤다. 마음속에 품은 사람을 본다는 것은…… 보아도 보아도 기쁜 것이다. 아무것도 하지 않고 그저 보기만 해도 환희를 느끼기에 충분하다.

얼마나 지났을까. 비연이 머리를 갑자기 늘어뜨리더니 잠에서 깨어났다.

그녀가 살며시 눈을 떴을 때 군구신의 잘생긴 얼굴이 보였고, 몽롱하던 그녀는 그대로 넋을 잃었다. 내가 꿈을 꾸는 걸까? 비연이 눈을 비볐다. 그리고 의아한 듯 다시 바라보았다. 군구신이 여전히 제 눈앞에 있었다.

그녀가 정신을 차리기 전에, 군구신이 그녀의 귀여운 반응에 즐거워하기 시작했다. 그는 사랑스러워 죽겠다는 듯 그녀의 코를 문질러 주고는 미소 지었다.

"바보."

그의 동작은 무심결에 나온 것이었지만 아주 자연스러웠다. 마치 그녀를 아주 오래 사랑해 온 듯한 동작이었다.

이때야 비연도 마침내 정신을 차렸다. 그녀는 방금 군구신이 자신에게 얼마나 친밀하게 굴었는지도 깨닫지 못한 채 기뻐하며 미소 지었다.

"망할 얼음, 마침내 돌아왔어! 내가 얼마나 기다렸는데! 내가……."

'얼마나 그리워했는데.'라는 말이 나오려는 찰나, 그녀는 재빨리 말을 멈췄다. 심장이 철렁 내려앉았다. 그녀는 완전히 잠에서 깨어 버렸다. 세상에, 하마터면 그리웠다고 말할 뻔했어!

그녀의 눈 속에는 여전히 기쁨이 가득했지만 마음을 채운 것은 황망한 감정이었다.

군구신은 그녀의 눈 속에 가득한 기쁨을 보고 매우 만족스럽게 그녀의 다음 말을 기다리고 있었다. 그러나 비연은 재빨리 말을 바꿨다.

"어디 있다가 온 거야? 동쪽에 눈이 많이 내렸다던데, 춥지 않아? 내가 얼른 따뜻한 물을 가져올게."

그녀가 몸을 일으키려 하자 군구신이 그녀의 손을 잡았다. 아주 꽉, 아주 단단히. 비연은 미동도 할 수 없었다. 이 순간, 시간마저 정지되고 이 세상에 그와 그녀만이 남은 것 같았다.

그는 다시 한번 그녀의 손을 꽉 쥐었다. 참을 수 없다는 듯. 당장이라도 그녀를 품에 끌어안고 싶다는 듯. 그렇게 그녀의 모든 것을 느끼고 싶다는 듯. 그러나 그는 결국은 참아 냈다. 그녀의 마음속에 자신이 있다는 것을 알게 된 후로 그는 달갑게 인내하게 반갑게 기다리고 있었다.

"나는 춥지 않아. 여기 앉아 봐."

그가 손을 풀고 덧붙였다.

"근처에 있었어. 안심해도 돼. 눈을 맞지 않았으니까."

비연의 심장이 터질 듯이 빠르게 뛰고 있었다. 그가 간신히 참고 있음을 명확하게 느낀 것은 이번이 처음이었다. 뭐라 말해야 할지 모를 감정이 솟구쳤다. 조금 답답하기도 하고, 어쩔수 없는 것 같기도 하고, 또 사랑스럽기도 하고…… 그리고 그무엇보다 그녀도 참고 있었다.

그렇다. 그녀도 참고 있었다. 그래서 그녀는 그의 얼굴을 보지 않고 생각을 정리하고 싶었다.

비연은 '응.'이라고 말하며 고개를 숙였다. 하룻밤 동안 기다렸으니 할 말이 아주 많은데…… 이 순간 전부 잊어버린 것만같았다.

군구신이 서로에게 퇴로를 열어 주기로 했다.

"백서화가 내일 몇 시에 데려간다고 했어?"

비연이 무거운 짐이라도 벗은 듯 겨우 고개를 들었다.

"정확히 이야기하지는 않았지만 분명 오전일 거야. 그의 말로 추측해 보면, 대황숙은 여기서 꽤 먼 곳에 있어."

군구신이 고민하다가 말했다.

"내일 내가 시위로 변장하고 함께 가야겠어."

호란설지는 광활하니 남몰래 추적하기가 쉽지 않았다. 시위로 변장하는 게 가장 좋은 선택이었다.

비록 호란설지에서 3년을 지냈으나, 대황숙이 백서화와 교류하는 걸 막았기 때문에 군구신이 백서화와 얼굴을 마주할 기회는 많지 않았다. 제대로 변장하면 백서화는 아마 알아보지못할 것이다.

비연이 고개를 끄덕였다.

"좋아!"

군구신이 다시 보명고성과 호란설지의 흑사병 관련 사정을 물었고, 비연이 상세하게 설명했다. 두 사람이 정보 교환을 모두 끝냈는데도 날이 밝으려면 아직도 꽤 긴 시간이 남아 있었다.

오랫동안 보지 못하다가 이리 만나니, 아무리 봐도 부족하다는 생각이 들었다. 그러나 계속 침묵을 지키는 것도 방법은 아니었다. 마침내 군구신이 몸을 일으켰다.

"일단 쉬도록 해. 내가 가서 안배해 볼 테니."

비연이 그를 바라보며 무의식적으로 손을 꽉 쥐었다. 하고픈 말이 많지만 차마 입 밖에 낼 수 없었다. 하지만 군구신이 문밖으로 나가려 하자 마침내 참지 못하고 다급하게 말했다.

"저기, 당신도 좀 쉬고 가면 안 돼? 너무 피곤하게 일만 하지 말고."

군구신이 발걸음을 멈추더니 잠시 머뭇거리다가 말했다.

"좋아. 그, 그럼 내가…… 여기에서 반 시진만 쉴까 하는데."

그의 이 말은 의논하려는 말투가 아니었다…….

꿈이라면 얼마나 좋아

군구신이 비연의 방에서 반 시진을 쉬겠다고 했다.

비연의 방에는 침상을 제외하면 긴 의자 하나밖에는 쉴 만한 곳이 없었다. 비연이 조금 난처해하며 무슨 말이라도 하려 했다. 그러나 군구신이 긴 의자로 다가가 허리를 곧게 편 채 앉더니 팔짱을 끼고 두 눈을 감았다.

그런 군구신을 보는 비연의 미간이 점차 찌푸려지고 있었다. 긴 의자는 등받이조차 없고 딱딱하기 그지없었다. 반 시진은 고사하고 잠시 앉아 있기만도 피곤한데…… 이게 무슨 쉬는 거람!

그녀가 잠시 머뭇거리다가 말했다.

"망할 얼음, 이리 와. 침상에서 잠깐 쉬면 되잖아."

군구신이 바로 눈을 뜨고 의심스러운 표정을 지었다.

비연이 머뭇거리다가 재빨리 침상에서 뛰어내렸다.

"일단, 다, 당신이 쉬어. 나는 밖에서 좀 서성거리다 올 테니까."

군구신의 눈에 장난기가 어리는 듯하더니 금세 사라졌다. 그가 자못 엄숙한 표정으로 말했다.

"한밤중에 어디를 가겠다는 거야."

비연은 그제야 그 문제를 인식했다. 여기는 백 족장의 영역이다. 그녀가 방 하나를 더 요구한다면 다른 이의 의심을 받게 될 가능성이 높다. 하지만 한밤중에 밖을 돌아다닌다면 그건 더더욱 의심스러울 것이다.

그녀가 재빨리 다가가 웃으며 말했다.

"내가 앉아 있으면 되지. 어쨌든 잠도 안 오는걸."

군구신이 아주 직접적으로, 냉랭하게 말했다.

"나로서는 달갑지 않군."

비연은 난처했지만 곧 기지를 발휘해 웃으며 말했다.

"아무래도 힘들 것 같으면 고 의원 방으로 가 봐. 옆의 옆방 이야."

군구신은 화가 났다. 그러나 그녀를 보고 있으면 아무리 화가 났다 해도 그 화는 기껏해야 원래 가진 감정의 3할이었다. 남은 자리를 채우는 것은 어쩔 수 없다는 감정이었다. 심지어 어쩔 수 없다는 듯 웃고 싶었다.

천염국의 당당한 정왕이 한밤중에 왕비에게서 쫓겨나, 의원 방에 가서 쉴 곳을 빌리는 처지로 전락하다니? 이 일이 외부로 새어 나간다면 그는 현공대륙 최고의 웃음거리가 될 것이다!

군구신은 아무 말 없이 비연을 깊이 한번 바라보고는 눈을 감았다.

비연은 계속 당황스러웠다. 그의 눈매에 어린 피로한 기색을 보자 참을 수 없이 화도 났다. 그러나 또 그의 얼굴을 보니, 아무리 화가 나도 그 화는 기껏해야 원래 가진 감정의 7할이었고, 남은 3할은 어쩔 수 없다는 감정이었다.

비연은 침상으로 돌아가 앉았다가, 또 머뭇거리다가 결국은 마음이 아파 와 몸을 일으켰다. 그녀는 가볍게 군구신의 옷자락을 잡아당기며 속삭였다.

"망할 얼음, 침상으로 가."

군구신은 움직이지 않았다. 비연이 계속 잡아당겼다.

"가자니까!"

군구신은 여전히 움직이지 않았다. 비연이 그의 팔을 잡아끌며 애교도 부렸다.

"제발, 응? 가자고! 가!"

그녀는 심지어 그를 잡아당겨 보았다.

"군구신, 내 말 안 들을 거야?"

군구신이 갑자기 눈을 떴다. 냉랭한 그의 표정은…… 무너지기 일보 직전이었다. 그는 비연을 슬며시 보며 새어 나오는 웃음을 참느라 고생하고 있었다.

비연이 직접 그의 손을 잡고 억지로 잡아끌었다. 군구신은 곧 그녀에게 잡혀서 그러는 것처럼 자리에서 일어났다. 그리고 실제로는 자기가 올라갔으면서도, 마치 비연에게 밀려서 그러는 것처럼 침상으로 쓰러졌다. 말이야 바른 말이지, 그가 움직이지 않았다면 비연의 힘으로 어찌 그를 옮길 수 있었을까.

비연은 자신의 애교로 군구신의 협조를 쉽게 얻어 낼 수 있다는 것도 모른 채, 그가 일어나지 못하도록 재빨리 침상 가장자리에 앉아 벽 역할을 자처했다. 군구신을 보는 그녀의 작은 얼굴에는 어쩔 수 없다는 듯한 표정이 어려 있었다. 그녀는 또 진심이 아니라는 듯 통명스럽게 말했다.

"반 시진, 맞지? 일단 자. 곁에 있을 테니까. 좀 있다가 깨워 줄게."

군구신은 그녀를 한번 본 다음 아무 말 없이 눈을 감았다. 비연은 몰래 그를 노려보다가, 겨우 고개를 돌려 다른 곳을 바라보았다.

따뜻한 방 안이 다시 조용해졌다. 다른 이들의 시간은 끊임없이 흘러가건만 그들 두 사람의 시간은 여기서 멈춰 버린 것 같았다.

비연이 가볍게 입술을 깨물었다. 생각에 잠긴 것 같기도 하고 넋이 나간 것 같기도 했다. 점차 그녀의 눈동자가 구르기 시작했다. 그녀는 참지 못하고 고개를 돌려 군구신을 흘깃 바라보았다.

그가 잠든 것 같아 보이자 그녀는 바로 고개를 돌려 그를 정면으로 바라보았다. 그런데 이게 웬일일까. 그녀가 고개를 돌리는 순간 군구신이 바로 눈을 떴다. 비연은 살짝 멈칫했지만 곧 다시 어색하게 웃으며 말했다.

"안심하고 자라니까. 내가 깨워 줄 거야."

군구신이 마침내 참지 못하고 입 끝을 들어 올리며 미소 지었다. 그 모습이 너무나 잘생겨 보여 비연의 작은 얼굴이 새빨갛게 달아올랐다. 그녀가 바로 몸을 일으키려 하자 군구신이 재빨리 그녀의 손을 잡고 속삭였다.

"잠시만 함께 있어 줘."

비연이 벗어나려 하자 군구신이 그녀의 손을 더욱 꽉 잡았다.

"아주 잠시면 돼. 나는…… 네가 너무나 그리웠단 말이야."

이 말을 들은 비연이 그대로 멈춰 버렸다. 입 끝까지 올라왔던 말도 갑자기 멈춰 버렸다. 고개를 돌려 그를 보고 싶었지만 차마 그럴 수 없었다. 그녀는 그에게 손을 잡힌 채 순순히 그 자리에 앉아 있었다. 한참 후에야 그녀는 겨우 한마디 건넬 수 있었다.

"군구신, 나 아무 데도 안 갈 거야. 그러니 어서 자. 응?"

군구신은 확실히 잠들어 있지 않았다. 그는 그래라고 답한 후 눈을 감았다. 칠흑같이 검고 깊은 눈동자에 희미한 웃음기가 배어 있었다.

이렇게 비연은 군구신에게 등진 채 앉아 있고, 군구신은 그녀의 손목을 놓지 않은 채 똑바로 누워 있었다. 두 사람은 반시진 동안 그렇게 조용히 있었다.

반 시진은 짧지 않은 시간이지만 그들에게는 눈 깜짝할 사이에 지나가는 것처럼 느껴졌다. 비연은 시간조차 잊고 말았다. 결국은 군구신이 그녀의 손을 놓고 몸을 일으켰다.

"잘 쉬도록 해. 내일 보자."

비연이 그를 바래다주면서 잊지 않고 하늘을 한번 본 후 문을 닫았다. 침상으로 돌아와 보니 군구신의 체온이 아직 남아 있었다. 그녀는 제 손목을 문지르며 중얼거렸다.

"꿈이었을까?"

이 모든 것이 꿈이라면, 정말로 꿈이라면…… 마음껏 사랑할 수 있을 텐데.

다음 날 백 족장이 오기 전에 오장로가 먼저 도착했다. 비연은 대황숙에 대해 언급하지 않고, 다른 핑계를 대며 오장로와 고운원을 먼저 떠나보냈다.

그들이 가고 얼마 되지 않아 백 족장이 도착했다. 그는 원래 아침 일찍 오려 했으나 아주 까다로운 일에 묶이고 말았다. 바로 백우웅을 죽인 것과 관련한 일이었다.

그는 궁수들을 안배하여 백우웅 한 마리를 쫓게 했다. 그리고 환해빙원에서부터 호란설지까지 쫓은 끝에 겨우 잡았는데, 하필이면 부족인 네 명에게 발각당했던 것이다.

그 궁수는 결국 감옥에 갇히게 되었다. 다행히도 백 족장이 제때 알게 되어 그를 죽이는 방식으로 입을 막을 수 있었다. 그게 아니었다면 이렇게 중요한 시기에 일을 그렇게 쉽게 해결하기 어려웠을 것이다.

다들 알다시피, 흑사병이 없을 때라면 외부인이 백우웅을 죽이는 것은 그런대로 넘길 수 있었다. 그러나 지금처럼 설족에 흑사병이 횡행하는 때에는, 아무리 외부인에게 죄를 미룬다 해도 그 누구도 결코 믿지 않을 것이다!

백 족장은 홀로 방에 들어왔다. 비연은 군구신을 보지 못해 자못 실망했다. 그러나 그녀가 백 족장과 함께 문밖으로 나섰을 때 시위들 한 무리가 보였다. 그중 구레나룻을 기르고 있는 이가 하나 있었는데, 바로 군구신이었다.

비연은 하마터면 그에게서 시선을 떼지 못할 뻔했다. 그녀는 군구신이 너무나 잘생겼음을 다시 깨달았다. 구레나룻이 있다

해도 그 누구보다도 훨씬 잘생겨 보였다!

앞쪽에서 시위들이 길을 열고 뒤쪽에서도 시위들이 호위했다. 비연과 백 족장은 그들 중간에서 움직이고 있었다. 군구신은 비연 뒤에서 오고 있었다. 비연은 그가 어떻게 이들 사이에 섞여 들었는지는 알 수 없었지만, 이 시위들도 모두 군구신의 사람일 거라는 예감이 들었다!

일행이 곧 출발했다. 그들은 뜻밖에도 장장 하루를 가야 했다.

그들이 가고자 하는 목적지는 놀랍게도…….

공교롭다, 은신처

백 족장이 비연을 데리고 간 곳은 어떤 산동굴이었다. 비연은 경악하지 않을 수 없었다. 너무나 익숙한 곳이었던 것이다. 지난번, 그녀가 그 거대한 설랑을 쫓아가다가 바로 이 산동굴을 통해 밖으로 나오지 않았던가!

공교롭게도 최근 비연과 군구신은 모두 바빴고, 설랑은 신비롭고도 위험했기 때문에 이 일에 대해 조사하는 것은 잠시 미뤄 둔 상태였다. 그런데 대황숙이 이 동굴 안에 숨어 있을 줄이야! 설마 백 족장과 대황숙이 설랑의 존재를 알고 있는 걸까? 이 동굴이 호란설지와 환해빙원을 지나 백새빙천까지 연결되는 통로임을 알고 있을까?

비연이 군구신과 눈빛을 교환하고는 곧 백 족장을 바라보았다. 그녀는 일부러 고개를 갸우뚱하며 물었다.

"백 족장, 대황숙께서 어째서 이런 동굴에 계신가?"

백 족장은 원래 대황숙을 다른 곳에 있게 하려 했다. 그러나 대황숙 자신이 바로 이 편벽한 곳을 골랐다. 감염 지역으로부터 철저히 떨어지겠다는 의도에서였다. 그리고 그는 백 족장에게 설족의 입구를 잘 지켜, 환해빙원에 있는 이들의 지원병이 설족에 섞이는 일이 없도록 하라고 명령했다. 백 족장은 그대로 하는 수밖에 없었다.

백 족장이 웃으며 비연에게 대답했다.

"대황숙께서는 최근 연공을 과하게 하셔서 원기를 많이 소모하셨습니다. 이곳에서 폐관 수련 중이시지요. 왕비마마, 잠시만 기다리십시오. 늙은이가 먼저 가서 말씀드리고 오겠습니다."

비연은 놀랍기도 하고 긴장되기도 했다. 그러나 이번에 대황숙을 잡으면 설랑의 비밀도 풀 수 있으리라는 생각에 매우 기뻤다. 그녀가 군구신에게 눈짓하자 군구신도 기분이 좋아 미소로 화답했다. 비연은 장난기가 발동해 몰래 그에게 눈을 깜빡거렸고, 그 모습을 본 군구신의 입매가 더욱 올라갔다. 바로 이때, 동굴 안에서 백 족장의 비명 소리가 들렸다.

"여봐라! 어서! 어서!"

무슨 일일까? 비연과 군구신이 시위들과 함께 달려 들어갔다. 동굴 안에는 시위 세 명과 하인 둘이 누워 있었는데, 모두 일곱 구멍에서 피를 흘리며 죽어 있었다. 대황숙은 어디로 갔는지 보이지 않았다. 비연과 군구신은 모두 경악했다. 하인들의 참혹한 죽음 때문만이 아니라, 이 동굴 내부가 막혀 있었기 때문이다. 통로가 보이지 않았다!

어찌 된 것일까?

비연은 아주 분명하게 기억하고 있었다. 그날 그녀가 설랑을 쫓아 계속 달릴 적에 분명 이 동굴을 통해 밖으로 나왔다! 설마, 이 동굴에 숨겨진 문이라도 있는 걸까? 그때는 그 문이 열려 있던 상태였을까?

"어찌 이렇게!"

백 족장이 중얼거리더니 갑자기 밖으로 달려 나갔다. 시위들도 따라 나갔고, 군구신도 비연을 지키며 가장 마지막으로 나갔다.

백 족장이 시위들을 이끌고 주변을 한 바퀴 수색한 끝에 시체 몇 구를 더 발견했다. 그 시체들 역시 동굴 안 시체들처럼 일곱 구멍에서 피를 흘리며 죽어 있었다.

동굴 안 시위들은 반드시 대황숙을 지켜야 하는 이들이었다. 그러나 주변에 매복하고 있던 시위들은 그들을 지키려 하기보다는 대황숙을 감시하고 있던 인상을 주었다. 비연이 중얼거렸다.

"보아하니 백 족장이 대황숙을 경계하고 있었던 모양이군! 백 족장은 이들이 대황숙에게 살해를 당했다고 생각하는 모양이야."

군구신도 나지막하게 속삭였다.

"독살인가?"

군구신은 시위로 연기하는 중이기에 자기 마음대로 시체들을 건드리기 힘든 상황이었다. 그러나 비연은 가능했다. 그녀가 빠르게 다가가 백 족장과 함께 시신들을 살펴보았다. 한눈에 보기에도 독으로 인한 죽음은 아니었고, 그렇다 해서 외상을 입어서도 아니었다. 비연은 호기심에 가득 차 중얼거렸다.

"내상인가?"

대황숙의 지금 상태로는 이렇게 많은 사람을 이런 방식으로 죽이는 건 불가능했다. 분명 다른 무언가가 있을 것이다.

백 족장의 눈가에 복잡한 빛이 스쳐 갔다. 그는 바로 시신의 옷을 풀어 헤쳤다. 시체의 가슴에 커다랗게 검어진 자국이 보였는데, 마치 무언가에 맞은 듯한 자국이었다. 백 족장은 다른 시체들도 직접 조사했다. 곧 모두 같은 방식으로 죽었음을 알 수 있었다.

"이, 이건…… 대황숙은?"

백 족장의 안색이 파랗게 질렸다. 그는 주변을 둘러본 후에 갑자기 동굴 안으로 달려 들어갔다.

비연과 군구신은 그가 동굴 안 기관이라도 열려는 것 아닌가 싶었으나 백 족장은 동굴 안에 기관이 있다는 것조차 아예 모르는 모양이었다. 그는 동굴 안 시체들을 조사하러 들어온 것에 불과했다.

동굴 안 시체들도 바깥의 시체들과 같은 상황이었다! 백 족장이 그 자리에 못 박힌 듯 서서 어쩔 줄 몰라 하고 있었다.

비연은 속으로 짐작되는 바가 있었다. 대황숙과 백 족장은 아마 이 동굴의 상황을 잘 몰랐을 것이다. 그런데 대황숙이 이곳에 숨어 있다가 아마도 그 설랑을 화나게 했을 테고…… 이 시위들이며 하인들은 그 설랑에게 한 대 맞는 것만으로도 죽어 버렸을 것이다!

그렇다면 대황숙은 어디로 간 걸까? 도망간 걸까, 아니면 그 설랑이 데려간 걸까? 만약 설랑이 데려갔다면 이 산동굴 뒤 미로에 있을 가능성이 극히 높았다.

비연은 지금 당장이라도 문을 여는 기관을 찾고 싶었지만 간신히 참았다. 설랑의 비밀을 백 족장에게 알려 줄 수는 없었다.

그러니 일단 돌아가서 백 족장을 떼어 낸 후에 다시 오는 편이 나을 듯했다.

비연이 한마디 하려 했을 때, 백 족장이 갑자기 주먹으로 벽을 치며 분노한 목소리로 외쳤다.

"분명 누군가가 대황숙을 모해한 것이다! 대체 누구냐……."

백 족장의 말이 끝나기도 전에 발아래가 갑자기 흔들리더니 지하의 통로가 순식간에 드러났다. 그들 중 누구도 제대로 반응하지 못하고 모두 아래로 떨어졌다. 그나마 다행인 것은, 혼란한 와중에도 군구신이 비연을 제때 안았다는 것이다.

그들이 바닥에 떨어지기도 전에 지하 통로가 다시 닫혔다. 얼마나 지났을까? 군구신과 비연은 겨우 바닥에 닿을 수 있었다.

그들이 떨어진 곳은 사방이 막힌 석실 안이었다. 군구신이 비연을 보호하며 기관을 찾기 시작했다. 그는 사람을 죽이기 위한 기관 두 개를 건드린 후에야 겨우 석실의 문을 열 수 있었다.

석실 밖으로는 끝이 보이지 않는 통로가 하나 있었다. 비연은 열심히 살펴보았지만 도무지 생각나지 않았다. 지난번에 이 길을 지나갔던 것 같기도 했지만…… 그때 그녀는 군구신의 안위를 걱정하며 미친 듯이 설랑을 쫓느라 길을 살펴볼 여유가 없었다. 기억나는 것은 그저 길이 평탄하지 않고, 경사가 있었는데, 쭉 위로 올라가는 느낌이었다는 것뿐이었다.

비연이 밖으로 나가려 하자 군구신이 제지하더니, 방금 기관에서 쏟아져 나온 장검 중 하나를 던졌다. 과연 문밖의 기관이 발동한 듯 암기가 잔뜩 쏟아져 나왔다. 비연이 차가운 숨을 들이마시며 말했다.

"나는 이 길을 가지 않았던 것 같아. 보아하니 이 지하에는 이런 길이 하나만이 아닌 것 같아!"

군구신이 속삭였다.

"이곳은 아마 몽족의 유적일 거야."

비연이 경악했다.

"유적이 빙설 아래에 숨겨져 있다니! 설마 그때 몽족이 흑사병으로 멸족한 게 아니라…… 다른 뭔가가 있는 걸까?"

"몽족이 흑사병으로 멸족되었다는 것은 후세 사람들의 추측일 뿐이니 믿을 건 못 되지."

군구신이 걸어가며 한마디 보충했다.

"듣기로는 몽족이 결계를 치는 데 능했다고 하던데. 이 유적에 결계가 있다면 우리가 대비한다 해도 어떻게 할 수가 없을 거야. 일단 나가는 길을 찾자."

"결계……."

비연이 깜짝 놀랐다.

군구신은 그녀의 손을 잡고 자신의 등 뒤로 보호하며 앞에서 길을 열었다. 비연 역시 경계하며 걸어가던 중 갑자기 한 가지 일을 떠올렸다.

"남경의 랑종 한씨는 설랑을 숭배해서 '랑'을 부족의 이름으로 삼았잖아. 설랑을 자기네 표지로 삼고 말이야. 그들이 몽족과…… 관계있는 건 아닐까?"

군구신은 지하에서 설랑을 보고 나서야 몽족이 굴복시킨 신령한 짐승의 전설을 믿을 수 있었다. 그전에는 특별하게 생각한 적 없는 전설이었다. 비연이 랑종을 언급하지 않았다면 그도 이 일을 의식하지 못했을 것이다!

몽족은 현공대륙 북쪽에 있고, 랑종 한씨는 운공대륙에서 왔다. 현공대륙의 '설랑'과 랑종의 '설랑'은 같은 종류일까?

그는 비연보다 추측이 가는 부분이 더 많았다.

"같은 이름에 다른 종류일 가능성도 있고, 천 년 전 북강에서 일이 생겼을 때 몽족이 설랑을 데리고 남쪽으로 내려가 빙해를 건넜을 가능성도 있지. 랑종 한씨가 사실 몽족의 후예인지도……."

두 사람이 함께 고민하고 있는데 갑자기 앞에서 거대한 흰 그림자가 휙 스쳐 지나갔다.

설랑이었다!

〈제왕연〉 9권에서 계속